Monica McCarty

Après avoir étudié le droit à Stanford et exercé le métier de juriste, elle s'est tournée vers l'écriture. Passionnée depuis toujours par l'Écosse médiévale, elle se consacre au genre des Highlanders avec des séries à succès comme *Les MacLeods*, *Le clan Campbell* ou *Les chevaliers des Highlands*. Elle est aujourd'hui une auteure incontournable de la romance historique.

La Recrue

Aux Éditions J'ai lu

LES MACLEODS

1 – La loi du Highlander
N° 9332
2 – Le secret du Highlander
N° 9394
3 – La fierté du Highlander
N° 9535

LE CLAN CAMPBELL

1 – À la conquête de mon ennemie
N° 9896
2 – Le proscrit
N° 10032
3 – Trahi
N° 10084

LES CHEVALIERS DES HIGHLANDS

1 – Le Chef
N° 10247
2 – Le Faucon
N° 10413
3 – La Vigie
N° 10511
4 – La Vipère
N° 10609
5 – Le Saint
N° 10696
6 – La Recrue
N° 10785
7 – Le Chasseur
N° 10906
8 – Le Brigand
N° 10996
9 – La Flèche
N° 11146
10 – Le Frappeur
N° 11487
11 – Le Roc
N° 11564
12 – Le Spectre
N° 11588

MONICA
McCARTY

LES CHEVALIERS DES HIGHLANDS – 6

La Recrue

Traduit de l'anglais (États-Unis)
par Astrid Mougins

J'AI LU

J'AI LU POUR elle

Si vous souhaitez être informée en avant-première
de nos parutions et tout savoir sur vos auteures préférées,
retrouvez-nous ici :

www.jailu.com

Abonnez-vous à notre newsletter
et rejoignez-nous sur Facebook !

Titre original
THE RECRUIT

Éditeur original
Ballantine Books, an imprint of The Random House Publishing
Group, a division of Random House, Inc., New York

À mon mari Dave, qui pense que le meilleur cadeau de mariage pour une union durable et heureuse consiste en un bâillon et des boules Quiès (je vous laisse deviner qui a reçu quoi). Devant un tel romantisme, mon choix de carrière s'explique sans doute de lui-même.
Pour en revenir au livre... Toute équipe a besoin d'un joueur polyvalent. Après quinze ans de base-ball, dont bon nombre à occuper ce rôle, ce roman est pour toi !

La garde des Highlands

Tor MacLeod, le Chef : commandant du corps d'élite et maître d'armes.

Erik MacSorley, le Faucon : marin et nageur.

Lachlan MacRuairi, la Vipère : opérations furtives, infiltration et exfiltration.

Arthur Campbell, la Vigie : reconnaissance.

Gregor MacGregor, la Flèche : tireur d'élite et archer.

Magnus MacKay, le Saint : guide de montagne et inventeur d'armes.

Eoin MacLean, le Frappeur : stratège expert en tactiques de pirate.

Ewen Lamont, le Chasseur : pisteur et traqueur d'hommes.

Robert Boyd, le Brigand : force physique et combat à mains nues.

Alex Seton, le Dragon : dague et combat rapproché.

Avant-propos

L'an 1309 de Notre-Seigneur

Trois ans plus tôt, la tentative de Robert de Bruce pour monter sur le trône d'Écosse et rendre son indépendance à son pays semblait avoir définitivement échoué. Pourtant, alors que tout jouait contre lui, avec l'aide de son corps d'élite secret baptisé la garde des Highlands, il a fait l'un des retours les plus spectaculaires de l'histoire, reprenant son royaume au nord du Tay. Après ses nombreux combats, il jouit d'un bref répit grâce à une trêve négociée avec les Anglais. En mars, il présidera son premier parlement.

Toutefois, les déboires d'Édouard II d'Angleterre avec ses barons ne le retiendront pas éternellement. La trêve a déjà été reconduite par deux fois mais, inévitablement, l'ordre de se rassembler à Berwick-upon-Tweed et de marcher sur les rebelles écossais sera lancé tôt ou tard.

Avec l'invasion imminente des Anglais et la reprise des hostilités, le jeune royaume de Robert de Bruce affrontera son premier grand défi et, une fois de plus, le roi devra compter sur les talents extraordinaires de sa garde pour vaincre l'ennemi, tant extérieur qu'intérieur. Sa couronne a divisé la nation, mais il n'a pas perdu l'espoir de rallier tous les Écossais sous sa bannière, y compris ceux qui sont encore fidèles aux Anglais. Obtenir leur loyauté sera sans doute sa tâche la plus ardue.

Prologue

Château de Ponteland, Northumberland, Marches anglaises, septembre 1306

Qui pouvait arriver à cette heure ?

Le cœur battant, Mary noua le cordon de la robe de chambre qu'elle avait hâtivement passée sur sa chemise de nuit et dévala l'escalier à la lueur des torches. Quand on était mariée à l'un des hommes les plus recherchés d'Écosse et que celui qui le traquait était le roi le plus puissant de la chrétienté, recevoir un visiteur en pleine nuit était forcément alarmant. Son angoisse se mua en début de panique lorsqu'elle pénétra dans la grande salle. La personne qui l'y attendait se tourna vers elle en abaissant le capuchon trempé de son épaisse huque noire.

Bien que ses longs cheveux dorés soient cachés par le voile le plus hideux que Mary avait jamais vu et que ses traits délicats soient maculés de boue, elle la reconnut sur-le-champ.

Horrifiée, elle fixa le visage qui ressemblait tant au sien.

— Janet ! Que fais-tu ici ? Tu n'aurais jamais dû venir !

L'Angleterre n'était pas un endroit pour une Écossaise possédant des liens avec Robert de Bruce. Or,

Janet, à l'instar de Mary, en avait à revendre. Leur sœur aînée avait été la première épouse de Robert ; leur grand frère était marié à la sœur de Robert ; leur neveu âgé de quatre ans, l'actuel comte de Mar, était traqué avec toute la suite de la nouvelle épouse de Robert ; quant à leur nièce, elle était l'unique héritière de Robert. Rien n'aurait fait plus plaisir à Édouard d'Angleterre que de mettre la main sur une autre fille de Mar.

Devant le ton de reproche de Mary, sa sœur jumelle (née deux minutes après elle) afficha un sourire impénitent et posa les poings sur ses hanches.

— En voilà des manières de m'accueillir alors que j'ai contourné toute l'Écosse en bateau et chevauché une vingtaine de kilomètres sous une pluie battante sur une vieille carne…

— Janet ! l'interrompit Mary avec un geste impatient.

Janet avait beau faire semblant d'ignorer le danger, ce n'était qu'une posture. Alors que Mary choisissait de regarder la réalité en face, sa sœur préférait l'ignorer en espérant qu'elle ne la rattraperait pas.

Janet plissa les lèvres, comme chaque fois que Mary tentait de la raisonner.

— Enfin quoi ! s'exclama-t-elle d'un air indigné. Je suis venue pour te ramener à la maison, bien entendu !

La ramener à la maison. En Écosse. Le cœur de Mary se serra. Si cela pouvait être aussi simple !

— Walter sait-il que tu es ici ? demanda-t-elle.

Elle ne pouvait croire que leur frère l'ait autorisée à entreprendre un voyage aussi périlleux. Elle examina sa sœur plus attentivement à la lueur des chandelles.

— Et, par tous les saints, comment es-tu attifée ?

Elle aurait dû savoir qu'il ne fallait pas lui poser deux questions à la fois, cela lui donnait l'occasion de ne pas répondre à celle qui la dérangeait. Janet sourit à nouveau, ouvrit les pans de sa huque et écarta les plis de sa robe taillée dans un drap grossier en laine brune. Elle la lissa délicatement comme s'il s'agissait d'une soierie précieuse. Compte tenu de ses goûts de luxe, son choix de tenue était d'autant plus surprenant.

— Elle te plaît ? demanda-t-elle, espiègle.

Mary, qui avait elle aussi l'amour des belles choses, fronça le nez. Était-ce des trous de mites qu'elle apercevait ?

— Bien sûr que non ! C'est affreux. Avec cette guimpe difforme, tu ressembles à une nonne. Et une nonne indigente par-dessus le marché !

Ce devait être la réponse que Janet attendait car son regard s'illumina.

— Tu trouves vraiment ? J'ai fait de mon mieux, mais ce n'était pas facile, avec...

Mary l'interrompit à nouveau avant qu'elle ne se lance dans d'autres explications. Dieu qu'il était bon de la voir ! Leurs regards se rencontrèrent et elle sentit sa gorge se nouer.

— Tu ne... tu ne devrais pas être ici.

Sa voix se brisa et, aussitôt, l'air faussement enjoué de Janet s'effaça. L'instant suivant, elles étaient dans les bras l'une de l'autre. Mary sanglotait, libérant enfin les larmes qu'elle retenait depuis six mois. Six horribles mois depuis que son mari l'avait abandonnée à ce cauchemar.

— Tu seras en sécurité ici, avait-il dit sur un ton détaché, l'esprit déjà entièrement absorbé par sa prochaine bataille.

John Strathbogie, comte d'Atholl, avait pris sa décision et rien ne pourrait le faire changer d'avis. Certainement pas elle, la femme-enfant dont il n'avait jamais voulu et l'épouse qu'il remarquait à peine.

Elle avait ravalé le peu de fierté qui lui restait pour demander :

— Pourquoi ne pouvons-nous pas partir avec vous ?

Ce visage si beau, qui avait autrefois chaviré son cœur de jeune fille, s'était tourné vers elle avec impatience.

— Je m'efforce de vous protéger, vous et David. (Leur fils, qui lui était presque aussi étranger que son épouse.) Je viendrai vous chercher quand ce sera possible. En attendant, vous êtes plus en sécurité ici, en Angleterre. Édouard n'aura aucune raison de s'en prendre à vous si la situation tourne mal.

Comment auraient-ils pu imaginer à quel point elle se gâterait ! Il était parti si confiant, si convaincu de la justesse de sa cause et si pressé d'aller au combat. Le comte d'Atholl était un héros, toujours parmi les premiers à prendre les armes au nom de la liberté. Au cours des dix dernières années, il avait participé à pratiquement toutes les grandes batailles de la longue guerre d'indépendance de l'Écosse. On l'avait emprisonné, puis contraint de se battre dans l'armée anglaise, on avait retenu son fils en otage durant huit ans, et confisqué ses terres des deux côtés de la frontière (même si elles lui avaient été restituées plus tard). Rien de tout cela ne l'avait retenu de répondre de nouveau à l'appel, cette fois pour soutenir Robert de Bruce, l'ex-beau-frère de son épouse, dans sa quête du trône.

Après deux défaites catastrophiques, l'armée de Robert était en fuite. Parce qu'il était l'un des trois comtes qui avaient assisté à son couronnement et l'avaient rejoint dans sa rébellion contre Édouard d'Angleterre, Atholl était désormais l'un des hommes les plus traqués d'Écosse.

Toutefois, il avait vu juste sur un point : Édouard ne s'était pas vengé sur l'épouse et le fils que le « traître » avait laissés derrière lui. L'enfant qui avait été retiré à Mary lorsqu'il avait six mois pour être éduqué à la cour d'Angleterre avait été autorisé à rentrer auprès d'elle un peu plus tôt dans l'année, à condition qu'il ne quitte pas leurs terres anglaises. Cependant, combien de temps encore échapperaient-ils au courroux du roi et à la souillure laissée par la trahison d'Atholl ? Chaque jour, elle hésitait à regarder par la fenêtre, de peur de se voir encerclée par l'armée du roi.

Elle n'en pouvait plus de vivre la peur au ventre, de s'efforcer d'être courageuse. Elle pleura contre l'épaule de sa sœur, laissant toutes les émotions longtemps contenues s'échapper en gros sanglots.

Janet lui murmura des paroles de réconfort à l'oreille jusqu'à ce qu'elle se calme. Puis elle lui prit les épaules et l'écarta légèrement pour l'examiner des pieds à la tête.

— Il était temps que j'arrive ! Regarde dans quel état tu es. Tu es maigre comme un clou. De quand date ton dernier repas ?

Mary faillit sourire tant son ton lui rappelait celui de leur mère, disparue quinze ans plus tôt. Bien qu'étant la plus jeune, Janet avait toujours été protectrice. Tout au long des désillusions de son mariage, lors de l'éloignement de son fils, de la mort de leurs parents, de leur sœur et de leur frère, Janet avait toujours été là pour sécher ses larmes.

Elle n'avait pris conscience de l'ampleur de sa solitude qu'en apercevant sa sœur jumelle devant le feu, trempée jusqu'aux os et portant d'étranges vêtements.

Janet n'attendit pas la réponse de sa sœur et prit les choses en main. Elle appela une servante et lui demanda d'apporter un peu de vin, du fromage et du pain. D'abord interloquée par les visages pratiquement identiques des deux femmes, la jeune domestique s'empressa d'obéir. Quelques minutes plus tard, Mary se retrouvait assise aux côtés de sa sœur devant un plateau chargé de nourriture. Janet s'était débarrassé de sa huque et l'avait mise à sécher devant le feu. Elle portait toujours sa guimpe et son voile. En remarquant la grande croix en bois suspendue à son cou, Mary en déduisit qu'elle avait voulu se faire passer pour une religieuse.

Elle sentit sa peur revenir.

— Vraiment, tu n'aurais pas dû venir, Janet. Duncan sera furieux d'apprendre que tu t'es mise en danger.

Elle hésita un instant avant de demander :

— Comment es-tu parvenue à voyager jusqu'ici depuis le château de Tioram sans son aide ?

Janet esquissa un sourire.

— J'ai trouvé une paire d'oreilles plus compatissante.

Les deux sœurs se dévisagèrent. Mary devina rapidement.

— Lady Christina ?

Leur frère Duncan était marié à Christina MacRuairi, également connue comme la dame des Îles, l'unique héritière légitime de la seigneurie de Garmoran. Femme puissante au caractère bien trempé, elle n'hésitait pas à défier son redoutable mari si la cause lui paraissait juste.

Janet acquiesça.

— C'est elle qui m'a suggéré de me déguiser ainsi. Elle m'a fourni des hommes et un *birlinn*.

Naturellement. Seuls les Islanders de lady Christina étaient d'assez bons marins pour passer sous le nez de la flotte anglaise.

— Nous avons accosté juste au nord de Newcastle-upon-Tyne, poursuivit Janet. Là, j'ai acheté un cheval. J'ai payé douze livres pour une rosse butée qui doit avoir le double de mon âge ! Cet homme rôtira en enfer pour avoir escroqué une nonne.

Elle paraissait tellement scandalisée que Mary se garda de lui rappeler qu'elle n'en était pas une.

— Du coup, j'ai mis quelques heures de plus que je n'aurais dû, continua Janet. Mais j'ai réussi. J'ai croisé une patrouille de soldats anglais et pas un seul ne m'a accordé un regard.

Dieu merci, Mary était assise. Il n'y avait que sa sœur pour lui annoncer comme si de rien n'était qu'elle avait parcouru des centaines de milles le long des côtes traîtresses d'Écosse, puis traversé à cheval un pays ravagé par la guerre avant de tomber nez à nez avec l'ennemi.

— Ne me dis pas que tu as fait tout ce chemin seule !

Janet la regarda comme si elle était tombée sur la tête.

— Bien sûr que non ! Cailin était avec moi.

Mary gémit. Cailin avait une bonne soixantaine d'années. Ancien maître d'écurie de leur père, il avait été marié à leur nourrice. Janet le menait par le bout du nez depuis qu'elle avait deux ans. Il les protégerait toutes les deux jusqu'à la mort, mais ce n'était pas un guerrier.

Janet pouffa de rire.

— Il n'était pas ravi quand il a dû se raser le crâne pour se faire une tonsure, mais il fait un très beau moine. Je l'ai envoyé dans les cuisines pour se sécher et manger quelque chose pendant que tu prépares tes affaires et celles de David. Nous devons partir le plus rapidement possible. Je t'ai apporté une robe comme la mienne, mais j'ai bien peur qu'elle soit trop grande.

Elle l'inspecta à nouveau avec une légère grimace.

— Par sainte Bride, Mary. Tu es aussi chétive et ratatinée qu'un moineau mort de faim !

On pouvait se fier à Janet pour ne pas prendre de gants. Mary savait qu'elle avait maigri, mais elle ne se rendait compte à quel point qu'en voyant la mine affligée de sa sœur.

— Bah, elle fera l'affaire, reprit celle-ci. Pour David, je n'ai apporté qu'une cape. Il est trop petit pour jouer au moine.

Son fils avait neuf ans. Il avait été conçu lors de sa nuit de noces, alors qu'elle n'avait que quatorze ans, et était né durant l'emprisonnement de son père à la Tour de Londres à la suite de sa première rébellion. Après leur mariage, Mary n'avait pas revu son mari pendant près de deux ans, le premier signe de ce qu'allait devenir leur union.

Elle aurait tant voulu saisir la chance que lui offrait sa sœur et l'aurait acceptée si elle avait été seule. Elle était prête à presque tout pour rentrer en Écosse. Presque. Elle devait penser à l'avenir de David. Les rébellions d'Atholl avaient privé leur fils de son enfance ; elle ne permettrait pas qu'elles le dépouillent aussi de son patrimoine. Pas tant qu'il restait une chance qu'ils sortent indemnes de ce cauchemar.

Elle sentit les larmes lui piquer de nouveau les yeux.

— Je ne peux pas, répondit-elle. Je le voudrais, mais je ne peux pas. Si nous tentons de fuir l'Angleterre, Édouard nous considérera comme des traîtres et David perdra son droit au titre de comte. Atholl viendra nous chercher quand il le pourra.

Il le ferait. Même après tout ce qui s'était passé, elle ne pouvait croire qu'il les laisserait livrés à eux-mêmes, seuls face à l'ennemi.

Janet se figea et écarquilla ses grands yeux bleus.

— Tu n'es pas au courant ?

Mary fut parcourue par un frisson prémonitoire.

— Au courant de quoi ?

— Robert est en fuite. Il s'est réfugié dans les îles grâce à l'aide de notre frère et de lady Christina. Malheureusement, l'escorte de la reine n'a pas eu cette chance. Ils ont tous été capturés à Tain voilà une semaine. Le comte de Ross a violé le sanctuaire de St. Duthac et les a fait arrêter.

Mary tressaillit devant un tel sacrilège.

— C'est pourquoi je suis venue, acheva Janet.

— Et Atholl ? demanda Mary d'une voix tremblante.

Janet n'eut pas besoin de répondre, Mary connaissait déjà la réponse. Son mari s'était forcément trouvé avec les femmes. Elles l'adoraient. Après tout, c'était un héros.

Plus maintenant. L'héroïque comte d'Atholl avait été capturé. Mary était atterrée. Malgré toutes ses désillusions et ses souffrances, elle ne pouvait oublier l'amour qu'elle avait eu pour lui autrefois. Même si ses sentiments avaient été broyés depuis longtemps, l'idée de son mari enchaîné faisait resurgir des vestiges des rêves romantiques qu'elle avait nourris.

Pourquoi, John ? Cela devait-il vraiment finir ainsi ? Elle ignorait si elle se référait à leur mariage ou à sa vie. Sans doute aux deux.

Janet posa la main sur la sienne.

— Je suis désolée. Je croyais que tu savais.

Bien qu'elle n'ait jamais apprécié le mari de Mary, elle comprenait sa peine.

— Comment aurais-je pu l'apprendre ? répondit Mary. Nous sommes seuls, ici. Sir Adam nous rend visite quand il le peut, mais il a été convoqué à la cour il y a une semaine…

Elle s'interrompit en se rendant compte que ce n'était probablement pas une coïncidence. Était-il au courant ?

Elle chassa cette pensée. Non. Sir Adam Gordon avait fait tout ce qui était en son pouvoir pour les protéger, David et elle, au cours des six derniers mois, se portant même garant pour le retour de son fils au sein de sa famille. Il était l'un des plus proches amis d'Atholl. Ils avaient combattu ensemble pour l'Écosse à Dunbar et Falkirk, puis avaient servi côte à côte dans l'armée d'Édouard en Flandres, où ils avaient été vaincus. Les deux hommes avaient ensuite choisi des camps opposés lors de la rébellion de Bruce. Sir Adam était demeuré loyal au roi déposé, Jean de Balliol, puis avait rejoint leurs anciens alliés anglais contre Bruce. Néanmoins, Mary savait qu'il continuerait de veiller sur eux de son mieux, en ami fidèle.

— Nous n'avons pas une minute à perdre, insista Janet. Les hommes de Christina nous attendent. Nous devons les rejoindre avant l'aube.

Mary hésita. La capture d'Atholl ne changeait rien. Ou plutôt, il semblait plus important que jamais de ne rien entreprendre dans la précipitation. D'un autre côté, attendre de savoir si la colère d'Édouard retomberait sur eux était un peu comme pénétrer dans la cage d'un lion affamé en espérant qu'il ne vous remarquerait pas.

Janet perçut ses doutes. Elle la prit par les épaules et la força à la regarder dans les yeux.

— Tu ne peux pas rester ici, Mary. Édouard est ivre de rage. Des bruits courent…

Elle s'interrompit, comme si les paroles étaient trop douloureuses.

— Quels bruits ? demanda Mary.

Les yeux de sa sœur s'emplirent de larmes.

— On raconte qu'il a ordonné que notre nièce Marjory soit enfermée dans une cage au sommet de la Tour de Londres.

Mary resta sans voix. Une cage ? Elle ne pouvait le croire, même de la part d'Édouard Plantagenêt, le « marteau des Écossais » et le roi le plus impitoyable que l'Angleterre ait connu depuis longtemps. Marjory, la fille que Robert avait eue avec leur sœur décédée, n'était qu'une enfant.

— Ce doit être une fausse rumeur.

— Hélas non, répondit Janet. Mary de Bruce et Isabella MacDuff doivent subir le même sort.

Bonté divine ! Une telle barbarie était inconcevable, surtout exercée contre des femmes. Elle avala péniblement sa salive pour tenter de déloger le nœud dans sa gorge.

Janet se tourna brusquement vers la fenêtre.

— Tu n'as rien entendu ?

Mary hocha la tête et, pour la seconde fois dans la soirée, sentit monter la panique.

— On dirait des chevaux…

Était-il déjà trop tard ? Les soldats qu'elle redoutait tant étaient-ils à leur porte ? *Une cage…*

Les deux femmes coururent vers l'une des meurtrières de la tour carrée. Dehors, il faisait sombre et il pleuvait toujours à verse, mais Mary parvint néanmoins à distinguer les silhouettes de trois cavaliers qui approchaient. Ce ne fut qu'une fois qu'ils se furent avancés dans le halo des torches se trouvant au-dessus du portail qu'elle libéra enfin le souffle qu'elle retenait depuis quelques minutes.

— C'est sir Adam !

Son soulagement fut de courte durée. Sir Adam ne débarquerait pas au milieu de la nuit sans une bonne raison. Compte tenu des circonstances, cela ne présageait rien de bon.

Quelques instants plus tard, le sénéchal de son mari fit entrer le nouveau venu dans la grande salle. Mary se précipita vers lui.

— Est-ce vrai ? Atholl a été capturé ?

Il parut surpris qu'elle en soit déjà informée, puis aperçut Janet derrière elle et comprit. Il s'inclina vers cette dernière.

— Lady Janet, que faites-vous ici ?

Avant que sa sœur ait pu répondre, Mary répéta :

— Est-ce vrai ?

Il acquiesça, et ses traits s'affaissèrent. Sir Adam n'avait que quarante ans, le même âge qu'Atholl, mais la guerre l'avait vieilli. *Comme nous tous*, pensa-t-elle. Elle n'avait que vingt-trois ans et avait parfois l'impression d'avoir vécu deux fois plus longtemps.

— Hélas, ma chère, c'est vrai. Il a été conduit dans le Kent pour être jugé à Canterbury.

Mary soupira. En choisissant de le juger dans le Kent, le roi Édouard laissait planer peu de doutes sur l'issue du procès. À l'instar de nombreux nobles écossais, Atholl possédait plusieurs terres en Angleterre, dont de vastes domaines dans le Kent. À ce titre, il avait dû prêter serment d'allégeance à la couronne d'Angleterre.

Le comte écossais serait donc jugé en tant que sujet anglais.

Les épaules de Mary retombèrent. Cette fois, le galant comte d'Atholl n'échapperait pas à la potence.

Sir Adam en semblait conscient lui aussi, mais il y avait autre chose.

— Que se passe-t-il ? demanda-t-elle.

Il se tourna vers Janet.

— Vous ne devriez pas être ici. Il ne faut pas qu'ils vous voient.

Son regard alla de l'une à l'autre et il ajouta :

— Si je ne vous connaissais pas aussi bien, j'aurais du mal à vous distinguer l'une de l'autre.

Janet posa la question qui montait aux lèvres de Mary :

— Qui ne doit pas me voir ?

Sir Adam se tourna à nouveau vers Mary avec un soupir.

— C'est la raison de ma venue. J'ai devancé l'escorte afin de vous prévenir et de vous préparer. Édouard a envoyé ses hommes vous chercher, vous et David.

Mary pouvait à peine parler.

— Nous... nous sommes arrêtés ?

— Non, non. Pardonnez-moi, je ne voulais pas vous effrayer. Le roi veut simplement s'assurer que l'enfant et vous êtes entre de bonnes mains.

— « Entre de bonnes mains » ! s'esclaffa Janet. Comme notre nièce Marjory ?

Sir Adam ne put masquer sa répugnance.

— Pour le moment, Édouard est aveuglé par sa colère. Il changera d'avis une fois qu'il se sera calmé. Je ne peux croire qu'il laisserait mettre une jeune fille en cage.

Il croisa le regard de Mary et tenta de la rassurer :

— Le roi ne vous blâme pas pour la trahison d'Atholl. Il sait que vous lui êtes restée loyale. En outre, après avoir passé près de huit ans dans la maison du prince

Édouard, David est comme un petit-fils pour lui. Vous ne serez pas en danger.

— Et si vous vous trompez ? demanda Janet. Êtes-vous prêt à exposer la vie de ma sœur aux coups de folie d'Édouard Plantagenêt ?

Les crises de fureur du roi étaient bien connues. Il les tenait de ses ancêtres angevins dont on disait qu'ils descendaient du diable en personne.

— Non, conclut-elle. Je la ramène à la maison.

Sir Adam sursauta.

— Est-ce vrai, lady Mary ? Vous fuyez l'Angleterre ?

Plutôt que de répondre à sa question, Mary l'implora du regard de lui dire la vérité.

— Le roi a-t-il l'intention de me prendre à nouveau mon fils pour le placer chez un autre seigneur anglais ?

Elle vit la lueur de doute dans son regard.

— Je ne sais pas, avoua-t-il.

Le cœur de Mary se serra. Même si neuf ans s'étaient écoulés, la douleur d'avoir été séparée de son bébé était encore vive.

Elle prit sa décision. Elle ne voulait pas, ne pouvait pas, supporter qu'on lui enlève à nouveau son fils. Celui-ci était déjà plus anglais qu'écossais. Elle soutint le regard de sir Adam.

— Nous aiderez-vous ?

Il hésita, ce qu'elle pouvait comprendre. Elle rechignait à lui demander de l'aide après tout ce qu'il avait déjà fait pour elle. Néanmoins, avec les hommes d'Édouard sur le point d'arriver au château, elle n'avait guère le choix.

— Est-ce vraiment ce que vous souhaitez ? demanda-t-il.

Elle acquiesça. Atholl ne viendrait plus les chercher. Elle devait se débrouiller par ses propres moyens.

Il poussa un long soupir, montrant ainsi qu'il n'était pas d'accord mais savait qu'il ne servait à rien de tenter de la dissuader.

— Je ferai de mon mieux pour les retarder, déclara-t-il.
Il se tourna vers Janet.

— Vous avez un moyen de transport ?

Janet acquiesça.

— Dans ce cas, vous feriez bien d'aller chercher David et de filer. Ils seront ici d'une minute à l'autre.

Mary se jeta à son cou, les yeux pleins dc larmes.

— Merci, murmura-t-elle.

— Je dois ma vie à Atholl, répondit-il. Je ferai tout pour qu'il ne vous arrive rien.

Le cœur de Mary se gonfla de gratitude. Si seulement son mari en avait fait autant !

Le père de sir Adam était mort sur le champ de bataille de Dunbar, mais les actes de bravoure d'Atholl avaient permis à son fils de s'enfuir. Autrefois, elle avait été fière du courage de son mari et de ses prouesses au combat. Toutefois, sa fierté n'avait pas suffi. Admirer un homme de loin et être mariée à lui étaient deux choses bien différentes.

Elle enfila la tenue que Janet lui avait apportée (effectivement, elle était trop grande et pendait mollement comme un sac de jute), puis alla réveiller son fils. Si Janet remarqua la méfiance dans les yeux de David quand il regardait sa mère, elle n'en dit rien. Mary s'efforçait de se rassurer en se disant que cela prendrait du temps. Néanmoins, au bout de trois mois ensemble, le garçon continuait de tiquer chaque fois qu'elle le touchait. Cela aurait sans doute été moins douloureux s'il n'avait pas tant ressemblé à Atholl. Hormis ses cheveux clairs, l'enfant était le portrait craché de son père.

Fort heureusement, David ne protesta pas quand il fut sorti de son lit au milieu de la nuit, contraint de passer une cape en laine rêche et entraîné sous la pluie. Ayant été élevé en tant que prisonnier virtuel (même s'il avait été traité royalement), il avait appris à garder ses pensées pour lui. Un peu trop bien, même, au goût de Mary. Son jeune fils était pour elle une énigme.

Lorsqu'il la vit, Cailin la serra fort dans ses bras. Elle réprima un sourire. Janet avait dit vrai. Avec son visage rond et jovial, et sa bedaine de chantre, il faisait un moine très crédible.

Ils laissèrent la carne que Janet avait achetée dans l'écurie et l'échangèrent contre deux des bons chevaux d'Atholl, puis ils prirent la direction de la côte est, Mary montant avec David, Janet avec Cailin.

Le parcours était laborieux et traître. La route était boueuse et il était impossible d'allumer des torches en raison de la pluie, si bien qu'ils n'y voyaient pas grand-chose. Pire encore, l'angoisse les tenaillait, aiguisant leurs sens et mettant leurs nerfs à vif. Ils sursautaient au moindre son, guettant les signes d'une poursuite.

Néanmoins, à chaque kilomètre parcouru, la tension se relâchait un peu.

Bientôt, Janet confirma ce que Mary avait pressenti.

— Nous y sommes presque. Le *birlinn* est caché dans une crique, juste de l'autre côté du pont.

Mary ne pouvait le croire. Ils allaient réussir ! Elle rentrait chez elle, en Écosse !

Au moment où ils s'engageaient sur le pont qui enjambait la Tyne, un bruit au loin lui glaça les sangs. Ce n'était pas le grondement de sabots derrière elle qu'elle avait redouté, mais un fracas de métal devant eux.

Sa sœur l'avait entendu elle aussi. Leurs regards se rencontrèrent une fraction de seconde avant que Janet n'éperonne sa monture et ne s'élance en avant avec un cri étranglé.

Mary lui hurla d'arrêter, mais Janet, Cailin accroché à elle, fonçait droit devant elle. Mary serra son fils contre elle et s'élança à son tour, s'enfonçant dans les ténèbres tandis que les bruits de combat s'amplifiaient.

— Janet, arrête !

Sa sœur allait se faire tuer. Les Anglais avaient dû repérer les Islanders et les attaquer.

Heureusement, si Janet ne réfléchissait plus, Cailin avait encore assez de bon sens pour deux. Il força leur cheval à ralentir, permettant à Mary et à David de les rattraper.

Janet tentait désespérément de reprendre les rênes au vieil homme. Mary se tenait suffisamment près pour voir la lueur frénétique dans ses yeux.

— Je dois y aller ! s'écria Janet. Il faut que je sache.

— Vous n'aiderez pas les hommes en vous faisant tuer, répliqua Cailin avec une fermeté que Mary ne lui connaissait pas. Si vous vous mettez dans leurs pattes, ils ne penseront plus qu'à vous protéger au lieu de défendre leur peau.

Les yeux de Janet s'emplirent de larmes.

— Mais c'est ma faute !

— Non, c'est la mienne, déclara Mary.

C'était vrai. Elle n'aurait jamais dû en arriver là. Elle aurait dû fuir des mois plus tôt au lieu de croire que son mari viendrait les chercher. Avait-il eu une seule pensée pour eux avant de se lancer à la conquête de la gloire ?

— Qui se bat, mère ? demanda David.

Mary baissa les yeux vers le visage grave de son fils.

— Les hommes qui ont conduit ta tante jusqu'à nous.

— Cela veut dire que nous ne partons plus ?

Mary sentit son cœur se serrer en entendant la pointe de soulagement dans sa voix. Pouvait-elle lui reprocher de ne pas avoir envie de quitter l'Angleterre ? Après tout, il n'avait jamais rien connu d'autre.

Ils avaient manqué à tous leurs devoirs de parents.

Au lieu de lui répondre, elle se tourna vers sa sœur.

— Nous devons faire demi-tour et rentrer avant d'être découverts.

— Ne capitulez pas si vite, ma petite, lui dit Cailin. Les MacRuairi savent se battre.

Mais combien de temps pouvaient-ils se permettre d'attendre ?

La décision fut prise pour eux quelques instants plus tard, quand ils entendirent des chevaux venir vers eux. Les Anglais battaient en retraite. Malheureusement, les soldats fuyaient vers le pont et ils se trouvaient en travers de leur chemin.

— Vite ! s'écria Mary.

Ils firent demi-tour et repartirent au galop pour éviter les Anglais en déroute et, à en juger aux cris, les Islanders qui les poursuivaient.

Elle venait de franchir le pont quand elle entendit le cri de Janet derrière elle. Elle se retourna juste à temps pour voir Cailin tomber du cheval et s'effondrer sur les planches du tablier dans un craquement sinistre.

Tout sembla se produire simultanément. Janet arrêta sa monture au milieu du pont et sauta de selle pour aider Cailin. Celui-ci avait atterri sur le ventre, une flèche pointant hors de son dos. Mary lança un regard derrière sa sœur. La colline grouillait à présent d'hommes. Les féroces cris de guerre des Islanders transperçaient la nuit. Ils avaient rattrapé les fuyards et la berge était désormais transformée en champ de bataille.

À travers le vacarme des armes, Mary cria à sa sœur :

— Viens ! Laisse-le ! Tu ne peux plus rien faire pour lui.

Les Anglais arrivaient droit sur Janet. Elle allait se faire piétiner.

Mary se trouvait à une douzaine de mètres de sa sœur. Lorsqu'elle croisa son regard, elle comprit que Janet ne quitterait pas Cailin. Elle tentait vainement de le soulever par les épaules.

Mary fit volter sa monture, résolue à traîner sa sœur hors du pont, de force si nécessaire. Au même instant, elle crut entendre une voix crier « Non ! » derrière elle. Puis une terrifiante détonation ébranla l'air, faisant ruer son cheval.

Elle cria, étreignit David d'un bras tout en s'accrochant au pommeau de la selle pour ne pas être désarçonnée. Elle était à peine parvenue à maîtriser sa monture qu'un éclair aveuglant s'abattit sur le pont, accompagné d'un étrange grondement de tonnerre comme elle n'en avait encore jamais entendu.

Mon Dieu ! Janet !

Elle vit avec horreur le pont se transformer en une boule de feu et sa sœur disparaître de sa vue. La dernière chose dont elle se souvint fut d'avoir étreint David contre elle tandis qu'ils étaient projetés en arrière et tombaient de cheval.

Lorsqu'elle reprit conscience, des heures plus tard, elle était au chaud et au sec dans sa chambre. Elle crut d'abord avoir fait un cauchemar. Puis elle comprit que le cauchemar ne faisait que commencer.

Cailin était mort et sa sœur était portée disparue, présumée morte elle aussi, emportée par la rivière après l'effondrement du pont. La voix qu'elle avait entendue était celle de sir Adam. Il était arrivé juste à temps pour la voir vider les étriers. David n'avait rien eu mais Mary s'était heurté la tête contre une pierre et s'était évanouie. Son dos était en piteux état.

Pourtant ses blessures étaient le moindre de ses soucis. Sans la présence de sir Adam, les semaines qui suivirent auraient été plus que précaires.

Il la protégea de la colère du roi en affirmant qu'elle avait été enlevée par les hommes de Bruce, puis l'implora de la laisser se remettre du choc avant d'entreprendre le voyage jusqu'à Londres. Mary et David ne furent donc conduits à la cour qu'en novembre. Elle eut presque deux mois entiers avec son fils avant qu'ils ne le lui prennent de nouveau et qu'il soit emprisonné dans la maison du prince de Galles pour y servir de page.

Elle quitta la cour pour rentrer à Ponteland (où elle avait ordre de rester) le 14 novembre, une semaine après l'exécution de son mari. Le comte fut pendu à un gibet surélevé par déférence à son « haut » rang, la réponse cruelle d'Édouard à Atholl qui avait fait valoir leurs liens de parenté. En passant devant le corps de garde du pont de Londres, elle veilla à ne pas lever les yeux afin de ne pas voir la tête de son mari plantée sur une pique près de celles des autres traîtres écossais (ou héros selon le côté de la frontière où l'on vivait), William Wallace et Simon Fraser.

Le beau et fringant chevalier avait brandi son épée pour une dernière noble cause. Mary avait laissé son amour pour Atholl derrière elle depuis longtemps, aussi fut-elle surprise par l'ampleur de sa douleur. Pourtant, derrière le chagrin, il y avait également de la colère pour ce qu'il leur avait fait.

On lui avait dit qu'elle avait de la chance de ne pas avoir été envoyée dans un couvent comme les autres épouses et filles de traîtres. Sa « loyauté », l'affection du roi pour son fils et la caution de sir Adam l'avaient épargnée. Sans la promesse qu'elle s'était faite, elle aurait accueilli avec soulagement la vie de recluse et la solitude du cloître, loin du tumulte de la guerre qui lui avait pris son père, son frère et à présent son mari. Mais elle s'était juré de voir son fils récupérer son titre de comte et de ne jamais cesser de chercher sa sœur. Son cœur refusait de croire à sa mort.

En revanche, la vie qu'elle avait connue jusqu'ici était bel et bien terminée.

1

Juin 1309. Newcastle-upon-Tyne, Northumberland, Marches anglaises

Mary tendit au marchand le paquet qui représentait près de trois cents heures de travail et attendit patiemment tandis qu'il examinait les aumônières, les rubans et les coiffes avec la même minutie et le même soin du détail que la première fois qu'elle lui avait apporté ses articles trois ans plus tôt.

Lorsqu'il eut fini, le vieil homme croisa les bras sur son torse et la fixa avec un air de reproche.

— Vous avez fait tout ça en quatre semaines ? J'espère que vous avez une armée de fées pour vous aider la nuit, ma dame, car vous m'aviez promis de lever le pied ce mois-ci.

— Je ralentirai le mois prochain, l'assura-t-elle. Après la fête des moissons.

— Et pour la Saint-Michel ? demanda-t-il.

Il faisait allusion à la grande foire qui se tenait à la fin de septembre.

Son air renfrogné la fit sourire. Il s'efforçait de l'impressionner mais, avec sa corpulence et son visage bienveillant de grand-père, il n'était pas très efficace.

— Après la Saint-Michel, je serai tellement paresseuse que je serai contrainte d'acheter une indulgence au père Andrew pour que mon âme ne coure pas un danger éternel.

Il tenta de conserver son air réprobateur, sans grand succès, puis éclata de rire. Il secoua la tête comme un père gâteux devant sa fille désobéissante.

— Je voudrais bien voir ça.

Il lui tendit une bourse contenant la somme convenue.

Elle le remercia et la glissa dans l'escarcelle suspendue à sa ceinture. Son poids était réconfortant.

Il arqua un sourcil broussailleux dans lequel pointaient de longs poils gris.

— Vous n'auriez pas besoin de travailler si dur si vous acceptiez des commandes. Offrir une aussi belle broderie en *opus anglicanum* aux paysans, c'est donner du lard aux cochons.

Il avait fait une telle moue de dégoût que Mary eut du mal à se retenir de rire. Ses clients n'étaient pas des paysans, mais des membres de la classe marchande naissante, des gens comme lui, qui contribuaient à faire de Newcastle-upon-Tyne un bourg de plus en plus important.

Les marchés et les foires telles que celle qui se tenait aujourd'hui comptaient parmi les meilleurs au nord de Londres. L'échoppe de John Bureford, pleine de riches étoffes et d'accessoires, était l'une des plus réputées. D'ici une heure, elle serait pleine à craquer de jeunes femmes cherchant les dernières tendances de la mode de Londres et du continent.

Il saisit l'un des rubans et le lissa entre ses doigts. C'était une bande d'épais velours couleur grenat sur lequel elle avait brodé un motif de feuilles de vigne au fil d'or.

— Même sur ces articles, elles remarquent la qualité du travail. Les dames de la ville se battraient pour être la première à avoir un surcot ou une tenture brodée par vos soins. Même l'ourlet d'une chemise pourrait les satisfaire. Laissez-moi vous arranger ça ; vous n'aurez qu'à fixer votre prix.

Elle se figea, sentant ses anciennes peurs revenir, et demanda à voix basse :

— Vous ne leur avez rien dit, n'est-ce pas ?

Il parut vexé.

— Je ne comprends pas votre désir de rester anonyme, ma dame, mais je respecte notre accord. Personne n'a besoin de savoir qui vous êtes. Mais êtes-vous bien sûre de ne pas vouloir confectionner quelques articles spéciaux ?

Mary secoua la tête. Préserver son intimité était plus important que quelques pièces de monnaie supplémentaires. Trois ans plus tôt, elle s'était retrouvée livrée à elle-même, affreusement mal préparée à affronter sa nouvelle situation, avec à peine quelques livres en poche. Elle aurait pu aller quémander auprès du roi, comme d'autres dans sa position avaient été contraints de le faire, mais elle ne voulait pas attirer l'attention sur elle. Le meilleur moyen de se retrouver prisonnière d'un autre mariage politique était de faire appel aux caisses royales. Elle aurait pu s'adresser à sir Adam (il lui avait souvent offert son aide), mais il s'était déjà suffisamment compromis pour elle.

Les fermages du château suffisaient à peine à payer les serviteurs et à les nourrir, sa femme de chambre et elle. Elle avait donc dû chercher une autre source de revenus. *Que ferait Janet à ma place ?* Elle se posait régulièrement la question, cela l'aidait à trouver des solutions.

Jeune noble ayant toujours vécu une vie protégée, peu instruite et sans compétences particulières, ses options étaient limitées. La seule chose qu'elle maîtrisait était la couture. Elle et sa sœur avaient toujours été douées pour cela et, même si cela réveillait des souvenirs douloureux, elle s'était mise à broder de petits articles tels que des rubans, des coiffes puis des petits sacs. Des objets qui n'attireraient pas l'attention sur l'ouvrière.

Malheureusement, cette dernière partie de son plan avait échoué et ses « colifichets » avaient été remarqués. Elle n'était toutefois pas encore en danger. Édouard II ne semblait pas nourrir la même haine que son père à l'égard d'Atholl et des autres « traîtres écossais ». Jusqu'à présent, le nouveau roi la laissait tranquille. Elle entendait bien que cela ne change pas.

— J'ai tout ce dont j'ai besoin, répondit-elle.

Elle fut elle-même surprise de constater que c'était le cas.

Elle aurait facilement pu s'effondrer après avoir perdu sa sœur et son mari, après qu'on lui avait à nouveau enlevé son fils et qu'elle s'était retrouvée piégée seule dans un pays ennemi. Elle esquissa un sourire doux-amer. À sa place, Janet se serait débattue dans ses liens de velours et n'aurait cessé de s'insurger contre l'injustice de son sort. Mary avait toujours été la plus pragmatique des deux, elle prenait les choses comme elles étaient plutôt que d'essayer de les changer. Elle ne perdait pas de temps à déplorer ce sur quoi elle n'avait pas de pouvoir. Les désillusions de son mariage avaient façonné ce fatalisme.

Ses tentatives pour retrouver sa sœur n'avaient toujours rien donné et ses retrouvailles avec son fils étaient douloureusement rares. Néanmoins, elle avait peu à peu reconstruit sa vie en Angleterre. Une vie calme et paisible, loin de la destruction et de la guerre.

La peur permanente qui avait accaparé son existence du temps d'Atholl avait disparu, ainsi que la souffrance d'être mariée à un homme qui la remarquait à peine. Sans elles, le poids qui pesait sur ses épaules s'était allégé. Pour la première fois de sa vie, elle n'avait pas de père ni de mari pour contrôler chacun de ses gestes, ni de sœur pour la protéger. Peu à peu, elle avait pris de l'assurance et découvert que l'indépendance lui convenait. Elle aimait être seule.

Les jours avaient pris un rythme tranquille. Elle vaquait à ses tâches de châtelaine et travaillait sa broderie dès qu'elle trouvait un moment de libre. Elle s'était accommodée de sa situation et était, sinon heureuse, du moins sereine. Les seules choses qu'elle désirait étaient des nouvelles de Janet et plus de temps avec son fils. Sur ce dernier point, elle espérait que sir Adam lui apporterait bientôt de bonnes nouvelles.

Il était inutile d'attirer davantage l'attention sur elle en acceptant des commandes.

Le marchand la dévisagea comme si elle avait blasphémé.

— Besoin ? Qui parle de besoin ? Abondance de biens ne nuit jamais. Comment ferais-je une bonne commerçante de vous avec ce type de discours ?

Son ton outragé la fit rire et le vieil homme parut soudain ravi.

— Ça fait du bien de vous voir rire, ma dame. Vous êtes trop jeune pour vous cacher sous ces vêtements sombres. Regardez-moi ce voile !

Elle n'avait que vingt-six ans, mais en paraissait dix de plus. Du moins, c'était l'effet qu'elle recherchait. Il fit la grimace et saisit l'un de ses rubans.

— Vous confectionnez ces jolies choses pour les autres, alors que vous n'en portez pas vous-même. Cette fois, laissez-moi vous trouver une belle étoffe colorée...

— Pas aujourd'hui, maître Bureford, l'interrompit-elle.

C'était une habitude entre eux, comme un refrain qui tournait autour de ses tenues et du fait qu'elle travaillait trop. À l'instar de son comportement, son allure visait à passer inaperçue. Il était si facile de transformer le joli en quelconque. Des vêtements noirs et sans forme, d'épais voiles et des guimpes de couleur sombre qui ne lui allaient pas au teint, de longues heures nocturnes à broder à la lueur de la chandelle et, surtout, une maigreur qui lui creusait les joues et durcissait ses traits normalement doux. *Comme un moineau affamé*. Si Janet avait été là, elle l'aurait assise devant une pile de tartelettes et lui aurait interdit de se lever avant d'avoir pris douze kilos.

Le vieil homme parut vouloir insister, mais leur différence de rang le retint.

Elle prit soudain conscience de l'heure et déclara :

— Il faut que j'y aille.

L'aube cédait le pas à la matinée et des acheteurs commençaient à affluer autour des étals.

La journée promettait d'être radieuse. Mary avait appris à aimer le nord de l'Angleterre en été. La campagne verdoyante n'était pas si différente de celle qui environnait le château de Kildrummy, dans le nord-est de l'Écosse, où elle avait grandi. Elle repoussa la montée de nostalgie avant qu'elle prenne forme. Il était plus simple de ne pas penser à sa vie d'avant.

— Attendez, j'ai quelque chose pour vous.

Avant qu'elle ait pu protester, il disparut dans la tente qu'il avait dressée derrière son échoppe, la laissant seule pour surveiller sa marchandise. Elle sourit en l'entendant marmonner tandis qu'il fouillait dans son bric-à-brac. Elle se demandait comment il parvenait à retrouver quoi que ce soit dans cet amoncellement de coffres et de boîtes.

Inconsciemment, elle balaya la foule du regard à la recherche d'une silhouette féminine de taille moyenne et à la chevelure blond doré. Elle se demanda si elle réussirait un jour à se trouver dans un lieu public sans espérer apercevoir Janet. C'était toujours la même déception. Sir Adam l'avait suppliée de cesser de se torturer ainsi mais, même si ses recherches n'aboutissaient à rien, Mary ne pouvait accepter que sa sœur ne soit plus de ce monde. Elle le sentirait forcément... non ?

Elle se tourna en entendant un bruit et vit une femme avec deux enfants examiner des rubans colorés de l'autre côté de la table. À leurs vêtements, elle devina qu'ils n'avaient pas les moyens des clients habituels de Bureford. La femme devait être l'épouse d'un fermier. Elle paraissait épuisée. Elle portait un enfant dans ses bras, un nourrisson d'environ six mois, et tenait l'autre par la main, une fillette de trois ou quatre ans qui fixait les rubans comme s'il s'agissait d'une pile de pièces d'or. Elle voulut en prendre un et sa mère la tira en arrière.

— Non, Beth. On ne touche pas.

Soudain, une autre fillette jaillit d'entre ses jupes, attrapa une poignée de rubans de sa petite main potelée et déguerpit à travers la foule.

La jeune mère poussa un cri horrifié.

— Meggie, non !

Elle aperçut Mary et, pensant qu'elle était la vendeuse, elle lui fourra le bébé dans les bras et lui tendit la main de la fillette.

— Je suis désolée. Je vais vous les rapporter.

Tout s'était déroulé si vite que Mary mit quelques instants à se rendre compte qu'elle tenait deux enfants. Elle ne savait pas qui était le plus choqué, elle ou les bambins. Le nourrisson et la fillette la dévisageaient d'un air perplexe, semblant se demander s'ils n'allaient pas se mettre à pleurer.

Elle regarda le bébé avec émotion, se souvenant de ces moments brefs et précieux qu'elle avait eus avec David après sa naissance. Le nourrisson avait le même regard. Elle avait été terrifiée par son propre enfant, par ses pleurs, par les moindres sons qu'il émettait dans son sommeil ; elle avait craint de ne pas savoir le tenir, que sa nourrice n'ait pas assez de lait.

Qu'on le lui enlève.

Elle repoussa ce souvenir. Cela faisait longtemps. Elle était si jeune alors…

À présent, cela appartenait au passé.

Le bébé l'étudiait avec des yeux ronds. David était plus jeune que lui quand on l'avait emmené. Elle ne se souvenait pas d'avoir tenu un autre nourrisson depuis. Elle avait oublié cette sensation, la manière dont ils s'accrochaient instinctivement à votre poitrine, cette agréable chaleur, la douce odeur de bébé.

Ayant apparemment décidé qu'elle ne représentait pas une menace, l'enfant lui adressa un grand sourire édenté et se mit à babiller comme un mouton.

— Ba... ba... ba...

Attendrie, Mary lui sourit. Il (ou elle, car il était impossible de le deviner à cet âge) était un adorable petit diable, avec de grands yeux bleus, un fin duvet de cheveux châtains et de grosses joues roses. Dodu à souhait, il débordait de santé et pesait de tout son poids sur son bras.

Elle sentit soudain qu'on la tirait par la main. Elle avait presque oublié la fillette. Celle-ci semblait avoir décidé de ne pas pleurer non plus et lui indiqua :

— Il veut sa balle.

Mary fut légèrement prise de court. Elle ne s'était pas attendue à ce qu'elle soit en âge de parler. En outre, l'enfant possédait une assurance étonnante.

— Malheureusement, je n'en ai pas.

Elle chercha vainement quelque chose qui ressemblerait à un jouet sur la table, puis se souvint de la petite bourse en cuir que Bureford lui avait donnée. Elle fouilla dans son escarcelle et la sortit.

— Tu crois que cela fera l'affaire ?

Elle agita le petit sac devant le visage du nourrisson et fut récompensée quand il se mit à battre des mains en riant. Il l'attrapa et le secoua vigoureusement pour faire tinter les pièces qu'il contenait. Elle espérait que le cordon était solidement noué.

La fillette, Beth, sembla lire dans ses pensées.

— Faudrait pas qu'il l'ouvre. Il fourre tout dans sa bouche, surtout ce qui brille. Il a failli s'étouffer avec un farthing la semaine dernière.

Mary plissa le front. Elle n'y avait même pas pensé. Cette petite fille s'y connaissait mieux qu'elle en nourrissons. Elle devait également être plus âgée qu'elle ne l'avait cru.

— Quel âge as-tu ?

— Quatre ans et demi, répondit fièrement l'enfant.

Devinant à nouveau ses pensées, elle ajouta :

— Mon papa dit que je suis petite pour mon âge.

Son regard ne cessait de revenir vers les rubans.

— Tu peux en toucher un, si tu veux, lui dit Mary.

Les yeux de Beth s'agrandirent comme des soucoupes. Avant que Mary puisse changer d'avis, elle en saisit rapidement un, rose vif brodé de fleurs en fil d'argent. Elle le tint entre ses doigts avec une telle révérence que Mary ne put s'empêcher de sourire.

— Tu as très bon goût. Tu as choisi le plus joli du lot.

Le sourire de la fillette lui fendit le cœur et elle sentit une puissante vague de nostalgie l'envahir. *N'y pense pas. C'est du passé...*

La mère revint, le souffle court, et se confondit en excuses. Elle tenait fermement la petite voleuse par le poignet.

— Je suis vraiment confuse, répéta-t-elle en déposant la poignée de rubans froissés sur la table.

Elle reprit ensuite son bébé, laissant Mary comme... dépossédée.

Elle se ressaisit rapidement et esquissa un sourire compatissant.

— Ma pauvre, vous devez être débordée.

Soulagée de voir qu'elle la comprenait, la femme lui retourna son sourire.

— Et encore, vous n'en voyez ici que la moitié. J'ai trois autres garçons qui sont en train d'aider leur père avec le bétail.

Elle remarqua soudain la bourse que tenait le nourrisson et écarquilla des yeux aussi grands que ceux de sa fille.

— Willie ! Où as-tu volé ça ?

— Ce n'est rien, répondit Mary en la reprenant. C'est moi qui la lui ai donnée pour l'occuper.

Devinant qu'elle allait avoir une réaction similaire en apercevant le ruban dans les mains de sa fille, elle se hâta d'ajouter :

— J'espère que vous n'y verrez pas d'inconvénient. J'aimerais que Beth le garde.

La femme protesta que c'était beaucoup trop précieux et Mary insista :

— S'il vous plaît, cela me fait plaisir. Elle… elle me rappelle quelqu'un.

Elle ne s'en était pas rendu compte plus tôt, mais la fillette leur ressemblait, à Janet et à elle, quand elles étaient enfants. Avec ses cheveux fins et dorés, ses grands yeux bleus et ses petits traits délicats…

Percevant l'émotion derrière son offre, la jeune mère la remercia et s'éloigna avec sa marmaille.

— Je vous laisse seule quelques minutes et vous distribuez gratuitement ma marchandise ? J'abandonne. Vous ne serez jamais commerçante.

Mary se tourna et découvrit Bureford qui l'observait. En dépit de ses paroles, son ton n'avait rien de réprobateur. À la lueur navrée dans son regard, elle devina qu'il en avait vu plus qu'elle ne l'aurait souhaité.

Elle rassembla les morceaux épars de ses émotions et les rangea à leur juste place. Cette partie de sa vie était terminée. Elle avait été épouse et mère, et cela s'était soldé par un échec dans les deux cas. Il était inutile de s'appesantir sur le passé. Néanmoins, le bref incident avait provoqué des remous dans sa vie tranquille, lui rappelant tout ce qu'elle avait perdu.

Elle ne pourrait jamais réparer l'enfance de David, mais elle était résolue à jouer un rôle dans son avenir.

Si les rares fois où ils s'étaient vus au cours des dernières années ne les avaient pas rapprochés, elle espérait que cela changerait. Bientôt, son fils quitterait la maison royale pour commencer son apprentissage d'écuyer. Sir Adam faisait son possible pour qu'il soit placé chez l'un des barons du nord de l'Angleterre, plus près d'elle.

Le marchand lui tendit une petite boîte en bois.

— Qu'est-ce que c'est ? demanda-t-elle.

— Ouvrez-la.

Elle s'exécuta et eut un mouvement de surprise. Elle souleva délicatement de l'écrin en soie deux verres ronds cerclés de corne et reliés par un rivet central.

— Vous les avez trouvés !

Il acquiesça, ravi de sa réaction.

— Je les ai fait venir d'Italie.

Mary les plaça devant ses yeux et, comme par magie, le monde devint soudain plus grand. Des *occhiale*. Ces lunettes avaient été inventées par un moine italien une vingtaine d'années plus tôt et il était encore difficile de se les procurer. Elle en avait parlé un jour à Bureford, après s'être rendu compte que les longues heures de travail à la chandelle lui fatiguaient les yeux. Elle avait de plus en plus de mal à distinguer les points minuscules.

— Elles sont magnifiques, s'extasia-t-elle.

Elle les rangea dans leur écrin et se jeta au cou du marchand pour le serrer dans ses bras.

Il émit un petit gloussement.

De telles manifestations d'affection n'étaient pas dans ses habitudes, du moins pas depuis son enfance, et elle était surprise par l'émotion qui lui étreignait le cœur. Elle prit conscience qu'elle éprouvait plus de tendresse pour le vieux marchand qu'elle n'en avait eu pour son propre père.

L'espace d'un instant, ses bras se resserrèrent autour de lui comme si elle s'accrochait à une bouée en pleine mer.

Puis, soudain gênée, elle s'écarta. Sa réserve habituelle l'avait momentanément abandonnée. Qu'allait-il penser ?

— Combien vous dois-je ? demanda-t-elle.

Il prit un air offensé.

— C'est un présent.

Elle lui lança un regard moqueur.

— Quoi, vous distribuez la marchandise gratuitement ? Et vous osez vous prétendre marchand ?

Sa tentative d'imitation le fit s'esclaffer.

— C'est un investissement visant à améliorer votre rendement. Comment pourrez-vous broder si vous n'y voyez plus clair ? J'ai la ferme intention de faire de bons bénéfices sur votre dos, ma dame.

— Prenez garde, maître Bureford, ou votre réputation de redoutable négociateur risque d'en prendre un coup.

— Je nierai tout. À présent, je vous conseille de vous retirer avant que notre petit secret soit éventé.

Ils se dévisagèrent un instant, les yeux brillants, émus l'un comme l'autre par ce qu'ils venaient de partager.

Après une dernière étreinte, Mary prit congé.

Elle aurait aimé profiter de la belle journée pour se promener sur le marché jusqu'à oublier ce vague à l'âme qu'avaient fait naître ses échanges avec le marchand et la mère de famille. Néanmoins, fidèle à sa discipline, elle préféra s'éclipser discrètement. Après tout, elle avait tout ce dont elle avait besoin.

Elle retrouva son palefrenier là où elle l'avait laissé, monta en selle et reprit le chemin du château.

Les pièces d'argent cliquetaient dans son escarcelle, le soleil réchauffait son visage, elle avait l'esprit tranquille. Elle ressentit une paix profonde qu'elle n'aurait jamais crue possible trois ans plus tôt. Contre toute attente, l'épouse effrayée et négligée du traître avait reconstruit sa vie. Toute seule.

Son contentement se mua en excitation difficilement contenue quand elle apprit qui l'attendait au château. Sir Adam ! Lui apportait-il des nouvelles de son fils ? *S'il vous plaît, faites qu'il soit placé dans la région...*

Elle fit irruption dans la pièce.

— Sir Adam, avez-vous appris...

Elle s'arrêta net en constatant qu'il n'était pas seul. Elle écarquilla les yeux. L'évêque de St. Andrews ? Que faisait ici William Lamberton ? Cet ancien patriote écossais, que beaucoup tenaient pour l'instigateur du soulèvement de Robert de Bruce, avait été emprisonné par Édouard Ier pendant plus d'un an avant de faire la paix avec son fils Édouard II. Il avait obtenu d'être libéré à condition qu'il ne s'éloigne pas du diocèse de Durham. Dans l'esprit de Mary, Lamberton était inextricablement associé à la guerre.

Elle fut prise d'un sombre pressentiment. Avant même qu'il ait ouvert la bouche, elle sentit que le jour tant redouté était arrivé.

Ils échangèrent brièvement les salutations d'usage puis il alla droit au but. Les jambes de Mary mollirent et elle se retrouva assise sur le banc derrière elle, sous le choc. En quelques minutes, les murs de la vie qu'elle s'était construite venaient de s'effondrer autour d'elle.

Au fond d'elle-même, elle avait toujours su qu'elle n'y échapperait pas indéfiniment. Fille d'un comte écossais et veuve d'un autre, même s'il avait été pendu pour trahison, elle était un atout trop précieux pour qu'on l'ignore éternellement.

Néanmoins, elle ne s'était pas attendue à ça. Non, ce qu'on lui demandait était au-dessus de ses forces.

Elle leva les yeux vers sir Adam, ses doigts tordant les plis de sa jupe noire.

— Le roi souhaite que je me rende en *Écosse* ?

Son vieil ami hocha la tête.

— Au château de Dunstaffnage, dans le Lorn. Bruce y organise les jeux des Highlands le mois prochain.

Comme tous les barons qui s'étaient rangés du côté des Anglais, il refusait de l'appeler « le roi Robert ».

Mary connaissait l'ancienne forteresse des MacDougall. Elle s'y était rendue une fois avec son mari, lors d'une visite à la sœur de ce dernier. Elle vivait au château d'Eilean Donan qui se trouvait non loin.

— Vous ferez partie de la délégation que nous envoyons pour renégocier la trêve, indiqua l'évêque.

Mary ne pouvait croire que le roi autorise le prélat récemment libéré, un homme aussi étroitement lié à Bruce, à retourner en Écosse pour négocier en son nom. C'était comme de donner à un prisonnier les clefs de sa propre geôle en lui recommandant de bien veiller à s'enfermer. Contrairement à elle, Lamberton n'avait pas de fils en Angleterre pour garantir sa « loyauté ».

— Le roi vous accorde l'autorisation de représenter les intérêts du jeune comte, expliqua sir Adam.

Mary lui lança un regard caustique. Édouard était certainement conscient de l'inutilité de l'envoyer revendiquer les terres de son fils en Écosse. À quelques exceptions près, comme pour les Balliol, les Comyn et les MacDougall, Robert de Bruce avait pris soin de ne pas confisquer les terres des comtes et barons qui avaient choisi le camp anglais, dans l'espoir de les voir revenir un jour de son côté. En revanche, ils n'étaient pas autorisés à collecter leurs fermages. Donc, ils étaient dans une impasse. David était un comte écossais sans moyens de subsistance dans son pays.

Édouard était forcément conscient que, tant que David resterait en Angleterre, elle avait peu d'espoir de réussir. Il devait avoir une autre raison.

— Est-ce tout ? demanda-t-elle.

Sir Adam pinça les lèvres, incapable de cacher sa gêne.

— Le roi sait que Bruce vous apprécie.

Ah, c'était donc ça ! Édouard voulait qu'elle espionne. Consciente que l'évêque l'observait attentivement, elle resta impassible.

— Vous voulez dire qu'il m'appréciait, rectifia-t-elle. Je n'ai pas vu mon ex-beau-frère depuis des années. Même si j'étais tentée d'accepter, ce que je ne suis pas, ce n'est certainement pas à moi qu'il ferait des confidences.

— C'est ce que je me suis efforcé de lui expliquer, répondit sir Adam.

Il haussa les épaules, comme pour dire « vous connaissez le roi ». Fort heureusement, elle ne l'avait encore jamais rencontré et avait fait de son mieux pour ne pas le connaître.

— Édouard tient absolument à ce qu'il y ait une femme dans notre groupe, reprit-il. Il pense qu'une voix féminine permettra de trouver le ton juste pour nos négociations. Et qui de mieux placée que vous puisque vous avez été sa sœur par alliance ?

Elle était surtout bien placée parce qu'il était sûr qu'elle rentrerait pour son fils.

— Je suis donc censée l'amadouer afin qu'il accepte les termes d'Édouard, c'est bien ça ?

Lamberton ne put retenir un léger sourire.

— En quelque sorte, oui.

Sir Adam l'observait d'un air soucieux, une expression à laquelle elle s'était habituée au cours des dernières années.

— Je croyais que cela vous ferait plaisir, ma chère.

— C'est le cas, répondit-elle machinalement.

Elle aurait dû être heureuse. Trois ans plus tôt, elle aurait tout donné pour pouvoir rentrer chez elle. Pourtant, à sa surprise, elle découvrait qu'elle n'y tenait plus, en grande partie par crainte de réveiller de douloureux souvenirs.

Plus rien ne l'attendait en Écosse. Son frère Duncan était mort avec les frères de Robert de Bruce plus de deux ans plus tôt, lors de la bataille de Loch Ryan et leur tentative de débarquement ratée. De sa famille, il ne lui restait plus que son fils et son neveu, le comte de Mar, âgé de cinq ans, qui avait été capturé à Tain avec sa mère, la sœur de Robert, et le reste de l'entourage de la reine. Les deux enfants se trouvaient en Angleterre. Comme son fils, le jeune comte de Mar était un prisonnier privilégié de la maison d'Édouard.

Pourquoi maintenant ? Pourquoi, au bout de trois ans, le roi avait-il décidé de la remarquer ? Juste quand elle avait enfin trouvé un semblant de paix à l'abri des batailles et de la politique, voilà qu'il voulait à nouveau la plonger dans ce bain sanglant. Ne lui avait-il pas déjà suffisamment pris ? Ne pouvait-il pas la laisser tranquille ?

Consciente que les deux hommes l'observaient avec inquiétude et sachant qu'elle n'avait pas les mots adéquats pour exprimer ce qu'elle ressentait, elle s'efforça de cacher sa réaction.

— J'espérais juste que vous m'apporteriez d'autres nouvelles, déclara-t-elle.

Sir Adam comprit ce qu'elle voulait dire.

— Le roi apprécie beaucoup David. Il ne semble pas pressé de l'éloigner de lui. Quant à savoir lequel de ses barons l'accueillera pour son apprentissage, aucune décision n'a encore été prise, mais il semblerait que Percy soit le mieux placé pour recevoir cet honneur.

Elle serra les pans de sa jupe un peu plus fort. C'était presque trop beau pour y croire. Lord Henry Percy, 1er baron Percy, venait d'acquérir le château d'Alnwick dans le Northumberland. David serait tout près d'elle.

— Vous pensez que…

Elle n'osait pas prononcer les mots. Sir Adam acheva sa phrase pour elle.

— Je ne vois aucune raison pour laquelle vous ne seriez pas autorisée à le voir aussi souvent que ses devoirs le lui permettront. Dans la mesure où…

Il s'interrompit mais il n'avait pas besoin d'en dire plus.

— Dans la mesure où je fais ce qu'Édouard attend de moi, conclut-elle.

Il prit un air contrit.

— Le jeune comte est très enthousiaste à l'idée que vous alliez défendre ses intérêts.

Le cœur de Mary fit aussitôt un bond.

— Il vous l'a dit ?

Sir Adam acquiesça, avant d'ajouter :

— Il n'a pas oublié que c'est vous qui avez adressé une requête au roi il y a deux ans afin que lui soient restituées ses terres en Angleterre, confisquées après la mort d'Atholl.

C'était l'unique fois où elle était sortie de sa réserve. Avec l'aide de sir Adam et de sir Alexander Abernethy, qui avait puisé dans ses caisses pour dédommager Ralph de Monthermer promu provisoirement comte d'Atholl, sa requête avait été entendue. Son fils avait récupéré une moitié de son patrimoine, la moitié anglaise.

Cette fois, elle ne pouvait plus refuser. Son fils ne lui avait jamais rien demandé. Il aurait bientôt treize ans et elle était toujours pratiquement une étrangère à ses yeux. Le gouffre entre eux ne ferait que s'élargir à mesure qu'il grimperait les échelons pour devenir chevalier. C'était peut-être sa dernière chance de se rapprocher de lui.

L'occasion lui était donnée de tenir sa promesse de restaurer le comté de son fils. C'était peut-être aussi une chance de trouver la réponse à la question qui la hantait depuis trois ans : Janet était-elle parvenue à retourner en Écosse ? C'était peu probable. Lady Christina l'avait assurée que ses hommes étaient rentrés seuls aux îles. Toutefois, Mary n'avait jamais interrogé Robert.

L'évêque insista doucement.

— Le moment est venu, ma fille.

Mary croisa le regard du prélat. L'emprisonnement avait marqué William Lamberton. Comme elle, il était émacié. Toutefois, ses yeux étaient doux. Il semblait avoir parfaitement compris son dilemme. Ses paroles remuèrent quelque chose en elle, comme s'il était en train de lui confier un secret.

— Oui, bien sûr, répondit-elle. Bien sûr, je viendrai.

Ce ne serait peut-être pas aussi douloureux qu'elle le craignait. Elle avait toujours pensé que le jour où Édouard se souviendrait d'elle, ce serait pour la marier à l'un de ses barons. Être envoyée en Écosse comme émissaire de paix était un sort infiniment préférable.

Elle n'avait aucune intention de jouer les espionnes. Elle accomplirait son devoir puis reprendrait sa vie tranquille en Angleterre, en ayant peut-être l'occasion de voir son fils plus souvent.

Sir Adam parut soulagé. Il lui prit la main et la tapota tendrement.

— Cela vous fera le plus grand bien, j'en suis sûr. Vous êtes restée seule trop longtemps. Vous n'avez que vingt-six ans. Vous êtes beaucoup trop jeune pour mener cette vie de recluse.

Elle avait entendu le même propos quelques heures plus tôt. Le fier chevalier devenu diplomate aurait été surpris de découvrir tout ce qu'il avait en commun avec un marchand de colifichets. Sir Adam n'approuvait pas non plus ses tenues mornes, bien qu'il soupçonnât les raisons de ce choix vestimentaire.

— Voilà des années que je n'ai pas assisté aux jeux, déclara Lamberton. Je me souviens que votre époux était un athlète remarquable. Vous verrez, ce sera divertissant.

Puis, semblant oublier dans quel camp il était censé être, il ajouta :
— Qui sait, l'un des concurrents aura peut-être l'honneur de vous plaire ?
Mary en doutait fortement. Elle préférait encore attraper la lèpre.

2

Fin août 1309. Château de Dunstaffnage, comté de Lorn, Écosse

Dès qu'il entra dans la grande salle de Dunstaffnage, Kenneth Sutherland se retrouva encerclé. Il était habitué à attirer l'attention des femmes, mais dans l'ambiance survoltée des jeux des Highlands, cela prenait des proportions alarmantes. Les concurrents étaient élevés au rang de demi-dieux et les favoris, dont il faisait partie, étaient constamment suivis par un vaste entourage d'admirateurs. Dont une majorité d'admiratrices très enthousiastes.

En temps normal, rien ne lui aurait fait plus plaisir que d'être entouré d'autant de jolies femmes, mais ce soir il avait d'autres préoccupations. Pendant que le roi recevait les émissaires d'Angleterre au château, il avait entrepris sa propre mission pour le maintien de la paix. Il venait de rentrer d'un voyage de deux semaines dans le Nord afin de calmer les Munro, de vieux alliés de son clan, après que l'un des leurs, Donald Munro, l'écuyer de son frère, avait tenté d'assassiner le roi.

Maintenant qu'il était de retour, il avait hâte de parler au roi. « Le Bruce », comme ses hommes avaient pris l'habitude de l'appeler, avait repoussé leur entretien trop longtemps. Néanmoins, tant qu'il restait enfermé avec son conseil, leur conversation devrait attendre.

Il écouta d'une oreille distraite les récits de ses prouesses sur le champ de bataille narrés minute par minute ; il rit, plaisanta et accepta les compliments des dames machinalement. Puis il prit sa place à l'une des tables dressées sur des tréteaux au pied de l'estrade. En tant qu'héritier d'un comté, il aurait dû être à la table d'honneur. Toutefois, avec les jeux des Highlands sur le point de commencer, la plupart des nobles d'Écosse (du moins ceux loyaux à Bruce) étaient présents.

Assise à l'autre extrémité de la table, sa sœur Helen leva les yeux au ciel en voyant ce qu'elle appelait sa « cohorte d'adoratrices ». Il lui répondit d'un haussement d'épaules impuissant dont elle ne fut pas dupe. Après tout, ce n'était pas sa faute si les femmes se jetaient à son cou.

Il y avait sans doute des manières plus désagréables de ronger son frein que d'être assis entre deux superbes créatures avec un gobelet de vin à la main. Pourtant, pour une fois, les grands yeux bleus, les lèvres rouges et douces, les décolletés alléchants et le badinage ne parvenaient pas à retenir son attention. Son regard retournait toujours vers la porte du roi.

— Comptez-vous vous présenter dans toutes les disciplines, mon seigneur ?

Kenneth se tourna vers la femme à sa gauche et sentit sa jambe se presser contre la sienne. Lady Alice Barclay lui envoyait des signaux qui n'avaient rien de subtil depuis le début de la soirée. Il était impossible de ne pas voir l'invitation dans son regard tandis qu'elle le fixait en battant des cils. S'il avait eu encore le moindre doute, la manière dont elle se penchait vers lui en mettant en avant sa gorge pigeonnante hurlait « Prends-moi ! ».

Il sourit. Bien qu'elle soit ravissante, avec des seins ronds et généreux à faire se damner un moine, il n'avait pas l'intention d'accepter l'invitation. Lady Alice était la jeune épouse de l'un des plus fidèles commandants de Bruce, sir David Barclay, et donc terrain interdit. Ce n'était pas le moment de s'attirer la colère du roi. Il avait travaillé dur pour faire ses preuves et n'allait pas tout jeter aux orties pour une femme, si séduisante soit-elle.

Néanmoins, lady Alice ne lui facilitait pas la tâche. Elle se pencha encore un peu en avant, posa la main sur sa cuisse sous la table et un de ses seins provocants frôla son bras. Il en sentit la pointe dure à travers la laine de sa tunique et son corps réagit au quart de tour.

Il esquissa un petit sourire. Chasse gardée… jusqu'à ce que Bruce lui donne sa réponse. Ensuite, ce serait une autre histoire.

— À la plupart, lady Alice, répondit-il. Mais je ne suis pas un très bon danseur, je le crains. Je laisse la danse du sabre à d'autres aux pieds plus agiles.

— Vous êtes trop modeste. On m'a dit que vous étiez très agile, au contraire. Surtout avec votre sabre.

Au cas où il n'aurait pas compris l'allusion, elle approcha encore sa main de sa braguette de plus en plus tendue.

Bien qu'il soit tenté de voir jusqu'où elle irait (il avait été adolescent la dernière fois qu'une fille l'avait caressé sous la nappe au cours d'un banquet), il ne voulait pas courir de risque. Avec un soupir de regret, il lui prit doucement la main et l'écarta. Espérant atténuer sa vexation, il lui sourit d'un air contrit.

— Sur le terrain d'entraînement uniquement, lady Alice. Pour le moment, je ne peux me concentrer sur rien d'autre.

Fort heureusement, la femme à sa droite décida qu'il avait suffisamment accordé d'attention à sa voisine de gauche.

— Les dames prennent déjà des paris, mon seigneur, déclara-t-elle. Je crois bien que vous êtes le favori dans la plupart des épreuves d'armes.

Il arqua un sourcil, feignant d'être déçu.

— D'armes uniquement ?

Lady Eleanor, la fille de sir William Wiseman (un autre proche de Bruce), ne comprit pas qu'il la taquinait et rougit.

— Peut-être dans l'épreuve de lutte également, rectifia-t-elle. Mais Robbie Boyd n'a pas encore dit s'il y participerait ou pas.

Kenneth étant raisonnablement sûr que Robbie Boyd appartenait à l'armée secrète de Bruce, il doutait fort que le roi l'autorise à entrer dans la compétition. Il en allait de même pour Magnus MacKay, Tor MacLeod, Erik MacSorley et Gregor MacGregor. Tous étaient d'anciens champions et, il en était convaincu, des membres de la célèbre bande de guerriers fantômes de Bruce. « Célèbre » en raison de leurs exploits quasi mythiques, et « fantômes » car ils semblaient surgir de nulle part et se fondre dans les ténèbres tels des spectres sans que personne sache qui ils étaient. Le roi ne voudrait pas attirer l'attention sur leurs compétences hors normes, d'autant que tout le monde mourait d'envie de connaître leurs identités.

Cela faisait des années que des rumeurs couraient sur l'existence d'un corps d'élite secret. Pourtant, ce n'était qu'un an plus tôt, lorsque le clan Sutherland avait rejoint le camp de Bruce, que Kenneth s'était rendu compte que non seulement elles étaient fondées, mais qu'en plus son frère adoptif faisait partie du groupe. Jusqu'à ce qu'il se fasse tuer. Kenneth avait la ferme intention de prendre sa place au sein de la garde, qui était composée des meilleurs guerriers d'Écosse. Si les jeux des Highlands étaient leur terrain de recrutement, il leur montrerait de quoi il était capable.

Et peu importait qui il devrait affronter.

— Je serais ravi de me mesurer à Boyd, répondit-il.

En fait de lutte, il s'agissait plutôt d'un pugilat où tous les coups étaient permis. C'était l'épreuve de force et de combat suprême, où les deux adversaires s'affrontaient à mains nues.

Bien que Robbie Boyd n'ait jamais perdu cette épreuve et soit considéré comme l'homme le plus fort d'Écosse, Kenneth ne reculait jamais devant une bonne bagarre, ce qui lui avait parfois valu quelques sérieux déboires.

— Tu en es sûr, Sutherland ? dit une voix familière derrière lui. Si je me souviens bien, tu ne t'en es pas très bien sorti la dernière fois.

Kenneth se raidit malgré lui. Il avait été trop occupé à fixer la porte de la salle du conseil pour remarquer l'approche de l'homme qui venait de s'asseoir près de sa sœur. Il se tourna vers lui en s'efforçant de ne pas relever son sarcasme.

Il rectifia mentalement sa pensée précédente : il ne reculait « généralement » devant aucune bagarre. *Garde ton sang-froid,* se sermonna-t-il. Il devait être irréprochable, dût-il s'en rendre malade. Pas seulement avec la gent féminine. Il était résolu à contenir ses colères et à ne pas répondre aux provocations de son ordure de futur beau-frère, même si MacKay semblait décidé à le faire sortir de ses gonds afin de prouver qu'il n'était pas digne de l'armée secrète de Bruce.

Il n'était ni impulsif ni coléreux, bon sang !

Magnus MacKay était son ennemi et son épine dans le pied depuis qu'ils étaient tous deux en âge de tenir une épée. Dans leur jeunesse, MacKay l'avait battu sur le terrain d'entraînement plus de fois qu'il ne voulait s'en souvenir. Sauf qu'il s'en souvenait. Chacune de ses défaites était gravée dans sa mémoire. C'était terminé. Il avait passé les trois dernières années à peaufiner ses techniques sur le champ de bataille, devenant l'un des meilleurs guerriers des Highlands. Il était déterminé à le démontrer en gagnant sa place dans l'armée de Bruce. Encore fallait-il que MacKay ne lui mette pas des bâtons dans les roues.

Il sourit à l'homme que sa sœur comptait épouser à la fin des jeux.

— Si je me souviens bien, toi non plus, rétorqua-t-il.

Les traits de MacKay se durcirent. Lui non plus n'aimait pas perdre, et Robbie Boyd les avait battus tous les deux lors des précédents jeux.

— Mais c'est vrai que c'était il y a quatre ans, reprit-il. Peut-être avons-nous tous les deux fait des progrès depuis ?

Puis, comme il ne pouvait s'empêcher de lancer une dernière pique, il ajouta pour les dames autour deux :

— Malheureusement, vous ne verrez pas MacKay se battre cette année. Il se remet lentement d'une blessure au bras.

Les femmes exprimèrent aussitôt leur déception et leurs souhaits de prompt rétablissement au guerrier, qui fulminait. Kenneth jubilait intérieurement, sachant pertinemment que son bras était remis depuis longtemps mais que Bruce lui avait interdit de participer aux jeux. Il savait également à quel point MacKay s'enorgueillissait d'être un coriace. Qu'on le croie en train de « se remettre lentement » le hérissait.

— Je ne suis pas... commença MacKay.

Il s'interrompit brusquement, comme s'il avait manqué d'air. Kenneth devina que sa sœur venait de lui envoyer un coup ferme dans les côtes. MacKay baissa les yeux vers Helen, qui lui adressa un sourire angélique. Sa colère sembla s'évanouir aussitôt et il déclara d'un air ravi :

— Heureusement, j'ai la meilleure des guérisseuses pour me remettre d'aplomb.

Ce fut au tour de Kenneth de fulminer. Il était sans doute le seul autour de la table à avoir saisi le sous-entendu. Le fait que MacKay épouse sa petite sœur était déjà suffisamment douloureux, alors ce bâtard avait intérêt à attendre qu'ils soient mariés avant de poser ses sales pattes sur elle. Toutefois, à en juger par la manière dont les joues d'Helen avaient rosi, ce devait déjà être trop tard.

Il envisageait de revenir sur sa décision de ne pas se battre avec MacKay quand la porte de la salle du conseil s'ouvrit. Bien décidé à aborder le roi avant qu'il ne disparaisse à nouveau, il s'excusa et se précipita. Le garde à la porte lui aurait sûrement barré la route si Bruce ne lui avait pas fait signe.

— Vous êtes justement l'homme que je voulais voir. Entrez, Sutherland. Entrez.

Kenneth était surpris, le roi lui ayant plutôt donné l'impression de l'éviter.

— Vous vouliez me voir, sire ?

Bruce lui fit signe de s'asseoir à la table du conseil. Il ne restait plus que quelques hommes dans la pièce. Tor MacLeod, le célèbre épéiste et entraîneur, était assis à sa gauche ; sir Neil Campbell siégeait à sa droite. À sa surprise, Kenneth reconnut également William Lamberton, l'évêque de St. Andrews. Il avait entendu dire qu'il faisait partie d'une délégation envoyée par Édouard, mais pourquoi se trouvait-il dans la salle du conseil ?

Après quelques amabilités, Bruce lui demanda :

— Avez-vous réfléchi à notre dernière discussion ?

Il fallut quelques instants à Kenneth pour comprendre à quoi il faisait allusion, puis il se souvint. Sa dernière conversation avec le roi avait eu lieu après que son frère William, le comte de Sutherland, avait annoncé son projet d'épouser la guérisseuse du clan, Muriel, plutôt que la sœur de Bruce, Christina, une fois que celle-ci serait libérée de sa prison anglaise. Le roi voulait une alliance avec les Sutherland et s'était donc tourné vers Kenneth. En effet, puisque sa femme ne pouvait pas avoir d'enfants, William avait fait de son frère son héritier. Un jour ou l'autre, le plus tard possible espérait-il, le comté lui reviendrait.

Cependant, trouver une épouse n'était pas sa priorité. Ce n'était pas qu'il refusait de se marier, mais peu lui importait la femme qu'on lui choisirait. À partir du moment où elle était noble, avec des liens familiaux puissants, et pouvait lui donner quelques fils, une femme en valait une autre. Il préférerait qu'elle soit attirante, naturellement. Cela rendrait l'acte de procréation plus facile. D'un autre côté, il avait suffisamment d'expérience pour puiser dans ses souvenirs et se donner de l'ardeur à l'ouvrage.

De toute manière, une épouse ne changerait rien à son quotidien. Il continuerait à mener sa vie comme il l'avait toujours fait. Il n'était pas comme son frère et sa sœur ; il ne se laissait pas guider par les émotions. Pour les hommes tels que lui, le mariage était un devoir. Il avait aimé beaucoup de femmes. Il n'aurait pas besoin d'aimer son épouse.

— Oui, mentit-il. Avez-vous quelqu'un en tête ?

Il s'attendait à ce que le roi lui offre sa sœur Christina, comme il l'avait proposé à son frère. L'ancienne comtesse de Mar était toujours détenue en Angleterre avec son jeune fils. Kenneth savait qu'il était crucial pour Bruce d'unir tous les Écossais sous un même drapeau et le prochain mari de la comtesse pourrait constituer un exemple à suivre.

Toutefois, c'était à une autre comtesse que pensait Bruce : la veuve d'Atholl.

— J'ignore si vous êtes au courant, mais mon ancienne belle-sœur, Mary, fait partie de la délégation d'Édouard.

La présence de l'évêque commençait à s'expliquer. Kenneth se souvenait vaguement d'avoir déjà vu la femme d'Atholl des années plus tôt, quand il était encore écuyer chez le comte de Ross. Elle lui avait paru jolie et beaucoup plus jeune que son mari. Il savait également que, depuis l'exécution de son mari, elle était pratiquement prisonnière en Angleterre.

Il acquiesça et Bruce poursuivit :

— Cette jeune femme est chère à mon cœur. Elle n'était qu'une enfant quand j'ai épousé sa sœur. J'ai pensé que, si je pouvais la convaincre de se remarier avec l'un de mes hommes...

Il n'avait pas besoin d'en dire plus. À l'instar de Christina de Bruce, Mary de Mar avait un jeune fils possédant le titre de comte en Angleterre. Un époux bien choisi parviendrait peut-être à les convaincre, elle et son fils, de rejoindre Bruce. Naturellement, il y avait un obstacle de taille.

— Je doute qu'Édouard approuve cette union, observa Kenneth.

Bruce esquissa un sourire narquois.

— Vous avez raison. Néanmoins, il existe des moyens de surmonter ce problème. Malheureusement, nous avons d'autres soucis plus importants.

— Lesquels ?

L'évêque répondit à la place du roi.

— La jeune dame n'a aucune intention de se remarier. C'est que... ces dernières années ont été éprouvantes pour elle.

Ce qui était compréhensible, compte tenu des circonstances. Il résista à l'envie de se frotter la nuque, songeant à la triste fin d'Atholl.

— De quel côté la porte son allégeance ?

Le roi et l'évêque échangèrent un regard, puis Bruce répondit :

— Du côté de son fils. Au-delà, je ne suis pas sûr. Elle ne porte pas le roi anglais dans son cœur, mais j'ignore si elle pourrait convaincre le jeune comte de se rebeller contre lui pour nous rejoindre.

Il sourit avant d'ajouter :

— Mon ancienne belle-sœur est plus têtue que dans mon souvenir et ses réponses sont beaucoup plus diplomatiques. Je doute que cette affaire aboutisse. Tout ce que je vous demande, c'est de la rencontrer et de voir si vous avez des affinités. Dans le cas contraire, j'aurai d'autres épouses potentielles à vous suggérer.

Ils passèrent quelque temps à discuter de ces autres possibilités mais Kenneth avait du mal à feindre l'enthousiasme. Il ne pensait qu'à une chose. Il sauta enfin sur l'occasion lorsque la réunion toucha à sa fin.

— Sire, si vous avez encore quelques minutes à me consacrer, il y a quelque chose dont j'aimerais vous parler.

Le roi hocha la tête, devinant sans doute ce dont il s'agissait, puis congédia Campbell et l'évêque. MacLeod, lui, resta à sa place.

Kenneth sentait le redoutable chef des îles l'étudier attentivement. Il s'adressa néanmoins directement à Bruce.

— Je veux en être, sire. Je veux faire partie de votre armée secrète.

Ni l'un ni l'autre ne firent mine de ne pas comprendre, ce qu'il prit pour un bon signe. Il continua :

— Au cours de ces derniers mois, je vous ai démontré ma loyauté.

Kenneth avait fait partie de l'escorte royale lorsque Bruce avait entrepris un voyage à travers les Highlands. Il avait aidé à sauver le roi quelques semaines plus tôt, lorsque l'écuyer de son frère et un escadron d'assassins avaient attenté à sa vie.

— C'est un fait, admit Bruce.

Il n'avait pourtant plus à faire ses preuves, bon sang !

— Si vous doutez de mes aptitudes au combat, je suis prêt à croiser le fer avec n'importe lequel de vos…

MacLeod arqua un sourcil, comme s'il voulait le prendre au mot, mais ce fut le roi qui l'interrompit :

— Personne ne met vos aptitudes en doute.

— Je ne suis pas aussi doué que Gordon avec la poudre noire, insista Kenneth. Mais j'ai quelques connaissances.

Son ami et frère adoptif William Gordon, membre de la garde secrète, avait été tué un an plus tôt dans une explosion. Kenneth soupçonnait que c'était sa maîtrise de la poudre noire des Sarrasins qui lui avait valu d'être admis dans le corps d'élite.

MacLeod et le roi échangèrent à nouveau un regard mais ne dirent rien.

En dépit de sa résolution, Kenneth sentit la moutarde lui monter au nez.

— C'est à cause de MacKay, c'est ça ?

— Il a exprimé quelques réserves, reconnut le roi.

MacLeod prit moins de gants :

— Il dit que vous êtes impulsif, querelleur et que vous manquez de discipline.

Kenneth ravala sa colère. Comme il s'en était douté, Bruce le voulait dans son équipe mais il ne l'inviterait pas à y entrer sans l'approbation de MacKay.

— S'il veut dire par là que je suis combatif, acharné et intrépide, je ne peux pas le contredire. Si c'était de la discipline que vous cherchiez, vous choisiriez vos recrues dans un tournoi de chevaliers, pas aux jeux des Highlands. Les Highlanders ne sont pas disciplinés, nous nous battons pour gagner.

Il marqua une pause en voyant le roi esquisser un sourire, puis demanda :

— Si MacKay est d'accord, vous accepterez de réfléchir à ma candidature ?

Au bout d'un moment, le roi acquiesça.

Kenneth tourna les talons, déterminé à avoir une franche discussion avec son futur beau-frère. MacLeod l'arrêta sur le pas de la porte.

— Mais il faudra d'abord que vous me montriez ce que vous avez dans le ventre.

À son ton, il était clair que ce ne serait pas une partie de plaisir. Il avait l'habitude : il avait dû faire ses preuves depuis le jour de sa naissance. Même pour cela, il n'était pas arrivé le premier.

Kenneth attendit que sa sœur sorte de la grande salle pour aborder l'homme qu'elle comptait épouser. Allez savoir pourquoi ! Il lui barra la route tandis qu'il quittait le donjon pour rentrer aux casernes.

— Je croyais que nous avions conclu un marché, MacKay.

— Quel marché ? répondit MacKay avec un sourire.

Kenneth s'efforça de contenir son agacement.

— Si je ne m'opposais pas à ce que tu épouses ma sœur, tu ne m'empêcherais pas d'entrer dans l'armée secrète.

— Je me souviens d'une conversation à ce sujet, en effet, mais pas d'avoir accepté quoi que ce soit. Et si tu t'imagines pouvoir empêcher Helen de m'épouser, tu rêves !

Kenneth serra les dents, sachant qu'il avait raison. Sa sœur lui avait bien fait comprendre qu'elle se fichait pas mal de ce qu'il pensait de son mariage. Que Dieu le préserve des femmes modernes et « indépendantes » ! Lui les aimait douces et dociles.

En vérité, s'il n'avait pas été aussi habitué à haïr MacKay, il l'aurait presque trouvé sympathique. Ses ancêtres Sutherland devaient se retourner dans leurs tombes devant un tel sacrilège. Les MacKay et les Sutherland étaient ennemis depuis pratiquement toujours. MacKay était peut-être un bâtard obstiné, mais c'était également l'un des meilleurs guerriers aux côtés desquels il avait combattu.

— Peut-être, rétorqua-t-il. Mais je doute que tu tiennes à être à l'origine d'une discorde entre Helen et moi. Elle t'aime sans doute, mais elle m'aime moi aussi.

MacKay fronça les sourcils.

— Que veux-tu ? demanda-t-il. Si tu crois que je vais chanter tes louanges devant le roi…

— Je n'ai pas besoin de tes louanges, je peux très bien m'en charger seul sur le terrain. Je veux juste que tu cesses de me barrer la route.

MacKay l'examina attentivement.

— Je reconnais que tu ne te débrouilles pas trop mal, mais « pas trop mal » ne suffira pas. Tu ne te bats plus du côté des Anglais, désormais.

C'était une allusion perfide au récent changement d'allégeance des Sutherland, qui s'étaient tardivement rangés du côté de Bruce.

— Es-tu sûr de pouvoir rivaliser avec les meilleurs guerriers d'Écosse ? reprit-il.

— Non seulement je peux rivaliser avec eux, mais je peux les vaincre, répliqua Kenneth.

Il hésita, puis déclara :

— Je sais que vous cherchez un remplaçant à Gordon.

— Personne ne peut prendre la place de Gordon, rétorqua sèchement MacKay.

Ils se dévisagèrent durement. Si Gordon avait été son frère adoptif, il avait été également l'équipier de MacKay et leur ami à tous les deux, ce qui était ironique compte tenu de leur longue inimitié.

— Tu as raison, reconnut-il. Mais je suis le mieux placé après lui, tu le sais.

MacKay crispa les mâchoires. Par son silence, il semblait en convenir.

Kenneth saisit sa chance.

— Bruce a déjà recruté des hommes lors des jeux. Je suppose que c'est ainsi que tu t'es fait remarquer il y a quatre ans.

MacKay ne disait toujours rien. Kenneth poursuivit :

— Qu'il en aille de même avec moi. Si je remporte le championnat général, tu acceptes de ne plus t'opposer à ma candidature.

C'était audacieux de sa part. Le champion général était celui qui obtenait la meilleure moyenne toutes disciplines confondues. Dans la mesure où il ne savait pas danser et nageait moyennement bien, il devrait briller dans toutes les autres épreuves.

MacKay fit non de la tête.

— Ça ne suffira pas. Un bon nombre des meilleurs champions ne participeront pas.

À savoir lui-même et les autres membres de l'armée secrète.

— Alors que proposes-tu ? demanda Kenneth.

— Remporte toutes les épreuves et je t'accueillerai moi-même les bras ouverts.

Il plaisantait sûrement.

— Toutes ?

— Uniquement les épreuves d'armes, précisa MacKay, comme si c'était la chose la plus simple au monde.

— Mais personne n'y est jamais parvenu !

Kenneth était tellement outré qu'il en postillonnait presque.

MacKay haussa les épaules sans cacher son sourire.

Kenneth maudit sa propre arrogance. MacKay venait de la retourner contre lui.

— Tu sais que je ne suis pas très bon au tir à l'arc. Toi non plus, d'ailleurs. Gregor MacGregor ne participera pas, mais son jeune frère John, si. On dit qu'il est presque aussi doué.

— Soit. Pas de tir à l'arc, mais tu devras remporter la lutte à la place.

Garde ton sang-froid, se rappela Kenneth en sentant la colère monter. MacKay le mettait dos au mur et il le savait.

— Très bien, marché conclu, répondit-il.

Il s'écarta pour laisser passer MacKay, qui se pavanait, l'ordure !

— Bonne chance, Sutherland. Tu en auras besoin.

Kenneth ne lui donnerait pas la satisfaction de voir sa colère. Peu importait ce que cela lui coûterait, il serait victorieux.

Il savait faire une chose : se battre. C'était ce qu'il faisait depuis le jour de sa naissance. Rien ne lui avait jamais été acquis d'avance, mais il ne s'en plaignait pas. Cela l'avait rendu plus fort et plus déterminé à gagner.

Il était sur le point de rentrer dans la grande salle afin de calmer ses nerfs devant un grand broc de bière quand un groupe de femmes approcha. Il lui vint une meilleure idée pour apaiser sa colère.

Il y avait au moins une chose pour laquelle il n'avait jamais eu besoin de se battre. Elles lui tombaient toutes dans les bras.

3

Après avoir commis sa troisième erreur en moins de dix minutes, Mary reposa sa broderie. Il lui fallait trouver un moyen de s'occuper, elle ne tenait pas en place. Se dégourdir les jambes, peut-être ? En dépit de l'heure tardive, elle décida d'aller prendre l'air.

Le voyage, le retour au pays après tant d'années, le simple fait d'être en Écosse, l'affectaient plus qu'elle ne l'aurait cru. Même si ses parents proches n'étaient plus de ce monde, retrouver lady Christina, lady Margaret (la sœur d'Atholl qui était désormais mariée au chef MacKenzie) et même Robert avait été presque aussi bouleversant.

Tous les souvenirs qu'elle avait soigneusement enfouis en elle menaçaient de rejaillir à la surface. Elle ne voulait pas se souvenir, elle ne voulait pas de regrets, et elle ne voulait pas considérer l'Écosse comme sa terre chérie alors qu'elle était condamnée à vivre en Angleterre.

Elle n'était arrivée que depuis une semaine et sentait déjà pour son pays natal un attrait si puissant qu'il menaçait de détruire la paix intérieure qu'elle avait si chèrement acquise. C'était comme si elle avait pris une ardoise et l'avait minutieusement nettoyée, pour découvrir que les dessins étaient gravés dans la pierre et non réalisés à la craie.

Pire encore, sa mission était un échec. Les négociations de paix étaient au point mort, comme d'habitude dès que la question de la couronne de Robert était en jeu. Il refusait de signer un traité de paix tant que sa souveraineté n'était pas reconnue, et Édouard ne voulait pas en entendre parler. Aucune voix féminine ne pouvait rien y changer.

Comme elle s'y était attendue, Robert comprenait la situation délicate de son fils et n'avait pas l'intention de lui confisquer ses terres, mais il refusait de le reconnaître en tant que comte d'Atholl tant qu'il ne lui prêterait pas allégeance. Ce qui serait impossible aussi longtemps que David serait entre les mains d'Édouard.

C'était toujours la même impasse.

En outre, Robert était peu enclin à partager ses secrets avec elle, ce qui était prévisible. Elle esquissa un sourire ironique. Surtout qu'elle lui avait annoncé d'emblée qu'Édouard lui avait demandé d'être son espionne. Elle lui avait également recommandé, au cas où il cacherait de terribles secrets, de faire en sorte qu'elle puisse les découvrir facilement.

Après un moment de stupeur, Bruce avait éclaté de rire puis lui avait dit qu'elle tenait beaucoup de sa sœur, l'intrépide Isabel au franc-parler. Il était tombé amoureux d'elle et l'avait épousée quand il avait dix-huit ans. Elle était morte en couches quelques années plus tard. Mary ne s'était pas rendu compte qu'elle avait autant changé, mais il avait raison.

La mort présumée de Janet l'avait énormément affectée. À ce sujet, le roi affirmait ne rien savoir de plus que lady Christina.

Cependant, les émissaires de paix avaient obtenu un petit succès : la trêve avait été reportée jusqu'en novembre.

Elle sortit de la chambre qu'elle partageait avec plusieurs autres femmes et deux dames de compagnie qu'Édouard lui avait envoyées (probablement pour la surveiller) et descendit l'escalier du donjon. Elle entendit les rires et la musique dans la grande salle.

Les Highlanders pouvaient danser jusqu'à l'aube et, à en juger par le raffut, la fête battait son plein. *J'aurais peut-être dû...*

Elle rejeta cette pensée. Elle avait eu raison de ne pas participer aux réjouissances. Ce n'était pas le moment de mollir.

Elle s'efforçait de rester dans son coin, mais il était de plus en plus difficile de résister à l'ambiance festive et de ne pas se laisser emporter dans le tourbillon de la liesse.

Encore une semaine. Il fallait qu'elle tienne. Ils repartiraient à la fin des jeux et elle retrouverait sa vie tranquille en Angleterre.

Cependant, les sons autour d'elle la narguaient. Des rires. Des éclats de voix. Des chants... De la vie. Depuis combien de temps ne s'était-elle pas amusée ?

Non ! Le calme. La paix. La solitude. L'indépendance. Voilà ce qu'elle voulait.

Des choses impossibles à trouver dans un château écossais en plein milieu des jeux des Highlands. Elle hâta le pas dans le couloir, sortit dans la cour et se dirigea vers la poterne qui donnait sur la plage.

Là-bas, elle pourrait s'asseoir paisiblement et contempler le ciel nocturne. Les étoiles étaient différentes dans le nord de l'Écosse. Plus grosses, plus brillantes, plus proches. Sa mère lui avait dit un jour que c'était parce que les Highlands étaient plus près des cieux. Elle l'aurait presque cru.

Ne te laisse pas aller à la nostalgie.

En passant devant les écuries, elle entendit un bruit insolite qui l'arrêta net. On aurait dit un gémissement. Elle lança un regard autour d'elle mais ne vit personne.

Étrangement, aucun palefrenier ne gardait la porte. Elle allait reprendre son chemin quand la plainte retentit à nouveau. Plus fort cette fois, et suivie d'un grognement.

Était-ce l'un des chevaux qui souffrait ?

Elle se précipita à l'intérieur, se guidant à la lueur des torches et remarquant à peine les odeurs âcres des animaux et du foin qui l'assaillirent en entrant. Il y faisait chaud et lourd.

À première vue, tout paraissait normal, si ce n'était que personne ne gardait les bêtes. Les chevaux étaient dans leur box et…

Elle se figea en entendant à nouveau le bruit. Puis, comme mus par leur propre volonté, ses pieds se dirigèrent dans sa direction. Il semblait provenir de l'une des stalles au fond du bâtiment. Encore des gémissements et de petits cris. Ce n'était pas un son animal mais…

Humain.

Elle s'arrêta net, le souffle coupé. Le spectacle devant ses yeux ne ressemblait à rien de ce qu'elle avait vu auparavant. Elle eut l'impression d'être soudain tombée dans l'antre de la perdition, dans une orgie de sensations, un banquet sensuel pour les yeux.

Un homme, extrêmement musclé et puissant, torse nu, ses culottes dénouées révélant une bonne moitié de ses fesses rondes et charnues, était agenouillé dans le foin, agrippant fermement les hanches d'une femme à quatre pattes devant lui. Il la pilonnait… *par-derrière !*

Sa première réaction fut de s'inquiéter. La brutalisait-il ? Toutefois, aux yeux mi-clos de la femme et aux gémissements qu'elle ne cherchait même plus à contenir, elle semblait y prendre du plaisir. Beaucoup de plaisir, même.

Mary savait qu'elle aurait dû s'éclipser, mais elle était incapable de bouger. Elle était transfigurée par l'expression d'extase de la femme. Elle ne la connaissait pas. Elle était jeune, probablement âgée de dix-neuf ou vingt ans, et était très jolie. Ses longs cheveux blonds retombaient en vaguelettes autour de ses épaules. Elle était tout en courbes, avec des hanches larges, des seins pleins, des épaules douces. Bien que, techniquement, elle soit vêtue, son corsage ouvert et ses jupes retroussées autour de sa taille ne cachaient pratiquement rien de son anatomie.

— Oh, oui ! s'écria-t-elle. Mon Dieu que c'est bon ! Vous êtes si... gros.

Elle cambrait les reins et ondulait des hanches contre lui.

Par contraste, les mouvements de l'homme paraissaient presque paresseux. Il se pencha en avant pour caresser un sein volumineux. Les cris et les gémissements de la femme devinrent encore plus frénétiques.

Mary ne pouvait détacher son regard des mains hâlées de l'homme sur la chair pâle de sa partenaire. Elles étaient grandes, bien formées, aussi puissantes que le reste de son corps. Il était svelte, bâti comme une arme de guerre.

Son torse et les épais muscles de son ventre semblaient avoir été modelés par un forgeron, sans une once de superflu. Et ses bras, qui fléchissaient et se tendaient à chaque mouvement...

Un tel corps ne pouvait être façonné que par le champ de bataille.

Sa perfection virile aurait fait penser à un dieu grec si son corps n'avait pas été parcouru de nombreuses cicatrices, prouvant qu'il était bien humain. Même ainsi, c'était un spectacle d'une grande beauté. Il était ciselé comme une statue de marbre, mais doré et irradiant de chaleur.

À moins que cette chaleur ne vienne d'elle. Le regarder la rendait toute chose et moite.

— Ça vous plaît ? murmura-t-il.

Le son de sa voix fit sursauter Mary. Doux Jésus ! Elle était grave, sombre, hypnotique, chargée de sensualité.

C'était la voix du péché qui s'enroulait lascivement autour d'elle.

— Dites-moi ce dont vous avez envie, murmura-t-il.

Il semblait tisser une toile érotique autour d'elle, comme s'il s'adressait à elle.

Mary voulait voir son visage mais ne pouvait arracher son regard de ses mains. Il caressait le mamelon de la femme, le massait, le pinçait doucement. Voir ses grands doigts se montrer si délicats...

Ses propres seins lui paraissaient lourds et ses tétons se tendirent sous l'épaisse laine de sa robe.

La femme semblait incapable de parler. Ses yeux étaient clos, ses lèvres entrouvertes, son expression reflétait une volupté absolue.

Un flot de souvenirs jaillit en elle, des souvenirs oubliés depuis longtemps, des sensations et des émotions qui l'avaient déroutée à quatorze ans, puis qu'elle avait refoulées à dix-huit ans. Ils réapparaissaient à présent, plus clairs, plus vifs, plus puissants.

Le désir et la passion. D'un seul regard, elle voyait se concrétiser ce qu'elle n'avait jamais connu mais avait toujours rêvé de connaître. Comme elle enviait cette femme !

— Je vous en prie, implora cette dernière.

Elle semblait avoir un besoin urgent de quelque chose. L'homme se mit à explorer tout son corps de ses mains puissantes, augmentant son supplice, ou son plaisir ; les deux semblaient ne plus faire qu'un. Il la titillait, chacune de ses caresses attisant encore un peu le feu en elle.

Il remuait les hanches à un rythme régulier, lent et long. Cela n'avait rien à voir avec ce qu'avait connu Mary avec Atholl, qui semblait toujours pressé d'en finir.

Au contraire, l'homme cultivait le plaisir de sa partenaire. Tous ses efforts étaient concentrés sur elle. Il agissait comme s'il avait tout son temps.

En revanche, la femme, elle, n'en pouvait plus.

— Je vous en supplie...

Mary eut pitié d'elle. Pour un peu, elle aurait demandé à l'homme de cesser de torturer la malheureuse.

Sauf qu'elle n'était pas malheureuse. Elle était au septième ciel.

Il glissa une main entre ses cuisses et ses doigts se faufilèrent à l'endroit où...

Mary sentit un courant de chaleur se répandre entre ses jambes, comme s'il la touchait elle aussi. Elle pouvait à peine respirer, suspendue comme au bord d'un précipice, attendant ce qui allait se passer ensuite.

L'homme se pencha en avant et redressa la femme contre lui. Il posa ses lèvres sur sa nuque, la lécha, la mordilla, presque comme un étalon.

C'était exactement ce qu'il était. Un pur-sang. Dégageant une puissance sauvage et incontrôlable. Une créature magnifique à regarder.

Même de profil, elle pouvait voir qu'il était beau. Il avait des cheveux bruns ondulés, un nez qui avait été cassé plus d'une fois mais qui conservait de belles proportions, de hautes pommettes, une bouche sensuelle, un menton volontaire et carré.

Oui, il était indubitablement attirant, mais c'était surtout ce qu'il faisait à cette femme qui le rendait fascinant. Mary en avait la peau qui picotait et le souffle court.

Elle aurait voulu qu'il lui fasse la même chose.

La femme s'immobilisa soudain puis poussa un cri, tout son corps tremblant sous l'effet d'un courant d'une force inouïe. L'espace d'un instant, son visage refléta une extase qui paraissait presque divine. C'était extraordinaire à voir.

Lorsque ce fut fini, elle s'affaissa, soudain totalement molle. Seules les mains de l'homme qui la retenaient par les hanches l'empêchaient de s'effondrer dans le foin.

Mary contempla ces mains, puis son regard remonta le long des bras, des épaules puissantes, de ce visage incroyable qui était à présent tourné vers elle.

Par sainte Bride ! Il la regardait. Elle resta clouée sur place, tant par le fait d'avoir été surprise en train d'épier que par son visage.

Il n'était pas simplement attirant, c'était le plus bel homme qu'elle avait jamais vu. Ses yeux d'un bleu brillant, profondément enchâssés dans les orbites, contrastaient avec le noir de ses cheveux. Sa bouche était agressive et voluptueuse. La bosse sur son nez accentuait encore son allure pugnace et virile. Pris séparément, ses traits n'étaient pas parfaits, mais assemblés...

Elle réprima un soupir songeur. Assemblés, ils formaient un tout irrésistible. Dur, physique, d'une masculinité brute. C'était un visage capable d'émouvoir un cœur qui aurait pourtant dû être immunisé contre ce genre d'émoi.

Mais elle était surtout bouleversée par la manière dont il la regardait.

Ses sens affûtés de guerrier avaient averti Kenneth de la présence de l'intruse bien avant qu'il n'entende son petit hoquet de surprise. Il n'aurait pas fait long feu à la guerre s'il n'avait pas su repérer un espion... même s'il était absorbé par un corps-à-corps plus charnel.

« Absorbé » était un peu exagéré. Cela aurait impliqué un intérêt de sa part et il avait un mal fou à rester concentré. Il priait en silence pour que la femme se dépêche d'atteindre son paroxysme quand ils avaient été interrompus.

Dans un château grouillant de monde, il n'était pas rare de tomber sur deux personnes s'abandonnant à leurs pulsions les plus terre à terre. En revanche, il était plus insolite de rester planté sur place à les regarder.

Plutôt que de tourner les talons et de prendre ses jambes à son cou d'un air choqué comme il s'y était attendu (et comme elle aurait dû le faire), l'intruse avait paru fascinée. Dans un premier temps, il n'avait vu qu'une silhouette noire et avait pensé qu'il s'agissait d'une nonne. Il ne lui manquait plus qu'un scapulaire en laine par-dessus sa robe sans forme.

Amusé par son allure guindée et ne souhaitant pas lui faire peur, il ne l'avait pas regardée directement mais l'avait observée du coin de l'œil.

Elle ne risquait pas de le remarquer, toute son attention était concentrée sur le visage de la femme à quatre pattes devant lui.

Lady Moira lui avait paru le choix le plus sûr pour occuper sa soirée. Se trouver une partenaire commençait à devenir un véritable casse-tête ; il fallait éviter tout lien avec le roi ou avec un seigneur important qui pourrait lui créer des ennuis. Veuve, dame de compagnie de lady Elizabeth Lindsay, lady Moira ne lui causerait pas de soucis.

En outre, elle était jeune, facile, vigoureuse et ne demandait qu'à lui faire plaisir. Une combinaison parfaite.

Sauf qu'il ne parvenait pas à trouver l'enthousiasme nécessaire. Ces intermèdes, qui lui avaient bien convenu par le passé, commençaient à perdre de leur charme. Ils étaient devenus mécaniques, répétitifs, interchangeables.

Ce devait être parce que son esprit était entièrement accaparé par la mission qu'il s'était confiée, à moins que ce ne soit autre chose. Peut-être avait-il besoin d'un peu de nouveauté.

La petite intruse semblait lui en avoir fourni.

Pourtant, elle n'avait pas de quoi l'exciter. Sa première impression fut qu'il s'agissait d'une créature fantomatique et incolore cachée sous les vêtements les plus laids qu'il avait vus sur une femme n'ayant pas l'âge de sa grand-mère ou ne vivant pas dans un couvent.

Ce n'était pas son cas. Son visage fin et las, à moitié caché derrière de petites lunettes, était parfaitement lisse. Les bagues à ses doigts ainsi que la broche sur sa robe semblaient indiquer un certain rang. Peut-être que, à l'instar de lady Moira, c'était la dame de compagnie d'une noble.

L'espace d'un instant, elle lui rappela quelqu'un, mais il ne trouva pas qui.

Cela n'avait rien d'étonnant. Elle faisait tout pour se fondre dans le décor et être la plus transparente possible. Comme si elle cherchait à obscurcir ses traits délicats, ne laissant deviner que l'écho d'une beauté qui ne pouvait être totalement effacée.

Il aurait aimé pouvoir voir ses yeux. Ainsi que ses cheveux. D'après le doux arc de ses sourcils dorés, elle devait être blonde.

Il n'y avait aucune raison au monde pour laquelle cette créature menue et fade qui n'avait rien d'érotique retienne son intérêt.

Il voulait la choquer, voir ses joues pâles s'empourprer, ébranler cette façade austère et guindée. Lui offrir un spectacle qu'elle ne serait pas près d'oublier.

Elle paraissait subjuguée par l'orgasme de lady Moira, comme si elle n'avait jamais rien vu de tel. Devinant que c'était probablement le cas, il entreprit de l'instruire. Il veillait toujours à ce que ses partenaires prennent du plaisir mais, cette fois, il s'appliqua à le faire durer, caressant lady Moira à des endroits qui ne manqueraient pas de choquer l'intruse.

À sa surprise, elle sembla également émoustillée.

Lui aussi. Lorsque la petite voyeuse écarquilla les yeux et que sa respiration se fit soudain plus saccadée, son propre corps réagit. Il eut soudain plus chaud et redoubla d'ardeur.

Incroyable, elle l'excitait.

Diantre, s'il avait su qu'il était si inspirant de faire ça en public, il s'y serait mis beaucoup plus tôt.

Il était tenté de ralentir encore le mouvement mais il avait hâte de voir comment elle réagirait à ce qu'il ferait ensuite. Elle allait apprécier, presque autant que lady Moira.

Il s'enfonça en elle jusqu'à la garde, glissa une main entre ses cuisses et caressa son sexe jusqu'à ce qu'elle commence à trembler. Elle émettait de longs gémissements de plaisir.

Durant tout ce temps, il fixait l'intruse. Il vit ses traits s'adoucir, ses lèvres s'entrouvrirent et ses yeux s'emplirent d'un tel désir qu'il aurait tout donné à cet instant pour être celui qui lui procurerait le plaisir auquel elle aspirait.

Ses muscles se contractèrent et il se retint d'exploser. Il ne s'était pas attendu à ce que cela l'affecte autant. L'éveil sensuel sur le visage de l'inconnue, le mélange de choc et de luxure, était la vision la plus érotique qu'il avait jamais vue.

Elle était parfaitement inconsciente de l'effet de sa présence sur lui. Il voulait qu'elle s'en rende compte, qu'elle le regarde.

Enfin, elle tourna les yeux vers lui.

Plus tôt, il avait été agacé quand lady Moira lui avait demandé d'ôter sa chemise, se sentant un peu comme un étalon exhibé sur le marché aux bestiaux. À présent, il était ravi de lire l'admiration et la faim dans le regard que l'inconnue promenait sur son corps.

Oui, elle le désirait, mais le plus surprenant était qu'il la désirait lui aussi. C'était en elle qu'il aurait voulu être profondément enfoui.

Quand leurs regards se rencontrèrent, il lui laissa voir exactement ce qu'il pensait. Derrière ses lunettes, les yeux de la femme paraissaient immenses ; ils s'élargirent encore lorsqu'elle sentit toute la puissance de son désir. Il s'enroula autour d'eux, les attirant l'un vers l'autre comme s'ils étaient seuls au monde.

Il sentit qu'il ne pourrait plus tenir très longtemps.

Sans même réfléchir, il se retira de lady Moira et se tourna vers l'inconnue. Il prit son sexe dans sa main et se caressa sans la quitter des yeux. Il imagina qu'il était en elle et que sa moiteur chaude l'entraînait au bord du précipice.

Il gémit et sa main accéléra ses va-et-vient. Tous les muscles de son corps étaient bandés.

Elle ne l'avait pas quitté des yeux. Stupéfaite, elle ouvrit la bouche. Ses lèvres dessinaient un « O » parfait.

Elle émit un petit hoquet choqué et ce son érotique le propulsa dans l'abysse. Ses fesses se contractèrent. Il lâcha un grondement sourd et explosa en une série de jets chauds et puissants.

Lorsque ce fut fini, ils se dévisagèrent l'espace d'un long moment brûlant. Il sentait presque son pouls frénétique battre encore plus vite que le sien. Il aurait tout donné à cet instant pour la toucher, pour glisser la main entre ses cuisses. Elle était sûrement toute chaude et humide. Combien de caresses faudrait-il pour la faire jouir ?

L'enchantement fut brisé par lady Moira.

— C'était extraordinaire. Pour une fois, les rumeurs n'étaient pas exagérées. Vous êtes aussi spectaculaire qu'on le dit avec votre long sabre.

Il ressentit une pointe d'agacement injustifiée. Il n'avait rien voulu d'autre de sa part qu'une fornication rapide et simple, alors pourquoi aurait-il attendu d'elle une réaction plus intéressante qu'un commentaire sur la taille de son membre ?

Lorsqu'il l'avait lâchée, lady Moira s'était effondrée en tas sur la paille. Elle s'était suffisamment recomposée depuis pour prendre une position légèrement plus convenable.

Il l'avait complètement oubliée. Tout comme l'inconnue, apparemment. Il eut juste le temps d'apercevoir son air horrifié avant qu'elle tourne les talons et s'enfuie hors de l'écurie comme si le diable était à ses trousses.

Il la laissa partir, même si une partie de lui aurait voulu courir après elle.

Lady Moira se redressa et s'assit.

— Vous n'avez rien entendu ?

Il ramassa sa chemise et l'enfila tout en répondant :

— Ce n'est rien. Un cheval qui remue dans son box. Vous feriez bien de remettre un peu d'ordre dans votre tenue. Les palefreniers ne tarderont pas à revenir.

La dame débita d'autres platitudes pendant un quart d'heure tandis qu'il l'aidait à se rhabiller et à se recoiffer, puis il l'escorta hors de l'écurie. Son esprit était encore obnubilé par l'autre femme. Qui était-elle ? Et qu'est-ce que cela pouvait bien lui faire ?

Il ne s'était encore jamais comporté de la sorte et se demandait ce qui l'avait poussé à être aussi pervers. Les femmes rigides et peu coquettes n'étaient pas son genre. Néanmoins sa réaction, son excitation innocente et son désir qui l'était beaucoup moins avaient embrasé ses sens d'une manière qui défiait l'entendement, transformant un incident sans importance en… autre chose. Quelque chose de mémorable.

Il était conscient d'être allé trop loin. D'un autre côté, il ne l'avait pas obligée à rester là à le regarder. Et puis, il ne s'était pas attendu à ce qu'ils y prennent tous les deux autant de plaisir.

L'inconnue l'intriguait, mais il devait concentrer tous ses efforts et son esprit sur une tâche primordiale : mériter sa place dans l'armée secrète de Bruce. Ce n'était pas une femme qui allait le détourner de ses ambitions.

4

— Je suis ravie de vous voir rétablie, lady Mary.

Bruce venait de s'arrêter devant elle avant de rejoindre son siège dans la tribune construite pour suivre les jeux. Reprenant le modèle de l'amphithéâtre romain, un champ rond avait été clôturé et encerclé de gradins en bois. Le roi et sa suite avaient droit à une plateforme spéciale surmontée d'un dais en toile, d'où ils avaient une vue plongeante sur la compétition.

Mary était assise près des escaliers, à côté de lady Margaret, son ancienne belle-sœur, du chef MacKenzie et de leurs trois filles. Deux de leurs fils participaient à plusieurs épreuves. Elle retourna son sourire au roi, espérant qu'il attribuerait la roseur de ses joues à la chaleur et non à l'embarras.

— Merci, sire. Je vais beaucoup mieux.

Depuis cette horrible nuit, quatre jours auparavant, elle avait prétendu être souffrante afin de ne pas risquer de le croiser… *L'homme de l'écurie*. Elle s'était cachée comme une lâche et n'avait pas honte de se l'avouer.

— Il aurait été dommage que vous ratiez le meilleur des festivités, déclara le roi. Jusqu'ici, les jeux ont été passionnants. Un de mes chevaliers fait sensation. Il a remporté pratiquement toutes les épreuves et semble bien parti pour être nommé champion. C'est le frère du comte de Sutherland, sir Kenneth. Vous le connaissez ?

Elle secoua la tête. Elle avait vaguement l'impression que ses paroles n'étaient pas anodines.

— Cela fait bien longtemps que je n'étais pas venue à la cour, sire, répondit-elle.

— C'est vrai, ma chère, dit Bruce d'un air navré. J'aurais aimé qu'il en soit autrement. Vous nous avez manqué. J'espère que vous reviendrez bientôt.

Il marqua une pause, puis ajouta avec un léger sourire :

— Peut-être avec votre fils ?

Mary ne put cacher son amusement. Quand Robert de Bruce voulait quelque chose, il ne tournait pas autour du pot. C'était grâce à son audace qu'il avait pu arracher une couronne à la poigne d'acier d'Édouard Plantagenêt. Il n'avait jamais caché qu'il voulait voir David rallier sa bannière. Néanmoins, tenter de faire sortir son fils d'Angleterre au nez et à la barbe d'Édouard II était risqué, et pour quoi faire ? Qu'y avait-il pour elle en Écosse, hormis des intrigues politiques et des hommes qui chercheraient à contrôler sa vie ? Son existence en Angleterre était bien plus paisible. En outre, elle ne se souvenait que trop bien du résultat de sa dernière tentative de fuite.

— Cela me ferait grand plaisir, sire, répondit-elle sans s'engager davantage.

— J'aimerais vous le présenter.

Voyant son air perplexe, Bruce s'empressa d'ajouter :

— Notre futur champion. Nous ferez-vous l'honneur de vous asseoir à notre table lors du banquet de ce soir ?

Une petite clochette d'alarme retentit dans l'esprit de Mary. Il n'était pas difficile de deviner pourquoi le roi voulait lui présenter un homme. Elle ne voulait pas d'un mari, qu'il soit écossais ou anglais.

— Tout l'honneur serait pour moi, sire. J'espère me sentir suffisamment bien pour me joindre à vous.

Il lui semblait bien, hélas, qu'elle ferait une rechute avant la tombée du soir.

Le roi poursuivit son chemin, s'arrêtant à nouveau pour échanger quelques mots avec le chef MacKenzie, et Mary se cala confortablement sur son siège pour observer les concurrents qui venaient d'entrer dans l'arène.

Elle sentait la tension monter autour d'elle. Il était impossible d'y résister. Même cloîtrée dans sa chambre, elle l'avait sentie. Elle avait observé les jeux depuis sa fenêtre, trop loin pour vraiment comprendre ce qui s'y passait, mais assez près pour avoir envie d'y être.

Finalement, elle n'avait pas pu garder ses distances. Après tout, les gens allaient commencer à s'inquiéter de son absence, non seulement lady Christina et lady Margaret, mais également son hôtesse, lady Anna Campbell. En outre, elle n'en pouvait plus d'entendre les femmes qui partageaient sa chambre lui raconter les événements de la journée dans les moindres détails. Elle voulait les voir de ses propres yeux. La seule fois où elle avait assisté aux jeux, elle avait été trop éblouie par son mari pour prêter attention à ce qui se passait autour d'elle.

Un rugissement s'éleva soudain des gradins. Elle se tourna vers Margaret.

— Que leur prend-il ?

Margaret sourit et pointa le doigt vers un homme qui venait d'avancer sur le terrain.

— Voilà ce qui leur prend.

Mary suivit du regard la direction qu'elle indiquait et se figea. Seigneur, c'était lui ! Bien qu'il portât un heaume qui lui cachait le visage, elle le reconnut sur-le-champ à son port arrogant. À moins que ce ne soit à la largeur de ses épaules, à l'épaisseur de ses bras et à ce torse imposant qui était gravé dans sa mémoire.

Son regard descendit malgré elle vers son entre-jambe. Ce n'était qu'une fois de retour dans sa chambre qu'elle avait réalisé qu'elle portait toujours ses lunettes. Ce devait être la raison pour laquelle il lui avait paru si… *énorme*.

Son espoir de ne jamais le revoir s'envolait. Elle avait voulu enfouir cette scène dans le recoin le plus profond et le plus sombre de sa mémoire, et faire comme s'il ne s'était rien passé.

Elle sentit ses joues s'empourprer. Que lui avait-il pris ? Pourquoi ne s'était-elle pas enfuie ? Elle ne pouvait pas croire qu'elle était restée plantée là à le regarder pendant qu'il prenait une femme par-derrière, puis pendant qu'il…

Qu'il se caressait.

Elle n'avait encore jamais vu un homme faire cela lui-même. C'était forcément un péché, non ? Elle n'aurait jamais cru que le péché puisse être aussi excitant.

Elle ne pouvait y repenser sans ressentir un frisson dont elle préférait penser qu'il était dû à la honte. Elle n'avait encore jamais rien vécu de pareil. L'espace d'un instant, lorsqu'il l'avait regardée dans les yeux au terme de sa jouissance, elle avait presque eu l'impression qu'il se répandait en elle. Cette intensité, cette ardeur, cette énergie masculine brute… Tout cela avait semblé pour elle.

Ce regard rivé au sien…

Personne ne l'avait jamais regardée de la sorte. Comme s'il la trouvait désirable. Même lorsqu'elle avait été jeune et jolie, son mari n'avait pas semblé la voir. Ce qui était normal, avec toutes les belles femmes qui tombaient à ses pieds.

Quelle sotte ! Après toutes ses années, elle s'imaginait inspirer du désir à un homme. Elle n'avait pas su entretenir l'intérêt de son mari alors qu'elle était dans la fleur de sa beauté ; comment attirerait-elle un homme à présent, quand elle faisait tout pour se rendre la plus laide possible ?

Pire. Il avait perçu son excitation et deviné à quel point elle désirait ce qu'il était en train de faire à cette femme. Combien elle voulait ressentir la passion et le plaisir qu'elle n'avait fait qu'entrevoir sans jamais les vivre.

N'était-il pas pathétique et ironique que le moment le plus sensuel et le plus excitant de son existence se soit déroulé sans même qu'elle y participe !

Elle ignorait ce qui l'horrifiait le plus, lui pour sa perversité ou elle-même pour y avoir pris du plaisir. Surtout, elle était mortifiée. Il en ricanait probablement encore : la pauvre petite mortelle qui s'était imaginé qu'un dieu s'intéressait à elle... ne serait-ce qu'un moment.

Elle ne put néanmoins s'empêcher de demander :

— Qui est-ce ?

— Il est impressionnant, n'est-ce pas ? répondit Margaret avec une lueur malicieuse dans les yeux.

Mary haussa les épaules d'un air indifférent, mais son amie n'était pas dupe.

— C'est l'homme dont vous parlait le roi, reprit Margaret. Sir Kenneth Sutherland de Moray. Il nous a tous surpris. Personne ne s'attendait à ce qu'il obtienne de tels résultats. Son frère a été champion il y a quelques années, mais sir Kenneth n'avait encore jamais rien gagné.

Le cœur de Mary fit un petit bond avant qu'elle ne revienne à la réalité. Il était normal de ressentir un élan de joie frivole à l'idée d'une alliance avec un si bel homme. Sauf qu'elle n'était plus une jeune fille mais une femme qui ne se berçait plus d'illusions. Elle avait déjà épousé une fois un beau chevalier arrogant et l'expérience lui avait suffi pour le restant de sa vie.

— C'est une excellente affaire, ajouta Margaret.

Mary plissa le front.

— Une affaire ?

— Oui, un beau parti. Il n'y a pas une seule jeune femme non mariée ici qui ne rêve de le conduire devant l'autel. Surtout depuis que son frère en a fait son héritier.

— Mais c'est sûrement provisoire, jusqu'à ce qu'il ait un fils, non ?

— On dit que le comte ne peut pas avoir d'enfants. Un jour, Kenneth ou son fils sera comte. Si sa beauté ne suffisait pas, son futur titre en fait l'un des célibataires les plus convoités d'Écosse. Et il semblerait que le roi vous l'offre comme une belle volaille farcie sur un plateau d'argent.

Cette image absurde fit sourire Mary malgré elle. Elle avait connu son lot de paons farcis.

— Si c'est vraiment le souhait de Robert, je crains qu'il ne soit déçu, répliqua-t-elle.

Elle s'efforça de rester impassible, consciente que Margaret étudiait ses traits.

— Ne me dites pas que vous n'êtes pas un peu tentée ?

Elle l'était, mais pas par un mariage. Cette pensée scandaleuse jaillit dans son esprit avant qu'elle ait pu la refouler.

Doux Jésus, que lui prenait-il ?

Elle soupira. Elle connaissait la réponse. Elle secoua vigoureusement la tête.

— Je ne souhaite pas me remarier.

Margaret lui adressa un regard compatissant. Elle savait à quel point le premier mariage de Mary avait été douloureux et décevant.

— Hélas, pour les femmes de notre rang, le mariage n'est pas fait pour combler nos désirs, ma chère.

C'était la triste vérité. Néanmoins, Mary préférait entrer au couvent plutôt que d'être contrainte de se marier à nouveau. Au moins, elle serait maîtresse de son propre destin.

— Tous les hommes ne sont pas comme John, reprit doucement Margaret en observant Kenneth Sutherland prendre place pour l'épreuve du marteau. Cela dit, vous avez sans doute raison de ne pas vous laisser séduire par ce beau scélérat. Il a laissé derrière lui autant de cœurs brisés que mon frère.

Mary fut légèrement déçue d'entendre la confirmation de ses soupçons. La comparaison, une fois énoncée, était difficile à oublier. À mesure que la compétition se déroulait, elle s'ancra plus profondément dans son esprit.

Elle se revoyait à dix-huit ans, assise dans la tribune, observant son époux en train de devenir un héros. Atholl, lui aussi, avait été magnifique. Elle n'oublierait jamais son excitation en voyant combattre l'homme avec qui elle était mariée depuis quatre ans, mais qui était encore en grande partie un inconnu pour elle.

Il avait passé la majeure partie de leur première année de mariage en prison puis, durant la seconde, il avait été contraint de se battre pour Édouard en Flandres. Il n'était rentré en Écosse que quelques mois avant les jeux. Ils s'étaient retrouvés au château de Blair, puis il était parti prendre ses fonctions à la cour. Elle avait attendu les jeux avec impatience afin de pouvoir enfin passer du temps avec son bel époux. Le caractère désagréable de leur premier rapport sexuel avait cédé le pas à des expériences légèrement plus plaisantes lors de son retour deux ans plus tard et elle avait hâte d'en apprendre plus.

Les premiers temps, cela avait été comme un conte de fées, avec lui dans le rôle du preux chevalier à l'armure étincelante, et elle dans celui de la belle jeune dame dont il défendait les couleurs. Elle n'oublierait jamais comment, après avoir remporté l'épreuve de lance, il s'était tourné vers elle et s'était incliné. Ce geste romantique avait arraché à la foule des « aah ! » et des « ooh » émus. Elle avait cru que son cœur allait exploser de bonheur et de fierté.

Le conte de fées n'avait pas duré. Atholl avait toujours su charmer le public. Son geste avait été pour ses admirateurs et non pour elle. Quelques nuits plus tard, elle avait appris la vérité. Son mari n'avait pas rejoint leur lit car il en avait trouvé un autre. De fait, si les conversations qu'elle avait surprises le lendemain matin disaient vrai, il n'avait eu que l'embarras du choix.

Lorsque, en larmes, elle l'avait accusé, il n'avait rien nié. Il avait paru agacé qu'elle se mêlât de ce qui ne la regardait pas. Même après cette affreuse conversation, elle avait refusé de voir la vérité en face. Elle avait cru qu'en le rendant amoureux d'elle il oublierait les autres femmes. Ses tentatives de séduction n'avaient fait qu'empirer la situation. Plus elle s'accrochait à lui, plus il mettait de distance entre eux.

Elle était sa femme, la mère de son fils et, éventuellement, sa partenaire de lit quand il se souvenait de son devoir conjugal. Une seule femme ne suffisait pas pour un être comme lui. Certains hommes vivaient de l'admiration du plus grand nombre. Atholl en faisait partie. Il lui avait fallu des années de déceptions, de jalousie et de chagrin pour le comprendre.

Elle était consciente d'être en partie responsable de ce fiasco. Elle l'idolâtrait et l'avait placé sur un si haut piédestal qu'il ne pouvait qu'en tomber. Elle avait appris que les vrais héros n'existaient pas. Le temps lui avait permis de prendre du recul. Leur mariage était une alliance politique avant tout. Si elle n'avait pas été aussi jeune et irréaliste, les choses se seraient sans doute déroulées différemment.

À la manière dont Kenneth Sutherland charmait la foule, elle le soupçonnait d'être taillé dans le même bois qu'Atholl. Il semblait littéralement porté par les hourras tandis qu'il écrasait un adversaire après l'autre. Elle ne put s'empêcher d'applaudir avec les autres lorsqu'il réalisa une passe particulièrement habile.

C'était une épreuve brutale et expéditive. Les deux adversaires se faisaient face dans l'arène et échangeaient coup après coup avec un marteau d'armes, jusqu'à ce que l'un d'eux tombe à terre. Avec sir Kenneth, cela ne durait pas longtemps. Il maniait son arme comme s'il s'agissait d'un hochet, et ses opposants semblaient des enfants face à lui.

Seul le dernier de ses adversaires lui donna du fil à retordre. Lorsque cette énorme brute de Fergal MacKinnon lui asséna un violent coup dans le flanc gauche, Mary retint son souffle comme le reste du public, attendant de voir s'il allait tomber. Ce ne fut pas le cas. Au contraire, le coup sembla l'avoir revigoré et rendu plus déterminé. Il se jeta sur MacKinnon avec une énergie redoublée et le projeta à terre avec une série de moulinets rapides et impitoyables de son marteau.

Durant le dernier affrontement, Mary s'accrocha à son siège en bois à plus d'une reprise, mais elle ne douta pas un instant qu'il l'emporterait. Il était comme mû par une force invisible et indestructible.

La foule accueillit sa victoire par des cris enthousiastes. Il ôta son heaume pour saluer et le soleil l'enveloppa dans son étreinte dorée. Mary en eut le souffle coupé. Bonté divine, il était vraiment superbe ! Le troupeau de femmes qui s'agglutina aussitôt autour de lui semblait partager cet avis.

Déçue, Mary s'apprêtait à détourner les yeux lorsqu'une étrange sensation lui fit lancer un dernier coup d'œil au gagnant. Elle se figea, clouée sur place par la force de son regard sur elle. Son pouls s'accéléra frénétiquement tandis qu'il la saluait d'un signe de tête. C'était comme toutes ces années plus tôt avec Atholl et, que Dieu lui vienne en aide, elle sentit monter en elle la même bulle de joie, aussi absurde que grisante. Elle se baissa rapidement, se cachant derrière l'homme qui se tenait devant elle.

C'était impossible. Il y avait trop de gens autour d'eux. Il ne pouvait l'avoir repérée dans la foule. Elle lança un regard autour d'elle ; peut-être avait-il salué quelqu'un d'autre ? Puis, quand elle se tourna de nouveau vers lui, elle manqua défaillir.

Par tous les saints, il venait droit vers elle !

Kenneth était comme un poisson dans l'eau, savourant chaque instant sous le soleil. C'était ce pourquoi il était venu au monde : se battre, gagner. Oui, surtout pour gagner.

Après toutes ces années d'efforts et de détermination, après s'être relevé de la boue plus de fois qu'il n'aurait pu en compter, il était sur le point d'atteindre son but : être le meilleur.

Il ne lui restait plus qu'une épreuve et il aurait sa place dans l'armée de Bruce. Il allait réussir, il le sentait. Et à en juger par ses cris d'encouragement, la foule le sentait aussi. Rien ne se mettrait plus en travers de sa route. Pour la première fois, il ne serait pas second mais premier. Après l'épreuve de lutte, prévue le lendemain, il serait sacré champion.

Il était déjà parvenu à faire ce qu'aucun champion n'avait réussi avant lui : remporter les cinq épreuves d'armes. Même celle du tir à l'arc. Il avait réussi le tir de sa vie, battant John MacGregor d'un centimètre. Si ce n'était pas un signe que la chance était de son côté !

Il aurait aimé voir la tête de MacKay. Bientôt, plus personne ne pourrait douter qu'il méritait sa place parmi les meilleurs guerriers d'Écosse dans l'armée secrète de Bruce. Son ancien rival ne pourrait rien y faire.

Kenneth lança un regard vers la tribune royale et fut satisfait de voir Bruce l'applaudir avec les autres.

Puis il l'aperçut. Sa petite voyeuse.

Au cours des derniers jours, quatre pour être précis, il s'était surpris plus d'une fois à la chercher du regard. Il commençait à se demander s'il ne l'avait pas imaginée. Non, elle était bien là, assise au bout de la tribune du roi avec Alexander MacKenzie et son épouse. Était-elle l'une des dames de compagnie de lady Margaret ?

Pour le moment, il n'aurait dû penser qu'à une chose : son combat du lendemain. Il n'aurait pas dû se demander ce que ce serait de couper les lacets trop serrés de cette dame et de libérer cette passion qu'elle contenait derrière sa façade austère.

Certains hommes fantasmaient de trousser une nonne. Ce n'était pas son cas. Néanmoins, il ne pouvait nier qu'il était émoustillé à l'idée d'arracher l'affreuse robe noire qu'elle portait telle une armure, afin de révéler la petite dévergondée qu'il avait entraperçue l'autre soir.

Il voulait la faire gémir, voir ses lèvres s'entrouvrir et ses joues se colorer quand il la toucherait. Il voulait être celui qui l'enverrait au paradis pour la première fois.

Lorsque leurs regards se croisèrent, il lui fit un signe de tête, presque malgré lui. C'était sa manière de lui faire savoir qu'il ne l'avait pas oubliée. Il n'avait encore jamais publiquement distingué une femme. Il fut plus amusé que surpris quand elle tenta aussitôt de se cacher derrière un spectateur. Si elle s'imaginait pouvoir lui échapper aussi facilement, elle se trompait.

Il avait changé d'avis. Après tout, il avait travaillé dur. Il avait bien mérité de se détendre un peu et de fêter ses victoires. Il la voulait et ne voyait pas pourquoi il attendrait davantage.

Il se dirigea vers elle mais il était à peine sorti de l'arène qu'il fut assailli par une nuée d'admirateurs. « Sir Kenneth, vous avez été magnifique », disaient les femmes. « Sacré combat, Sutherland », disaient les hommes.

Il aurait dû être ravi et savourer l'instant au lieu de scruter nerveusement la tribune et l'escalier où il avait vu l'inconnue pour la dernière fois. La foule était trop dense et la femme trop menue pour qu'il la repère.

Il parvint enfin à s'extirper de la cohue et à rejoindre le pied de l'escalier. Il aperçut une tache sombre qui s'éloignait dans une mer de robes colorées. Il sourit. Il était ironique que les vêtements ternes dans lesquels elle essayait de se cacher étaient précisément ce qui la rendait repérable.

Il allait s'élancer à ses trousses quand lady Moira le saisit par le poignet.

— Félicitations, mon seigneur, pour cette nouvelle victoire. Vous cherchiez quelqu'un ?

Elle battit des cils si vigoureusement qu'il se retint de lui demander si elle avait une poussière dans l'œil. D'ordinaire, ce genre de coquetterie l'amusait. Aujourd'hui, cela l'agaçait.

Il pinça les lèvres en voyant sa proie lui échapper.

Moira se tenait avec lady Elizabeth Lindsay, que les efforts de son amie semblaient beaucoup divertir. Lady Elizabeth était connue pour être dévouée à son mari et Kenneth n'avait jamais observé le moindre signe du contraire, ce qui lui convenait très bien. Bien qu'elle soit belle, elle était aussi artificieuse et opiniâtre. Elle devait donner de sérieux maux de tête à ce pauvre Lindsay. Les défis étaient pour le champ de bataille, pas pour la chambre à coucher.

— Nous nous posons toutes la question, déclara lady Elizabeth.

— Quelle question ?

— À qui s'adressait votre petit salut ?

Il était occupé à fouiller la foule du regard, cherchant sa proie.

— Mon salut ? demanda-t-il, surpris.

— Oui, il a provoqué bien des remous, répondit lady Elizabeth avec un sourire. Chacune des dames autour de nous était convaincue qu'il était pour elle.

Il avait été moins discret qu'il ne l'avait pensé. Il cacha sa réaction derrière un sourire coquin.

— Il l'était.

Lady Moira glapit de plaisir en joignant les mains.

— Je le savais ! Mais pour qui, exactement ?

— Je vous laisse deviner, répondit-il avec un clin d'œil. Si vous voulez bien m'excuser, j'aperçois ma sœur. J'ai besoin qu'elle me remette d'aplomb pour la compétition de demain.

Ce n'était qu'un demi-mensonge. Le coup qu'il avait reçu dans les côtes commençait à l'élancer sérieusement sous son haubert. La chemise de mailles amortissait à peine l'impact de l'acier contre les os et il devinait qu'il découvrirait une méchante contusion en l'ôtant. Helen se chargerait de le soigner, mais pas avant qu'il ait rattrapé sa petite nonne. Celle-ci se frayait un chemin dans la foule, courant presque.

Elle ne faisait que fuir l'inévitable. Tout comme il ne doutait pas de gagner le lendemain, Kenneth était convaincu qu'avant la fin de la nuit il serait sur elle... ou peut-être qu'elle serait sur lui.

Elle venait de franchir le portail du château quand elle s'arrêta et se tourna brusquement en entendant quelqu'un appeler :

— Mary, attendez ! Où courez-vous comme ça ?

Il reconnut la femme qui l'interpellait : lady Margaret MacKenzie.

Mary... Il aurait dû s'en douter. Un prénom courant qui n'attirait pas l'attention, tout comme son allure. Il ne se trouvait qu'à quelques mètres et elle ne l'avait pas encore remarqué.

— Je crois que le soleil... commença-t-elle.

Puis elle le vit et écarquilla les yeux. Sa bouche dessina un « O » de surprise, prenant la même expression qui l'avait tant excité l'autre soir dans l'écurie.

À la lumière du jour, sans les lunettes qui cachaient son visage, il la voyait vraiment pour la première fois. Ses cheveux étaient toujours dissimulés sous un horrible voile noir, sa robe était toujours sans forme, sa peau toujours pâle, ses traits toujours anguleux (surtout ses pommettes qui saillaient au-dessus de ses joues creuses) et elle dégageait toujours une aura grise presque spectrale. Toutefois, en la voyant de près, il sut que son instinct ne l'avait pas trompé. Derrière cette grisaille se cachait une vraie beauté.

Elle ne pouvait masquer ses yeux, qui étaient magnifiques. Ronds et très grands, d'une couleur bleu-vert et bordés de longs cils épais d'une douceur incongrue sur un visage aussi austère. Ses lèvres étaient rouges et pleines, avec une courbe sensuelle qui lui faisait penser à un ruban autour d'un paquet qu'il aurait aimé déballer, de préférence avec la langue.

Dès que leurs regards se croisèrent, elle baissa instinctivement les yeux, les soustrayant à sa vue.

Elle se cachait, c'était clair. Mais de qui, de quoi ?

— Lady Mary, lady Margaret, les salua-t-il en s'approchant.

Lady Margaret se tourna avec un petit cri de surprise, puis regarda Mary.

— Vous vous êtes déjà rencontrés ?

Il sourit en voyant les joues de Mary rosir.

— Brièvement, répondit-elle sans desserrer les dents.

Elle avait vraiment besoin de se décontracter un peu. Elle était tendue comme un arc.

Il ne put s'empêcher de la taquiner.

— Un peu trop brièvement, déclara-t-il. Je ne demande que le plaisir de faire plus ample connaissance. Vous ne vous êtes pas déjà lassée des jeux, j'espère ? Peut-être ne les trouvez-vous pas assez... excitants ?

C'était cruel de sa part, mais trop tentant.

Au moins, elle n'était pas timide. Elle le toisa, les yeux brillants de fureur.

— Oh si, c'est très excitant, intervint lady Margaret. N'est-ce pas, Mary ?

Il lui sembla qu'elle avait hoché la tête. Ses mâchoires étaient tellement crispées qu'il était difficile de s'en rendre compte.

— Je suis sûre que sir Kenneth a eu son lot de félicitations pour la journée, Margaret. Il n'a pas besoin des nôtres.

Elle lui adressa un léger sourire qui n'avait rien de flatteur. Il était habitué à susciter l'admiration des femmes. Or, il n'y avait rien d'autre dans sa phrase qu'un mur de glace. Il n'était pas sûr d'apprécier.

— Il y a l'épreuve de la danse du sabre cet après-midi. Si lady Margaret n'y voit pas d'objection, je serai ravi de vous y accompagner.

Lady Margaret parut surprise.

— Pourquoi y verrais-je une obje... ?

— Non ! l'interrompit Mary.

Se rendant compte qu'elle avait parlé trop sèchement, elle se reprit :

— Je veux dire... Je dois hélas rentrer au château. Je ne me sens pas très bien.

Lady Margaret s'inquiéta aussitôt et lui prit le bras.

— C'est pour cela que vous êtes partie aussi vite ?

Elle posa la main sur le front de son amie.

— C'est vrai que vous êtes toute chaude.

Mary hocha la tête en évitant de regarder dans la direction de Kenneth. Sans doute pour ne pas voir son sourire narquois.

— Je crains que le soleil ne soit un peu trop fort pour moi.

Lady Margaret se tourna vers lui.

— Mary se remet tout juste d'une maladie. C'était aujourd'hui sa première occasion de voir les jeux.

— Vraiment ?

Cette fois, elle ne pouvait plus éviter de le regarder. L'éclat de colère dans ses yeux bleu-vert lui fit penser aux reflets du soleil sur une mer d'huile. Il ne s'était pas attendu à une telle fougue venant d'une créature à l'apparence si réservée. Cela ne fit qu'attiser sa curiosité.

— Oui, j'ai été très souffrante, dit-elle comme si elle le défiait de la contredire.

— Ma sœur est guérisseuse. Je pourrais lui demander de passer vous voir.

Elle pinça les lèvres.

— C'est très aimable de votre part, mais ce ne sera pas nécessaire. J'ai juste besoin de m'allonger un moment.

— Vous avez raison, la position allongée me paraît une excellente idée.

Bien qu'il n'y ait rien de suggestif dans son ton, elle comprit l'allusion et frémit d'outrage.

Elle était scandalisée, à juste titre, mais il pouvait voir au délicat battement d'une veine sous sa joue de velours qu'elle était également plus intriguée qu'elle ne voulait le laisser paraître.

Le vil gredin ! Cet homme n'avait aucune honte. Il lui faisait des avances devant Margaret et la dévisageait avec un regard sarcastique, comme s'il connaissait un vilain secret. Ce qui était le cas, évidemment. Quel mufle !

Il y avait un tel va-et-vient de sous-entendus entre eux qu'elle était persuadée que Margaret les percevait. Préférant ne pas savoir ce qu'il allait dire ensuite, elle fut soulagée quand l'une des filles de Margaret les rejoignit pour demander à sa mère si elle pouvait assister à la danse du sabre avec des amies.

Sachant qu'il ne cherchait qu'à la provoquer, elle parvint à afficher un masque courtois et s'inclina.

— Mon seigneur.

Elle tourna les talons et se dirigea vers la tour la plus proche. Il la rattrapa en lui prenant le bras.

— Attendez.

Elle se figea. Le contact de sa main était d'une intensité saisissante. Elle sentait l'empreinte de ses doigts brûlants sur sa peau. Des doigts si habiles, qui pouvaient procurer un tel plaisir…

Ne pense pas à ça !

Mais elle ne pouvait penser à rien d'autre.

Se tenir si près de lui était déjà suffisamment difficile. Son pouls battait la chamade et ses oreilles bourdonnaient comme si un millier d'abeilles lui tournaient autour de la tête. La chaleur qui avait envahi tout son corps lui indiquait exactement ce qu'elle ressentait : du désir.

Consciente du danger, elle libéra son bras d'un geste sec.

À sa surprise, il la lâcha avec la même brusquerie. Lorsqu'elle leva les yeux vers lui, il paraissait perplexe, comme s'il l'avait senti, lui aussi. *Absurde !*

Une fois de plus, elle dut cligner des yeux pour ne pas être éblouie. Lorsqu'elle l'avait vu pour la première fois dans l'écurie, elle avait eu l'impression de regarder un dieu solaire.

C'était probablement sa cotte de mailles qui reflétait la lumière. Cependant, celle-ci était couverte de la poussière de l'arène. Non, c'était bien lui. Il brillait comme une étoile. Les reflets dorés dans sa chevelure brune, la lueur dangereuse dans ses yeux bleus, les lignes dures de ses traits pugnaces et l'éclat blanc de son sourire implacable, tout en lui n'était que feu et lumière. Bien que leurs attraits soient différents, sir Kenneth Sutherland rivalisait en beauté avec Gregor MacGregor, réputé l'homme le plus beau d'Écosse. Et elle le soupçonnait d'en être conscient.

Sir Kenneth respirait l'assurance et l'arrogance. Il s'imaginait sans doute qu'elle allait tomber à ses pieds comme toutes les autres jeunes ingénues. Mais elle n'était plus si jeune et ne se laissait plus aveugler depuis longtemps.

Toutefois, elle ne pouvait nier ressentir une certaine fébrilité. C'était sans doute de la colère. Il faisait ressortir en elle une combativité qu'elle ignorait avoir.

Il la dévisageait d'un air sûr de lui et provocateur, comme s'il essayait de lui prouver quelque chose. Il la défiait de lui résister.

— Vous fuiez à nouveau, ma dame ? Prenez garde, cette fois, je pourrais vous rattraper.

— Je vous l'ai dit. Je ne me sens pas bien. J'ai besoin de me reposer.

Elle lui fit face et le regarda dans les yeux. C'était une erreur. Elle se retrouva à nouveau clouée sur place.

— Vous n'avez pas à vous sentir gênée.

Sa voix se répandit sur sa peau telle une caresse chaude.

— Je ne suis pas gênée, protesta-t-elle vainement.

— Vous savez, c'est beaucoup mieux en participant qu'en regardant.

Elle tressaillit et se demanda si elle avait bien compris, puis elle lança un regard autour d'elle pour s'assurer que personne n'avait entendu. Heureusement, Margaret était encore occupée avec sa fille.

Il ne lui laissa pas le temps de répondre et enchaîna :

— Retrouvez-moi ce soir, après le banquet.

Mary le dévisagea avec un mélange d'indignation devant sa proposition éhontée et de stupeur devant sa hardiesse. Il ne manquait vraiment pas de toupet !

— Une fois que vous aurez accompli vos devoirs, ajouta-t-il.

— Mes devoirs ?

— Envers lady MacKenzie, répondit-il en indiquant Margaret. N'êtes-vous pas une de ses dames de compagnie ?

Seigneur, il ignorait qui elle était ! Elle fut sur le point de l'éclairer puis se ravisa. Comment réagirait-il en apprenant qu'il venait de proposer une partie de jambes en l'air à la femme que le roi lui destinait ?

— Vous ne perdez pas de temps, répliqua-t-elle.

Elle n'aurait pas dû être surprise ; elle avait vu son agressivité dans l'arène.

— Je n'aime pas tourner autour du pot, répondit-il. Nous savons tous les deux ce que nous voulons.

Il la voulait ? Pourquoi, quand il avait toute une nuée de femmes autour de lui ? Compte tenu de ses efforts pour se rendre la moins désirable possible, elle était étrangement flattée. Plus encore, elle était séduite par ce guerrier trop beau, trop arrogant et trop effronté, qui savait ce qu'il voulait et allait directement le chercher.

Elle inclina la tête sur le côté pour mieux le regarder.

— Quelqu'un vous a déjà dit non ?

— Pas souvent, reconnut-il avec un petit sourire. Si vous vous souvenez bien, j'ai quelques arguments.

Elle s'en souvenait. Elle se rappelait précisément ce qu'il y avait sous ce haubert. Elle était plus tentée qu'elle ne voulait l'admettre. Cet homme était un plateau de friandises ambulant. Un sultan du péché. Sauf qu'elle n'avait aucune envie de rejoindre un harem.

— Hélas, je crains de vous décevoir.

— Vous êtes mariée ?

— Non, veuve.

— Alors, qu'est-ce qui vous retient ?

— La retenir de quoi ? demanda Margaret qui venait de les rejoindre.

— De m'accorder une danse après le banquet, lança-t-il du tac au tac. Avec votre permission, bien entendu.

— Ma permission ? s'étonna Margaret. Mais pourquoi aurait-elle besoin...

— Lady Margaret est très généreuse avec les membres de sa suite, l'interrompit Mary.

Margaret la regarda comme si elle était soudain devenue folle, mais sir Kenneth ne sembla pas le remarquer.

Il s'inclina devant l'une puis l'autre, beaucoup plus profondément que nécessaire, et déclara :

— Parfait ! Alors je me réjouis d'avance de vous voir toutes les deux ce soir.

Le dernier regard qu'il lui lança ne laissait planer aucun doute sur ses intentions. Décidément, il n'avait peur de rien. Une petite voix malicieuse en elle lui souffla qu'il serait amusant de déstabiliser ce futur champion. Elle esquissa un petit sourire. Après tout, elle assisterait peut-être au banquet ce soir. Elle voulait voir sa tête quand il comprendrait sa bévue.

5

Mary parvint provisoirement à éviter l'interrogatoire de Margaret, qui fut entraînée à la danse du sabre par sa fille. Pourtant, quelques heures plus tard, elle fit irruption dans la chambre que Mary partageait avec ses dames de compagnie et plusieurs autres femmes.

— C'était vous ! s'exclama-t-elle.

Sentant sur elle les regards intrigués des autres femmes occupées à se préparer pour la fête, et devinant que ce qui allait suivre n'était pas pour toutes les oreilles, Mary posa sa broderie et entraîna Margaret vers une alcôve enchâssée dans l'épaisse muraille. Elle ne contenait qu'un banc en pierre avec un coussin, mais un lourd rideau de velours leur offrait un peu plus d'intimité.

Elle s'assit, croisa les mains sur les genoux et demanda calmement :

— C'était moi quoi ?

— C'est à vous qu'il faisait signe, n'est-ce pas ? Tout le monde ne parle plus que de ça, ils veulent tous savoir qui sir Kenneth saluait. Lady Moira et lady Alice soutiennent que c'étaient elles, mais je sais que c'était vous.

Elle jubilait telle une jeune fille venant d'apprendre un secret croustillant.

— Oh, c'est si romanesque ! s'extasia-t-elle.

Mary fit la grimace. Cette histoire n'avait pas grand-chose de romanesque.

— Il aurait pu faire signe à n'importe qui, répondit-elle.

Margaret n'était pas dupe.

— Sauf que ce n'était pas à n'importe qui mais à vous. Autrement, pourquoi serait-il venu vous trouver ensuite ? J'ai vu la manière dont il vous regardait. Pourquoi ne pas m'avoir dit que vous l'aviez déjà rencontré ?

Elle marqua une pause et plissa le front.

— Et pourquoi lui avoir laissé croire que vous étiez ma dame de compagnie ?

Embarrassée, Mary se mordit la lèvre. Elle étudia le visage doux de son ancienne belle-sœur, soupesant le pour et le contre. Cela faisait des années qu'elle n'avait pas ressenti le besoin de se confier ; et elle n'avait eu personne pour le faire depuis la disparition de Janet. Margaret avait toujours été bonne avec elle, sans doute avait-elle pitié de la jeune oie blanche que son frère avait épousée. Elle aussi avait été mariée jeune, mais son union semblait avoir été plus heureuse.

— Je ne l'avais pas rencontré, répondit-elle. Enfin, pas vraiment.

Elle prit une profonde inspiration et lui expliqua brièvement ce qui s'était passé. Elle ignorait ce que son amie s'était attendue à entendre, mais ce n'était certainement pas ce qu'elle était en train de lui raconter. Les yeux de Margaret ne cessaient de s'agrandir au fil de son récit. Elle paraissait profondément choquée.

— Donc, comme vous le voyez, ce n'est pour lui qu'un jeu, conclut-elle. Il s'imagine qu'en raison de ce que j'ai vu je ne demande qu'à être la prochaine sur la liste de ses conquêtes.

Bien que Mary ait omis les détails les plus salaces, tels que la position dans laquelle elle l'avait trouvé, la manière dont il s'était soulagé devant elle et l'intensité de sa propre réaction, il était clair à la manière dont Margaret la dévisageait qu'elle les devinait.

— Et c'est le cas ?

Mary envisagea de mentir, puis lâcha un soupir agacé.

— Plus que je ne voudrais l'admettre, répondit-elle, surprise de sa propre franchise. Je sais que c'est mal et je ne commettrai jamais un tel péché. Mon comportement vous scandalise sûrement, mais il était... comment dire... très compétent. Et il le sait. Cet homme est bien trop sûr de lui, trop impudent.

Margaret esquissa un sourire malicieux et chuchota :

— Pour ce qui est d'être compétent, je vous crois. On dit qu'il est très... hum... généreusement doté par la nature.

Il fallut un instant à Mary pour comprendre.

— Margaret !

Lady Moira avait parlé de son « long sabre ». À présent, elle comprenait. Cela n'avait pas été l'effet grossissant de ses lunettes.

Margaret haussa les épaules.

— Les femmes parlent entre elles. Ce n'est guère un secret, même si ce n'est pas le genre de sujet que l'on aborde dans une conversation convenable. Toutefois, après un long banquet et quelques verres de vin, certaines peuvent être tout aussi salaces que les hommes.

Mary avait vécu une vie trop protégée. Il lui semblait soudain être passée à côté de tout un univers.

Margaret reprit sur un ton détaché :

— C'est l'homme idéal pour une nuit de stupre, vous savez. Au cas où vous seriez tentée.

Pour une fois, Mary ne se demanda pas ce que Janet aurait fait à sa place. Elle craignait la réponse.

— C'est justement le problème, n'est-ce pas ? répondit-elle. Les femmes comme nous n'ont pas droit à « une nuit ». Et je ne pourrais jamais épouser un homme comme lui. Il ne m'a fait des avances que parce qu'il ignore qui je suis. Il y a un monde entre séduire une dame de compagnie veuve et une comtesse que le roi voudrait vous voir épouser.

Elle sourit malgré elle avant d'achever :

— J'avoue que je suis curieuse de voir sa réaction quand il s'en apercevra.

— Moi aussi, répondit Margaret, amusée. Sir Kenneth est un charmant voyou, mais son comportement dépasse les bornes. Une bonne leçon ne lui ferait pas de mal.

Elle réfléchit un instant avant de reprendre :

— Mais vous pourriez toujours le lui annoncer après, Mary. Pourquoi ne pas vous octroyer une nuit de plaisir ? Après tout ce que vous avez enduré, si quelqu'un a bien mérité un peu de bon temps, c'est vous. Vous êtes veuve, vous n'êtes attachée à aucun homme. Ce sont des choses qui se font, vous savez.

Mary ne le savait que trop, elle avait été mariée avec Atholl.

— Cela n'en reste pas moins un péché, dit-elle doucement.

Margaret sourit et lui prit la main.

— Bien sûr, vous avez raison. Comme c'est honteux de ma part de vous suggérer ça.

Elle se mit à rire et lui fit un clin d'œil espiègle.

— Mais n'oubliez pas, poursuivit-elle. Si vous changez d'avis, vous pourrez toujours vous repentir plus tard. À mon avis, il doit bien valoir quelques douzaines de *Je vous salue Marie*.

Plutôt quelques centaines. Mary retint un sourire, puis finit par rire à son tour. Qui aurait cru qu'un peu de coquinerie pouvait être aussi amusant ?

Les torches étaient déjà allumées pour la soirée lorsque Kenneth parvint enfin à s'extirper du bain chaud que lui avait préparé sa sœur. Helen ne pensait pas que ses côtes soient brisées, même si c'était difficile à voir sous l'horrible masse violette, noire et rouge qui couvrait une bonne partie de son flanc gauche. Sans parler de la douleur.

Il avait commis une erreur. Trop sûr de sa victoire, il avait voulu mettre fin au combat trop tôt et avait laissé une ouverture à MacKinnon. Ce dernier en avait aussitôt profité pour lui asséner un coup qui aurait pu mettre fin à ses beaux projets. Il aurait dû se méfier, bon sang ! Il veillerait à ce que cela ne se reproduise plus.

Helen ne pouvait pas faire grand-chose pour lui hormis le bander minutieusement avant son combat du lendemain, lui faire boire un breuvage infect contre la douleur et le laisser tremper dans une petite pièce attenante aux cuisines. Le feu des fours réchauffait également l'eau du bain. Cela l'avait détendu ; un peu trop peut-être. Il se serait volontiers endormi plutôt que d'assister au banquet.

Tout au long de la semaine, il avait évité les longs repas et les festivités, adoptant un régime spartiate durant toute la compétition. Toutefois, le roi avait exigé sa présence ce soir afin de lui présenter la veuve d'Atholl qui devait repartir bientôt. MacKay lui avait fait comprendre un peu plus tôt, lorsqu'il était venu chercher Helen, qu'il avait tout intérêt à obéir. Sa victoire le lendemain étant pratiquement assurée (comme il l'avait prévu, Robbie Boyd ne participerait pas), il pouvait se permettre de relâcher sa garde pendant quelques heures.

En outre, il avait un autre projet qui méritait son attention.

Il avait hâte de retrouver lady Mary. Son refus plus tôt dans l'après-midi ne l'avait pas dissuadé. Il ne doutait pas de ses talents de persuasion. Elle avait été choquée, mais également tentée. Il l'avait vu dans ses grands yeux avant qu'elle ne le foudroie du regard.

Il ignorait ce qui l'attirait en elle. Elle ne ressemblait en rien à ses conquêtes habituelles. Elle était plus vieille, plus fade, loin de sa « cohorte d'adoratrices », comme disait sa sœur.

D'ordinaire, il n'avait pas besoin de se donner autant de mal. Les femmes venaient à lui. Peut-être était-ce l'attrait de la nouveauté qui le titillait. Quoi qu'il en soit, il était impatient que commence la seconde partie de la soirée.

Il ne prêta pas attention aux gloussements de la servante chargée de le laver. Il prit soin de ne pas l'encourager et enfila rapidement ses hauts-de-chausses, sa tunique et son plaid, grimaçant de douleur quand il dut lever le bras. Il la laissa lui mettre ses bottes, mais noua seul la ceinture qui soutenait la dague dont il ne se séparait jamais.

Ses cheveux étaient encore humides lorsqu'il traversa la cour. Il n'y avait pas grand monde dehors, le festin ayant déjà commencé. Il salua au passage les quelques gardes postés le long des murailles et gravit l'escalier de l'aile est du château. Il entendait déjà les bruits de fête dans la grande salle. Il fut soulagé de constater qu'il n'était pas le dernier ; le couloir sur sa gauche était rempli de gens qui se dirigeaient vers le banquet. Avant qu'il n'ait pu les suivre, MacKay l'intercepta.

— Tu es en retard !

Kenneth se raidit, comme presque chaque fois qu'il avait affaire à son futur beau-frère.

— Tu ferais une bonne nourrice, si un jour tu te lasses de la guerre, déclara-t-il. J'ignorais que mes allées et venues étaient si importantes à tes yeux.

— Je me fiche de tes allées et venues, répliqua MacKay, piqué. Le roi m'a demandé d'aller voir ce qui te prenait autant de temps.

— J'étais occupé.

MacKay esquissa un sourire sardonique.

— Helen m'a dit que tu avais été blessé. J'espère que ce n'est rien de grave. Ce serait dommage si tu perdais demain.

— Helen exagère toujours. Je serai en pleine forme demain et, comme pour les autres épreuves, je gagnerai. J'espère que tu es prêt à accueillir ton nouvel équipier.

— Si tu l'emportes, tu auras mérité d'être des nôtres, mais à ta place, je ne crierais pas victoire trop tôt. La compétition n'est pas encore terminée.

Kenneth ne l'écoutait plus. Un détail venait d'attirer son attention.

— Tu as de la chance que lady Mary ne soit pas encore arrivée, poursuivit MacKay.

Kenneth avait oublié que la veuve d'Atholl s'appelait également Mary. Son esprit était accaparé par une autre Mary, qu'il apercevait à l'autre bout du couloir, près du donjon. Il ne voyait pas son visage, mais l'avait reconnue à ses habits sombres.

Elle riait et échangeait des plaisanteries avec un homme…

Palsambleu !

Il serra les poings sans s'en rendre compte.

Que faisait-elle avec Gregor MacGregor ?

Il s'élança dans leur direction.

— Hé ! Où vas-tu comme ça ? lui lança MacKay. Le roi t'attend !

— Je reviens dans quelques minutes.

Il l'entendit marmonner dans son dos « T'as intérêt à ce que ce soit important », mais il était trop furieux pour s'en soucier.

Quand il s'approcha, ses soupçons furent confirmés. Il s'agissait bien de sa nonne. Pour le banquet, elle avait mis une robe vert sombre et un voile assorti. On voyait son cou, qui était joli, long et gracieux, avec une peau lisse et laiteuse. Que cachait-elle d'autre ? Le vêtement était toujours sans forme et sans ornement et, si le vert était une amélioration sur le noir, c'était une couleur qui ne seyait pas à son teint clair.

Il s'interrompit. Bigre, il se comportait comme une femme de chambre. Il ne se souvenait pas d'avoir remarqué la tenue d'une femme auparavant, hormis pour se demander comment la lui enlever.

Il avança encore de quelques pas, pinçant les lèvres et ne comprenant pas pourquoi il était aussi agacé. Puis il la vit poser la main sur le bras de MacGregor et lui adresser un sourire charmant. Cette fois, ce n'était plus une simple irritation.

MacGregor l'aperçut le premier et le salua.

— Sutherland.

En entendant son nom, lady Mary se retourna et son sourire s'effaça aussitôt.

— Le banquet a commencé, déclara-t-il d'un ton bourru.

La dame ne lui prêta pas attention et se tourna à nouveau vers MacGregor.

— Merci encore, mon seigneur. Sans vous, nous l'aurions cherché pendant des heures.

— Lady Elizabeth avait perdu son chaton, expliqua MacGregor.

Voyant qu'il ne savait pas de qui ils parlaient, lady Mary précisa :

— C'est la benjamine de lady Margaret. Fort heureusement, sir MacGregor est venu à notre aide.

Le sourire sur ses lèvres et la roseur de ses joues quand elle regarda MacGregor acheva d'horripiler Kenneth. Elle n'avait plus rien d'austère ni d'incolore.

— C'est une chance, en effet.

Il se retint de l'informer que MacGregor n'était pas un « sir », puisqu'il n'était pas chevalier.

Il échangea un regard avec ce dernier par-dessus la tête de lady Mary, lui adressant un message silencieux : « Bas les pattes ! » Puis il annonça :

— Je me charge d'escorter lady Mary dans la grande salle.

MacGregor paraissait plus perplexe qu'offensé, mais il ne broncha pas. Kenneth était trop énervé pour s'en étonner.

MacGregor s'inclina galamment devant lady Mary.

— Ma dame.

Kenneth ne se rendit compte à quel point il avait été tendu que lorsque l'homme réputé le plus beau d'Écosse s'éloigna et qu'il sentit la tension dans ses épaules se relâcher.

Lady Mary l'observait en plissant le front.

— Que signifiait ce drôle d'échange entre vous ?

Il l'ignorait lui-même et sentit soudain qu'il en avait montré plus qu'il ne l'aurait voulu. Il cacha son trouble derrière un masque faussement préoccupé. Après tout, il était de son devoir en tant que chevalier de la mettre en garde.

— Vous devriez vous méfier de lui. MacGregor a fait perdre la tête à plus d'une femme.

Elle eut l'affront d'éclater de rire.

— C'est vous qui parlez ? Votre prévenance n'est-elle pas un peu ironique après la manière dont nous nous sommes rencontrés ?

Elle soutint son regard, le mettant étrangement mal à l'aise. Si cela avait été possible, il aurait presque cru qu'il était gêné.

Elle reprit :

— En tout cas, il ne m'a pas invitée dans son lit dès notre première conversation.

Elle regarda MacGregor qui s'éloignait et ajouta dans un soupir :

— Dommage, d'ailleurs !

Le sang de Kenneth ne fit qu'un tour. Il lui prit le bras et la força à le regarder.

— Ne vous approchez pas de lui !

Elle aurait dû être effrayée. Il ne parlait jamais ainsi aux femmes. Il était redevenu le guerrier féroce et impitoyable. Elle se contenta de plisser les yeux puis de les baisser vers sa main quand il devint évident qu'elle ne pourrait pas se libérer aussi facilement, cette fois.

— Comment osez-vous me donner des ordres ? Vous n'avez aucun droit sur moi.

Il s'efforça de se calmer, mais la manière dont elle le regardait brisa sa retenue comme une brindille sèche. Elle n'essayait peut-être pas de le défier, mais il le prit ainsi.

Apercevant une petite pièce derrière lui, il l'entraîna à l'intérieur. À en juger par les étagères pleines de livres et de manuscrits, par le banc, les fauteuils capitonnés et le brasero, ce devait être une ancienne réserve convertie en bibliothèque. Il n'avait qu'une vague idée de son environnement. Il ferma la porte, fit pivoter Mary, lui plaqua le dos à la paroi et se colla contre elle.

Elle poussa un petit cri, sans qu'il puisse deviner si c'était de surprise ou au contact de leurs corps.

Fichtre, il avait oublié ses côtes. Pourtant, pressé contre elle, ce n'était pas de la douleur qu'il ressentait. Elle était plus menue qu'il ne l'avait pensé, svelte et délicate. Il devrait veiller à ne pas l'écraser. Il sentait les os de ses hanches mais également les courbes douces de ses petits seins. Il était étrange qu'une poitrine d'une taille modeste déclenche chez lui une telle réaction. Son corps vibrait d'une énergie frénétique et inconnue. C'était du désir, mais un désir différent de tout ce qu'il avait connu.

Cela n'avait aucun sens, mais il était trop furieux pour se demander comment une veuve maigrichonne qui n'était plus si jeune et faisait tout pour se rendre invisible le faisait se sentir comme un puceau face à sa première donzelle.

Il tenait à lui montrer exactement quel droit il avait sur elle. Il l'avait vue le premier, diable ! Si quelqu'un devait la faire jouir, ce serait lui !

Il planta ses mains de chaque côté de son visage. Elle dégageait une légère odeur de fleurs, comme si elle s'était baignée dans des pétales de rose. C'était délicieux et lui faisait penser à du chèvrefeuille s'épanouissant au soleil.

Il effleura ses lèvres des siennes. Lentement d'abord, comme pour susciter une réponse. Elle ne luttait pas, elle semblait plutôt plongée dans une sorte d'hébétement. Il était clair qu'elle ne savait pas comment réagir.

Il le lui montra. Les lentes et douces caresses de ses lèvres lui indiquèrent exactement ce qu'il attendait d'elle.

Elle reproduisit ses gestes, d'abord hésitante, puis avec de plus en plus d'assurance à mesure que le baiser s'intensifiait.

C'était incroyable. Il devait lutter pour ne pas céder à la tentation de l'embrasser plus profondément, de la presser contre lui et de lui prendre d'un coup tout ce qu'il voulait d'elle.

La sensation était étrange, il se sentait comme drogué par le désir. Celui-ci montait en lui, trop rapide et trop puissant. Elle fondait pratiquement contre lui. La pression de ses hanches contre les siennes s'intensifiait à mesure que leur baiser devenait plus passionné.

Fichtre.

Il grogna, pris du besoin de la goûter. Il posa la main sur sa joue et caressa sa peau douce, ses doigts l'incitant à entrouvrir les lèvres. Quand elle le fit, il fut sur le point de pousser un rugissement de plaisir purement masculin. Il voulait explorer sa bouche avec sa langue, savourer sa reddition en revendiquant chaque parcelle de son intimité.

Il s'efforça de ralentir. Profitant de sa surprise, il glissa sa langue entre ses lèvres une première fois afin qu'elle s'habitue à la sensation.

Toutefois, procéder lentement était impossible, pas lorsqu'elle lui répondait. Au premier contact de leurs langues l'une contre l'autre, il sentit son sang-froid lui échapper. À chaque caresse, chaque mouvement, il sombrait dans une ivresse toujours plus profonde. Sa douce séduction se transformait en un maelström de sensations.

Son corps réagissait avec une alacrité alarmante. Le rugissement dans ses oreilles s'amplifia, le désir courait dans ses veines telle de la lave en fusion. Il ne pensait plus qu'à la créature menue contre lui. À la pression de leurs corps l'un contre l'autre. Au goût de sa bouche glissant sur la sienne. Il voulait la soulever, la clouer contre la porte et enrouler ses jambes autour de ses hanches.

Il ne se souvenait pas d'avoir été aussi excité par un baiser. L'éveil du désir en elle le rendait fou.

Il enfonça ses doigts sous le voile et gémit de plaisir en sentant sa chevelure soyeuse. Il lui tint la nuque et leur baiser devint plus fougueux, plus charnel. Elle se dissolvait contre lui tel du sucre chaud et il ne pouvait la dévorer assez vite.

Les sensations en lui étaient trop violentes, son désir trop intense, son cœur battait trop vite. Il s'enfonça plus profondément dans sa bouche, plus profondément en elle, s'approchant dangereusement du point de non-retour.

Tout ça pour un simple baiser.

Il devait arrêter.

Il s'écarta de ses lèvres avec un juron et dut se retenir pour ne pas basculer en arrière. Il avait l'impression d'avoir été emporté dans un tourbillon puis d'en avoir été éjecté.

Il recula d'un pas pour mettre un peu de distance entre eux et reprendre ses esprits. Il était étourdi.

Que lui prenait-il ? La mixture que lui avait fait ingurgiter sa sœur devait être plus puissante que prévu.

Ce ne pouvait être uniquement le baiser.

Pourtant, à voir le regard voilé de lady Mary, il y avait de quoi se poser des questions.

La regarder fut une erreur. Il sentit une forte tension dans son entrejambe. Elle était l'incarnation de la nonne délurée et, lorsqu'il voyait ses lèvres enflées, ses paupières mi-closes et ses joues rouges, il avait une envie furieuse de lui arracher ses vêtements et de lui montrer ce qu'était une vraie débauche.

— Retrouvez-moi après le banquet, demanda-t-il.

Son cœur battait si vite qu'il avait du mal à parler.

Elle cligna des yeux. Comme lui, elle s'efforçait de chasser le brouillard dans sa tête. Leurs regards se rencontrèrent à la lueur du brasero. Elle ne dit rien. Seuls son souffle court et le craquement des flammes perturbaient le silence. Elle le dévisageait, sondant son regard comme si elle était en proie à une lutte intérieure.

Après une pause qui lui parut interminable, elle répondit enfin :

— Je ne peux pas.

Il était prêt à la prendre à nouveau dans ses bras pour lui faire changer d'avis mais elle l'arrêta en posant la main sur son torse. Pour une si petite main, elle avait une force remarquable.

— Il faut que ce soit maintenant, ajouta-t-elle.

Il se figea.

— Maintenant ? Mais… pourquoi ?

— C'est ainsi, je ne peux pas vous expliquer.

— Mais le banquet…

Diantre, Bruce l'attendait. Il serait furieux s'il ratait la rencontre qu'il avait organisée avec la comtesse.

— Cela peut attendre quelques heures, non ? proposa-t-il.

Il avança vers elle, mais elle se détourna.

— C'est maintenant ou jamais. À vous de décider.

Il fronça les sourcils en se rendant compte qu'elle était sérieuse. Il n'aimait pas les ultimatums. Pourtant, il avait perçu autre chose dans son ton. Elle pensait qu'il refuserait.

Il aurait dû aller au banquet et l'oublier. Cependant, quand il regardait ses joues encore roses et ses lèvres gonflées, il n'était pas sûr d'en être capable. Elle représentait une distraction dont il n'avait pas besoin, mais une distraction diablement tentante.

Puis, après tout, qu'était une demi-heure de plus ou de moins ? Le roi et la comtesse pouvaient attendre encore un peu.

Il sourit et releva son défi.

— Dans ce cas, faisons-le maintenant.

Mary sursauta.

— Quoi ?

Il n'était pas prévu qu'il accepte.

Il la dévisagea avec ce demi-sourire qui la remuait jusqu'au bout des orteils.

Il s'approcha et elle sentit la chaleur de son corps l'envelopper. C'était comme se tenir devant un brasier. Il était si brûlant qu'elle n'arrivait plus à penser.

Pourquoi ne pouvait-elle pas être attirée par un homme qui n'en imposait pas, pour une fois ? Elle recula, cherchant un endroit où se retrancher, mais il semblait occuper tout l'espace. Avec ses épaules larges et son corps musclé, il dominait la pièce, l'irradiant d'une énergie explosive.

Il semblait même avoir absorbé tout l'air. À chacune de ses inspirations, ses narines étaient caressées par une subtile odeur de savon. Elle n'aurait jamais pensé qu'un homme pût sentir si bon. Le propre et le chaud, avec une légère trace de bois de santal.

Et ce baiser ! Seigneur, elle n'avait jamais rien connu de pareil. Son corps en tremblait encore. Elle avait été consumée par mille sensations nouvelles qu'elle n'aurait jamais pu imaginer. Il lui avait coupé le souffle, brouillé l'esprit et ramolli les os, la transformant en une flaque de désir. Elle ne pouvait plus penser qu'à la pression de ses lèvres, à la chaleur de sa langue, à la dureté de son corps, à la sensation de ses bras autour d'elle et à l'exquise volupté qui s'était emparée d'elle.

Elle aurait voulu que cela ne s'arrête jamais.

Cela n'avait été qu'un aperçu, puissant et magnifique, de tout ce qu'elle n'avait jamais connu. Et il lui offrait une occasion d'en découvrir encore plus. Cette fois, ce n'était pas Ève qui tendait la pomme de la tentation, mais Adam. Cet avant-goût de péché ne lui suffisait pas.

D'un autre côté, on savait comment avaient fini Adam et Ève.

L'arrière de ses cuisses heurta une surface dure qui devait être un coin de table, l'empêchant de reculer davantage. Son cœur battait à tout rompre. Était-elle réellement capable d'aller jusqu'au bout ?

— Je... je croyais que vous étiez pressé de rejoindre le banquet, déclara-t-elle d'une voix mal assurée.

Il avança d'un pas vers elle avec ce demi-sourire qui la défiait de lui résister, révélant l'éclat d'une dentition parfaitement alignée. Ses cheveux longs lui tombaient sur le front, accentuant son air voyou, et elle fut tentée d'avancer la main pour les écarter. Elle aurait aimé se dire qu'elle n'était pas superficielle au point de se laisser affecter par un beau visage, mais son émotion la trahissait.

— Le festin peut attendre.

Il promena lentement son regard tout le long de son corps, lui donnant l'impression d'être soudain beaucoup plus grande qu'elle ne l'était. Il s'attarda sur ses seins, comme s'il pouvait voir la pointe dure de ses mamelons à travers l'épaisse laine de sa robe. La lueur affamée dans ses yeux lui scia les genoux.

Une seule nuit...

La tentation était immense. Elle s'efforça d'y résister.

— Je croyais que le roi vous attendait ?

— Il attendra encore un peu.

Autrement dit, « elle » pouvait attendre. Mary aurait pu être vexée par son manque d'intérêt et d'égard pour la future épouse que le roi lui avait choisie. Elle n'en eut pas le temps car il tendit le bras et caressa sa joue. Le contact de ses doigts chauds et calleux sur sa peau réveilla toutes ses terminaisons nerveuses. Mais ce fut surtout la douceur de son geste qui la désarma. La violence de son propre désir lui coupa le souffle. L'espace d'un instant, elle fut prête à se blottir contre lui.

Non ! Elle n'était plus une gamine naïve. Ce n'était que de la luxure, rien de plus. Elle devait se maîtriser. Kenneth Sutherland était beaucoup plus pernicieux qu'elle ne l'avait pensé, avec ses baisers brûlants de passion et ses caresses tendres qui faisaient naître des émotions dangereuses.

Cet arrogant guerrier au visage et au physique de dieu grec n'était qu'un fantasme ambulant et rien d'autre.

— Vous n'avez aucune raison d'avoir peur, murmura-t-il. Je serai très doux.

Ce n'était pas de la douceur qu'elle attendait de lui, mais un embrasement de passion. Du stupre, pas de la tendresse. Elle voulait ressentir ce qu'avait ressenti la femme dans l'écurie. Rien qu'une fois dans sa vie.

— Vous en mourez d'envie, Mary, dit-il en la regardant dans les yeux. Je le sais. Dites oui.

Elle le dévisagea, impuissante, paralysée par la force de son désir, incapable de prononcer le mot qui jetterait aux orties toute une vie de moralité.

Ce n'était pas bien.

Mais était-ce si mal ?

Ils n'étaient mariés ni l'un ni l'autre. Ils ne feraient de mal à personne. Elle avait vingt-six ans, était veuve depuis trois ans et, avant cela, avait été une épouse délaissée. C'était sans doute sa dernière chance de vivre ce dont elle avait rêvé, jeune fille, avant que ses illusions ne soient piétinées par un mari qui n'avait pas voulu d'elle et ne lui avait jamais donné ce qu'elle avait vu dans l'écurie.

Cet homme la désirait et était prêt à le lui donner. Sans conditions. Sans liens qui ne pourraient être dissous.

Ce ne serait qu'une fois. Une nuit de passion. De péché. Était-ce trop demander ?

Il semblait percevoir son dilemme. Il saisit une carafe qui se trouvait sur la table derrière elle et la lui tendit.

— Buvez. Cela vous détendra.

Elle s'exécuta et manqua de s'étrangler en constatant qu'il ne s'agissait pas de vin comme elle l'avait cru mais de whisky. Il se mit à rire et lui enjoignit de boire encore. Cette fois, elle s'était préparée et engloutit une longue gorgée du breuvage qui lui brûla la gorge.

Puis elle la lui rendit. Elle se demanda s'il n'était pas moins sûr de lui qu'il le paraissait en le voyant vider le reste de la carafe d'un trait.

Son regard était un peu plus ardent quand il se pencha à nouveau, les mains posées de chaque côté d'elle sur la table.

— Dites-le, Mary, répéta-t-il.

Sa voix rendue rauque par le whisky ajouta encore à la tentation. Elle était descendue du purgatoire en enfer.

Elle frissonna. Ses bras puissants et son torse d'acier l'emprisonnaient comme une cage. Elle n'aurait pu fuir si elle l'avait voulu.

Elle avait appris à prendre seule ses décisions, non ? Elle irait jusqu'au bout.

Encore fallait-il que les battements de son cœur ralentissent un instant afin de lui laisser le temps de reprendre son souffle.

Pour ne rien arranger, il posa ses lèvres sous son oreille. Son souffle chaud déclencha une nouvelle vague de désir dans tout son corps. Ses lèvres se posèrent le long de sa joue puis dans son cou, déposant en chemin de petits baisers dans tous les endroits sensibles. Elle frémit et gémit, sans défense devant l'assaut de sensations délicieuses.

— Dites oui, Mary, murmura-t-il.

— Oui. S'il vous plaît, oui !

6

Sitôt le mot prononcé, il fondit sur elle avec un grognement possessif qui la fit frissonner des pieds à la tête. Les chaînes de sa passion avaient été brisées et plus rien ne le retenait. C'était bouleversant. La preuve physique du désir qu'elle lui inspirait.

La lente caresse de ses lèvres dans son cou s'emballa en un torrent incandescent. Il dévora chaque centimètre de peau nue. Il embrassa, lécha, suça, jusqu'à ce qu'elle croie mourir de plaisir. Puis ses lèvres retrouvèrent les siennes et, cette fois, elle n'en douta plus.

Sa langue se glissa dans sa bouche, l'emplissant de son goût exquis.

Pour un homme aussi fort, il avait des lèvres étonnamment douces. Et délicieusement chaudes. Elle voulait sombrer en lui et ne plus jamais remonter à la surface. Elle lui rendit son baiser avec toute l'ardeur qui courait dans ses veines.

Ses lèvres la dévastaient, anéantissant les derniers doutes qu'elle aurait pu avoir. Elle le voulait, désespérément, plus que tout au monde. Il lui faisait ressentir des choses qu'elle n'avait jamais connues. Son corps tout entier vibrait d'une énergie insatiable. Elle ne s'était jamais sentie aussi vivante. Elle savourait chaque instant, l'accueillait, se laissait engloutir vague après vague. Il était comme une pluie d'orage diluvienne sur un désert asséché.

Elle s'accrocha à lui, enfonçant ses doigts dans la chair ferme de ses épaules.

Ses seins étaient écrasés contre son torse. Sentir ses muscles d'acier pressés contre elle était terriblement excitant, la démonstration physique de sa virilité et de sa propre féminité. Il était grand et fort. S'il existait un homme qui pouvait la protéger, c'était bien lui. Même si elle ne cherchait pas de protecteur, l'impression n'en était pas moins réconfortante. Il était étrange qu'un corps aussi dur et résistant lui donne autant envie de se blottir contre lui et de ne plus jamais le lâcher.

Il n'y avait pas que leurs torses qui se touchaient. Il pressa ses hanches contre les siennes et elle frémit.

Par sainte Bride ! Remarquer sa taille considérable du coin des yeux était une chose, en avoir la preuve irréfutable et brûlante contre son ventre en était une autre. Elle pouvait sentir chaque centimètre de son membre épais et enflé.

Loin de l'intimider, cela déclencha un frisson délicieux entre ses cuisses. Elle ressentait le besoin urgent de bouger contre lui, de se frotter contre son sexe dur.

Comme s'il avait lu dans ses pensées, il glissa une main sous ses fesses et la souleva plus fermement contre lui. Puis il se mit à onduler des hanches.

Mary vit des étoiles. Une onde de chaleur parcourut ses membres avant de se concentrer entre ses cuisses.

Ne pouvant résister, elle se mit à bouger à son tour, pressant ses hanches contre son membre qui était à la fois la source de sa frénésie et le seul moyen d'apaiser son étrange agitation.

Elle le voulait en elle. Elle voulait en être emplie et le sentir s'enfoncer, qu'il la possède et lui procure tous les plaisirs qu'elle avait vus sur le visage de l'autre femme.

Elle ne retenait plus rien, plaquant son corps contre le sien. Ce n'était pas encore assez. Elle sentait la passion frémir dans les muscles sous ses doigts. Lui aussi, il luttait. Il luttait contre quelque chose qu'il voulait autant qu'elle. C'était comme tenter de dompter la foudre, une énergie brute, volatile, prête à exploser.

Elle sentait les battements de son cœur contre le sien, entendait son souffle rauque. Elle voulait aller plus vite et libérer tout ce qui bouillonnait entre eux.

Il l'embrassait voracement, la serrant si fort contre lui que rien n'aurait pu se mettre entre eux. Ils étaient soudés l'un à l'autre, formant une seule masse de chaleur, une chaleur invraisemblable.

Il s'arracha soudain à leur étreinte avec un juron.

— Sacrebleu ! On se calme !

Elle ignorait s'il s'adressait à elle ou à lui-même.

Elle cligna des yeux, étourdie. Elle se sentait comme une enfant qui s'était gorgée de friandises volées et à qui on avait brusquement retiré son assiette... Coupable mais pas encore rassasiée. Sa seule consolation était d'être encore dans ses bras, mais cela ne dura pas.

Elle se retint de justesse d'émettre un gémissement plaintif.

Il la dévisagea avec un regard féroce, comme s'il lui reprochait quelque chose.

— Nous allons faire ça convenablement, déclara-t-il.

— Je... je m'y prends mal ? s'inquiéta-t-elle.

Il esquissa un sourire.

— Pardonnez-moi, je voulais dire que cette table n'est pas très confortable. En outre, elle ne m'a pas l'air bien solide.

Elle vit alors la lueur espiègle dans son regard et comprit. Elle imaginait la force qu'il faudrait pour casser le meuble, les coups de reins puissants...

Elle s'interrompit, chassant ces images honteuses. Doux Jésus, par quelques baisers, certes fougueux, il avait fait d'elle une débauchée !

Pour le banquet, il avait changé son armure contre une belle tunique brodée. Il dégrafa la broche qui retenait son plaid autour de ses épaules et étala celui-ci sur les dalles. Il s'agenouilla et lui tendit la main.

— Ce n'est pas aussi confortable que le foin, mais nous devrons nous en contenter.

Elle se mordit la lèvre pour ne pas sourire. Il ne pouvait s'empêcher de la taquiner, le monstre ! Elle regarda sa main tendue. Que Dieu la protège, elle était une horrible pécheresse, mais plus rien ne l'arrêterait désormais. Elle prit sa main et s'agenouilla près de lui, tout en se répétant que rien de tout ceci n'était sentimental. Il n'était pas son preux chevalier. Il n'était qu'un fantasme.

Pourtant, lorsqu'il la prit dans ses bras et la coucha doucement sur le plaid en la regardant dans les yeux, son cœur se remit à tambouriner contre sa poitrine.

Étendue contre lui sur le sol, elle se sentait étrangement vulnérable. Leur position était trop intime, comme un mari et sa femme couchés dans leur lit.

Cela n'avait rien d'illicite, de lubrique. Cela semblait… juste.

Non ! Elle fut prise de peur et manqua de lui demander de revenir sur la table. Il n'aurait pas dû s'interrompre, ils auraient simplement dû laisser la passion exploser entre eux, une fois pour toutes.

Il déposa un léger baiser sur ses lèvres sans cesser de la regarder dans les yeux.

Il l'hypnotisait, la plongeait dans une sorte de transe, lui faisait croire qu'il se passait là quelque chose de spécial.

Rien qu'une nuit.

Il laissa errer son doigt le long de sa joue puis le glissa derrière son oreille.

— Votre voile, chuchota-t-il. Vous saurez le remettre toute seule ?

— Oui, pourquoi ?

Il ne répondit pas et commença à ôter une à une les épingles qui retenaient le tissu. Un instant plus tard, il rejetait son voile sur le côté.

Il la contempla d'un air stupéfait. Elle tourna la tête, soudain gênée de ce plaisir inattendu. Sa chevelure avait été autrefois sa fierté. Elle la cachait depuis si longtemps qu'elle se demandait si un homme la trouverait encore jolie. À en croire son expression, la réponse était oui.

Il enfouit ses doigts dans la masse soyeuse et dorée.

— C'est un péché de cacher quelque chose d'aussi beau, dit-il d'une voix presque révérencieuse.

Au bout d'un moment, il lui prit le menton, la forçant à le regarder.

— Que cachez-vous d'autre, ma petite Mary ?

Quelque chose dans sa voix l'effraya. Cet homme pouvait découvrir des secrets, il pouvait puiser dans des émotions enfouies depuis longtemps. *Ma Mary*…

— R-r-rien, balbutia-t-elle.

Il ne la croyait pas.

— C'est ce que nous verrons.

Puis il l'embrassa, transformant son hoquet de panique en soupir de plaisir.

Il l'embrassait comme un homme qui savait ce qu'il voulait. Ce n'était pas un baiser visant à la séduire mais dont l'issue ne faisait aucun doute. Audacieux. Vorace. Charnel. Il prenait ce qu'il voulait et lui donnait tout en retour. Il l'embrassait comme s'il ne pourrait jamais s'en lasser, comme s'il ne la lâcherait plus.

Toute la passion qu'il avait fait naître en elle remonta aussitôt à la surface. Elle glissa les bras autour de son cou, attirant son poids sur elle.

Son érection pressait contre sa cuisse. Il ajusta sa position, la plaçant exactement là où elle la voulait.

Elle cria malgré elle et il lui répondit par un grognement. Ses mouvements s'accélérèrent, devenant plus fébriles. Il glissa une main le long de sa hanche et elle se cambra contre lui telle une chatte.

Il embrassa sa bouche, son cou, sa gorge.

— Vous êtes si douce.

Elle s'entendait haleter mais ne s'en souciait plus. Elle ne pouvait que se trémousser contre lui tandis que ses lèvres et ses mains traçaient des chemins de feu sur tout son corps. Il savait exactement où la toucher. Son ventre, la courbe de sa hanche puis, finalement, son sein.

Il le soutint dans sa paume et le pressa tendrement.

Sa bouche descendit aussi bas que le col de son corsage le lui permettait.

— Fichtre, si seulement nous avions plus de temps, murmura-t-il. J'aimerais tant vous voir nue.

Une vision de son torse nu flotta un instant dans sa tête. Elle frissonna à l'idée de sa peau chaude et hâlée contre la sienne. Il leva la tête vers elle.

— Je veux voir ces jolis tétons avant de les prendre dans ma bouche.

Il plaça ses lèvres précisément à l'endroit indiqué. Elle soupira, sentant son souffle chaud à travers la soie et le lin.

Elle se colla contre sa bouche et l'entendit gémir tout en suçotant. Fort, au point qu'elle sentait la chair de son mamelon se tendre. Des étincelles de plaisir se répandirent dans tout son corps. Elle se mit à gémir, émettant des sons doux et pressants.

Il s'écarta à nouveau.

— Bon sang, vous allez me faire mourir, dit-il avant de l'embrasser à pleine bouche.

Il allait plus vite à présent. Ses mouvements étaient brusques et raides, presque maladroits. Cela n'avait plus rien à voir avec les caresses subtiles qu'il lui avait prodiguées plus tôt ni avec la maîtrise détachée dont il avait fait preuve dans l'écurie. Était-ce elle qui lui faisait cet effet ?

Il écarta sa tunique, dénoua les lacets de ses culottes, puis retroussa sa jupe jusqu'à la taille.

Interrompant son baiser, il se pencha sur elle. Une masse de cheveux noirs retombait sur son front. Ses yeux étaient sombres et brûlaient de la même émotion qu'elle avait vue lorsqu'il s'était caressé devant elle : ils étaient pleins de désir.

Pour moi.

— J'ai besoin de vous prendre.

Il glissa la main entre ses cuisses et elle sursauta. L'effleurement de son doigt sur sa chair sensible déclencha mille frissons le long de son échine.

— Vous êtes si chaude, murmura-t-il.

L'embarras que ses paroles auraient pu provoquer s'évanouit lorsque son index s'enfonça en elle. La caresse exquise lui arracha un cri.

— Je le savais, gémit-il à nouveau. Vous êtes faite pour ça, petite Mary.

Elle ne comprenait pas de quoi il parlait mais la sensation de son doigt qui la caressait était trop divine pour qu'elle s'en soucie. Un étrange phénomène s'emparait d'elle. Son corps tout entier semblait possédé. Ses frémissements s'intensifièrent pour devenir une pulsation puis un élancement insistant. Elle avait la sensation de grimper, comme si elle voulait attraper quelque chose qu'elle ne voyait pas encore.

— C'est ça, ma belle, l'encouragea-t-il. Laissez-vous aller.

Son ton tendre transperça la brume de volupté qui l'enveloppait, mais elle le repoussa. *Cela ne veut rien dire.*

Néanmoins, elle ne s'était pas attendue à ce que ce guerrier endurci et volage soit aussi… affectueux.

Son doigt la pénétrait en de lents va-et-vient. Elle souleva les hanches sans y penser afin de rencontrer sa paume. Il la pressa doucement contre son sexe, murmurant à son oreille :

— C'est ça, mon cœur. Envolez-vous.

Elle le regarda dans les yeux et se figea, surprise par l'intensité des sensations qui s'emparaient d'elle. Leurs regards se soutinrent un moment avant qu'elle ne ferme les paupières, les sensations explosant en elle en un spasme violent. Elle volait vraiment. S'élevait dans un monde onirique. Le plaisir était incroyable, tellement plus grand qu'elle ne l'avait imaginé. Elle tenta de s'y accrocher mais il s'éloignait déjà, trop vite.

Elle ouvrit les yeux et le vit penché sur elle. Son regard était empli d'une émotion qu'elle ne pouvait déchiffrer.

— Vous êtes si belle !

Elle étouffa une pointe de vanité féminine. Cela ne signifiait rien. Il en disait autant à toutes les femmes.

Sauf qu'elle ne se souvenait pas de le lui avoir entendu dire à celle de l'écurie.

Il vint se placer au-dessus d'elle, prenant appui sur ses coudes. Elle résista à la tentation de baisser les yeux vers son entrejambe, saisie d'une curiosité peu convenable.

Elle retint son souffle en sentant l'extrémité de son membre frotter contre son sexe.

Elle rassembla son courage, se préparant à la douleur.

— Détendez-vous, dit-il. Je vous ai dit que je serais doux.

Elle rougit. Comment pouvait-il être doux avec un engin pareil ? Avec son « long sabre » ?

Toutefois, elle commença à le croire tandis qu'il se pressait contre son intimité, jusqu'à ce qu'elle se détende.

Les frémissements reprirent. Sa respiration s'accéléra. Elle observa son visage dans la pénombre. Sa mâchoire carrée était crispée et déterminée, sa bouche sensuelle était froncée, ses yeux bleus brillaient. Tous ses muscles paraissaient bandés.

Il faisait un effort surhumain pour se contrôler et procéder lentement. C'était par égard pour elle.

Cette attention la déroutait. Ce n'était pas ce à quoi elle s'était attendue de sa part. Ni ce qu'elle voulait.

— Allez-y, l'incita-t-elle.

S'il fut surpris par sa demande, son besoin était trop urgent pour qu'il en discute. Lentement, il s'enfonça en elle, profitant de sa moiteur pour se frayer un passage.

Elle écarquilla les yeux en sentant son corps s'étirer pour l'accueillir.

Elle avait cru avoir mal. Elle aurait dû avoir mal. Au lieu de cela, ce qu'elle ressentait était… merveilleux. Il l'emplissait. Chaque nouveau centimètre était une possession incroyable. Une revendication. Un poing chaud palpitant en elle.

Oh, Seigneur, oui ! C'était ça ! C'était ce qu'elle avait attendu. Elle avait hâte qu'il se mette à bouger en elle, qu'il la pilonne. Toute cette passion brute, cette ardeur qu'elle avait vues dans l'écurie.

Sauf qu'il ne se passait rien de cela. Il se tenait parfaitement immobile, la dévisageant avec une expression qui lui transperça le cœur. C'était un étrange mélange de surprise et de confusion, comme s'il cherchait une réponse au fond de ses yeux.

Un courant puissant passa entre eux, beau et impossible. Une force qui n'avait rien à faire dans un fantasme sexuel.

Elle voulut d'instinct se détourner, mais elle ne parvenait pas à briser le lien.

Enfin, alors qu'elle pensait ne plus pouvoir supporter cette intensité plus longtemps, il se mit à bouger.

Le premier coup de reins envoya une onde de sensations qui se propagea tout le long de sa colonne vertébrale. Puis une autre, et une autre, chacune lui procurant un plaisir inouï.

Il grogna, ferma les yeux et renversa la tête en arrière comme si le plaisir l'inondait lui aussi.

— Bon sang, que c'est bon !

Ses hanches se soulevaient et s'affaissaient, décrivant un mouvement lent et circulaire qui se répercutait en elle.

Elle s'agrippa plus fort à lui, luttant pour retenir les vagues de plaisir qui menaçaient de l'attirer par le fond.

Il ne lui en laissa pas le temps. Son regard trouva le sien et le retint. La lueur intense dans ses yeux lui coupa le souffle et étreignit son cœur.

Non. Ce n'était pas ce à quoi elle aspirait. Elle ne voulait pas d'émotion. Son cœur n'était pas censé se serrer. C'était trop intime, trop doux, trop tendre.

Il était censé n'être qu'un fantasme, alors que tout ceci paraissait trop réel, faisant remonter des émotions qu'elle avait enfouies depuis belle lurette.

Si seulement il cessait de la regarder.

Elle devait réagir, se concentrer sur autre chose. Elle aurait presque préféré se retrouver à quatre pattes comme la femme dans l'écurie. Sauf qu'elle n'était pas dévergondée à ce point. Il lui vint une autre idée.

— Vous voulez bien enlever votre tunique ?

Kenneth avait l'impression d'être entré dans un autre monde. Un monde où tout était nouveau. Un monde où ses expériences passées ne valaient plus rien. Il naviguait à l'aveuglette et sans ancre. C'était à la fois déconcertant et exaltant.

Il aimait le sexe. Même quand ce n'était pas extraordinaire, cela faisait toujours sacrément du bien.

Mais ça…

Il n'avait encore jamais rien vécu de pareil. Quelque chose sonnait juste, très juste. Dès l'instant où il l'avait pénétrée, tout avait paru différent. Le plaisir avait été intense, et il avait plongé dans une délicieuse béatitude quand il s'était enfoncé dans cette chair douce qui s'était refermée sur lui tel un fourreau. Un fourreau très étroit et chaud.

Ça, il le comprenait. Ce qu'il ne comprenait pas, c'était le reste. Ce puissant élan de possessivité qui lui donnait envie de hurler qu'elle était à lui, suivi par un sentiment de certitude et par un besoin de la protéger.

Il avait promis d'être doux et voulait l'être. Il tenait à ce que ce soit pour elle une expérience parfaite.

Il avait observé son visage tandis qu'il entrait en elle, avait vu ses joues rosir, entendu son soupir à mesure qu'il s'enfonçait encore.

Puis, quand ils avaient été complètement joints…

Une émotion puissante l'avait saisi à la gorge. Il n'avait encore jamais ressenti ce genre de désir, un désir qui lui étreignait la poitrine.

Il aurait dû accélérer le mouvement. Le roi l'attendait. Mais c'était si bon qu'il ne voulait pas que cela s'arrête. Profondément enfoui en elle, il se sentait agrippé et retenu par son corps. Il aurait voulu rester là pour l'éternité.

Lentement, il se retira presque entièrement pour mieux plonger à nouveau. Ce n'était toujours pas assez profond. Ils n'étaient pas encore assez unis.

C'était étrange, il ne pouvait cesser de la regarder. Il ne se souvenait pas d'avoir fixé le regard d'une femme aussi longtemps. Il ne pouvait se lasser du spectacle de sa chevelure étalée autour de son visage, de son teint rose, de ses lèvres enflées, de ses yeux voilés par le plaisir.

Comme elle est belle !

Il semblait avoir cessé de respirer. Une tension brûlante s'était logée dans sa poitrine, lui donnant envie de caresser sa joue et de l'embrasser tendrement.

L'étrangeté de cette réaction ne rendit la requête de la jeune femme que plus brutale.

Il s'immobilisa.

— Quoi ?

Elle baissa les yeux en se mordant la lèvre.

— Je… je… balbutia-t-elle. Je me souviens que… J'ai pensé que ce serait bien…

Elle n'arrivait pas à finir sa phrase.

— Vous avez pensé que ce serait bien que je sois torse nu ?

Elle acquiesça, l'air gênée.

Il n'avait aucune raison d'être agacé par sa demande. Il aurait même dû être flatté. Elle voulait revoir ce qu'elle avait apprécié dans l'écurie. Il était habitué à ce que son corps suscite l'admiration des femmes. D'ailleurs, il aimait qu'on l'admire. Pourtant, sa demande lui donnait l'impression d'être une bête de foire et, compte tenu de la tendresse qu'il avait éprouvée quelques instants plus tôt, c'était humiliant.

Quelle mouche le piquait ? Il réagissait comme une femme, hypersensible et pinaillant sur les moindres nuances. Elle voulait voir son torse, et alors ? Ne lui avait-il pas dit la même chose ? Lui aussi, il voulait la voir nue et, s'il n'y avait eu la difficulté de la rhabiller ensuite, il lui aurait déjà arraché sa maudite robe.

Une tunique était facile à renfiler. En outre, il apprécierait de sentir ses mains sur sa peau nue.

Il passa son vêtement par-dessus sa tête, le roula en boule et le lança sur le côté.

— Comme vous voudrez, ma dame, déclara-t-il avec un sourire narquois.

Elle sursauta.

— Mais… vous êtes blessé !

Il baissa les yeux vers ses côtes meurtries, ayant complètement oublié ses blessures. Le plaisir qu'elle lui donnait était de loin un bien meilleur remède que la mixture de sa sœur ou le whisky qu'il avait bu plus tôt.

— Ce n'est rien.

Elle allait en débattre, mais il la dissuada d'un léger coup de reins.

Elle s'accrocha à lui, plaquant ses paumes sur sa peau nue. La sensation déclencha une nouvelle onde de chaleur dans son entrejambe. Parfait !

Il s'enfonça à nouveau, plus fort cette fois.

Elle imprima ses doigts dans les muscles de ses épaules.

Oui, c'était bon. Il s'interrompit à nouveau, étrangement satisfait de savourer simplement ce lien entre eux.

— Vous avez d'autres requêtes, ma dame ? la taquina-t-il.

Elle arracha son regard de la contemplation de ses muscles et demanda d'un air sérieux, presque inquiet :

— Plus vite. S'il vous plaît, plus vite.

Apparemment, la dame n'était pas aussi désireuse que lui de faire durer le plaisir. Il refoula une pointe de déception. Il serra les dents. Au moins, personne ne pourrait l'accuser de ne pas offrir aux femmes ce qu'elles voulaient.

— Enroulez vos jambes autour de ma taille et accrochez-vous à moi.

Il allait lui offrir la chevauchée de sa vie.

Il plongea en elle, la faisant crier sous la puissance possessive de son assaut.

— Ça vous plaît, hein ? la provoqua-t-il.

Elle acquiesça d'un air alangui.

Sans la quitter des yeux, il recommença, encore et encore, de plus en plus vite, lui donnant exactement ce qu'elle attendait, l'écho de ses gémissements le poussant au bord du précipice.

Il grogna en sentant la tension s'accumuler dans son entrejambe et lui tendre les bourses.

Bon sang que c'était bon !

Elle enfonçait les talons dans ses fesses comme pour l'éperonner. Ses mains lâchèrent ses épaules pour se promener follement sur son dos brûlant et moite de sueur. Il se démenait et son corps commençait à le montrer. Ses muscles étaient tendus à bloc, ses bras endoloris à force de le soutenir, son souffle court.

C'était un accouplement sous sa forme la plus primitive et sauvage, mais il y avait autre chose. Plus profond, remuant le tréfonds de son âme chaque fois qu'il regardait dans ses yeux bleus et insondables.

Si belle.

Il se sentait approcher du gouffre. Ses sensations se succédaient à un rythme frénétique. Il crispa les mâchoires pour résister encore, pour se maîtriser.

Il ne voulait pas jouir seul.

Il n'avait aucune raison de se retenir. Il avait déjà accompli son devoir en lui donnant un orgasme. Il avait respecté sa part dans le marché tacite de ce genre de rencontre : se procurer mutuellement du plaisir.

Pourtant, il n'était plus question ici de devoir. Il n'y avait rien qui ressemblât à ses rencontres habituelles. Il se passait quelque chose d'important et il n'aurait pas pu se sentir rassasié s'ils n'atteignaient pas ensemble le paroxysme.

Il ignorait pourquoi et ne voulait même pas y penser. C'était ainsi.

Il n'aurait plus longtemps à attendre. Elle haletait, le souffle court et fort. Elle ondulait sous lui, cambrant les reins et soulevant les hanches pour accompagner le rythme frénétique de ses coups de butoir. Ses paupières étaient mi-closes, son regard vague, ses lèvres entrouvertes. Elle renversa la tête en arrière…

— Regardez-moi, ordonna-t-il d'une voix rendue rauque par l'effort.

Elle rechignait à le faire. Lentement, à contrecœur, elle rouvrit les yeux et les leva vers lui. Une onde de choc parcourut son échine. Un courant passa entre eux, brûlant et intense. Il n'en fallut pas plus pour les précipiter tous les deux dans un précipice de volupté.

Elle tressaillit.

Il sentit tout son corps se contracter.

Elle poussa un cri de plaisir qui anéantit les derniers vestiges de sa retenue. La tension qu'il retenait explosa en un éclair aveuglant de passion. Il plongea jusqu'au plus profond d'elle et son corps se désagrégea. L'extase la plus puissante qu'il ait jamais connue se répandit en lui vague après vague.

Seigneur !

Ce fut la seule pensée cohérente que son esprit parvint à formuler. Il n'avait plus de conscience. Il ne restait que du plaisir, le plaisir le plus incroyable qu'il ait jamais ressenti.

Lorsque les derniers spasmes cessèrent de parcourir son corps, il s'effondra sur elle, fourbu. Même ses os semblaient avoir fondu.

Au bout d'une minute, il sentit qu'elle respirait plus calmement. Se rendant compte qu'il l'écrasait, il trouva la force de rouler sur le côté.

Il ne se souvenait pas de s'être jamais senti aussi faible. Encore heureux que l'épreuve de lutte n'ait pas lieu aujourd'hui. Il aurait été à peine capable de tenir debout.

Il ne comprenait pas très bien ce qui venait de se passer et avait un mal fou à mettre de l'ordre dans ses pensées. Elle l'avait pris de court. La beauté de leurs ébats était allée bien au-delà de ce qu'il avait pressenti le soir où il l'avait surprise dans l'écurie. Il n'avait jamais autant aimé faire l'amour à quelqu'un. Il fronça les sourcils en réalisant une autre bizarrerie. Même adolescent, il avait toujours pris soin de se retirer avant de répandre sa semence. Toutefois, il était trop repu et comblé pour s'appesantir sur ce sujet. Il ne savait qu'une chose : l'étrange ennui qu'il ressentait depuis un certain temps s'était dissipé et il n'était pas près de laisser filer cette petite perle. Pas encore.

Qu'avait-elle fait ?

Le cœur de Mary battait à tout rompre tandis qu'elle fixait le plafond. Il était en pierre. La bibliothèque était creusée dans les épaisses murailles, comme les entrepôts voûtés à l'étage inférieur.

Il était gris et nu, sans aucun détail sur lequel concentrer son attention, si bien que ses pensées revinrent sur ce qui venait de se passer. Sur le cataclysme qui l'avait dévastée aussi violemment et aussi impitoyablement qu'un incendie de forêt, ne laissant que des cendres dans son sillage. Cela avait été extraordinaire. Merveilleux. Bien plus beau que tout ce qu'elle aurait pu imaginer. Or, c'était bien là le problème. Comment allait-elle tourner la page à présent ? Comment pourrait-elle rentrer en Angleterre, reprendre le cours de sa vie et oublier tout ce qu'elle avait vécu dans ses bras ?

Comment pourrait-elle l'oublier, lui ?

Ce n'était pas ce qu'elle avait prévu. Elle avait voulu un bel homme arrogant bâti pour le péché. Elle avait voulu de la passion, rien de plus.

Il roula sur le côté, s'appuya sur un coude et la contempla. Elle sentit son regard étudier son visage et retint son souffle lorsqu'il tendit la main vers elle et écarta quelques cheveux qui s'étaient pris dans ses cils. C'était un geste si intime, si tendre, que son cœur se serra.

Ses doigts s'attardèrent sur sa joue.

— Vous êtes pleine de surprises, petite Mary.

Elle le dévisagea sans répondre, ne trouvant pas les mots. Elle se sentait nue et vulnérable. Ce qu'ils venaient de faire avait balayé son indépendance chèrement acquise, révélant la femme esseulée au cœur brisé qui aurait tant voulu être aimée de son mari. Kenneth Sutherland, le futur champion des champions, le héros poursuivi par une horde d'adoratrices, était taillé dans la même étoffe qu'Atholl.

Du moins, c'était ce qu'elle avait pensé. S'était-elle montrée injuste ? Était-il plus profond qu'elle ne l'avait cru ?

Il se pencha sur elle et déposa un baiser doux et alangui sur ses lèvres. Un baiser tendre. Tout ce qu'elle n'aurait pas dû vouloir et pourtant désirait comme une enfant affamée.

Il se redressa avec un sourire et demanda :

— Quand pourrai-je vous revoir ?

Le cœur de Mary s'arrêta de battre. *Une seule nuit.*

— Je... je pars bientôt.

Il plissa les yeux.

— Pas si tôt, j'espère. Vous resterez au moins jusqu'à la fin des jeux ? Ma sœur se marie samedi prochain. Les célébrations dureront plusieurs jours.

Lui demandait-il de l'accompagner aux noces de sa sœur ? Elle s'efforça de calmer les battements de son cœur.

— Je... je ne sais pas.

— Naturellement, cela dépend de lady Margaret, conclut-il. Et si je lui en parlais ?

Il fit glisser son index le long de sa joue, de son cou, puis sur la courbe ferme de son sein, et dessina de petits cercles autour de son téton.

— Je n'en ai pas fini avec vous, reprit-il, d'une voix suave. Et je pense que cela va prendre un moment.

Ses mamelons durcirent et sa respiration se fit plus laborieuse. Tout son corps réagissait à la promesse sensuelle de ses paroles. N'était-ce que des mots ou cela voulait-il vraiment dire quelque chose ? Elle devait en avoir le cœur net.

— Lady Margaret m'a dit que vous serez bientôt fiancé ?

Il fronça les sourcils, surpris qu'elle ait appris cette nouvelle.

— Quel rapport avec nous ? demanda-t-il.

Elle tourna la tête pour lui cacher sa déception. Il avait répondu avec une telle sincérité qu'elle ne pouvait même pas lui en vouloir. Elle n'en voulait qu'à elle-même.

— Aucun, répondit-elle. Cela n'a aucun rapport.

Pourquoi aurait-elle objecté à ce qu'il fasse l'amour à une autre femme pendant que sa fiancée ou son épouse l'attendait patiemment dans le château où il l'avait parquée ? Il n'y avait rien de mal à cela. C'était accepté, attendu même, de la part d'un noble ayant fait un mariage politique. C'était elle qui était trop idéaliste.

Une nuit, c'était tout ce qu'elle avait demandé. Alors pourquoi était-elle aussi déçue ?

— Parfait, dit-il en se rallongeant et en la serrant contre lui.

Elle posa sa joue sur son torse, écouta les battements de son cœur et s'efforça de ne pas pleurer.

— Nous devrions y aller, dit-il sans enthousiasme. Mais je suis tellement épuisé que je ne trouve pas la force de me lever.

Elle ne fut pas surprise lorsque, quelques minutes plus tard, elle entendit sa respiration s'apaiser. Il s'était endormi.

Veillant à ne pas l'éveiller, elle s'arracha à la chaleur de son corps, se leva et remit de l'ordre dans ses vêtements. Elle devait déguerpir. Elle ne pouvait pas lui faire face, ni ici ni au banquet.

Cela avait été une grave erreur.

Kenneth Sutherland n'était pas du tout comme son mari. Il était bien plus dangereux. Atholl ne s'était jamais donné la peine de la séduire. Kenneth

Sutherland l'avait charmée par ses longs regards, ses douces caresses et ses baisers fougueux.

N'apprendrait-elle jamais sa leçon ?

Il fallait qu'elle parte, qu'elle quitte le château et l'Écosse. Avant qu'elle ne puisse plus se satisfaire de ce qu'elle avait et se mette à rêver à des choses qui ne pourraient que la rendre malheureuse. Une fois de plus.

7

Kenneth s'éveilla lentement, l'esprit embrumé. Il avait l'impression qu'un troupeau de moutons lui avait piétiné le crâne. Il ouvrit les yeux et, ne reconnaissant pas l'environnement, se redressa brusquement.

Il grimaça quand une douleur vive lui transperça le côté gauche.

Fichtre. Il se leva péniblement en se tenant les côtes d'une main. Les effets anesthésiants de sa petite séance de la veille s'étaient dissipés.

La veille ! Il prit simultanément conscience de trois choses : c'était le matin, il avait raté le banquet et il était seul.

Il jura, ne sachant pas laquelle des trois le contrariait le plus.

Que lui était-il arrivé ? Il avait l'impression d'avoir été assommé. Dès qu'il avait fermé les yeux, il avait sombré dans un profond sommeil. Il n'avait pas aussi bien dormi depuis des années.

Il se pencha pour ramasser sa tunique et aperçut un morceau d'étoffe vert sombre. Voilà ce qui lui était arrivé : elle.

Pourquoi était-elle partie sans le réveiller ?

D'ordinaire, il aurait été soulagé de se trouver seul après une nuit de débauche. Il se jura de revenir à son goût pour les filles simples et faciles dès qu'il en aurait terminé avec elle.

Il enfila sa tunique, enroula son plaid autour de ses épaules (le feu du brasero s'était éteint depuis longtemps et il faisait un froid de gueux dans la pièce), puis ramassa le voile oublié.

Lady Mary et lui auraient une petite discussion sur ce qu'il attendait d'elle, à commencer par un peu plus de courtoisie. Et elle ne lui fausserait plus compagnie en douce. C'était lui qui décidait quand était venu le moment de partir, nom d'un chien !

Il sortit de la bibliothèque en claquant la porte derrière lui et se dirigea vers la grande salle pour la chercher. Le petit déjeuner était terminé et il ne restait plus que quelques personnes qui vaquaient à leurs occupations. Elle n'était pas parmi elles.

Quelle heure était-il donc ?

Il jura à nouveau. Sa journée commençait décidément très mal. Si le repas du matin était déjà passé, cela signifiait qu'il ne restait plus beaucoup de temps avant l'épreuve de lutte. C'était le jour le plus important de sa vie et il avait failli le passer à ronfler. Sa colère contre la petite nonne s'amplifia. Elle l'avait déconcentré. Et comment !

Il attrapa au vol un morceau de pain et du fromage sur le plateau d'une servante qui passait par là et l'engloutit avec une gorgée de vin. En sortant de la grande salle, il dut s'arrêter un instant et se protéger de la lumière aveuglante du jour. Mince, le soleil lui faisait aussi mal au crâne que s'il avait sifflé tout un tonneau de whisky. Il plissa les yeux et balaya la cour du regard, puis grimaça à nouveau. Cette fois, ce n'était pas à cause du soleil mais de l'homme qui marchait droit sur lui.

— Où étais-tu passé ? aboya MacKay. J'espère que tu as une bonne excuse pour avoir disparu hier soir. Le roi était furieux.

Kenneth ne l'écouta pas et salua sa sœur qui se trouvait à ses côtés.

— Tu vas bien, Kenneth ? demanda Helen. Tu n'as pas l'air en forme.

Ses côtes lui faisaient un mal de chien, mais il n'était pas près de l'admettre devant MacKay.

— Que m'as-tu donné hier soir ? Je me suis endormi comme une souche et je viens seulement de me réveiller.

— Rien qui…

Elle s'interrompit et se mordit la lèvre.

— Tu n'as pas bu de vin ou de whisky hier soir, par hasard ? reprit-elle.

— Je bois du vin ou du whisky tous les soirs, rétorqua-t-il. Pourquoi ?

Elle prit un air penaud.

— J'ai dû oublier de mentionner que l'association de mon remède et de l'alcool a un effet légèrement sédatif.

— En effet, dit-il, acerbe. Tu as omis ce détail.

Au moins, il savait à présent pourquoi il avait dormi comme un loir, même s'il soupçonnait une autre cause. Il avait dormi comme un homme comblé. Trop. Au lieu de se demander où était passée sa petite dévergondée, il ferait mieux de se préparer pour les jeux.

— J'expliquerai au roi ce qui s'est passé après la compétition, dit-il à MacKay.

Il ajouta, s'adressant à Helen :

— Et présente toutes mes excuses à lady Mary.

MacKay lui lança un regard torve.

— Sur ce coup, tu t'en sors bien. Elle s'est fait porter pâle et n'est pas venue au banquet non plus.

Effectivement, c'était une chance. Une belle coïncidence. Un léger malaise l'envahit.

— Qu'est-ce que c'est que ça ? demanda MacKay en indiquant le voile.

Zut.

— Rien.

Il froissa la soie en boule et la serra plus près de son flanc.

MacKay ne se laissait pas rembarrer aussi facilement. Il examina l'étoffe, suspicieux.

— Ne me dis pas que tu as ignoré l'invitation du roi pour une femme ? Mais qu'as-tu dans la tête ? Tu as aussi peu de maîtrise sur ta...

Il s'interrompit et adressa un sourire contrit à Helen avant de poursuivre :

— Sur tes appétits charnels que sur ton sale caractère. J'espère pour toi qu'elle en valait la peine.

Kenneth serra les dents. À vrai dire, oui, elle en valait largement la peine, mais il n'avait aucune intention d'expliquer cela à MacKay. En outre, il n'appréciait guère d'être réprimandé comme un gamin.

Il en avait assez que son ennemi d'enfance le sermonne comme s'il lui était supérieur. Ce n'était pas le cas et, aujourd'hui, il allait le prouver.

— Il faut que je me prépare, annonça-t-il. Helen, si tu veux bien me retrouver à la caserne...

— Ah, te voilà !

Gregor MacGregor venait d'apparaître. À ses cheveux mouillés et à la serviette autour de son cou, Kenneth déduisit qu'il venait de se baigner dans le loch. La moitié de la population du château, du moins la moitié féminine, devait encore se trouver sur la plage.

— Tu ne m'avais pas dit que tu escorterais lady Mary au banquet ? lança-t-il, le regard rieur. Le roi doit se demander ce qui vous est arrivé à tous les deux. Je croyais qu'elle ne voulait pas se remarier. Tu es parvenu à la convaincre ?

Le sang de Kenneth se figea dans ses veines.

— Qui ?

— Lady Mary, répondit MacGregor, perplexe. Quand tu nous as vus dans le couloir, j'ai pensé que tu...

— Mary de Mar, murmura Kenneth.

Il eut l'impression qu'une pierre venait de lui tomber dans l'estomac. Sa petite nonne lui avait menti. Elle n'était pas une simple dame de compagnie mais la comtesse d'Atholl. Celle que le roi lui avait choisie comme épouse.

Pourquoi ne lui avait-elle rien dit ?

Il pressentait que la réponse ne lui plairait pas.

— Tu n'as pas fait ça... ? lâcha MacKay, incrédule.

Il fixait le voile dans la main de Kenneth.

Celui-ci se raidit et le dévisagea d'un regard assassin, le défiant de dire un mot de plus.

Comme lui, MacKay ne reculait jamais devant un défi. C'était probablement la raison pour laquelle ils passaient leur temps à se quereller.

L'ordure s'esclaffa.

— Je ne le crois pas ! Tu ne savais même pas qui elle était ! J'étais sûr que tu parviendrais à gâcher ta dernière chance. Quand le roi l'apprendra, que tu sois champion ou pas ne fera aucune différence.

Kenneth serra les poings. Son hilarité était horripilante. Le pire était qu'il avait raison. Le roi n'allait guère apprécier qu'il ait séduit son ex-belle-sœur. Lui qui s'était efforcé d'éviter les femmes dangereuses, c'était réussi ! Il n'aurait pu choisir pire partenaire.

MacGregor enfonça le clou.

— Je doute que ce soit la manière qu'avait envisagée le roi pour la convaincre.

— Il n'y a aucune raison pour qu'il l'apprenne, répliqua Kenneth.

MacKay et MacGregor ne le contredirent pas, sans pour autant tomber d'accord avec lui.

Helen se tourna vers lui d'un air inquiet. Elle savait toute l'importance que sa victoire aux jeux avait pour lui et craignait qu'il n'ait commis une erreur irréparable.

— Tu as intérêt à faire quelque chose et vite. Lady Anna m'a dit que lady Mary s'apprêtait à partir.

Le sang de Kenneth ne fit qu'un tour. Lady Mary n'irait nulle part ! Il tourna les talons et repartit au pas de charge vers le donjon, fou de rage. Jamais une femme ne l'avait mis dans une telle colère. Les femmes étaient faciles, elles ne lui causaient pas d'ennuis. Il n'avait jamais aucune raison de leur en vouloir. Néanmoins, lady Mary semblait posséder le don rare de provoquer en lui des réactions inédites.

— Ne tarde pas trop ! lança MacKay derrière lui. Les jeux sont sur le point de commencer. Ce serait vraiment dommage d'être en retard et de rater ta dernière épreuve.

Kenneth lui répondit par-dessus son épaule :

— Ne t'en fais pas pour moi, je n'en ai pas pour longtemps.

Sa conversation avec sa future fiancée serait brève mais claire.

Le remue-ménage autour d'elles n'empêchait pas Margaret de la harceler de questions.

— Mais pourquoi devez-vous partir maintenant ? Je croyais que vous projetiez de rester jusqu'au grand banquet de demain. Il y aura une très belle fête pour clôturer les jeux.

Mary se tourna pour indiquer à l'une des servantes dans quelle malle ranger ses quelques bijoux. Puis elle répondit enfin :

— Comme je vous l'ai expliqué, le roi Édouard a autorisé l'évêque à rester en Écosse encore quelques mois afin de continuer à négocier la trêve, mais il attend impatiemment un rapport et Lamberton a jugé préférable que je le lui fasse en personne.

À sa suggestion, naturellement.

Margaret n'était pas convaincue.

— Êtes-vous sûre qu'il n'y a rien d'autre ? Vous ne m'avez pas raconté ce qui vous est arrivé hier soir. J'ai envoyé l'une de vos dames prendre de vos nouvelles, mais vous n'étiez pas dans votre chambre.

Elle marqua une pause.

— C'est étrange. Sir Kenneth n'était pas là non plus. Le roi paraissait plutôt contrarié par son absence.

Mary masqua sa gêne en donnant d'autres instructions. Margaret se doutait de ce qui s'était passé, mais Mary ne pouvait se résoudre à lui confier la vérité. Elle ne voulait pas en parler. Discuter de grivoiseries ne lui paraissait plus amusant du tout.

Lorsqu'elle eut terminé avec la servante, elle se tourna à nouveau vers son ancienne belle-sœur.

— Ce devait être quand j'étais sur la plage. J'avais besoin d'air frais.

Devinant que cela ne suffirait pas à Margaret, elle ajouta :

— David se rendra bientôt au château d'Alnwick. J'aimerais y être quand il arrivera. Cela fait près d'un an que je ne l'ai pas vu.

En entendant la tristesse dans sa voix, Margaret ne douta plus de sa sincérité et fut aussitôt contrite.

— Bien sûr, comme je vous comprends. Je suis désolée d'avoir insisté. Je ne peux imaginer ce que je ressentirais si on m'enlevait un de mes petits chéris.

Comment Mary pouvait-elle lui dire à quel point c'était douloureux ? On ne pouvait comprendre cette douleur à moins de l'avoir vécue. C'était le pire qui puisse arriver à une mère.

— Vous êtes encore jeune, Mary. Vous n'avez jamais envisagé d'avoir un autre enfant ?

La douleur sourde dans sa poitrine se transforma en coup de poignard. Quand bien même elle se serait autorisée à rêver d'un tel projet, le prix en était trop élevé. L'indépendance. La maîtrise de son propre destin.

— Il me semble que pour ça, il faut un mari, répliqua-t-elle avec une moue ironique.

Sa phrase fut ponctuée par le fracas de la porte qu'on ouvrait brutalement.

Tous les visages se tournèrent vers sir Kenneth Sutherland qui venait de faire irruption dans la pièce tel un conquérant barbare.

Mary prit peur. Il la fixait d'un regard brûlant qui semblait traverser la pièce et la piéger dans un étau d'acier.

— Vous allez quelque part, *lady Mary* ? J'espère que vous ne comptiez pas partir sans dire au revoir ?

Son ton faussement badin ne la dupait pas. Il la dévisageait comme s'il voulait l'étrangler. Chacune de ses paroles était une menace, un défi. Une déclaration de guerre.

Il lança un regard vers ses piles de vêtements et ses malles ouvertes.

— Nous devons avoir une petite discussion avant que vous terminiez vos bagages, annonça-t-il.

Le pouls de Mary battait frénétiquement. Ce devait être ainsi que se sentaient les biches aux abois en se retrouvant face aux chasseurs, une flèche pointée droit sur leur cœur. Piégées. Elle parvint à retrouver sa voix.

— Vous ne pouvez pas faire irruption ici comme un...

— Laissez-nous, ordonna-t-il aux autres femmes dans la pièce.

À la consternation de Mary, elles décampèrent aussitôt, terrifiées. Sauf Margaret, même s'il était clair qu'elle reconnaissait elle aussi son autorité.

Il n'en avait aucune, par tous les saints ! C'était précisément ce qu'elle voulait éviter.

Margaret se tourna vers elle, inquiète.

— Dois-je vous laisser ?

Mary fut tentée de dire non puis lut la détermination sur le visage furieux de sir Kenneth. Il dirait ce qu'il avait à dire, que Margaret soit dans la pièce ou non.

Elle acquiesça. Margaret la dévisagea gravement un long moment, puis sortit.

Le choc de son entrée fracassante s'était estompé et le départ des autres lui avait donné le temps de rassembler ses forces. Elle redressa les épaules et lui fit face :

— De quel droit venez-vous…

Elle s'interrompit en le voyant lancer un tissu sur le lit. Son voile gonfla tel un nuage vert sombre avant de se poser délicatement sur les draps blancs.

— Vous avez oublié quelque chose dans votre fuite hier soir, *lady Mary*. Ou devrais-je vous appeler *comtesse* ?

Fichtre. Comme il fallait s'en douter, il avait fini par apprendre son identité. Elle avait prévu que cela ne lui plairait pas, sans pour autant s'attendre à une réaction aussi vive.

Il la rejoignit en deux enjambées. Elle ne bougea pas, même si son instinct lui recommandait de reculer.

Si intimidant soit-il, elle savait qu'il ne lui ferait pas de mal. Derrière sa fougue et son tempérament explosif, elle percevait une certaine maîtrise de lui-même.

— Pourquoi ne m'avoir rien dit ? Pourquoi m'avoir menti et laissé croire que vous étiez l'une des dames de compagnie de lady Margaret ?

— C'est vous qui avez fait cette supposition, répliqua-t-elle avec un haussement d'épaules. Je n'ai pas vu l'intérêt de la corriger.

À sa tête, elle pouvait voir qu'il n'appréciait pas son attitude. À quoi s'était-il attendu ? À ce qu'elle implore son pardon ? Sans doute. C'était probablement ce que la plupart des femmes qu'il connaissait auraient fait. Des femmes n'aspirant qu'à lui plaire. Elle n'en faisait pas partie.

Elle n'avait aucune excuse à fournir. C'était lui qui avait commencé ce petit jeu dans l'écurie. Il n'avait eu que ce qu'il méritait… et ce qu'il avait voulu.

— Même en connaissant les desseins du roi ? Les fiançailles qu'il projetait entre nous ?

Elle se raidit et le toisa de haut en bas.

— Surtout en sachant ce qu'il projetait. Je ne suis pas à la recherche d'un mari.

Il fulminait. Elle se demanda si elle n'avait pas été un peu prompte en estimant qu'elle ne courait aucun danger.

— Mais vous êtes à la recherche d'autre chose, peut-être ?

Elle afficha un air de profonde indifférence qui le fit frémir de rage. Elle allait sans doute un peu trop loin mais ne pouvait s'en empêcher. Quelque chose chez cet homme faisait resurgir son agressivité.

— Vous vous comportez comme si vous aviez été lésé, lança-t-elle. Or, vous m'avez fait une offre, je l'ai acceptée. Vous devriez pourtant avoir l'habitude de ce genre de contrat.

Il lui agrippa le bras avant qu'elle ne puisse se détourner, l'attirant à lui.

— Que voulez-vous dire ?

Elle tenta vainement de se libérer. Avait-il besoin de sentir aussi bon ? Cela la déconcentrait, lui rappelant la nuit précédente.

— Je suis sûre que ce n'est pas la première fois que vous passez une nuit avec une femme dont vous ignorez le nom.

— Si je comprends bien, vous ne vouliez qu'une petite partie de jambes en l'air, c'est ça ?

Même si c'était la vérité, sa manière de la présenter aussi crûment était vexante.

— Pourquoi, pas vous ? rétorqua-t-elle.

Il pinça les lèvres et s'approcha encore plus près.

— Ce que je voulais ? grogna-t-il. Lorsque la femme avec qui je couche doit devenir mon épouse, je préfère en être averti à l'avance.

Mary se raidit et lui retourna un regard aussi féroce que le sien. Elle aussi, elle pouvait se mettre en colère.

— Vous présumez beaucoup, monsieur. Il me semble qu'il est toujours d'usage de demander la main de la dame avant de proclamer ses fiançailles.

Il la pressa contre lui, et elle frémit au contact intime de leurs deux corps.

— Il me semble que j'ai fait ma demande très clairement hier soir, ma dame. Si je ne m'abuse, vous m'avez répondu d'un « Oui, s'il vous plaît » très enthousiaste.

Il parlait d'une voix basse et grave, l'envoûtant et déclenchant une moiteur dans un endroit qui se souvenait fort bien de lui. À voir son sourire ironique, il était parfaitement conscient de l'effet qu'il lui faisait.

Il glissa la main dans le creux de ses reins puis sur ses fesses, la plaquant contre lui.

— Devrais-je vous le demander encore, Mary ? murmura-t-il à son oreille.

L'espace d'un instant, elle fut tentée de dire oui. Elle voulut lui tendre ses lèvres et prendre le plaisir qu'il lui offrait. Tout son corps le réclamait.

Mais le plaisir n'était pas tout. Succomber à cet homme serait renoncer à tout ce qu'elle avait accompli au cours de ces dernières années et se perdre à nouveau.

Elle détestait cette sensation de faiblesse, ainsi que la facilité avec laquelle il aurait pu lui faire tout abandonner.

Même si elle le désirait ardemment, elle ne pouvait le laisser contrôler sa vie. Elle ne serait pas son objet. Cet arrogant guerrier n'imaginait sans doute pas qu'elle puisse lui résister. Il ne s'était même pas donné le mal de lui demander sa main, présumant qu'elle sauterait sur cette occasion en or.

Pour une fois, elle n'eut pas besoin de se demander ce que sa sœur aurait fait à sa place.

Elle le repoussa de toutes ses forces.

— Lâchez-moi !

À sa surprise, il la libéra aussitôt.

— Comment osez-vous me traiter ainsi ! s'écria-t-elle. Je ne me laisserai pas intimider par vous ni par personne d'autre. On ne me forcera pas la main pour accepter un mariage dont je ne veux pas ! Je vous ai déjà dit que je ne désirais pas de mari. Même si vous avez du mal à le comprendre, je ne veux pas de vous non plus. Surtout pas de vous.

— Que voulez-vous dire ?

— Que s'il me prenait l'envie de me marier, ce qui n'arrivera pas, ce ne serait pas à un dévergondé qui aime forniquer dans des écuries ou des entrepôts.

— Je crois que vous voulez dire des « bibliothèques ».

— Peu importe. Nous ne nous conviendrions pas.

— Bien au contraire, je crois que nous sommes faits pour nous entendre.

— Comme vous me l'avez fait remarquer hier soir, quel rapport avec le mariage ?

Elle s'efforça de ne pas se recroqueviller sous l'intensité de son regard. Même s'il parlait d'une voix calme, elle le sentait sur le point d'exploser.

— Vous voulez dire que vous accepteriez d'être ma maîtresse, mais pas mon épouse ?

Elle leva le menton et se força à le regarder dans les yeux.

— Je veux dire que je ne serai ni l'une ni l'autre. Je rentre en Angleterre, un point c'est tout.

Elle lui tourna le dos, mais pas avant d'avoir aperçu les lignes de crispation autour de ses lèvres. Il luttait pour se maîtriser. Cela faisait sans doute bien longtemps que personne n'avait refusé quoi que ce soit à Kenneth Sutherland. Que cela vienne d'une petite nonne pincée devait être d'autant plus vexant. C'était pourtant la seule solution. C'était un combattant ; lui montrer le moindre signe de faiblesse ou de vulnérabilité ne ferait que lui donner un angle d'attaque.

— Et le roi ? demanda-t-il. L'avez-vous informé de votre décision ?

— Robert comprend ma situation. Il sait que je ne souhaite pas me remarier, ni avec un Écossais ni avec un Anglais.

Comme il semblait sur le point de la contredire, elle se hâta d'ajouter :

— S'il apprend ce qui s'est passé entre nous, ce ne sera pas par moi. Et quand bien même, ce genre de chose n'a rien d'inhabituel.

Elle l'entendit presque grincer des dents.

— Oui, je sais, vous me l'avez déjà fait comprendre.

Si elle n'avait pas su que c'était son orgueil qui parlait, elle aurait pu croire qu'il était sincèrement blessé.

Elle ramassa le voile qu'il avait jeté sur le lit et le plia soigneusement.

— À présent, si vous voulez bien m'excuser, je dois finir de préparer mes affaires.

Elle l'observait du coin de l'œil tout en faisant mine de s'affairer. Il serrait les poings et semblait chercher un argument pour la convaincre. Elle devait trouver un moyen de se débarrasser de lui, et vite.

Elle lança un regard vers la fenêtre.

— N'avez-vous pas une compétition à remporter ? Il semble que les jeux soient sur le point de débuter.

Il avança d'un pas vers elle. Elle retint son souffle, pensant qu'il allait à nouveau lui prendre le bras. Puis il regarda vers la fenêtre à son tour et laissa retomber sa main.

Il l'observa un long moment. Il parut sur le point de dire quelque chose, beaucoup de choses même, puis se ravisa et s'inclina d'un air moqueur.

— Ma dame.

L'instant suivant, il était parti.

Elle aurait dû être soulagée. Pourtant, seule dans cette chambre soudain froide, elle ressentit un grand vide qu'elle ne pouvait s'expliquer. Elle ne comprenait pas non plus cette sensation d'avoir commis une terrible erreur.

8

Kenneth s'efforçait de garder les idées claires, mais il ne voyait que du rouge. Il avait un mal fou à maîtriser sa fureur et la violence du combat ne faisait que l'attiser. Il bloqua le poing qui se dirigeait vers son visage et le tordit dans le dos de son adversaire, provoquant un craquement gratifiant.

Ah, madame ne voulait pas d'un mari !

D'un coup de pied, il balaya le talon de l'homme qui hurlait de douleur en tenant son épaule disloquée. Une fois qu'il fut tombé à la renverse, il mit un pied sur sa poitrine (ce qui n'était pas franchement nécessaire puisqu'il n'était pas près de se relever) et revendiqua sa victoire, la troisième de cette matinée interminable.

Elle n'avait voulu qu'une partie de jambes en l'air. Il ignorait ce qui l'énervait autant, mais il ne cessait de revoir en pensée ces grands yeux bleus qui le fixaient sans sourciller.

Un dévergondé ! C'était la meilleure !

Il ôta son heaume d'un geste brusque et sortit de l'arène en entendant à peine les hourras de la foule. Pour un homme qui était à deux doigts d'être sacré champion et de damer le pion à MacKay, il ne savourait guère son moment de gloire. Il était hanté par sa dernière conversation avec lady Mary, *Mary de Mar*.

Il frémissait de rage rien que d'y penser. De fait, il passait plus de temps à penser à elle qu'à ses adversaires. Jusque-là, il avait eu de la chance : aucun d'eux ne lui avait donné beaucoup de mal. Cependant, il devait se ressaisir avant la finale.

Entre chaque combat, il s'était retiré dans les casernes pour se reposer et faire changer ses bandages par Helen. Son écuyer, Willy, l'avait informé qu'un nouveau candidat s'était inscrit à la dernière minute sans dévoiler son identité. Le public était en effervescence. Rien de tel qu'un mystère pour exciter la foule. S'il y avait pensé plus tôt, Kenneth aurait fait de même.

Toutefois, selon Willy, l'homme en question était un guerrier habile, presque aussi fort que Robbie Boyd. C'était sans doute une exagération ; autrement, Kenneth aurait entendu parler de lui.

Il n'était pas inquiet et attendait de voir.

Assis sur un banc, il laissa Willy essuyer le sang et la sueur sur son front puis lui demanda d'aller lui chercher un peu de bière diluée d'eau.

La seule chose qui lui faisait plus mal que son orgueil blessé était son flanc gauche. Il savait gérer la douleur. Il avait discrètement protégé ses côtes afin de ne pas offrir une cible de choix à ses adversaires. Heureusement, la fine chemise et le *cotun* que portaient les concurrents cachaient ses bandages. L'épreuve de lutte se déroulait souvent torse nu, mais Bruce préférait la version plus moderne et « civilisée », où les athlètes avaient droit à une légère protection. D'ordinaire, Kenneth trouvait que cela entravait ses mouvements. Pour une fois, cela l'arrangeait bien.

Il ne cessait de lancer des regards vers la tribune royale, tout en sachant qu'elle n'y serait pas. Était-elle déjà partie ? Il était embarrassant de constater à quel point il aurait voulu la rattraper et la retenir. Il se demandait bien pourquoi d'ailleurs ; elle lui avait exposé ses sentiments sans la moindre ambiguïté.

Elle l'avait éconduit ! Il ne parvenait toujours pas à le croire.

Sa colère monta encore d'un cran. Elle s'était servie de lui. Si cela n'avait pas été aussi humiliant, cela aurait presque pu être drôle. Il préférait oublier le fait que c'était lui qui lui en avait donné l'occasion avec son petit numéro dans l'écurie.

L'essentiel était qu'elle l'avait trompé. Elle savait que le roi souhaitait une alliance entre eux et lui avait caché son nom, sachant qu'il ne coucherait pas avec elle s'il connaissait son identité. Elle lui avait sciemment menti afin de prendre son plaisir.

Pourquoi cela le gênait-il autant ? Ce n'était pas la première fois que cela lui arrivait. Elle n'était pas la première femme à ne vouloir de lui qu'un bon moment sans lendemain. Toutefois, l'entendre de sa bouche l'avait piqué au vif.

Parce que ce n'était pas ce qu'il attendait d'elle, voilà le problème. Il était furieux contre lui-même car il avait ressenti quelque chose, et pas elle.

Pour la première fois de sa vie, il avait ressenti ce qu'il ne pouvait décrire que comme de la tendresse pour une femme, et ses tentatives maladroites pour le lui montrer avaient été repoussées. Il s'était dit que les petits détails qu'il avait remarqués pendant qu'ils faisaient l'amour n'étaient que le fruit de son imagination. Son regard fuyant. Son désir qu'il ôte sa chemise. Qu'il aille plus vite.

Il n'avait rien imaginé.

Il avala une autre gorgée de bière et s'efforça de respirer plus calmement. D'apaiser le bouillonnement dans ses veines. De résister à l'envie d'envoyer son poing dans le mur.

Il devait se calmer, reprendre le contrôle de ses émotions et oublier. Il aurait même dû la remercier de partir. Il avait suffisamment de problèmes dans sa vie, il n'avait pas besoin qu'une femme en rajoute.

Il lança un regard vers le château. La cour était toujours déserte. Avait-elle filé sans qu'il la voie ?

Un profond silence s'abattit soudain sur l'arène.

— C'est lui, mon seigneur, lui chuchota Willy.

Kenneth examina celui qui venait de faire son entrée. Un heaume d'acier cachait son visage mais, dès le premier regard, il constata que Willy avait dit vrai. Il était presque aussi grand et fort que...

Sacrebleu.

Il serra les poings contre ses flancs. Il l'avait reconnu, même si le public n'y voyait que du feu. Cette ordure de Magnus MacKay ! Il était décidément prêt à tout pour l'empêcher de remporter la victoire, même à entrer dans la compétition en bravant l'interdiction du roi.

Il l'observa en pestant jouer avec le public, faisant monter la tension jusqu'à la frénésie. Il aurait pu vaincre le dernier opposant qui se tenait entre lui et la finale en quelques minutes, mais MacKay faisait durer le spectacle avec tout le talent d'un saltimbanque accompli. Il était bon, l'un des meilleurs qu'il avait jamais vus. Mais lui, Kenneth Sutherland, était encore meilleur et il allait enfin le prouver.

Il était un homme à prendre au sérieux, même si sa petite nonne débauchée pensait le contraire. Il aurait aimé qu'elle soit là pour assister à sa victoire. Non, il ne devait plus penser à elle. Il allait mener le combat de sa vie et ne pouvait se laisser déconcentrer.

Garde ton sang-froid, se répéta-t-il. C'était le moment ou jamais de s'en souvenir.

— Surpris de me voir, Sutherland ? le railla MacKay lorsqu'ils se retrouvèrent face à face sur le terrain, un peu plus tard.

Les deux hommes se tournaient autour, chacun attendant que l'autre passe à l'offensive.

— Je ne dois pas être le seul, rétorqua Kenneth. As-tu prévenu le roi de ton idée ou as-tu trouvé ce petit subterfuge tout seul ?

— Je t'avais averti qu'il faudrait d'abord m'affronter.

— Te battre ne rendra ma victoire que plus douce.

— Tu m'as l'air bien sûr de toi pour un homme qui vient de se prendre une belle déculottée.

MacKay avança d'un pas pour lui faire croire qu'il allait attaquer. Kenneth ne se laissa pas berner et attendit qu'il recule à nouveau.

— De quoi parles-tu ? J'ai remporté toutes les épreuves jusqu'à présent.

— De lady Mary, bien sûr. Si elle s'en va, c'est que tu as échoué à la convaincre de t'épouser. Le roi sera fâché.

Kenneth n'avait pas besoin de voir son visage pour deviner son sourire narquois. Il résista à l'envie de lui sauter à la gorge. *Sois patient. Ne le laisse pas te déconcentrer.*

MacKay attaqua enfin, un coup puissant de son poing droit suivi d'un uppercut du gauche. Pendant que Kenneth parait, il tenta de le contourner pour lui faire une prise d'étranglement. Kenneth le vit venir et en profita pour lui asséner à son tour un coup sous le menton. Il entendit avec satisfaction le craquement de sa mâchoire contre son heaume.

MacKay lâcha un juron et le combat commença réellement. Il fut féroce. Tous les coups étaient permis. Ils se battaient avec leurs poings, leurs pieds, leurs épaules, se martelaient le corps. Alternativement, ils coinçaient l'autre dans des prises mortelles et se débattaient pour s'en libérer.

Ils étaient à forces égales, tous deux aussi puissants et aussi têtus. Ni l'un ni l'autre n'était prêt à capituler.

Et ils savaient tous les deux porter des coups bas. MacKay ne ratait aucune occasion de viser le côté gauche de Kenneth et de marteler ses côtes blessées.

— Comment vont tes côtes, Sutherland ? parvint-il à dire entre deux grognements. J'espère qu'elles ne sont pas cassées.

Si elles ne l'avaient pas été, elles l'étaient désormais. Peu importait. Il ne sentait plus la douleur. Il ne pensait qu'à faire mordre la poussière à ce fils de catin.

Il y était presque ; il le sentait. Il suffisait que MacKay commette une seule erreur, qu'il lui laisse une petite ouverture, et il l'achèverait.

— Mes côtes vont très bien, répliqua-t-il. Et ta mâchoire ? Ma sœur ne va pas être contente si tu arrives tout amoché à ton mariage.

Kenneth fit une feinte à droite et parvint à placer un uppercut dévastateur en plein dans la mâchoire de MacKay.

Une lueur étrange brilla sous le heaume de son adversaire. De la culpabilité ?

— Ah, reprit Kenneth en riant. Elle ne sait pas que tu es là, n'est-ce pas ? Il n'y aura peut-être pas de mariage après tout.

MacKay se jeta sur lui avec une énergie redoublée, le martelant avec une telle férocité que Kenneth dut faire appel à tous ses talents pour se défendre.

Son adversaire finirait bien par se fatiguer. Il suffisait d'attendre.

Enfin, ils brisèrent leur étreinte vengeresse. Ils étaient tous les deux pliés en deux, essayant de reprendre leur souffle.

Malgré lui, Kenneth lança un regard vers le château et se raidit. Un groupe de gardes était réuni dans la cour. Une petite silhouette venait d'émerger du donjon et descendait l'escalier.

Il détourna aussitôt les yeux, mais pas assez vite. Il avait commis une erreur. MacKay avait suivi son regard et compris.

— Si tu veux courir après elle, vas-y, le railla-t-il. J'attendrai.

Kenneth lâcha une litanie de jurons à faire pâlir un charretier.

— J'ai touché une corde sensible, Sutherland ? Ne me dis pas que tu voulais vraiment l'épouser ?

Reste calme. Malheureusement, il n'était pas dans sa nature de ne pas se défendre, ni d'être patient.

MacKay émit un sifflement impressionné.

— Je n'aurais jamais cru que ce jour viendrait. Je suppose que la dame n'a pas été conquise par tes charmes ?

— Ferme-la, MacKay !

— Sinon quoi ?

Kenneth ne bougea pas, refusant de mordre à l'hameçon. Pourtant, l'envie de lui faire ravaler sa morgue était presque irrésistible.

— À moins qu'elle n'ait rien voulu de plus ? C'est ça, Sutherland ? Dis-moi, tu te fais payer pour tes services ? Comme on paie pour faire saillir une jument par un étalon ?

Ce fut la goutte d'eau. Les dernières retenues de Kenneth lâchèrent. Il se jeta sur MacKay en ne pensant plus qu'à le faire taire.

Il perdit son sang-froid et, avec lui, le combat. MacKay profita de sa fureur, lui laissant croire qu'il avait le dessus avant de riposter au dernier instant. Il feignit de se soumettre et laissa Kenneth le rouer de coups jusqu'à l'épuisement. Puis, il sembla resurgir d'entre les morts et attaqua à son tour, martelant les côtes blessées de Kenneth jusqu'à ce que ce dernier s'effondre sur le sol.

Il dut perdre connaissance, à moins qu'il ne soit devenu sourd aux hurlements de la foule, car il n'entendit pas l'annonce de la victoire de MacKay.

Il avait perdu. *Perdu !*

Il resta au sol, ne trouvant pas la force de se lever.

MacKay se pencha au-dessus de lui avec son sourire supérieur.

— Ce sont tes humeurs, Sutherland. Elles te font perdre à tous les coups. Tant que tu ne parviendras pas à les maîtriser, tu ne feras pas partie des meilleurs.

Le pire était qu'il avait raison. Il avait laissé la colère le dominer. Il l'avait laissée, « elle », le dominer.

Il se leva péniblement, comme il l'avait fait maintes fois. Trop de fois. Il avait été si proche de la réussite…

Il n'avait pas dit son dernier mot. Il ne capitulerait pas. Il entrerait dans l'armée secrète de Bruce, dût-il y laisser sa peau.

Et que le ciel vienne en aide à Mary de Mar si leurs chemins se croisaient à nouveau. Il donnerait à cette petite sirène dévergondée déguisée en nonne une leçon qu'elle n'oublierait jamais.

9

Mi-janvier 1310, massif des Black Cuillin, île de Skye

Kenneth tiendrait jusqu'au bout, quoi qu'il advienne, même si les autres semblaient déterminés à le voir baisser les bras. La « perdition » ? C'était un faible mot. Il aurait préféré subir le châtiment éternel dans les feux de l'enfer plutôt que deux autres semaines d'« entraînement » avec MacLeod au cœur du massif des Cuillin en plein hiver.

Ils avaient grimpé les versants nus et glacés durant des heures au pas de course. Il ne se souvenait pas de s'être déjà senti aussi transi ou épuisé. Chaque muscle, chaque os de son corps était douloureux. Même ses dents lui faisaient mal à force d'avoir les mâchoires crispées pour tenter de garder son calme. *Du sang-froid*, tu parles ! Ce n'était plus du sang mais de la glace qu'il avait dans les veines.

Cette fois, il n'y avait pas que MacKay pour lui mettre des bâtons dans les roues. Dix des guerriers les plus redoutables et les plus brillants du royaume faisaient tout leur possible pour le faire échouer. Lui faire crier grâce. Néanmoins, si répugnante ou épuisante que soit la corvée, si impossible que soit l'épreuve, ou quels que soient les noms d'oiseaux dont ils le gratifiaient, il avait tenu bon. On lui avait donné une nouvelle chance et rien ne l'arrêterait jusqu'à ce qu'il ait gagné sa place dans l'armée secrète.

Sur la poignée de recrues qui avaient commencé l'entraînement avec lui plus de trois mois plus tôt, il n'en restait plus que deux. L'un avait abandonné dès la première semaine ; un autre avait résisté les premiers mois pour capituler dès les premiers jours de leur reprise après une brève pause durant les douze jours entre Noël et l'Épiphanie.

Finalement, MacLeod était un être humain. Il avait voulu passer les fêtes avec sa fille et son épouse enceinte. Le reste du temps, on ne l'aurait pas cru. Au cours des derniers mois, il avait poussé Kenneth et les autres candidats au-delà de leurs limites physiques et mentales. Kenneth en serait venu à le mépriser si le « Chef » (il utilisait un surnom comme tous les membres de la garde pour protéger leurs identités) n'avait pas effectué lui aussi toutes les épreuves qu'il leur imposait, s'en sortant généralement mieux que tous les autres. Même en ce moment, alors que les hommes semblaient sur le point de tourner de l'œil, il était à peine essoufflé. Kenneth avait le plus grand respect pour lui.

L'endurance de MacLeod égalait celle de MacKay. Après avoir passé trois mois à ses côtés, ce dernier avait gagné l'estime de Kenneth (à son corps défendant). Sur le terrain, il avait pu constater les points forts de chacun et ce qui leur avait valu d'intégrer le groupe de guerriers. Son beau-frère (le mariage avait bien eu lieu, même si Helen avait été presque aussi furieuse que Bruce ; ce qui avait permis à Kenneth d'obtenir une seconde chance) avait une connaissance des Highlands hors pair. Sa résistance physique et sa ténacité étaient extraordinaires. De toute l'équipe, c'était sans doute celui qui cumulait le plus de compétences.

Kenneth savait qu'il devait lui aussi apporter à la garde un talent particulier. Ses efforts pour maîtriser la formule de la poudre noire n'avaient abouti qu'à des résultats instables, imprévisibles et dangereux. Il parvenait à assembler un dispositif capable de provoquer des dégâts, mais c'était loin d'être aussi efficace que les explosions de Gordon. Malheureusement, son ami n'avait pas laissé de notes.

Enfin, MacLeod leva la main et annonça :

— Nous camperons ici cette nuit.

Kenneth ne fut pas le seul à pousser un soupir de soulagement. Il laissa tomber le lourd paquetage accroché à son dos (le terrain était trop escarpé et rocailleux pour que des chevaux puissent y circuler) et s'effondra sur la pierre la plus proche. Un bref regard vers les silhouettes glacées, la plupart emmitouflées dans des lainages et des fourrures, lui indiqua qu'ils étaient tous plus ou moins dans le même état.

Même Erik MacSorley, le Faucon, était silencieux, ce qui en disait long sur sa fatigue. Si certains des hommes restaient une énigme pour lui, ce n'était pas le cas de MacSorley. On pouvait toujours compter sur ce marin sociable et prompt à plaisanter pour détendre l'atmosphère. C'était un homme facile à aimer. Comme Gordon, pensa-t-il tristement.

Kenneth se pencha en avant, posa ses avant-bras sur ses cuisses et s'efforça de récupérer ses forces. Trois mois d'entraînement lui avaient appris que MacLeod ne lui laisserait pas de répit, même s'il était exténué.

Comme prévu, cinq minutes plus tard, l'ombre de MacKay s'avança vers lui telle la Grande Faucheuse.

— Tu t'es assez reposé, la Recrue. Tu es de garde ce soir. À moins que tu ne sois trop fatigué ?

Kenneth aurait préféré se planter un couteau dans la cuisse plutôt que d'admettre son épuisement devant ce bâtard. Il serra les dents et puisa dans ses dernières forces pour se lever.

— Pas pour accomplir mon devoir, répondit-il.

Il ne pouvait se résoudre à appeler MacKay par son nom de guerre, le « Saint ». On n'aurait pu trouver un surnom plus mal choisi. « Suppôt de Satan » aurait été plus approprié. Son vieil ennemi avait été contraint par Bruce et Helen de le laisser rejoindre le petit groupe d'aspirants à l'armée secrète, mais cela ne voulait pas dire qu'il était obligé de l'apprécier, ni que MacKay lui faciliterait la tâche.

Toutefois, il devait reconnaître qu'il n'était pas le seul à subir les tortures de MacKay. Ce dernier les répartissait équitablement et généreusement entre les recrues. Même quand il était écuyer, Kenneth n'avait pas été astreint à autant de corvées. Il n'avait jamais creusé autant de latrines, cherché autant de petit bois ou de tourbe pour les feux, lustré autant d'armures jusqu'à ce que ses doigts soient à vif. Il lavait même le linge sale. Ironiquement, ces tâches qu'il aurait jugées indignes de lui quelques mois plus tôt constituaient désormais ses moments de paix et de détente.

— Tant mieux, répondit MacKay. Et toi aussi, la Recrue.

Il s'adressait à l'autre homme encore en lice. Kenneth ne prenait pas ombrage d'être désigné ainsi. C'était toujours mieux que les autres épithètes dont on l'avait affublé.

La première fois que le Faucon l'avait vu se soulager contre un arbre, il l'avait baptisé « le Cheval ». Kenneth avait l'habitude des plaisanteries sur la taille de son sexe et, en temps normal, il n'aurait pas été agacé. Sauf que MacKay avait transformé ce surnom en « Étalon ». Bien que son beau-frère n'ait pas dévoilé l'origine de cette boutade, Kenneth ne pouvait l'entendre sans grincer des dents. Elle ne lui rappelait que trop qui était responsable de sa situation actuelle.

Ce devait être la raison pour laquelle il pensait si souvent à elle. Plus encore que quatre mois plus tôt. La légèreté avec laquelle lady Mary l'avait éconduit était humiliante. Il s'efforçait de ne pas penser à ce qu'il avait ressenti cette fameuse nuit. Cela n'avait sans doute pas été aussi extraordinaire que dans son souvenir. Il avait même certainement connu mieux, même s'il ne se souvenait pas d'un cas précis. Il le prouverait dès qu'il aurait terminé son entraînement. Un dévergondé ? Ces derniers mois, il tenait plutôt du moine.

Ce n'était pas parce qu'il acceptait les offres que lui faisaient les femmes qu'il était un débauché. Finalement, il était soulagé qu'elle l'ait repoussé. Il n'avait pas besoin d'une épouse qui ne comprenait pas les besoins d'un homme.

Pendant ce temps, MacKay continuait de parler à l'autre recrue.

— Tu te chargeras du repas du soir, en commençant par faire un feu. Ensuite, tu nous chercheras de quoi manger. Un peu de viande fraîche nous fera à tous le plus grand bien.

En dehors de ses aptitudes physiques indéniables, Kenneth ne savait pas grand-chose sur son compagnon d'infortune. À en juger par sa manière de parler et de s'habiller, il devait venir des îles. Grand et blond, il avait sûrement du sang viking. Il ne put retenir un gémissement en entendant sa mission. Kenneth le comprenait. Chasser dans ces montagnes nues et glacées serait une tâche herculéenne, sinon prométhéenne.

Par comparaison, monter la garde serait une partie de plaisir. Kenneth sortit plusieurs affaires de son sac et se dirigea vers la lisière du camp tout en s'étonnant de la générosité inhabituelle de MacKay.

— Où vas-tu ? demanda ce dernier derrière lui.

Kenneth se tourna lentement, redoutant le pire.

— Tu monteras la garde là-haut, déclara MacKay.

Kenneth suivit la direction de son doigt jusqu'au sommet du pic rocheux qui les surplombait... environ soixante mètres plus haut. Ce n'était pas tant la distance qui était impressionnante, mais la façade à pic. Pour rejoindre l'endroit indiqué, il devrait escalader la paroi rocheuse, une tâche qui aurait été difficile même s'il avait été reposé et avait été capable de sentir le bout de ses doigts. Dans son état d'épuisement, c'était pratiquement impossible.

Ces dernières semaines, il avait nagé jusqu'à ce que ses poumons soient sur le point d'éclater ; couru sur des terrains accidentés à une allure qui aurait tué la plupart des hommes ; il s'était battu avec toutes les armes imaginables ; il avait même été enterré jusqu'à la taille et obligé de parer avec un simple bouclier des lances projetées par des guerriers formant un cercle autour de lui. Quoi qu'on ait exigé de lui, il n'avait pas rechigné un instant. Mais cette fois, c'était trop.

Les deux hommes se dévisagèrent dans la pénombre. Ce n'était que le début de l'après-midi, pourtant la lumière du jour faiblissait déjà. Kenneth sentait sur lui le regard des dix autres hommes qui attendaient sa réaction en silence. Aucun d'eux n'interviendrait. Cela devait se régler entre MacKay et lui.

Toutes les fibres de son corps lui criaient d'envoyer MacKay paître. De refuser.

D'abandonner.

Grimper sur ce pic dans de telles conditions était suicidaire. Un seul faux pas sur les rochers glissants et il ferait une chute mortelle. MacKay le savait. Kenneth le lisait dans ses yeux. Il le défiait tacitement d'accepter.

Jusqu'où es-tu prêt à aller ? demandait-il du regard.

Jusqu'à la mort. C'était ce qu'on exigeait d'eux, comme le Chef le leur avait répété maintes fois. « Si vous voulez appartenir à cette équipe, vous devez être prêts à sacrifier votre vie pour le bien des autres. » Le voulait-il à ce point ?

Il l'avait pensé, mais ce ne fut qu'à cet instant qu'il en eut la certitude. Il voulait être le meilleur, faire partie d'un corps qui n'était pas seulement important, mais historique. Il avait travaillé pour ce moment durant toute sa vie ; il ne reculerait pas maintenant.

— Oui, tu as raison, répondit-il calmement. Je verrai beaucoup mieux de là-haut.

Il y eut une étrange lueur dans le regard de MacKay. Du respect ? Kenneth l'ignorait et, désormais, il s'en fichait. Il n'avait plus rien à prouver à personne, sinon à lui-même. Il tourna les talons et se dirigea vers la falaise. « Presque impossible » ne signifiait pas impossible. Il réussirait, nom d'un chien !

Il était arrivé au pied de la paroi rocheuse quand il entendit des pas derrière lui. Il savait déjà de qui il s'agissait. Apparemment, il n'avait même plus besoin d'une ombre pour reconnaître son vieil ennemi.

— Tu n'as donc rien appris au cours de ces trois mois ?

Kenneth se tourna vers son beau-frère en ravalant une réplique acerbe. Il n'avait même plus la force de se quereller avec MacKay. Ce dernier poursuivit :

— Si tu dois te faire tuer, fais-le avec ton équipier.

— Malheureusement, tu viens de l'envoyer chasser la licorne, répliqua-t-il sans pouvoir cacher son sarcasme.

MacKay marqua un temps d'arrêt, puis se mit à rire.

— Pendant un moment, tu m'as fait peur. Je suis tellement habitué à ta façon de prendre la mouche pour un rien que j'ai cru que tu avais changé. Si tu n'étais pas aussi irritable, je crois même que je pourrais te trouver sympathique.

Il frissonna d'une manière théâtrale sous la longue écharpe qui lui couvrait le bas du visage. Comme les autres, il ne s'était pas rasé depuis deux semaines et des cristaux de glace brillaient dans sa barbe. Ils commençaient tous à ressembler à des bêtes sauvages et empestaient tout autant.

— On ne sait jamais, poursuivit-il. L'autre recrue nous trouvera peut-être de la viande fraîche. Il suffit de savoir où la chercher.

Tout en parlant, il sortit une corde de son sac et la noua autour de sa taille. Il lui tendit ensuite l'autre extrémité.

— Quoi, c'est toi qui seras mon équipier ? s'étonna Kenneth.

À l'ombre qui traversa les traits de MacKay, Kenneth comprit qu'il pensait à son ancien partenaire, à l'homme qui avait été leur ami à tous les deux : William Gordon.

Pourtant, au lieu de lui renvoyer une remarque cinglante comme à son habitude, il se contenta de hausser les épaules.

— Tous les autres sont trop épuisés. En outre, ta sœur me tuerait si tu fracassais ta belle gueule sur les rochers. Elle m'en veut encore d'avoir profité de ta blessure lors de l'épreuve de lutte.

Il marqua une pause avant de poursuivre :

— Je dois avouer que tu m'as surpris ces derniers mois. Je ne pensais pas que tu te montrerais à la hauteur. Tu as fait preuve de plus de sang-froid que je ne l'aurais cru. Fichtre, même moi, il m'arrive de perdre mon calme quand le Faucon m'asticote.

Kenneth n'en croyait pas ses oreilles. Il dévisagea celui qui avait été son ennemi depuis sa naissance, stupéfait.

— Cela veut dire que tu ne t'opposes plus à ce que je rejoigne la garde ?

— Ce n'est pas encore terminé, l'avertit MacKay. Mais si tu tiens bon jusqu'à la fin de l'entraînement et du reste, je ne m'y opposerai pas.

Kenneth préféra ne pas demander ce qu'il appelait « le reste ». Il devait se concentrer sur une chose : grimper sur ce pic. Quoi qu'ils lui fassent faire durant les derniers jours de la « perdition », il resterait le dernier en lice. Ensuite, le « reste » lui paraîtrait un jeu d'enfant. Comparativement.

Château d'Alnwick, Northumberland, Marches anglaises

Mary était assise devant la coiffeuse dans la chambre qu'on avait préparée pour elle et ses dames de compagnie dans le donjon, pendant qu'une servante mettait les dernières touches à sa coiffure. Ses cheveux avaient été longuement brossés puis tressés avec un ruban bleu ciel assorti à sa robe et à ses yeux. Des mèches étaient restées libres dans sa nuque afin de tomber en volutes sur ses épaules, à la manière des jeunes filles. De fait, elle se sentait comme une jeune fille. Cette coiffure sophistiquée était apparemment à la mode sur le continent et elle devait reconnaître qu'elle était flatteuse.

Après avoir cherché durant des années à se fondre dans le décor, mettre ainsi sa chevelure en valeur lui faisait un effet étrange. C'était également libérateur. Depuis qu'elle était rentrée d'Écosse, lentement et prudemment, elle s'était délestée de la carapace austère qui l'avait protégée. Une armure derrière laquelle elle s'était abritée, mais qui l'avait également empêchée de vivre pleinement sa vie. Elle avait fini de se cacher.

Elle s'efforçait de ne pas penser à l'homme qui avait provoqué cette transformation. Il avait introduit de la passion dans son existence, et bien plus encore.

L'impression d'avoir commis une erreur ne s'était pas dissipée. Assaillie par une foule d'émotions contradictoires, elle avait paniqué. Elle regrettait de l'avoir repoussé aussi froidement et craignait de l'avoir mal jugé. D'un autre côté, même si elle le connaissait à peine, il lui avait tellement fait penser à son mari et à son passé douloureux qu'elle avait senti son cœur se briser à nouveau.

Après tout, elle lui avait donné une chance. Lorsqu'elle l'avait interrogé sur ses fiançailles, il lui avait clairement fait comprendre ce qu'il pensait de la fidélité conjugale. *Quel rapport avec nous ?*

Toutefois, si elle avait cru qu'en s'enfuyant elle parviendrait à l'oublier, elle s'était trompée.

Il était trop tard à présent. Sa vie était ici, en Angleterre.

La servante recula d'un pas. Mary examina une dernière fois son reflet dans le miroir puis hocha la tête, satisfaite. Il ne restait plus grand-chose de la femme pâle, maigre et mal fagotée qui s'était rendue en Écosse pour négocier les terres de son fils. Le papillon était sorti de son cocon. Son visage était plus plein, ses yeux plus brillants, ses lèvres plus rouges, son teint plus rose. Sa robe était moins extravagante que celles qu'elle avait portées dans sa jeunesse, mais elle était belle et seyait à une femme de son rang, aux antipodes des tenues ternes et sans forme sous lesquelles elle se cachait autrefois.

Le vieux marchand serait aux anges. Elle n'était peut-être plus dans la fleur de sa jeunesse, mais la rose n'avait pas encore perdu son éclat. Plus important encore, elle était heureuse. Plus heureuse qu'elle ne l'avait été depuis longtemps, et cela se voyait.

Elle remercia la servante, puis descendit vers la grande salle du château d'Alnwick avec ses deux dames de compagnie, lady Eleanor et lady Katherine, les mêmes qui l'avaient accompagnée en Écosse. Elle les appréciait, à présent. Depuis qu'elle avait baissé sa garde, elle redécouvrait le plaisir des amitiés féminines. Sans doute lady Margaret y était-elle pour quelque chose.

Le voyage en Écosse avait réveillé de nombreux souvenirs et, bien qu'elle évitât sagement de s'attarder dessus, ses anciens amis et sa demeure familiale lui manquaient. Un jour, peut-être…

La pièce était bondée et bruyante lorsque Mary et ses compagnes entrèrent. La grande salle d'Alnwick était spectaculaire, même sans les nobles richement vêtus assemblés pour le déjeuner. Le château lui-même était l'un des plus grands et des plus imposants qu'elle avait jamais vus, avec ses sept tours semi-circulaires et ses murailles massives. La grande salle était son joyau. L'immense pièce voûtée évoquait une cathédrale, si ce n'était que son plafond était en bois et non en pierre. Les murs étaient peints en jaune vif, recouverts en partie de boiseries et de tapisseries. Les longues tables dressées pour le repas étaient couvertes d'étoffes en soie colorées et ornées de broderies très fines. Dans tous les coins, de l'argenterie, des chandeliers et des brocs brillaient de mille feux. D'immenses lustres ronds en fonte étaient suspendus aux poutres et, malgré l'heure, des dizaines de bougies illuminaient la salle.

Lord Henry Percy était devenu l'un des barons les plus riches d'Édouard et son nouveau château en était la démonstration. Il lui avait confié son projet de le rendre encore plus grandiose en faisant construire de nouvelles tours et en améliorant les murailles et la cour. Ces barbares écossais (il s'était aussitôt excusé en précisant qu'il ne l'incluait pas dans le lot) n'oseraient jamais s'en prendre à une telle forteresse.

Sir Adam, assis sur l'estrade, se leva et vint à sa rencontre pour l'accueillir à la table d'honneur. Elle lui rendit son sourire, toujours reconnaissante de la présence de son vieil ami.

— Vous êtes superbe, ma chère, la complimenta-t-il en la conduisant à son siège.

Un autre homme se leva et s'inclina galamment.

— Je n'aurais su mieux dire, déclara-t-il.

La manière dont il la lorgnait la fit rougir.

Sir John Felton était le meilleur chevalier de Percy et, à la surprise de Mary, il n'avait pas caché son intérêt pour elle depuis qu'elle était arrivée quelques semaines plus tôt. En tant que mère d'un jeune comte, que l'on supposait facilement manipulable, elle représentait un beau parti autant pour les Anglais que pour les Écossais. Néanmoins, il ne semblait pas uniquement motivé par ses intérêts personnels et, elle devait le reconnaître, ses attentions la flattaient.

À trente ans, sir John était dans la fleur de l'âge. Il mesurait plus d'un mètre quatre-vingts (moins que sir Sutherland, pensa-t-elle avant d'avoir pu éviter la comparaison). Sa large carrure et son épaisse musculature semblaient confirmer sa réputation d'invincibilité sur le champ de bataille. On disait également qu'il était le plus beau des chevaliers de Percy et, pour le moment, Mary devait admettre qu'elle était d'accord. Avec ses épais cheveux blond doré, ses yeux verts et ses traits fins, il aurait pu rivaliser avec Gregor MacGregor… ou avec sir Kenneth. Cette fois, elle ne put éviter un pincement au cœur.

Pourquoi s'infligeait-elle cette souffrance ? Quelle emprise cet homme avait-il sur elle ? Après tout, cela n'avait été que l'affaire d'une nuit.

Mais quelle nuit ! Elle chassa aussitôt les souvenirs. Elle devait se débarrasser de cette absurde fixation sur un homme qui ne serait jamais à elle. Son avenir était en Angleterre. Peut-être qu'un jour, si elle le voulait bien, elle trouverait un homme avec qui le partager.

L'idée de se remarier, d'abandonner son indépendance, n'était plus un tabou pour elle. Avec l'homme approprié, les bonnes circonstances, elle pourrait se laisser convaincre. La tranquillité à laquelle elle avait aspiré autrefois était désormais teintée de solitude. Elle avait entraperçu la possibilité d'une autre vie et ouvert les yeux.

Ce ne pourrait pas être avec sir John. Il y avait trop de… complications. Mais peut-être rencontrerait-elle quelqu'un à son goût à son retour de France, à la fin de l'été ? C'était encore l'un des bienfaits de sir Adam. Il s'était arrangé pour qu'elle l'accompagne à la cour française au printemps.

Avait-il deviné la vérité ? Elle se le demandait parfois. Leur relation avait changé, même si elle n'aurait su dire exactement en quoi. Il ne paraissait pas ravi que sir John lui fasse la cour.

Contrairement à son fils.

Elle sourit malgré elle en murmurant des remerciements aux deux hommes et en s'asseyant entre eux. David serait très déçu. Il idolâtrait sir John comme un jeune écuyer pouvait admirer un grand chevalier. Il avait été choqué en découvrant l'intérêt que son héros portait à sa mère.

En réalité, la réaction de son fils avait autant contribué à sa métamorphose que sa rencontre avec sir Kenneth. La première fois que David l'avait complimentée sur son allure, elle s'était rendu compte qu'il était ravi de la voir mise en valeur. Elle avait voulu qu'il soit fier d'elle. Avait-il eu honte d'avoir une mère aussi peu coquette ?

Elle n'y connaissait pratiquement rien en jeunes garçons. Toutefois, depuis que David était entré en apprentissage chez Percy quelques mois plus tôt, elle commençait à le comprendre un peu mieux. Il était encore à un âge où l'on est impressionnable, mais affirmait déjà sa virilité. Comme l'avait prévu sir Adam, le roi avait été satisfait des efforts qu'elle avait faits pour lui (même si cela n'avait donné que peu de résultats) et il l'avait autorisée à voir David aussi souvent que ses devoirs le lui permettaient. Sir Adam avait donc amené l'enfant à Ponteland un dimanche sur deux, mais c'était depuis son arrivée à Alnwick qu'elle pouvait réellement passer du temps avec lui.

La réserve polie qui avait caractérisé leur relation s'était suffisamment détendue pour qu'elle entrevoie quelques signes d'une affection sincère. Elle savait que sir John en était partiellement responsable.

Elle essayait de ne pas forcer la main à son fils, mais sa patience habituelle semblait l'avoir désertée. Elle voulait se rapprocher de lui et craignait de le faire fuir en montrant trop d'empressement. Il était l'un des favoris du roi et en passe de devenir celui de lord Percy. Il venait d'avoir treize ans et semblait avoir hérité des aptitudes au combat de son père. Il était bien bâti, grand, avec un visage avenant. Bien que moins loquace et plus réservé qu'Atholl, il était également plus attentionné et plus mesuré. Prudent, comme sa mère. Elle avait toutes les raisons d'être fière de lui, et elle l'était.

Sir John se pencha vers elle et lui glissa :

— J'espère que vous n'y verrez pas d'objections, mais je me suis arrangé pour que David et plusieurs de ses amis déjeunent avec nous sur l'estrade.

Mary se tourna vers lui, surprise, juste à temps pour apercevoir David entrer dans la grande salle et regarder dans sa direction. Des larmes de joie lui montèrent aux yeux. Ce n'était pas uniquement du fait de la bonté de sir John (il n'avait pas dû ménager ses efforts pour qu'on autorise des écuyers à la table d'honneur), mais également parce que, sous son surcot, elle apercevait la chemise que portait David. Une chemise qu'elle avait brodée pour lui. Elle lui avait déjà offert des vêtements, mais c'était la première fois qu'elle le voyait en porter un.

— Merci, murmura-t-elle à sir John.

Il lui prit la main et inclina la tête.

— Je vous en prie. J'espère avoir d'autres occasions de faire naître un sourire sur votre joli visage.

Elle baissa les yeux en se sentant rougir. Elle aurait dû l'arrêter. Il n'était pas juste de l'encourager ainsi. D'un autre côté, cela faisait si longtemps qu'elle n'avait pas éveillé l'intérêt d'un homme. Un intérêt *convenable*, corrigea-t-elle en songeant à celui auquel elle s'était promis de ne plus penser.

Sir John ne sembla pas remarquer sa distraction momentanée et poursuivit :

— J'espère que vous avez décidé d'accepter l'invitation de lord Percy et que vous accompagnerez sir Adam à Berwick pour l'arrivée de Gaveston ?

Mary acquiesça. Elle pouvait difficilement refuser. Piers Gaveston, le favori très décrié d'Édouard II, récemment promu comte de Cornouaille, avait été rappelé de son exil irlandais (où Édouard avait été contraint de l'envoyer en raison de la colère de nombreux grands nobles). Il avait reçu l'ordre de se rendre à Berwick pour préparer la campagne contre l'Écosse après l'expiration de la trêve, en mars. Le roi le rejoindrait plus tard, à la fin du printemps. Tous les barons avaient été convoqués à Berwick, y compris sir Adam et lord Percy (et donc David). En dépit de l'appel aux armes, Mary s'y rendrait également pour être auprès de son fils.

— Je m'en réjouis, dit sir John avec une lueur d'anticipation dans le regard. Je tiens à ce que vous sachiez, lady Mary, que vous pouvez compter sur moi en toutes circonstances.

Mary ne savait pas trop quoi répondre. Elle ne voulait surtout pas dépendre à nouveau d'un homme. Néanmoins, elle percevait la sincérité dans sa voix et une toute petite partie d'elle-même (celle de la jeune fille rêvant d'un beau chevalier servant) n'était pas insensible.

Serait-il toujours aussi bien disposé quand elle rentrerait de France ? C'était peu probable. Il y avait certains détails sur lesquels aucun homme ne pouvait fermer les yeux. Même si elle avait un plan, il y aurait inévitablement des rumeurs.

L'arrivée de son fils lui épargna de répondre. Sir John s'écarta afin que David prenne place à côté de sa mère et elle tourna toutes ses pensées vers lui.

— Tu portes la chemise que je t'ai faite, ne put-elle s'empêcher de lui dire avec un sourire.

Il rougit et lança un bref regard vers ses amis. Il fut soulagé de constater qu'ils n'avaient rien entendu.

— Elle est très... belle, répondit-il.

À son ton, elle n'aurait su dire si c'était un bon point ou pas. Peut-être n'aurait-elle pas dû la mentionner ?

— Merci, ajouta-t-il.

Il paraissait mal à l'aise, mais sincèrement reconnaissant.

— Je t'en prie, répondit-elle doucement.

Il était clairement très impressionné de se retrouver à la table d'honneur et faisait son possible pour ne pas le montrer devant ses amis. Elle aurait aimé le bombarder de questions sur ses nouveaux devoirs, mais elle réfréna son enthousiasme pour ne pas l'embarrasser davantage. Elle le voyait encore comme le bébé qu'on lui avait arraché, mais il n'était plus cet enfant. Il n'avait pas besoin qu'elle le mouche quand son nez coulait, qu'elle lui coupe sa viande ou qu'elle sèche ses larmes quand il tombait.

En quoi avait-il encore besoin d'elle ?

Elle l'ignorait, mais elle était déterminée à le découvrir.

Les garçons étaient suspendus aux lèvres de sir John. Mary se contenta de savourer le bonheur de son fils tandis qu'il écoutait, aux anges, les récits de guerre du chevalier. Elle fut plusieurs fois sur le point d'objecter devant des détails particulièrement sanglants, mais elle se retint. David et ses amis étaient captivés.

Elle fut récompensée à la fin du déjeuner. David allait partir en courant avec les autres, mais il s'arrêta et lui lança par-dessus son épaule, avec toute la nonchalance de la jeunesse :

— Merci, mère. C'était le meilleur repas de ma vie.

Il ne se rendait pas compte du cadeau qu'il venait de lui faire. Le cœur de Mary s'emplit de joie.

Oui, cela marcherait.

On lui donnait une seconde chance de jouer le rôle de mère dont on l'avait privée autrefois. Elle était résolue à s'y accrocher quoi qu'il advienne. Cette fois, rien ni personne ne lui prendrait son fils.

10

Fin janvier 1310, château de Dunstaffnage, comté de Lorn, Écosse

Le roi leva les yeux de la pile de parchemins posée devant lui, attendant sa signature.

— Il me semble que des félicitations s'imposent.

Une semaine après la fin de son entraînement dans le massif des Black Cuillin, qui avait consisté à éviter pendant deux jours de se faire capturer par les dix membres de la garde (l'autre recrue n'avait résisté qu'une journée), Kenneth se tenait dans la salle de travail privée de Robert de Bruce avec la plupart de ses nouveaux frères d'armes. Seuls Boyd et Seton étaient absents ; ils avaient été envoyés près de la frontière sud pour épauler Édouard de Bruce.

Il avait réussi. Le bonheur de sa victoire était toujours aussi vif. Il avait mérité sa place dans l'armée secrète de Bruce. Il appartenait désormais corps et âme au souverain.

— Merci, sire.

— D'après ce que je sais de la « perdition » du Chef, y survivre est déjà une prouesse en soi, poursuivit Bruce. Mais il me dit que vous vous êtes surpassé. (Il lança un regard vers MacKay qui se trouvait dans le fond de la pièce.) Vous êtes même parvenu à convaincre le Saint, je vois.

Pas encore complètement, pensa Kenneth. MacKay n'avait plus émis d'objection à ce qu'il intègre le groupe, mais il n'avait pas voulu le prendre comme équipier. Il lui avait bien fait comprendre que leur association dans la montagne n'avait été que temporaire. Étrangement, Kenneth en était peiné. MacKay ne lui faisait pas entièrement confiance et il ne pouvait pas vraiment lui en vouloir. À plusieurs reprises, il s'était laissé aveugler par sa colère devant lui, notamment un an plus tôt, lorsqu'il avait voulu le tuer et avait bien failli trancher le cou d'Helen par mégarde. Il se jura de mériter son estime. Ils étaient frères à présent, à plus d'un titre.

Même si MacKay ne le disait pas, ce n'était pas la seule raison de ses réserves à son sujet. Ils en avaient probablement tous. Il faisait partie de l'équipe, mais il devait encore s'en montrer digne et faire sa place parmi les meilleurs guerriers du royaume, des hommes qui combattaient ensemble depuis des années et avaient forgé des liens étroits. Il était le petit nouveau, la dernière recrue. En dépit de ses exploits aux jeux des Highlands et lors de l'entraînement, ils s'interrogeaient encore sur son compte. Il les rassurerait avec le temps mais, jusque-là, ils l'observeraient attentivement pour voir ce dont il était capable et chercheraient comment l'employer au mieux.

Sa force résidait dans sa polyvalence. Bruce et MacLeod comprendraient qu'ils pouvaient l'utiliser n'importe où. Il serait efficace en mer avec MacSorley et MacRuairi, dans les montagnes avec MacKay, Campbell et MacGregor, sur la frontière avec Seton, Boyd, MacLean et Lamont. Il pouvait intégrer n'importe quelle mission en fonction des besoins.

Pour le moment, ils n'avaient pas trouvé meilleur que lui pour remplacer Gordon. Restait à savoir s'il parviendrait à améliorer ses connaissances de la poudre noire.

Si seulement il avait eu les anciens carnets du grand-père de Gordon ! Le vieux guerrier piqué d'alchimie avait rédigé de nombreuses notes sur ses expériences avec le tonnerre et le feu volant des Sarrasins. Il avait découvert la poudre noire lors d'une croisade à laquelle il avait participé avec le propre grand-père de Kenneth. C'était ainsi que le lien entre les deux clans s'était formé. Hélas, ses cahiers avaient été détruits au cours d'un incendie provoqué par les expériences malheureuses de Gordon, lorsqu'ils étaient tous deux écuyers chez le comte de Ross.

Il avait beau faire, il finissait toujours par devoir faire ses preuves. Il en aurait peut-être été différemment s'il avait battu MacKay à la lutte...

Le visage de sa petite nonne débauchée traversa à nouveau son esprit. Il aurait bien aimé croiser son chemin. Il ne pouvait oublier qu'elle l'avait berné. La prochaine fois, s'il y en avait une, elle aurait moins de chance.

Toutefois, il n'était pas près de la revoir. En dépit de la trêve, les combats n'étaient pas terminés. Il y avait encore de nombreuses escarmouches, notamment près de la frontière. En outre, la trêve s'achèverait bientôt. Elle aurait déjà dû prendre fin en novembre, mais avait été rallongée deux fois, d'abord jusqu'en janvier, puis jusqu'en mars.

Ewen Lamont et Eoin MacLean partiraient bientôt rejoindre Boyd et Seton à la frontière pour maintenir la pression sur Édouard II, une pression qui, espérait-on, se traduirait par une paix définitive. Kenneth supposait qu'on lui ordonnerait de rester dans le comté de Lorn avec Campbell, MacGregor, MacKay et Helen (il ne pouvait toujours pas croire que MacKay avait accepté qu'elle devienne le médecin de la garde), pendant que MacSorley, MacRuairi et MacLeod monteraient la garde sur la côte ouest. Ils maintiendraient ainsi les voies commerciales ouvertes et pourraient s'occuper de la plus grande menace qui pesait actuellement sur la couronne de Bruce, John de Lorn. En effet, l'héritier du clan MacDougall était à nouveau sur le pied de guerre.

Mary de Mar attendrait.

Comme ni MacKay ni lui ne répondaient, Bruce décida de ne pas insister et demanda plutôt :

— Votre sœur m'a dit que vous et Henry Percy étiez proches ?

Pris de court par sa question, Kenneth se tendit, toujours sur la défensive dès que l'on faisait allusion à son récent changement d'alliance. Un peu plus d'un an plus tôt, son clan se battait aux côtés des Anglais contre Bruce.

— Nous l'étions, sire. Mais cette amitié s'est arrêtée lorsque je vous ai prêté allégeance.

Se rendant compte que sa question pouvait prêter à confusion, Bruce rectifia le tir.

— Personne ne doute de votre loyauté. Je me demandais simplement si cette amitié pouvait renaître de ses cendres ?

Kenneth fronça les sourcils, se demandant où il voulait en venir.

— Je doute qu'il ait apprécié ce qu'il considère comme ma défection pour entrer dans le camp ennemi. Comme la plupart des Anglais, il est fier et arrogant, et il ne pardonne pas ce qu'il interprète comme une offense personnelle.

Toutefois, leur amitié était basée sur une admiration mutuelle pour leurs talents sur le champ de bataille.

— Dans les bonnes circonstances, reprit-il, je suppose que nous pourrions être de nouveau amis.

Il esquissa un sourire ironique.

— Mais je dois vous mettre en garde, sire. Si vous espérez trouver en lui une oreille compréhensive, vous vous heurterez à un mur. Il est anglais jusqu'à la moelle et, bien qu'il soit en conflit avec Édouard au sujet de Gaveston, il restera loyal à la couronne anglaise.

Bruce sourit.

— Ce n'est pas à sa loyauté que je songeais, mais à la vôtre.

En voyant Kenneth se raidir à nouveau, il l'apaisa d'un geste.

— Ce sera juste un changement de camp provisoire. Je veux que vous vous rendiez en Angleterre et que vous renouiez vos liens avec Percy afin de découvrir quels sont les plans d'Édouard. Percy a déjà fait campagne en Écosse. Édouard se reposera sur son expérience.

— Vous pensez donc que la guerre est proche, sire ? Qu'Édouard ne sera plus retardé par la fronde de ses barons ?

— Je crois que l'élection du comité d'Ordonnateurs va le contraindre à tourner ses attentions vers le nord. Il fera la guerre à l'Écosse pour éviter d'être contrôlé par ses barons.

En grande partie à cause de Gaveston, Édouard II avait été obligé d'accepter de réformer la maison royale et d'accorder des pouvoirs accrus aux « Ordonnateurs ».

— Oui, la guerre est imminente, confirma Bruce. Ce sera notre premier vrai affrontement avec les Anglais depuis Loudoun Hill il y a plus de deux ans, et je tiens à être prêt. Nous supposons qu'ils utiliseront le château d'Édimbourg comme base. À vous de voir ce que vous pouvez nous apprendre de plus. Nous voulons savoir où il va et frapper fort.

Kenneth ne doutait pas de l'importance de la mission, uniquement du rôle qu'on lui demandait de jouer. Il n'avait jamais fait l'espion et, en toute franchise, ne voyait pas cette activité d'un bon œil. Il était Highlander, mais également chevalier. MacRuairi l'avait prévenu que se battre au sein de la garde impliquerait de se salir les mains. Ce serait donc sa première épreuve. Il n'avait pas prévu qu'il devrait agir seul. Ce n'était pas de cette manière qu'il renforcerait ses liens avec ses nouveaux frères d'armes.

Au fond de lui, il ne pouvait s'empêcher de se demander s'ils ne voulaient pas également tester sa loyauté. Il sentit une pointe d'amertume lui monter dans la gorge.

— Ils me soupçonneront, déclara-t-il.

Il aurait de la chance s'ils ne le jetaient pas dans le cachot le plus proche.

— Au début, peut-être, convint le roi. Mais votre passé jouera en votre faveur. Vous n'avez changé de camp que récemment, et à contrecœur.

Kenneth aurait voulu démentir, mais c'était la vérité.

— Uniquement les premiers temps, se défendit-il.

— Ils l'ignorent, souligna MacLeod.

— Tu es réputé pour ton sale caractère, ajouta MacKay. Pour une fois, cela te servira. Il paraîtra très plausible que tu te sois fâché avec ton frère le comte ou avec le roi.

Kenneth retint une remarque acerbe et s'efforça de rester calme, même s'il aurait aimé lui expliquer qu'un mauvais caractère n'était pas synonyme de déloyauté.

— Percy se méfiera, répéta-t-il.

— Alors vous ferez en sorte de le convaincre de votre sincérité, répondit le roi avec un sourire.

Les dernières réticences de Kenneth s'évanouirent lorsque Bruce lui exposa son plan. Il n'était pas sans danger, mais il devait lui permettre de prouver sa « sincérité ».

Être envoyé en Angleterre comme espion n'aurait pas été son premier choix, mais il y avait des bons côtés. Lady Mary s'y trouvait. Il aurait peut-être l'occasion de renouer leur « amitié » et d'exercer sa petite vengeance plus tôt que prévu.

11

Une semaine plus tard, le 2 février 1310, jour de la Chandeleur. Château de Berwick, Berwick-upon-Tweed, Northumberland, Marches anglaises.

Kenneth n'aurait jamais imaginé qu'il découvrirait aussi vite les bienfaits de son entraînement. Être jeté dans une fosse noire durant toute une nuit était un luxe comparé à certaines des conditions qu'il avait connues sur Skye. Il avait même dormi plutôt confortablement, une fois que ses narines s'étaient accoutumées aux odeurs d'urine et d'excréments laissées par le précédent occupant des lieux.

La première partie de son plan ne s'était pas aussi bien déroulée qu'il l'avait espéré. Son arrivée et sa demande d'audience avaient provoqué un tollé. Il s'y était attendu. En revanche, il n'avait pas prévu que la première personne qu'il rencontrerait serait sir John Felton. Tomber nez à nez avec le champion de Percy était vraiment une malchance.

En apprenant que Kenneth avait de nouveau changé d'allégeance, Felton l'avait fait jeter au cachot en attendant de pouvoir trouver Percy. Comme cela avait pris toute une nuit, Kenneth le soupçonnait de ne pas l'avoir cherché avec beaucoup d'enthousiasme.

L'accueil glacial de Percy n'avait guère été plus encourageant, quoique l'atmosphère se soit considérablement réchauffée lorsqu'il avait entendu ce que Kenneth avait à lui dire. Il avait à peine sourcillé en apprenant qu'il s'était querellé avec son frère au sujet de la tentative d'assassinat de Bruce par son écuyer (que Kenneth défendait). Les changements d'alliances étaient courants durant une longue guerre et les manœuvres de Kenneth pour récupérer les propriétés de son frère, même si elles paraissaient opportunistes, étaient compréhensibles. En outre, sa réputation de soupe au lait était cohérente avec cette histoire.

Kenneth aurait sans doute dû être vexé de la facilité avec laquelle on avalait ses mensonges (sauf Felton qui venait de sortir de la pièce en claquant la porte) ; d'un autre côté, il n'était pas fâché que son séjour au cachot ne soit pas prolongé.

Ses nouveaux frères d'armes n'auraient pas besoin de voler à son secours, du moins pas encore. On lui donnait une chance de prouver sa bonne foi, ce qu'il ferait en trahissant Bruce. En apparence, naturellement.

Il fit le tour de la petite pièce du regard. Felton parti, il ne restait que Percy, une poignée de ses chevaliers les plus fidèles et sir Adam Gordon.

Kenneth avait été sincèrement ravi de retrouver ce dernier. Sir Adam était l'oncle de William Gordon et le chef de famille. Il s'était montré bon avec lui quand il était jeune ; puis, quand William avait décidé de rejoindre la cause de Bruce, il avait partagé sa déception.

À l'époque où Kenneth se battait aux côtés des Anglais, sir Adam avait veillé sur lui, faisant son possible pour le faire avancer au sein de l'armée d'Édouard en plaçant quelques recommandations dans les bonnes oreilles. Kenneth n'était déjà pas enchanté à l'idée de duper Percy, mais sir Adam… Encore moins.

— Nous partirons au lever du jour, annonça Percy. Cela nous laissera amplement le temps d'atteindre la forêt d'Ettrick et d'intercepter les carrioles d'approvisionnement avant la tombée de la nuit. Tu es sûr que l'attaque est prévue pour demain soir ?

Les garnisons anglaises tenaient toujours les plus importants châteaux le long de la frontière et dans les Lowlands écossaises, dont Édimbourg, Sterling, Bothwell, Roxburgh et Perth, mais il était de plus en plus difficile de les ravitailler, surtout ceux situés sur les côtes. S'ils contrôlaient ces forteresses, Bruce contrôlait la campagne et les convois étaient régulièrement attaqués par les « rebelles ». La perspective de contrer une de ces attaques était très alléchante ; celle de pouvoir arrêter les guerriers fantômes de Bruce la rendait irrésistible.

Kenneth n'était donc pas surpris que Percy ait décidé d'y participer en personne. N'importe quel homme ambitieux et aspirant à la gloire aurait réagi comme lui. S'il parvenait à capturer les membres de l'armée secrète de Bruce, la récompense du roi serait considérable. Et surtout, cela ferait de lui une légende.

Kenneth acquiesça.

— Les hommes de Bruce préfèrent attaquer de nuit dans des endroits isolés.

Il indiqua un point sur la carte près du village d'Ashkirk, au bord de l'Aln.

— C'est précisément pour ça qu'ils ont choisi ce col dans la forêt, juste avant le croisement avec la route qui mène à Roxburgh.

— Des tactiques furtives, dit Percy avec une moue écœurée.

— En effet, confirma Kenneth. Les méthodes de pirate de Bruce sont efficaces pour voler des carrioles d'approvisionnement, mais elles démontrent également à quel point il est mal équipé pour affronter l'armée d'Édouard sur un champ de bataille.

La guerre imminente était une autre des raisons officielles du changement d'allégeance de Kenneth. Toutefois, il savait ce que les autres ignoraient : Bruce n'avait aucune intention d'engager les combats avant d'être prêt.

Percy se leva et le dévisagea gravement.

— J'espère que tu ne te trompes pas. Autrement, il pourrait t'en coûter. À présent, on m'attend au banquet et je vais devoir expliquer mon retard à Gave... au comte de Cornouaille. Il aura sans doute des questions à te poser. Une fois que tu te seras changé.

Il examina Kenneth des pieds à la tête avec un frisson.

— Il semblerait que Felton ait péché par excès de zèle. Il aurait dû venir me chercher tout de suite.

Kenneth inclina la tête, acceptant ce semblant d'excuses.

— Tu as amené des hommes avec toi ? demanda Percy.

— Juste quelques membres de ma garde. Je n'ai pas osé partir avec plus. Ils m'attendent dans la forêt. Je... euh... je n'étais pas sûr de l'accueil qu'on me réserverait.

Percy sourit pour la première fois.

— Ta prudence est compréhensible, vu les circonstances.

— J'enverrai les chercher, déclara sir Adam. Sutherland pourra loger avec moi dans ma chambre.

Sous bonne garde. Même si Percy et sir Adam ne le disaient pas, Kenneth avait bien compris et n'était pas surpris. Il serait étroitement surveillé les premiers temps.

Peu après, il fut escorté dans la Tour du connétable, où un bain avait été préparé pour lui pendant qu'on allait chercher son cheval et sa sacoche. Il enfila un surcot et laissa un de ses hommes nettoyer la cotte de mailles avec laquelle il avait été emprisonné pendant qu'on le conduisait dans la grande salle. Effectivement, le comte de Cornouaille avait quelques questions à lui poser.

Il n'avait rien avalé depuis vingt-quatre heures mais, malheureusement, on démontait déjà les tables pour laisser place à la danse. Il parvint juste à saisir au vol quelques bouts de fromage sur le plateau d'une servante qui débarrassait.

Les musiciens étaient déjà à l'œuvre et les convives avaient formé un cercle pour danser une carole. Kenneth ne leur accorda qu'un bref regard tout en se frayant un passage vers l'estrade.

Sir Adam se pencha vers son voisin et lui glissa quelques mots à l'oreille. Bien qu'il ne l'ait jamais rencontré, Kenneth l'identifia aussitôt. Avec ses jolis traits, sa cape bordée d'hermine, sa lourde chaîne en or ornée du plus gros saphir qu'il ait jamais vu, ce ne pouvait être que le fameux favori du roi. De fait, il paraissait plus royal que le souverain lui-même.

Le comte plissa le front et observa avec intérêt Kenneth, qui approcha sur un signe de sir Adam.

— Sutherland ! J'apprends que vous revenez dans nos rangs.

— En effet, mon seigneur.

Le regard du comte était plus perçant qu'il ne l'aurait pensé. En dépit de la haine et de l'opprobre qu'il inspirait, sir Piers Gaveston n'était pas un homme à sous-estimer. Loin d'être sot, il ne s'était pas hissé jusqu'à cette position par l'opération du Saint-Esprit.

— Je souhaite vous entendre après le banquet, déclara-t-il.

Le bref entretien terminé, Kenneth et sir Adam se retirèrent.

Ils venaient juste de descendre de l'estrade quand Kenneth fut saisi par une étrange sensation. Du coin de l'œil, il aperçut l'éclat d'une longue chevelure dorée qui se balançait dans un nuage de soie chatoyante.

Il s'immobilisa, tous ses sens aux aguets, et observa la femme en question.

Elle lui tournait le dos. Rien chez elle n'aurait dû lui paraître familier. Elle riait aux éclats et dansait. Ses cheveux retombaient librement sur ses épaules et n'étaient pas cachés par un hideux voile sombre. Elle n'était pas maigrichonne comme un oisillon tombé du nid mais débordante de santé, avec des courbes douces. Non, corrigea-t-il en contemplant sa croupe ronde, des courbes généreuses.

Pourtant, il l'avait reconnue au premier coup d'œil.

Puis il vit son partenaire de danse poser la main sur sa hanche, cet homme qui la faisait rire.

Kenneth se raidit à nouveau, cette fois de rage.

Felton. Que diable fichait-elle avec lui ?

Il comprenait à présent pourquoi le chevalier était parti si brusquement du bureau de Percy.

— Quelque chose ne va pas ? demanda sir Adam.

Kenneth s'efforça de desserrer les poings, puis secoua la tête, n'osant pas parler de crainte de cracher du venin.

La carole prit fin et Felton escorta sa partenaire hors de la piste de danse. Ils n'étaient qu'à quelques mètres d'eux quand elle leva enfin la tête.

Ce fut comme s'il avait reçu un coup de poing en plein ventre. La beauté qu'il avait entrevue sous son masque de nonne se révélait à présent dans toute sa gloire. Son visage était plus plein, ses traits adoucis. Sa peau était lumineuse, immaculée, légèrement rosie par l'effort de la danse. Ses yeux bleus pétillaient. Ses lèvres rouges souriaient. Elle avait même une petite fossette au coin des lèvres.

Elle ne le vit pas tout de suite, remarquant d'abord sir Adam. Puis son regard glissa vers lui.

Il eut au moins la satisfaction de la voir écarquiller les yeux et pâlir.

Lorsque leurs regards se croisèrent, toutes les émotions qu'il avait ressenties cinq mois plus tôt, dont la colère qui avait entraîné sa perte de sang-froid et sa défaite, remontèrent à la surface. Il la fixa tel le chasseur qui repère enfin la proie qui lui échappait depuis longtemps.

Cette fois, il la tenait.

Il esquissa un sourire prédateur.

— Bonsoir, lady Mary. Quel plaisir de vous revoir !

Son ton ne laissait planer aucun doute. Elle ne pourrait plus le fuir.

Mary avait senti d'étranges vibrations dans l'atmosphère tout au long de la journée. Elle était arrivée à Berwick la veille au soir et n'avait pratiquement pas vu les hommes depuis le début de son séjour. Sir John s'était présenté en retard pour l'escorter à la fête de la Purification de la Vierge Marie, ou de la Chandeleur comme on l'appelait. Sir Adam était arrivé plus en retard encore avec lord Percy et lui avait adressé un petit sourire navré tandis qu'il prenait place sur le banc aux côtés de Gaveston, ou plutôt du comte de Cornouaille.

Le comte était particulièrement susceptible à tout manquement de respect à l'égard de son rang. Le simple fait de l'appeler Gaveston au lieu de Cornouaille pouvait vous attirer sa disgrâce. Naturellement, dès qu'il n'était pas dans les parages, bon nombre de nobles refusaient de l'appeler par ce titre qui avait toujours été réservé aux membres de la famille royale. Plus Édouard couvrait son favori d'honneurs et de présents, plus les barons le haïssaient.

Bien que lord Percy ait répondu à l'appel aux armes du roi (il était l'un des rares barons anglais à l'avoir fait), l'inimitié entre lui et sir Piers n'était un secret pour personne. Pourtant, ils avaient passé tout le repas plongés dans une discussion animée.

Il devait se passer quelque chose de vraiment important. Elle se demandait ce que cela pouvait être tandis qu'elle revenait vers l'estrade après la danse.

Puis elle le vit. Son cœur sembla tomber comme une pierre et ses genoux manquèrent de céder sous son poids.

Ce n'était pas possible.

Pourtant, c'était bien lui. Sir Kenneth Sutherland dans toute sa splendeur virile et agressive. Il était encore plus beau que dans son souvenir, alors qu'elle pensait se rappeler de lui dans les moindres détails. Ses yeux paraissaient d'un bleu plus profond, sa mâchoire plus carrée, sa carrure plus imposante.

Surtout, elle avait oublié la sensation d'être prise au piège par ce regard magnétique. *Piégée*, c'était exactement ce qu'elle ressentait.

— Que faites-vous ici ? lâcha-t-elle malgré elle.

— Vous vous connaissez ? demanda sir John, surpris.

Cela n'avait pas l'air de le ravir. Elle craignit un instant d'avoir fait une terrible gaffe. Venait-elle de trahir Sutherland ? Savaient-ils qu'il était avec Bruce ?

Apparemment, ils étaient tous au courant.

— Oui, répondit sir Kenneth. Nous nous sommes rencontrés en Écosse, durant les jeux des Highlands.

À la manière dont les deux hommes se toisaient, il était clair qu'ils ne s'appréciaient guère.

— C'est vrai, confirma-t-elle en s'efforçant de prendre un air dégagé. J'avais presque oublié.

— Bien sûr, déclara sir John avec un sourire un peu trop possessif. Vous avez assisté aux jeux lorsque vous avez participé à cette mission de paix pour le roi. Vous avez eu ainsi l'occasion de côtoyer de nombreux rebelles.

Il fit une moue de dédain.

Sir Adam prit pitié d'elle.

— Le jeune Sutherland a déclaré son allégeance à Édouard.

Mary ne put masquer sa stupeur. Elle se tourna vers sir Kenneth.

— Vraiment ?

— En effet.

— Quand ?

— Pas plus tard qu'hier soir, répondit sir John avec une pointe de sarcasme. Quelle chance pour nous que sir Sutherland ait de nouveau décidé de changer de camp.

Si le sous-entendu flagrant piqua sir Kenneth, il n'en laissa rien paraître. Ce qui était surprenant de sa part. Il ne semblait pas du tout du genre à ne pas réagir à un affront.

Bien qu'il soit fréquent que les hommes sautent d'un côté à l'autre de la frontière, elle était déçue d'apprendre qu'il avait quitté Bruce. Au cours des derniers mois, elle s'était demandé si elle ne l'avait pas mal jugé. Son manque de loyauté semblait plutôt confirmer sa première impression.

Elle aurait voulu l'interroger, mais n'osait pas prolonger cette conversation. Elle se contenta donc d'approuver d'un air indifférent :

— En effet, c'est une chance.

Elle ajouta à l'adresse de sir Adam :

— Je me sens un peu lasse. Je vais monter dans ma chambre.

— Je vous raccomp... commença sir John.

Elle l'arrêta d'un geste. Elle ne tenait pas à devoir se dépêtrer d'un prétendant un peu trop envahissant.

— Je vous remercie, ce ne sera pas nécessaire. Lady Eleanor et lady Katherine m'attendent. Nous nous verrons demain.

— Malheureusement, je crains de devoir reporter la promenade que je vous ai promise, déclara sir John.

— Ah ?

Elle ne pouvait totalement cacher son désappointement. Il avait proposé de l'emmener faire une promenade à cheval avec David. Naturellement, il omettait à présent de mentionner ce dernier détail, préférant laisser entendre qu'il s'agissait d'une balade en amoureux afin de montrer à sir Kenneth qu'elle était à lui.

Sauf qu'il n'y avait rien entre eux. C'était impossible.

— Il y a eu un imprévu, expliqua-t-il. Je dois m'absenter pendant un ou deux jours, mais je vous promets que nous irons dès mon retour.

Elle n'avait pas besoin de regarder sir Kenneth pour se rendre compte qu'il était tendu. Elle sentait la colère qui émanait de lui. Elle avait l'impression désagréable d'être un morceau de viande juteux que se disputaient deux chiens féroces. Ni l'un ni l'autre n'avait de droits sur elle.

Une petite voix dans sa tête lui souffla que ce n'était pas tout à fait vrai. Si elle restait dans les parages, sir Kenneth risquait de s'en rendre compte. Elle devait partir, mais où ? Et David ? Ils commençaient seulement à mieux se connaître.

Son monde s'écroulait une fois de plus. Elle résista à l'envie de prendre ses jambes à son cou et s'éloigna lentement. Elle n'avait fait que quelques pas quand une voix la rappela et s'enroula autour d'elle tel un serpent.

— Lady Mary ?

Elle lança prudemment un regard par-dessus son épaule.

Il lui sourit.

— Je me réjouis de cette occasion de renouer notre accointance.

Elle espérait que sa panique ne se voyait pas sur son visage. Elle inclina légèrement la tête, comme s'il s'agissait d'une simple formule de politesse inoffensive.

Sauf que ce n'était pas de la politesse et que cela n'avait rien d'inoffensif. Son message était on ne peut plus clair. Dès qu'elle eut franchi la porte de la salle, elle se mit à courir. Ce ne fut que plus tard, une fois barricadée dans sa chambre, qu'elle s'aperçut qu'elle avait complètement oublié ses deux dames de compagnie.

12

Le temps qu'ils approchent de l'endroit dans la forêt royale d'Ettrick où ils devaient « surprendre » les hommes de Bruce tapis en embuscade, Kenneth était à deux doigts de donner à Felton la belle raclée qu'il réclamait à cor et à cri. Au cours de la longue chevauchée vers l'est depuis le château de Berwick, il n'avait pas raté une occasion de l'insulter, de le discréditer et de trouver des défauts à tous les aspects de leur plan.

Il aurait pourtant dû être habitué. Ce n'était rien à côté de ce que MacKay lui avait fait endurer au fil des ans. En outre, après avoir passé les derniers mois à être provoqué en permanence par les autres membres de la garde, il aurait cru être immunisé.

C'était le cas, sauf quand on abordait un certain sujet. Chaque fois que Felton mentionnait lady Mary, à savoir toutes les cinq minutes, Kenneth sentait son sang bouillir. La tension nouait tellement ses épaules qu'il en avait une crampe dans le cou.

À en croire Felton, ils étaient pratiquement fiancés. Et à en juger par sa relation avec le jeune comte, c'était probablement vrai.

David Strathbogie, comte d'Atholl, les accompagnait en tant qu'écuyer de Percy. Lorsqu'ils s'étaient assemblés dans la cour du château à l'aube et que Kenneth avait aperçu le jeune fils de lady Mary, il s'était opposé à sa venue.

— C'est trop dangereux pour lui, avait-il déclaré à Percy. Si les choses tournent mal et que les hommes de Bruce s'emparent de lui, il fera un prisonnier très précieux.

C'était vrai. Bruce aurait adoré mettre la main sur le jeune comte d'Atholl. Alors pourquoi voulait-il le protéger ?

Percy était sur le point d'en convenir quand Felton était intervenu :

— Si Sutherland a dit la vérité, le danger devrait être minime. Dans le cas contraire, je veillerai personnellement sur lui. Sous mon commandement, il ne lui arrivera rien. Il restera à l'arrière, bien à l'abri. En outre, ce garçon est prêt à voir un peu d'action en dehors du terrain d'entraînement. N'est-ce pas, David ?

L'enfant à l'air grave et aux yeux bleu-vert saisissants, qu'il tenait de sa mère, avait d'abord paru hésitant. En entendant l'éloge de Felton, il bomba aussitôt le torse.

— Oui, mon seigneur. Je suis prêt et j'aimerais être là quand les fantômes de l'usurpateur seront capturés.

Il lança un regard hostile à Kenneth. Ce gamin parlait et se comportait tellement comme un foutu Anglais qu'on avait du mal à croire que son père était mort pour « l'usurpateur ».

Kenneth avait fort peu connu le précédent comte d'Atholl. D'après la manière dont les hommes de Bruce et les membres de la garde en parlaient, feu le mari de lady Mary avait dû être un grand patriote, un galant chevalier et un redoutable guerrier. Encore un héros ! pensa Kenneth sans savoir pourquoi il en ressentait un tel dépit.

L'assurance de Felton et l'enthousiasme du jeune comte avaient eu raison des réticences de Percy.

— Ce sera une bonne expérience pour le garçon, avait-il conclu. J'avais son âge quand j'ai assisté à ma première bataille. Prends bien soin de lui, Felton.

Felton avait acquiescé puis, lorsque Percy s'était éloigné, avait adressé un regard de victoire à Kenneth.

C'était à David qu'il ne cessait de parler de lady Mary, même si Kenneth soupçonnait qu'il s'adressait plutôt à lui. Felton marquait son territoire. L'enfant paraissait ravi d'une éventuelle union entre sa mère et le chevalier.

En revanche, Kenneth serrait les dents. Pour un peu, on aurait cru qu'il était jaloux.

Le changement physique de lady Mary aurait dû le satisfaire. Cela expliquait son étrange attirance pour cette femme apparemment insignifiante. Pourtant, il la préférait telle qu'elle était avant. Quand il était le seul à voir la beauté et la passion derrière sa façade incolore.

Cela dit, quand il repensait à ses jolies courbes et à sa croupe bien ronde, il ne regrettait plus complètement sa métamorphose.

Non, il n'était pas jaloux. Si les provocations de Felton l'atteignaient, c'était parce qu'il s'était promis de donner une bonne leçon à lady Mary et ne voulait pas qu'on lui mette des bâtons dans les roues.

Il ne lui avait pas pardonné la manière dont elle l'avait quitté. L'indifférence avec laquelle elle l'avait traité était insultante. Tant à Dunstaffnage que la veille. « J'avais presque oublié », avait-elle dit.

Pour un homme aussi combatif, ces paroles résonnaient comme un gant jeté à ses pieds. Un défi irrésistible.

Oui, il lui ferait payer tous les ennuis qu'elle lui avait causés. Lorsqu'il en aurait terminé avec elle, elle le regarderait comme s'il avait décroché la lune. Un peu comme son fils regardait Felton. Il lança un regard agacé vers les deux cavaliers derrière lui.

— C'est encore loin ? demanda le chevalier en avançant à sa hauteur. Il fera bientôt sombre et si une embuscade est réellement prévue, nous devrions prendre nos positions. S'il s'agit d'une entourloupe, je vous ferai pendre par les…

— Du calme ! répliqua Kenneth comme s'il s'adressait à un enfant surexcité. Nous y sommes presque. S'il s'agit d'une entourloupe, vous le saurez bien assez tôt.

— C'est censé me convaincre ? s'indigna Felton.

Kenneth le dévisagea froidement.

— Je n'essaie pas de vous convaincre de quoi que ce soit. Je me fiche de ce que vous pensez, Felton. Diable, je vous ai suffisamment entendu vous vanter de ce que vous feriez aux fantômes de Bruce si vous en attrapiez un. Vous allez enfin en avoir l'occasion. Si vous avez peur de ne pas être capables, vous et la moitié d'une garnison, de vaincre une poignée de rebelles…

Felton manqua de s'étrangler.

— Je n'ai peur de rien !

— Tant mieux, rétorqua Kenneth.

Lui tournant le dos, il s'adressa à Percy :

— Le col dont je t'ai parlé se trouve juste devant nous. Tes soldats devront être en position et bien cachés avant que les hommes de Bruce n'arrivent, au cas où ils enverraient un éclaireur pour repérer le convoi.

Le plan de Percy consistait à se cacher près du lieu où les hommes de Bruce projetaient leur « embuscade ». Les carrioles et leur escorte armée avanceraient comme prévu, sauf que les soldats étaient prévenus de l'attaque et se tiendraient prêts. Une fois le combat engagé entre eux et les rebelles, Percy et ses hommes les encercleraient, les prenant dans un filet impénétrable.

Toutefois, « impénétrable » ne suffirait pas à retenir la garde des Highlands.

Percy avait amené une cinquantaine d'hommes avec lui, auxquels s'ajoutaient les soldats de Carlisle qui escortaient le convoi. Kenneth se serait inquiété de cette disproportion s'il n'avait vu la garde des Highlands à l'œuvre. Il doutait qu'une centaine d'hommes parviennent à les retenir. En outre, Eoin MacLean, le Frappeur, avait prévu une seconde issue de secours en cas de besoin.

Percy se tourna vers Felton.

— Tes hommes sont prêts ? Je compte sur toi pour t'assurer qu'ils ne s'échapperont pas. Je veux ces rebelles à tout prix !

— Si Sutherland a dit la vérité, mes hommes seront prêts, répondit Felton. L'endroit qu'ils ont choisi sur la route leur laisse peu de marge de manœuvre. La forêt est dense, bordée d'un côté par un versant escarpé et de l'autre par une falaise à pic qui tombe dans l'Aln. Nous les encerclerons de tous les côtés. Si l'escorte qui protège le convoi peut les retenir le temps que nous nous mettions en place, nous les aurons.

Percy étudia le terrain autour d'eux un long moment, cherchant par où les rebelles pourraient tenter de fuir. Il écarta rapidement le côté de l'Aln. Qui serait assez fou pour se jeter d'une falaise d'une dizaine de mètres de hauteur, dans le noir et au-dessus d'une rivière étroite ?

Lorsqu'il se fut éloigné, Kenneth se tourna vers Felton.

— N'oubliez pas l'enfant, dit-il en indiquant le comte d'Atholl. Je doute que sa mère apprécierait qu'il soit capturé.

— L'enfant ne vous concerne pas, pas plus que sa mère, grogna Felton.

Kenneth aurait dû en rester là, mais Felton poussait le bouchon trop loin.

— Vous en êtes si sûr ? demanda-t-il avec un petit sourire.

Felton verdit et, l'espace d'un instant, Kenneth crut (et espéra) qu'il allait le frapper. Puis il se ressaisit, regarda Kenneth de haut en bas et lui retourna son sourire.

— Ce ne serait pas notre première compétition. Et, comme toutes les autres fois, je ne doute pas du résultat.

Kenneth garda un visage de marbre. Rien ne lui aurait fait plus plaisir que de montrer à Felton à quel point il se leurrait. Cependant, Bruce lui avait ordonné de garder profil bas. Il ne devait pas attirer l'attention sur lui ni sur ses compétences. Battre le champion de Percy était le moyen le plus sûr de se faire remarquer.

Il comprenait mieux MacKay, qui avait dû exercer la même retenue un an plus tôt quand Kenneth ne cessait de le provoquer.

Il ne pouvait que serrer les dents.

— Tout ce qu'on vous demande, c'est de vous tenir prêt, marmonna-t-il.

Ils n'eurent pas à attendre longtemps. Les frères d'armes de Kenneth (du moins la plupart d'entre eux, MacLeod, MacRuairi et MacSorley étant restés avec le roi) apparurent peu après le crépuscule pour prendre position. Campbell et MacGregor passèrent à quelques mètres des Anglais, faisant semblant de repérer le terrain avant l'arrivée du convoi. Kenneth savait qu'ils les avaient vus. Campbell avait des sens trop affûtés pour les rater. La nuit claire et la pleine lune offraient suffisamment de luminosité pour distinguer les traces laissées dans le paysage par une cinquantaine d'hommes.

Peu après le passage de Campbell et de MacGregor, ils entendirent les bruits de sabots et les grincements des carrioles du convoi. Tout en veillant à ne pas être vu depuis la route, Felton fit signe au commandant de l'escorte qu'ils approchaient du lieu de l'embuscade.

L'air était chargé de tension tandis que la procession passait devant eux, cahotée par les ornières. Les minutes s'écoulèrent lentement. De là où ils se tenaient, ils ne verraient pas l'attaque, mais ils l'entendraient. Une odeur familière d'angoisse et d'anticipation, propre à l'imminence de la bataille, flottait dans l'air.

Enfin, un cri de guerre transperça la nuit. Quelques secondes plus tard, le fracas des lames d'acier retentit. Felton bondit et se mit à aboyer des ordres. Ses hommes s'éparpillèrent dans toutes les directions, contournant le champ de bataille afin de barrer toutes les issues.

Kenneth, Percy et Felton approchèrent lentement, prenant soin de ne pas alerter les hommes de Bruce de leur présence.

Les soldats de Percy étaient bons, il fallait le reconnaître. Pour des Anglais, ils parvenaient remarquablement bien à imiter les méthodes « furtives » de Bruce. S'il s'était agi d'une véritable attaque surprise, la garde des Highlands aurait pu se trouver en difficulté.

Toutefois, ses amis étaient prévenus et se tenaient prêts.

Enfin, Kenneth et les Anglais parvinrent à un virage d'où ils purent voir les combats. À une trentaine de mètres, le chaos régnait. Des épées, des lances, des haches, des masses... Une cacophonie d'acier lançait mille éclats tel un orage dans le ciel nocturne. Les « fantômes » de Bruce étaient impressionnants. Drapés dans des plaids sombres, leurs visages, leurs cervelières et leurs casques noircis, ils faisaient effectivement penser à des esprits maléfiques de la nuit, volant et virevoltant dans un tourbillon de mort et de destruction. Kenneth perçut le sursaut de surprise de Felton et de Percy à ses côtés.

— Ce ne sont que des hommes, leur rappela Percy.

Il y avait néanmoins une note d'incertitude dans sa voix. Puis il brandit son épée au-dessus de sa tête.

— Pour l'Angleterre ! cria-t-il avant de s'élancer.

Kenneth hésita un instant et se tourna vers l'endroit où se tenait le jeune comte, protégé par une demi-douzaine de soldats postés là pour empêcher la garde de s'enfuir vers le sud.

— N'oublie pas ! lança-t-il au garçon. Reste en retrait.

Les yeux écarquillés, fasciné par le spectacle de sa première bataille, David hocha la tête.

Kenneth s'élança à son tour, prenant sa position sur le flanc droit où Percy hurlait ses ordres. La garde des Highlands avait déjà franchi la première ligne de défense, à savoir les soldats protégeant les carrioles. Percy criait aux hommes de la ligne extérieure d'avancer pour refermer le piège.

Le plan initial prévoyait que la garde ouvrirait une brèche dans la défense, puis filerait avant que les Anglais ne soient en position. Cela paraissait simple. Les hommes de Felton étant éparpillés autour d'eux, les huit membres de la garde pouvaient facilement se débarrasser de la douzaine de soldats les plus proches et disparaître dans la nuit.

Quelque chose n'allait pas. Cela leur prenait trop de temps.

Il fallut quelques minutes à Kenneth pour se rendre compte que l'un d'eux était blessé. Seton ? Il faisait trop sombre pour l'identifier. Son compagnon le plus proche (vu sa taille et sa carrure imposantes, ce ne pouvait être que Boyd) était engagé avec trois des hommes de Felton. MacKay s'efforçait de le rejoindre pour l'aider, mais Felton s'en rendit compte et envoya une poignée de soldats pour l'intercepter.

Malheureusement, Seton (cette fois il était sûr que c'était lui), Boyd et MacKay se trouvaient de l'autre côté de la route, coupés des autres membres de la garde. La brèche allait bientôt se refermer sur eux et il leur serait de plus en plus difficile de s'échapper.

La synchronisation de la garde était de première importance mais là, elle battait sérieusement de l'aile. Kenneth essayait de trouver un moyen de les aider sans que cela se voie. Toutefois, sa propre position sur la ligne extérieure, avec Percy, l'entravait.

Puis les choses allèrent de mal en pis. Improvisant, les guerriers de Bruce décidèrent d'ouvrir deux brèches. MacGregor, Campbell, MacLean et Lamont franchirent la ligne au nord-ouest et s'échappèrent par la route prévue en grimpant sur le versant escarpé. MacKay, Boyd et Seton prendraient l'autre route, par la rivière. Se séparer était sensé, mais il y avait un problème : le jeune comte d'Atholl se trouvait entre les trois membres de la garde et la liberté.

Verraient-ils qu'il ne s'agissait que d'un enfant dans le noir ? Le comte était grand pour son âge. Avec son heaume et sa cotte de mailles…

Fichtre !

— Recule ! lui hurla Kenneth.

Le vacarme du combat était trop fort et l'enfant trop loin pour l'entendre.

Se rendant compte du danger, Felton rassembla ses hommes autour du garçon. Ces renforts rendraient plus difficile la progression des membres de la garde et donneraient à Percy le temps qui lui manquait.

— Ne les laissez pas s'échapper ! hurla-t-il.

MacKay, Boyd et Seton avançaient. Ils devaient se dépêcher. Le reste de l'armée serait bientôt sur eux. Il ne leur restait plus qu'une poignée de secondes pour s'enfuir.

Les uns après les autres, ils abattirent les hommes se tenant devant l'enfant. Le jeune comte reculait, mais pas assez vite. Si Felton faisait de son mieux pour repousser MacKay, les autres ne faisaient pas le poids face à Boyd et à Seton, même blessé.

Ils créèrent enfin une percée. Seton et Boyd coururent vers le bord du précipice.

— Arrête-les, Felton ! s'époumona Percy. Ils s'enfuient !

Le champion de Percy était bon, mais pas autant que MacKay. Ce dernier effectua une feinte sur la droite puis, au dernier instant, baissa le bras, pivota et porta un coup à son flanc gauche. Felton fut projeté sur le côté, trébucha et atterrit sur les fesses.

Kenneth n'eut pas le temps de savourer la scène. MacKay avait déjà bondi par-dessus Felton pour rejoindre les autres quand il aperçut le garçon. Dans la précipitation, il le prit pour un autre soldat en travers de sa route.

Kenneth s'élança.

MacKay leva son arme.

Kenneth bondit dans les airs en brandissant son épée et en hurlant :

— Nooon !

Son regard rencontra celui de MacKay au moment où leurs lames se fracassaient l'une contre l'autre, à quelques centimètres du visage terrifié du garçon. Malheureusement, elles se croisèrent de biais et la longue claymore de MacKay glissa le long de l'épée de Kenneth avant de s'enfoncer dans son bras.

À la douleur cuisante et au jet de sang, Kenneth sut que la pointe de la lame avait trouvé l'interstice entre la manche de son haubert et son gantelet, transpercé la couche matelassée de son *cotun* et pénétré la chair. Beaucoup de chair, apparemment.

Il espérait être le seul à avoir entendu son frère d'armes jurer et marmonner une excuse en gaélique avant de disparaître dans l'obscurité.

Quelques secondes plus tard, l'impact de trois corps dans l'eau de la rivière en contrebas résonna, et il sut que ses amis étaient sains et saufs.

Comme il fallait s'y attendre, aucun Anglais ne tenta de sauter de la falaise à son tour pour tenter de les rattraper.

13

Livrée à elle-même durant près de deux jours, Mary avait eu tout loisir de décider de ce qu'elle devait faire. Sir Adam était constamment occupé avec le comte de Cornouaille. Quant à David, il accompagnait lord Percy, sir John et, à sa surprise, sir Kenneth, dans une expédition à Roxburgh décidée à la dernière minute. Du moins, elle pensait que c'était à Roxburgh. Sir Adam avait été plutôt vague à ce sujet.

Si elle était ravie de ne pas avoir à croiser sir Kenneth, ni sir John, elle tenait à prévenir sir Adam et son fils de son retour à Ponteland.

Il paraissait injuste de devoir partir si vite. Elle commençait tout juste à créer des liens avec David. Il avait fallu qu'*il* arrive pour tout gâcher.

Sa première réaction avait été de jeter quelques affaires dans un sac et d'embarquer sur le premier navire en partance pour la France. Pourtant, une fois le choc de s'être trouvée nez à nez avec sir Kenneth passé, elle s'était calmée. Il était inutile de courir aux écuries et de sauter sur un cheval pour s'enfuir.

Elle n'avait aucune raison d'avoir peur. Aucune raison de paniquer et d'agir dans la précipitation. Peut-être n'avait-il pas l'intention de rester longtemps ?

Cependant, même quelques jours en sa compagnie représentaient un trop grand risque. Elle rentrerait à Ponteland sous prétexte de devoir traiter une affaire urgente liée au domaine, puis reviendrait à Berwick auprès de David dès que possible. C'est-à-dire, lorsqu'il serait parti.

Ensuite...

Ensuite, elle aviserait.

Elle posa instinctivement les mains sur son ventre. Elle ferait tout pour protéger son enfant à naître.

L'enfant imprévu.

L'enfant qu'elle n'aurait jamais pensé avoir.

L'enfant dont, un moment, elle n'avait pas voulu. Que faire ? Elle n'était pas mariée. L'enfant serait stigmatisé, considéré comme un bâtard et elle comme une putain.

Toutefois, ces premiers moments d'angoisse avaient rapidement cédé le pas à la joie, une joie qui habitait chaque fibre de son corps. C'était un cadeau du ciel. Un bébé, une seconde chance d'être mère. Devant un tel présent, même reçu illicitement, tout le reste paraissait secondaire.

Mary n'avait pu empêcher qu'on lui prenne son premier enfant. À présent, ce serait différent.

Elle ne se faisait pas d'illusions, ce serait difficile et il y aurait de nombreux obstacles à surmonter. Peu importait, elle était déterminée à tout faire pour garder son bébé.

Elle ne serait pas la première à mettre au monde un enfant naturel. Elle devrait se montrer très prudente et trouver un prétexte crédible. Il y aurait sûrement quelques rumeurs et médisances, et après ?

Son prétexte, ce serait la France. Là-bas, elle serait à l'abri des regards de la cour. L'enfant serait un orphelin qu'elle aurait adopté et ramené en Angleterre avec elle.

Certains soupçonneraient la vérité. Cependant, lady Mary de Mar, la veuve du comte d'Atholl, vivait dans le

Nord ravagé par la guerre, loin, très loin de Londres. Elle ne susciterait pas assez d'intérêt pour inspirer des commérages. Elle vivait déjà comme une recluse depuis longtemps. Elle était prête à supporter n'importe quoi pour son enfant.

Son plan présentait un autre avantage. En tant qu'orphelin, le bébé ne susciterait pas l'intérêt d'un roi, anglais ou écossais. Il serait à elle. Personne ne pourrait le lui prendre.

Sauf Kenneth Sutherland.

Le frisson qui l'avait parcourue en l'apercevant dans la grande salle ne l'avait plus quittée. S'il découvrait la vérité, il pouvait tout gâcher. Peut-être ne se sentirait-il pas concerné ? Vu sa réputation, Dieu seul savait combien de petits bâtards il avait engendrés ! Pourtant, quelque chose lui disait le contraire. Il n'était pas simplement « l'homme idéal pour une nuit de péché », comme elle l'avait d'abord cru.

Elle n'avait jamais envisagé de l'en informer. Tant qu'il était en Écosse avec Bruce, à quoi bon ? Mais maintenant qu'il était ici…

Non. Il était trop tard. L'enfant n'y changeait rien. *Quel rapport avec nous ?* Elle ne voulait plus revivre ça. Sir Kenneth ressemblait trop à son mari et, elle, à la jeune fille qui le laisserait lui briser le cœur.

S'éloigner de David serait difficile. Elle avait également espéré profiter de son séjour à Berwick pour étendre les recherches afin de retrouver sa sœur. Elle se consola en se disant que ce n'était que provisoire. David serait trop occupé par ses devoirs auprès de lord Percy pour se rendre compte de son absence. Quant à Janet…

Elle pouvait être n'importe où. Même en France.

Mary retournait dans sa chambre après le petit déjeuner quand elle apprit que lord Percy et sa suite étaient de retour. Lorsqu'elle demanda à un palefrenier où elle pourrait trouver David, il lui répondit qu'il se trouvait dans la chambre de sir Adam avec le médecin. Folle d'inquiétude, elle traversa en courant la cour jusqu'à la Tour du connétable, qui abritait les nobles les plus importants.

Bien qu'étant un château royal, Berwick servait principalement de centre administratif et de garnison. L'imposante forteresse située près de la frontière avait connu son lot de batailles et de sièges, mais elle ne pouvait accueillir qu'une petite partie des trois mille chevaliers, soldats et serviteurs qui étaient attendus après l'appel aux armes d'Édouard. C'était sans doute par égard pour sir Adam qu'elle avait eu droit à une chambre dans le grand donjon, qu'elle partageait avec plusieurs autres dames.

Elle grimpa quatre à quatre les trois étages jusqu'à la chambre de sir Adam. Hors d'haleine, elle ne prit pas la peine de toquer et ouvrit la porte.

— David, tu n'as r…

Elle se figea. Trois personnes s'étaient tournées vers elle. David, un homme âgé qu'elle présuma être le médecin et celui qu'elle ne voulait surtout pas voir : sir Kenneth Sutherland.

— … rien ? acheva-t-elle d'une voix étranglée.

Il était clair que David était indemne. Il se tenait sur le côté pendant que le médecin achevait d'enrouler une bande de tissu autour de l'avant-bras de sir Kenneth. C'était lui qui était blessé et non son fils.

Se rendant compte qu'ils la fixaient tous les trois, elle se sentit rougir.

— Je suis désolée. Quand j'ai appris qu'on avait envoyé chercher un médecin, j'ai tout de suite pensé que c'était pour David.

— Je vais bien, mère, dit l'enfant, visiblement gêné.

Elle lui sourit tendrement.

— C'est ce que je constate.

Elle leva les yeux vers sir Kenneth, veillant à ce que son regard ne s'attarde pas sur son torse nu. Doux Jésus, il paraissait encore plus musclé que dans son souvenir ! C'était à croire qu'il passait son temps à soulever des rochers.

— J'espère que ce n'est rien de grave ? demanda-t-elle.

— Comme je le disais à votre fils, ce n'est rien. N'est-ce pas, Welford ?

Le vieil homme fronça ses sourcils broussailleux.

— Tant que cela ne s'infecte pas, répondit-il. Le barbier semble avoir fait du bon travail avec son cautère. Le saignement a cessé, du moins pour le moment. Toutefois, c'est une entaille profonde et je risque de devoir la refermer à nouveau.

Kenneth fit signe que cela n'avait pas d'importance et passa une chemise par-dessus sa tête. Mary put enfin respirer.

Le médecin avait visiblement l'habitude de soigner des guerriers endurcis et têtus. Il rangea ses instruments et se dirigea vers la sortie.

— En cas de douleur, j'ai un remède qui... (Il s'interrompit en secouant la tête). Non, bien sûr, je sais, vous ne connaissez pas la douleur.

Il marmonna quelque chose dans sa barbe avant de fermer la porte derrière lui.

Mary fut tentée de le suivre, mais pas sans son fils. Que faisait-il ici, d'ailleurs ? Et comment sir Kenneth avait-il été blessé ?

— David, nous devrions laisser sir Kenneth se reposer. J'ai hâte que tu me racontes ton voyage à Roxburgh.

Il la regarda, surpris.

— Nous ne sommes pas allés à Roxburgh, mère, mais dans la forêt d'Ettrick pour attraper les fantômes de Bruce.

— Quoi ?

Ne se rendant pas compte que sa mère avait pâli, il poursuivit :

— Par tous les diables, il fallait voir ça ! Nous les avons presque eus, grâce à sir Kenneth. Je ne savais pas que des hommes pouvaient se battre comme ça. Du moins, je crois bien que c'étaient des hommes. C'était difficile à dire, jusqu'à ce que l'un d'eux s'approche d'assez près, quand il a fondu sur moi avec son épée.

Heureusement, Mary se trouvait tout près du lit car elle sentit soudain ses jambes mollir. Elle se laissa tomber sur le matelas et s'accrocha à l'une des colonnes du baldaquin.

David ne s'était rendu compte de rien et s'apprêtait à continuer quand sir Kenneth l'interrompit :

— Tu fais peur à ta mère, mon garçon. Tu devrais plutôt raconter tes aventures à tes camarades, non ?

Le regard de l'enfant s'illumina. Il allait en épater plus d'un.

— Vous êtes sûr que vous n'avez besoin de rien ? demanda-t-il. Vous voulez que je vous aide à enfiler votre armure ?

Mary fut surprise. Depuis quand David était-il aux petits soins pour sir Kenneth ?

— Merci, mon grand, mais je ne crois pas pouvoir porter une armure avant quelques jours, répondit ce dernier. Je suis certain que ta mère pourra me fournir tout ce dont j'ai besoin.

Mary lui lança un regard noir.

— Vas-y, poursuivit-il. Je te rejoins plus tard dans la cour.

David se précipita vers la porte, mais elle le retint par le bras.

— Attends.

Elle écarta tendrement la mèche noire qui balayait son visage.

— Tu as une tache sur le front, dit-elle en tentant de l'effacer avec son pouce.

L'espace d'un instant, il se laissa faire, semblant apprécier la caresse maternelle. Puis il se raidit et détourna la tête.

— Ne faites pas ça ! dit-il avec un regard mortifié vers sir Kenneth. Ce n'est rien.

Avant qu'elle ait pu lui répondre, il avait filé hors de la pièce.

Son rejet était blessant, même s'il était compréhensible. Les garçons de treize ans n'avaient pas envie d'être débarbouillés par leur mère. Elle aurait désespérément aimé rattraper le temps perdu, mais c'était impossible.

Du moins, pas avec David.

— Quand j'avais son âge, tout ce que faisaient mes parents me faisait honte, surtout ma mère. Aujourd'hui, je donnerais tout pour qu'elle s'occupe de moi.

Mary se tendit en se rendant compte qu'il l'avait observée attentivement et que son expression l'avait trahie. Elle était embarrassée et étrangement émue par son effort pour la consoler.

— Elle est morte ? demanda-t-elle.

— Il y a quelques années.

Gênée par ce moment qui lui paraissait un peu trop intime, elle changea de sujet.

— Que faites-vous dans la chambre de sir Adam ? Et pourquoi David était-il avec vous ?

Il saisit le surcot en cuir noir qui avait été abandonné sur le dossier d'une chaise et entreprit la tâche délicate de l'enfiler avec un bras bandé. Elle résista à l'impulsion de l'aider, ne voulant pas l'approcher de trop près.

Elle crut qu'il cherchait à éluder sa question, quand il répondit enfin :

— Je loge avec sir Adam et votre fils m'a offert son aide.

Il arqua un sourcil ironique.

— Je pourrais vous poser la même question.

Elle rougit. Il avait raison, elle n'aurait jamais dû venir seule dans la chambre de sir Adam.

— Sir Adam est un vieil ami. Il connaissait fort bien mon mari.

— Dans ce cas, nous avons un point en commun. Le père de sir Adam a participé à la dernière croisade avec mon grand-père. Je le connais depuis mon enfance. J'ai fait mon apprentissage avec son neveu.

Il grimaça en passant la manche de son surcot.

— Votre bras... Il se remettra ?

— Je ne pensais pas que cela vous importait, lady Mary.

Elle lui lança un regard impatient qui le fit sourire.

— Je ne pourrai sans doute pas lever mon épée pendant plusieurs jours, mais ce n'est rien d'irréparable. En outre, cela n'affecte aucune autre partie de mon anatomie, si c'est ce qui vous inquiète.

Elle se raidit, bien qu'elle sache qu'il cherchait uniquement à l'embarrasser. Décidément, cet homme était aussi scandaleux en Angleterre qu'en Écosse.

— Je suis sûre que les jeunes veuves d'Angleterre et leurs dames de compagnie en seront grandement soulagées.

Son sarcasme sembla l'amuser. Elle aurait dû partir, mais quelque chose la retenait, une chose qu'avait dite David et qu'elle ne voulait pas croire.

Nous les avons presque eus, grâce à sir Kenneth.

— Cette attaque à Ettrick, c'était à votre instigation, n'est-ce pas ? Vous leur avez dit où trouver les hommes de Bruce. Vous les avez trahis.

S'il ne donna aucun signe extérieur que son accusation le dérangeait, elle eut néanmoins la sensation d'avoir touché une corde sensible.

— C'est une manière de voir les choses, répondit-il un peu sèchement. Je disposais d'une information et je m'en suis servi. Nous sommes en guerre, ma dame. La « trahison » fait partie du jeu.

— Parce que pour vous, ce n'est qu'un jeu ? Des pièces que vous déplacez sur un échiquier ? Tantôt vous jouez avec les blancs, tantôt avec les noirs, selon ce qui vous arrange le plus ? Qu'en est-il de l'honneur ? De la loyauté ?

Il lui renvoya sa question avec un léger sourire.

— Nous faisons tous des choix. Et vous, lady Mary ? Vous êtes une Écossaise en Angleterre, tout comme moi. Qu'en est-il de votre honneur ? De votre loyauté ?

— Mon honneur et ma loyauté résident là où se trouve mon fils.

Il la sonda longuement du regard, comme s'il cherchait à découvrir ses secrets.

— Qu'est-ce que cela peut vous faire, Mary ? Et pourquoi ma présence ici vous cause-t-elle un tel désarroi ?

Un frisson glacé la parcourut. Elle devint soudain consciente qu'ils se trouvaient seuls dans la chambre et qu'elle était assise sur le lit. Elle se leva précipitamment.

— Pas du tout ! démentit-elle. J'ai été surprise, rien de plus. La dernière fois que je vous ai vu, Robert louait vos nombreux talents et s'apprêtait à donner une fête en votre honneur.

— Que voulez-vous, les choses changent, déclara-t-il d'un ton impassible.

Il laissa son regard se promener sur son corps. C'était un regard neutre. Pourtant, elle eut l'impression qu'il avait remarqué les moindres détails, les moindres changements dans son apparence.

— Comme vous, ajouta-t-il. Je vois que vous ne vous cachez plus.

Elle détourna les yeux, sans comprendre pourquoi ses paroles la mettaient si mal à l'aise. On aurait dit qu'il n'aimait pas ces changements.

— Je ne me cachais pas, se défendit-elle.

— Vraiment ? Alors vous n'envisagez plus d'entrer au couvent ?

Il esquissa un sourire entendu. Bien qu'il n'ait pas bougé de sa place de l'autre côté de la pièce, elle se rapprocha légèrement de la porte.

— J'y suis peut-être pour quelque chose ? ajouta-t-il.

Mary se dit que c'était sûrement la colère qui lui donnait subitement aussi chaud et non les souvenirs qu'évoquait sa voix rauque et sensuelle.

Elle s'efforça de ne pas réagir à ses provocations et afficha une moue lasse et dédaigneuse.

— Certaines choses ne changent jamais. Vous êtes aussi arrogant ici que vous l'étiez en Écosse.

— Il y a donc une autre raison pour laquelle vous êtes aussi belle et fraîche qu'une reine de mai et non plus enfouie sous une horrible guimpe de nonne ?

Mary s'en voulut d'être aussi sensible à sa flatterie. La trouvait-il vraiment belle ? Cela n'aurait pas dû lui procurer autant de plaisir.

Honteuse de sa faiblesse, elle rétorqua sèchement :

— Qu'est-ce qui vous fait croire que vous m'avez traversé l'esprit une seule fois depuis mon départ de Dunstaffnage ?

— Le fait que moi, je ne peux plus penser à autre chose.

Elle sursauta.

— Quoi ? Quand je suis partie, vous...

— Quand vous êtes partie, je participais à la compétition finale. J'ai perdu.

Quelque chose dans son ton l'intrigua.

— Ce n'était qu'une épreuve parmi beaucoup d'autres. Et vous les avez toutes remportées.

Il haussa les épaules.

— Vous avez quand même été sacré champion ?

— Oui.

Elle ne comprenait pas pourquoi une simple défaite à une épreuve sportive l'affligeait autant.

— Ce n'était qu'un jeu, observa-t-elle.

— Pas pour moi.

— Pourquoi gagner est-il aussi important pour vous ?

— Parce que je sais ce que c'est de perdre.

C'était presque comme s'il le lui reprochait.

— J'en suis navrée, je n'y suis pour rien…

Elle tenta de passer devant lui, mais il la retint par le bras.

— Vous croyez ? demanda-t-il. Vous êtes partie avant la fin. On aurait presque dit que vous vous enfuyiez, comme vous le faites maintenant. Si vous êtes aussi indifférente, Mary, de quoi avez-vous peur ?

— De… de rien, balbutia-t-elle.

— Je ne vous crois pas.

Il se pencha plus près. Le cœur de Mary battait à toute allure.

— Il n'y avait rien entre nous, que cela vous plaise ou pas, explosa-t-elle. Si étrange que cela vous paraisse, mon seigneur, vous n'êtes pas le seul homme du royaume.

Une lueur noire traversa le regard de sir Kenneth. Elle ignorait ce qui la poussait à le défier ainsi. Elle ne semblait pas pouvoir s'en empêcher.

— Vous ne voulez tout de même pas parler de Felton ?

Son attitude acheva de l'énerver. S'imaginait-il que le beau chevalier ne pouvait pas s'intéresser à elle ?

— Ce n'est pas parce que je n'ai pas voulu vous épouser que je ne pourrais pas me laisser convaincre par un autre. Et pourquoi pas par l'homme le plus séduisant de Berwick ?

Elle remettait ça. Elle provoquait un homme qui ne pouvait résister à un défi. Un homme au tempérament explosif qui aimait la bagarre. C'était comme jeter des friandises à un enfant puis lui interdire d'en manger.

Il s'approcha encore, au point qu'elle crut un instant qu'il allait l'embrasser. Son cœur martelait sa poitrine.

— Je serais vous, je ne l'épouserais pas, dit-il en la regardant droit dans les yeux.

— Et pourquoi pas ?

— Parce que je doute que Felton apprécie que sa femme soit dans mon lit. Et c'est précisément là que vous finirez.

Suffoquée, Mary ouvrit la bouche, mais il ne lui laissa pas le temps de répondre. Il ouvrit la porte et disparut, la laissant seule dans la chambre, ahurie.

14

— Quand partirez-vous ? demanda sir Adam.

Il s'efforçait de ne pas prendre un air trop contrarié. Il avait fallu pratiquement toute une journée à Mary pour parvenir à l'attirer à l'écart pendant quelques minutes. Sachant à quel point elle aimait observer David, il lui proposa de s'asseoir près d'une fenêtre de la grande salle donnant sur le terrain d'entraînement.

Les guerriers n'étaient pas encore en place, mais elle ne pouvait s'empêcher de lancer des regards à l'extérieur. Comme cela allait lui manquer ! Son cœur se serra. Hélas, c'était inévitable. Sa dernière conversation avec sir Kenneth en était la preuve. La vie lui avait appris une chose : quand elle sentait un danger, elle devait prendre ses jambes à son cou au lieu d'attendre l'aide des autres.

Dans son lit ? Seigneur !

— Dès que j'aurai trouvé un moyen de transport, répondit-elle. Demain, si possible.

Les traits taillés à la serpe de sir Adam se fermèrent encore. Elle le connaissait depuis si longtemps qu'elle ne prenait pas souvent la peine de le regarder. Il devait avoir quarante-trois ans et était encore bel homme. Si seulement elle avait pu le voir autrement que comme un ami.

— David est au courant ?

Elle acquiesça.

— Je le lui ai annoncé avant le déjeuner.

— Et quand reviendrez-vous ?

— Dès que je le pourrai.

Il y eut un long silence et le regard de Mary glissa à nouveau vers la fenêtre. Elle sourit en apercevant David, puis elle remarqua l'homme à qui il parlait : sir Kenneth. Elle ne comprenait pas cet engouement soudain de son fils pour le chevalier rebelle. C'était comme s'il avait transféré sur lui toute l'adoration qu'il éprouvait auparavant pour sir John. D'ailleurs, ce dernier se faisait rare depuis leur retour. Lorsqu'elle l'avait aperçu à l'heure du repas, son salut avait été raide et réservé, comme s'il était gêné.

Néanmoins, c'était sir Kenneth qui la préoccupait. Essayait-il de l'atteindre à travers son fils ?

— C'est lui, n'est-ce pas ?

Mary se tourna vers sir Adam sans comprendre.

— Que voulez-vous dire ?

— Sutherland. C'est lui, l'homme que vous avez rencontré en Écosse, le père de votre enfant.

Mary en resta sans voix, étouffée par un mélange de surprise et de peur.

Sir Adam comprit son émoi et s'empressa d'ajouter :

— Vous n'avez rien à craindre, Mary. Je garderai votre secret. Je ferai tout ce qui est en mon pouvoir pour vous aider. Pourquoi croyez-vous que je me sois porté volontaire pour cette mission en France et que je vous aie demandé de m'accompagner ?

— Vous saviez ? demanda-t-elle, incrédule.

— Ma femme a été enceinte dix fois, répondit-il avec un léger sourire. Je sais reconnaître les signes.

Tout en soutenant son regard, il ajouta doucement :

— Et je vous connais.

Mary se mordit la lèvre et baissa les yeux. Il l'aimait, comprit-elle avec une pointe de tristesse. Comment n'avait-elle rien vu au cours de toutes ces années ? Tout devenait clair à présent.

Elle leva les yeux vers lui.

— Je suis désolée.

Il parut comprendre ce qu'elle voulait dire. Elle l'aimait aussi, mais pas de la même manière que lui.

Il s'éclaircit la gorge et regarda par la fenêtre.

— Il le sait ? Est-ce la raison pour laquelle il est venu en Angleterre ?

Elle secoua vigoureusement la tête.

— Non, et je ne souhaite pas qu'il le sache, surtout pas ! Son arrivée ici n'a rien à voir avec moi.

Sir Adam semblait désapprouver.

— Je connais Sutherland depuis longtemps. Je ne doute pas un instant qu'il accomplira son devoir envers vous.

— Je ne veux pas qu'il accomplisse son devoir, répliqua-t-elle en sentant l'émotion lui nouer la gorge. Je ne veux pas répéter la même erreur. Je n'épouserai pas un autre homme comme Atholl.

Sir Adam la dévisagea longuement. Elle pouvait voir la compassion sur son visage, ainsi qu'une pointe de colère.

— J'aimais votre époux comme un frère, mais il avait la sensibilité d'une huître. Il ne savait pas comment traiter une jeune épouse. Je le lui ai dit, maintes fois, cependant… (Il haussa les épaules.) Il était têtu et habitué à n'en faire qu'à sa tête. Il me répondait que vous finiriez par vous adapter.

— J'étais très jeune et naïve.

— Ce n'est pas une excuse. Êtes-vous sûre que Sutherland est de la même trempe ? Dieu sait le nombre de fois où j'ai dû l'extirper d'une bagarre quand il était jeune, et il a toujours été prompt à prendre la mouche et plus rapide encore à en venir aux mains. Pourtant, il m'est toujours apparu comme un garçon sensible.

Mary manqua de s'étrangler.

— « Sensible » ? Parlons-nous vraiment du même homme ? Sir Kenneth Sutherland est bien trop arrogant, bien trop effronté et bien trop populaire auprès des dames.

Quel rapport avec nous ? Était-ce là les paroles d'un homme sensible ?

— Il serait sans doute capable de me prendre l'enfant rien que pour me punir de l'avoir éconduit, ajouta-t-elle.

Sir Adam arqua un sourcil.

— Il vous a donc bien demandé de l'épouser ? Le contraire m'aurait surpris. Il a toujours eu un grand sens de l'honneur.

Mary se garda de dire ce qu'elle pensait de son « honneur ». S'il l'avait demandée en mariage, c'était parce que Robert de Bruce l'avait exigé. Maintenant qu'il avait changé de camp, plus personne ne lui forcerait la main.

Elle lui prit le bras.

— Je vous en prie. Promettez-moi de ne rien lui dire.

Il baissa les yeux vers ses doigts et elle se sentit rougir, prenant conscience de son geste. Elle retira discrètement sa main.

— Ce sera notre secret, Mary. Je ne m'en mêlerai pas, sauf si vous me le demandez. Si vous ne souhaitez pas l'épouser, il existe d'autres solutions. Je vous protégerai.

Elle savait ce qu'il lui offrait et en était profondément émue. Elle ne pouvait pas lui faire ça, l'épouser uniquement pour donner un nom à son enfant. Elle avait trop d'affection pour lui. Tôt ou tard, son absence d'amour pour lui ne pourrait que lui faire du mal.

— Je sais, dit-elle doucement. Et je vous en remercie du fond du cœur, mais je tiens à me débrouiller seule.

Il acquiesça, s'étant probablement attendu à sa réponse.

— Dans ce cas, nous partirons pour la France au printemps, comme prévu.

Même si elle était contrainte de quitter Berwick, Mary était soulagée que son plan soit toujours réalisable. En outre, il était réconfortant de savoir que quelqu'un partageait son secret.

Sir Adam se leva.

— Mes hommes vous escorteront jusqu'à Ponteland demain.

— Merci.

Il allait tourner les talons quand elle l'arrêta. Elle ne pouvait croire qu'elle avait failli oublier sa requête. Elle sortit deux pièces d'argent de son escarcelle.

— Je projetais d'envoyer un homme faire le tour des églises locales. Vous voulez bien le faire pour moi et lui donner ceci pour sa peine ?

Elle n'avait pas besoin de lui expliquer ce dont il s'agissait. Elle envoyait constamment des hommes faire le tour des églises à la recherche d'éventuelles informations concernant sa sœur. Sir Adam prit les pièces à contrecœur et sans commentaires. Ce n'était pas nécessaire, elle savait déjà ce qu'il en pensait : ce n'était qu'une perte de temps et d'argent. En outre, il considérait que son refus d'accepter la mort de Janet l'empêchait de tourner la page et d'aller de l'avant.

C'était un sujet épineux entre eux. Depuis cette fameuse nuit, il était toujours mal à l'aise dès qu'elle parlait de Janet. C'était presque comme s'il se sentait coupable de ce qui était arrivé. Il n'y était pourtant pour rien. Si quelqu'un était fautif, c'était elle.

Elle lança un regard par la fenêtre et fronça les sourcils. Sir John avait rejoint sir Kenneth et son fils. Les deux hommes semblaient se disputer. Au bout d'un moment, David s'éloigna, l'air renfrogné.

— Quelque chose ne va pas ? demanda sir Adam derrière elle.

— Je ne sais pas. Il semble que David se soit entiché de sir Kenneth, et j'avoue que cela me met mal à l'aise.

Sir Adam prit un air surpris.

— Comment, vous n'êtes pas au courant ?

— Au courant de quoi ?

— Tout le château ne parle plus que de ça. Sutherland a sauvé la vie de David.

En sauvant la vie du jeune comte, Kenneth était instantanément devenu un héros aux yeux des Anglais et, par là même, s'était fait un ennemi juré. Si Felton ne l'aimait pas beaucoup auparavant, il le haïssait à présent. Non seulement le célèbre chevalier s'était fait battre par l'un des rebelles et avait subi l'indignité extrême de tomber sur ses fesses, mais il avait bien failli être responsable de la mort du garçon. Il prenait le fait que ce soit Kenneth qui l'ait sauvé comme un affront personnel. Que David ait fait de lui sa nouvelle idole n'arrangeait rien.

Kenneth venait d'apprendre par l'enfant que sa mère avait de nouveau l'intention de le fuir quand Felton les interrompit et envoya David faire une course quelconque.

— Ne vous approchez pas de mon écuyer, Sutherland. Je ne veux pas qu'il prenne de mauvaises habitudes et vous l'empêchez d'accomplir ses devoirs.

Kenneth arqua un sourcil.

— Votre écuyer ? Je croyais qu'il était au service de Percy.

— Je suis le meilleur chevalier de sa suite, lord Percy m'a donc chargé de sa formation.

Kenneth se retint de lui demander si celle-ci incluait d'apprendre à tomber sur son cul. Il n'avait pas besoin de le contrarier davantage. L'autre lui cherchait déjà des noises et l'aurait à l'œil.

Toutefois, il était diablement difficile de tendre l'autre joue à Felton. Ce dernier se pencha vers lui afin de ne pas être entendu à la ronde, plissant les yeux d'un air mauvais.

— Je sais ce que vous cherchez à faire. Vous perdez votre temps. Ce n'est pas en mettant le gamin dans votre poche que vous séduirez la mère.

L'allusion à lady Mary dénoua la langue de Kenneth.

— Et vous, vous comptez y parvenir en le faisant tuer ?

Felton laissa exploser sa fureur.

— Comment osez-vous insinuer que je suis responsable de ce qui est arrivé ! Personne n'aurait pu prévoir qu'ils tenteraient de s'enfuir en sautant d'une falaise ! Le comte était parfaitement protégé.

— Dans ce cas, comment se fait-il qu'il ait failli être tué et que je me retrouve avec ça ?

Il leva son bras blessé, qui lui faisait un mal de chien.

— Je vous avais prévenu qu'il était dangereux d'emmener ce garçon avec nous, poursuivit-il. La prochaine fois, veillez à ce que vos tentatives pour impressionner une dame n'affectent pas votre jugement.

— Par tous les diables ! Si vous n'étiez pas blessé, vous paieriez sur-le-champ votre arrogance. Je suis toujours le meilleur chevalier, ici. Je ne tolérerai pas qu'un traître Highlander déloyal et opportuniste remette mes décisions en question. Ce n'est pas parce que vous avez remporté quelques jeux barbares que vous êtes un champion. Ici, vous n'êtes rien, jusqu'à preuve du contraire.

Ce bâtard venait de toucher une corde sensible, très sensible même. Kenneth en oublia ses promesses de retenue.

— Vous devriez peut-être vous inspirer des Highlanders. Il me semble que ces « barbares » n'ont pas eu beaucoup de mal à vous faire tomber sur l'arrière-train.

Une lueur de haine traversa le regard de Felton et Kenneth regretta presque ses paroles. Presque.

— Vous me le paierez, sale traître.

— J'aimerais voir ça.

Ils en seraient probablement venus aux coups si, en lançant un regard vers le portail, Kenneth n'avait aperçu une scène qui lui glaça les sangs. Il en oublia aussitôt sa querelle avec Felton.

Il lui fallut faire appel à toute la maîtrise acquise durant son entraînement pour ne pas réagir. Conservant une expression parfaitement neutre, il détourna les yeux du groupe de femmes qui venaient de pénétrer dans la cour.

Avant que Felton ait pu répondre ou remarquer ce qui l'avait distrait, il ajouta :

— Mais ce sera pour une prochaine fois.

Il s'éloigna d'un pas nonchalant, prenant la direction du terrain d'entraînement vers lequel les femmes s'étaient dirigées.

Il n'était pas rare que des villageoises viennent assister à l'entraînement des soldats. Il n'était pas rare non plus que les guerriers trouvent parmi leurs spectatrices un peu de distraction pour la soirée. Chaque camp militaire avait ses vivandières peu farouches et le château ne faisait pas exception. Le temps qu'il parvienne de l'autre côté du terrain où se trouvaient les casernes, les femmes se mêlaient déjà aux soldats qui avaient terminé leurs tâches journalières. Parmi elles se trouvait la belle rousse qui avait capté son attention.

Sa longue chevelure auburn se balançait dans son dos tel un voile. Son corsage, largement échancré, révélait beaucoup plus de poitrine qu'il n'aurait aimé en voir et ne laissait planer aucun doute sur son projet d'attirer un galant pour la nuit.

Quand il approcha, elle badinait avec un homme d'armes relativement âgé. C'était un choix plutôt sage, mais cela ne tempéra pas sa colère.

Lorsqu'elle l'aperçut, elle feignit la surprise puis esquissa un sourire enjôleur.

— Mon seigneur ! lança-t-elle d'une voix suave. Où étiez-vous passé ? Cela fait si longtemps. Je croyais que vous m'aviez oubliée.

L'homme d'armes se tourna vers lui et ne put cacher son désappointement en le reconnaissant.

— Sir Kenneth, dit-il en s'inclinant. J'ignorais que la dame était à vous.

— Elle ne l'est pas.

Kenneth lança un regard noir vers les yeux rieurs de sa sœur. Elle était la responsabilité de MacKay, désormais. Comment ce bâtard l'avait-il laissée faire ? Il refoula sa colère le temps de jouer son rôle.

— Nous nous sommes rencontrés lors de mon dernier séjour à Berwick, expliqua-t-il.

Il prit la main d'Helen et la baisa galamment.

— Ravi de vous revoir, déclara-t-il.

Comprenant que son divertissement du soir lui passait sous le nez, l'autre homme se retira courtoisement.

Pendant les minutes qui suivirent, ils interprétèrent leurs rôles respectifs de leur mieux. Helen se collait contre lui, papillonnant et exhibant sa poitrine opulente. S'il avait été MacKay, il lui aurait donné une bonne fessée pour l'empêcher de se comporter comme une traînée. Fichtre, il valait mieux pour elle que son Highlander de mari ne soit pas là pour voir les regards lubriques des Anglais sur ses seins qui débordaient pratiquement de sa robe. En tant que frère, il avait un mal fou à se retenir de lui remonter son corsage jusqu'au cou et à ne pas envoyer son poing à travers quelques sourires avides.

Elle baissa les yeux vers son bras.

— Mais... vous êtes blessé ! Je peux peut-être faire quelque chose pour vous soulager ?

Elle battit des cils d'un air faussement ingénu.

Il n'était pas facile de faire semblant de badiner avec sa petite sœur, surtout quand on avait envie de l'étrangler.

— Pourquoi n'irions-nous pas dans un endroit tranquille où vous pourrez m'examiner ?

Il glissa le bras autour de sa taille et l'attira à lui. Puis il se tourna vers l'un des hommes autour d'eux.

— Dis à Percy que je serai de retour à temps pour le dîner. La dame doit soigner ma plaie.

— Oh oui, j'ai tout ce qu'il faut pour vous soulager, déclara-t-elle avec un clin d'œil coquin.

Avant que le soldat puisse objecter, il entraîna Helen vers la réserve la plus proche, puis changea de direction lorsqu'il l'entendit marmonner le mot « écurie » entre ses dents.

— Laissez-nous quelques minutes, les garçons, ordonna-t-il aux palefreniers. Nous n'en avons pas pour longtemps.

Les jeunes hommes ricanèrent et sortirent.

Dès qu'il eut fermé la porte, Kenneth se tourna vers elle d'un air furieux.

— Tu as perdu la tête ? Que fiches-tu ici ? Et comment le Saint a-t-il pu te laisser venir seule ?

— Il ne l'a pas laissée, répondit MacKay en glissant d'une poutre sur des ballots de paille.

Il était vêtu en paysan et empestait le poisson.

— Parle moins fort si tu ne veux pas que toute la garnison débarque pour voir ce qui se passe, ajouta-t-il.

Il se tourna vers sa femme.

— Et toi, referme ce foutu corsage !

Elle ne prêta pas attention à son ordre et mit les poings sur ses hanches.

— Vous allez vous calmer, tous les deux ?

Ce n'était pas la chose à dire. Les deux hommes explosèrent, exprimant tout ce qu'ils pensaient de sa façon de se dandiner comme une traînée dans une cour pleine d'Anglais.

Elle les laissa dire, ne paraissant guère impressionnée. Puis, quand elle en eut entendu assez, elle les interrompit :

— Lorsque vous aurez terminé de vous comporter comme deux vieilles nourrices gâteuses, je pourrai peut-être m'occuper de ce pour quoi je suis venue ?

Avant que Kenneth ait pu se remettre à aboyer, MacKay expliqua :

— Elle tient à examiner ton bras elle-même.

— Et tu l'as laissée faire ?

— Essaie de l'arrêter si tu peux ! Elle a dit que tu faisais partie de la garde désormais et qu'elle devait accomplir son devoir.

Il cracha ce dernier mot, marmonnant dans sa barbe qu'il devait être fou d'avoir accepté, un point sur lequel ils étaient tous les deux d'accord.

— C'est ma faute si tu as été blessé, reprit-il. Si tu perds ton bras, elle me tiendra pour responsable.

Kenneth se tourna vers sa sœur.

— Tu as passé trop de temps avec la Vipère.

Elle avait appris à porter des coups bas.

Helen leva le menton.

— Cela a marché, non ? À présent, montre-moi ta blessure.

MacKay tendit à Helen une sacoche dont elle sortit quelques instruments pendant que Kenneth ôtait son surcot et déroulait le bandage du médecin. Elle poussa un petit cri en voyant l'horrible masse de chair violacée et brûlée, puis se mit au travail.

MacKay s'efforça de détourner son attention de la douleur en lui posant des questions. Kenneth lui expliqua brièvement la situation. MacKay lâcha un juron en apprenant l'identité du soldat qu'il avait failli tuer.

— Il faisait trop sombre pour que je voie son blason.

Kenneth acquiesça.

— C'est ce que j'ai pensé. J'ai simplement eu la malchance que ta lame se glisse entre mon haubert et mon gantelet.

Il grimaça quand Helen exerça une pression sur la plaie, puis quand elle lui appliqua un baume.

— Aïe, ça brûle !

— Quoi, tu te jettes sans réfléchir devant une lame et tu fais toute une histoire pour un onguent de rien du tout ? le sermonna-t-elle. Vous êtes tous les mêmes ! Je me demande bien pourquoi je me donne tout ce mal pour vous.

En voyant ses yeux humides, il comprit à quel point elle s'était inquiétée pour lui. Il la prit dans ses bras et déposa un baiser sur le sommet de son crâne.

— Ce n'est rien, Ange. Merci.

Il avait utilisé le surnom que lui avait donné la garde en la prenant comme guérisseuse.

Elle hocha la tête, émue, puis lui fournit une longue liste d'instructions pour soigner sa plaie. Elle lui fit ensuite promettre de l'envoyer chercher en cas d'infection. MacKay lui donna le nom d'un tavernier en ville à qui il pouvait confier un message sans risque, même s'ils avaient préalablement convenu d'autres moyens de communication en cas de besoin.

Kenneth lui raconta ensuite ce qu'il avait appris jusqu'ici. Pour le moment, ce n'était pas grand-chose, ce qui le préoccupait.

— J'aurais pensé qu'il y aurait plus d'activité, plus de renforts envoyés vers le nord pour protéger les châteaux qu'ils tiennent toujours.

— Il leur reste encore du temps.

— C'est vrai, répondit Kenneth, peu convaincu.

— Quelque chose te chiffonne ?

— Je ne sais pas. Je m'étonne que Clifford ne soit pas plus impliqué. Percy et lui sont proches. J'aurais pensé qu'il serait plus présent pour l'épauler. Il semble faire beaucoup d'allées et venues autour de Carlisle.

Sir Robert Clifford possédait de vastes domaines dans le nord de l'Angleterre et avait reçu d'Édouard les terres de James Douglas en Écosse.

— Nous nous occupons de Clifford, répondit MacKay. Ton travail est de surveiller Percy. Concentre-toi sur ta mission, Sutherland. Il ne s'agit pas de la foirer.

Kenneth serra les dents. Il n'avait pas besoin de cet avertissement, il savait qu'il était toujours à l'essai. Il acquiesça. Message reçu cinq sur cinq.

Se souvenant que les palefreniers ne tarderaient pas à revenir, il déclara :

— Il faut que vous filiez d'ici. Je suppose que vous avez un plan ?

— Je repars comme je suis entrée, répondit Helen.

— Le Frappeur et le Chasseur l'attendent à l'extérieur, déclara MacKay avant que Kenneth puisse protester. Je suis venu sur un bateau de pêche et je suis entré par la poterne. J'ai laissé un sac rempli de saumons pourris près des cuisines, que je reprendrai en partant. L'odeur devrait tenir les curieux à distance.

Pendant qu'Helen rangeait ses affaires dans sa sacoche, MacKay demanda à voix basse :

— Sinon, tout va bien ? Ils ne soupçonnent rien ?

— Non, la ruse a fonctionné. Comment va le Dragon ?

— De mauvaise humeur, amer et en colère comme d'habitude, mais sa blessure guérira.

Kenneth avait été surpris de découvrir que le jeune aristocrate du Yorkshire faisait partie de la garde. Né en Angleterre, élevé en Écosse, Alex Seton était souvent en conflit avec ses frères d'armes, notamment avec son équipier Robbie Boyd.

Kenneth envisagea de mentionner la présence de lady Mary au château, puis se ravisa. Cela ne lui vaudrait probablement qu'une nouvelle mise en garde de MacKay, et il n'avait pas envie de l'entendre.

— *Bàs roimh Gèill !* déclara-t-il.

« La mort plutôt que la reddition », la devise de la garde.

MacKay répéta la formule, puis donna à sa femme un baiser un peu trop long au goût de Kenneth avant de regrimper sur les poutres.

Kenneth allait enfiler son surcot quand Helen l'arrêta d'un geste.

— Non, attends. Reste comme ça.

Elle tira sur sa chemise, sortant les pans de ses culottes.

— Voilà, tu fais un peu plus débraillé.

Il se mit à rire, saisit une poignée de paille et la laissa tomber en pluie sur la tête de sa sœur. Puis il extirpa un brin doré de ses cheveux.

— Voilà, toi aussi, rétorqua-t-il avec un sourire.

Elle prit un air faussement dépité.

— On voit que tu as l'habitude. Dis-moi, les Anglaises sont-elles aussi écervelées et pleines d'adoration que les Écossaises ?

Son sarcasme était justifié, pensa-t-il en songeant à la dernière fois où il avait été surpris dans une écurie. Toutefois, ses paroles le firent tiquer. Elles ressemblaient trop aux accusations de Mary. Non, il ne s'entourait pas que de femmes qui le flattaient. Il était sûr d'avoir eu d'innombrables conversations sur d'autres sujets que le sexe avec bon nombre d'entre elles, même si, sur le moment, il ne pouvait citer que sa sœur… ou Mary.

Cela lui rappela ce qu'il venait d'apprendre quand il avait vu Helen franchir le portail. Si Mary de Mar s'imaginait qu'elle allait encore lui échapper, elle allait être surprise.

Bras dessus bras dessous, ils sortirent de l'écurie comme deux amants satisfaits. Kenneth ne fut pas surpris d'apercevoir non loin les hommes que Percy avait chargés de le surveiller, ni de constater qu'ils le suivaient jusqu'au portail du château.

Il libéra Helen avec une tape sur les fesses. Elle gloussa et l'embrassa sur la joue, lui murmurant à l'oreille d'être prudent, avant de se glisser sous la herse et de disparaître dans le crépuscule.

Kenneth reprit le chemin de la grande salle. Il n'avait fait que quelques pas quand il eut la sensation d'être observé. Il lança un regard à travers la cour et aperçut une femme qui dévalait l'escalier et courait vers le donjon. *Lady Mary*.

Il jura dans sa barbe. Elle l'avait aperçu et, à en juger par son allure pressée, elle en avait vu suffisamment.

Il espérait qu'elle n'avait pas reconnu Helen. D'un autre côté, il se rendit compte de l'impression qu'elle avait dû avoir. Il n'avait aucune raison de se sentir coupable. Il avait parfaitement le droit de coucher avec une autre femme. Elle lui avait clairement fait comprendre ce qu'elle pensait de lui : il était l'homme d'une nuit, rien de plus.

Pourtant, il aurait préféré qu'elle ne le voie pas jouer son numéro de dévergondé.

Il la laissa partir, pour le moment.

Cela n'a pas d'importance. Sa vue se brouilla. Elle ne voyait qu'une tache vert sombre tandis qu'elle choisissait une autre robe de l'armoire et la lançait sur le lit. Sa garde-robe suspendue à peine quelques jours plus tôt retournait dans ses malles. La servante qui l'aidait avait du mal à suivre le rythme.

— Vous êtes sûre que tout va bien ? demanda lady Eleanor.

Mary acquiesça et s'efforça de sourire.

— Je suis juste un peu fatiguée, c'est tout, répondit-elle d'une voix un peu trop aiguë.

Que lui importait qu'il aille avec une autre femme ? Qu'importait ce qu'elle avait ressenti quand elle l'avait vu sortir de l'écurie avec cette créature rousse au bras ?

Les écuries ! Elle ne savait que trop ce qu'il y faisait. Cela n'aurait pas dû lui faire du mal. Elle avait toujours su quel genre d'homme il était.

Ce n'était pas parce qu'ils avaient partagé une nuit de passion, qu'il lui avait demandé de l'épouser, qu'elle portait son enfant, qu'elle ne cessait de penser à lui et que son cœur faisait des bonds incontrôlés chaque fois qu'elle le voyait que cela signifiait qu'il était un homme pour elle.

Lorsqu'elle avait appris ce qu'il avait fait pour David, elle avait été tellement bouleversée et reconnaissante que, pour un peu, elle lui aurait tout avoué et aurait été prête à croire tout ce qu'il lui disait. Dieu soit loué, elle s'en était abstenue. Les prouesses héroïques sur le champ de bataille ne faisaient pas nécessairement un bon mari. Elle était bien placée pour le savoir.

— Vous ne voulez vraiment pas descendre pour le repas ? lui demanda lady Katherine.

Mary secoua la tête. Elle ressentait une nausée qui n'avait rien à voir avec sa grossesse, mais plutôt avec la perspective de le voir les vêtements froissés, les cheveux ébouriffés et l'air rassasié.

— Si j'ai faim, Beth me montera quelque chose à grignoter, répondit-elle.

La servante acquiesça vigoureusement.

— Oui, ma dame. Je vous ferai préparer un plateau dans les cuisines.

Et une grande carafe de vin, voulut ajouter Mary. Elle se tourna vers ses deux dames de compagnie, qui l'observaient, inquiètes. Visiblement, ses dons d'actrice n'étaient pas aussi bons qu'elle l'avait pensé.

— Vous voyez, les rassura-t-elle. Beth s'occupera de moi. Allez dîner. Je crois que lord Percy a fait venir des ménestrels pour ce soir. Je vais probablement m'endormir dès que j'aurai fini mes malles.

Les dames hésitèrent jusqu'à ce qu'elle parvienne enfin à les faire partir. Le temps que Beth et elle aient fini de préparer ses affaires, elle était effectivement prête à se coucher. Beth l'aida à ôter sa robe et lui fit enfiler une épaisse robe de chambre en velours. Puis elle s'assit devant le brasero pour terminer sa broderie.

Dès que la jeune fille descendit lui chercher un plateau, Mary sortit son ouvrage. C'était un bonnet pour nourrisson sur lequel elle travaillait en secret. Parfois, le besoin qu'elle avait de cet enfant la submergeait au point de la suffoquer. Elle ressentait déjà pour lui tout l'amour qu'elle avait voulu donner à son mari et à son fils.

Elle chaussa ses lunettes et se mit au travail, essayant de se vider l'esprit en se concentrant sur son ouvrage.

Quoi qu'il advienne, elle ne regretterait jamais ce qu'elle avait fait. Sa nuit de péché avec sir Kenneth lui avait donné cet enfant.

Elle se mordit la lèvre. Si seulement la femme qu'elle avait vue à son bras n'avait pas été aussi jeune et jolie. Même de loin, elle avait remarqué ses traits fins et sa superbe chevelure rousse. Elle lui paraissait vaguement familière, sans doute l'avait-elle déjà vue dans la cour ou dans la grande salle.

Ses doigts semblaient incapables de réaliser les points minuscules. Elle ôta ses lunettes, posa sa broderie et ferma les yeux quelques minutes.

Quand on toqua, elle supposa que Beth était de retour et lui demanda d'entrer. Elle entendit la porte se refermer, mais la jeune fille restait silencieuse. Elle ouvrit donc les yeux pour lui demander de déposer le plateau sur la table. Au lieu de cela, elle se leva d'un bond.

Sir Kenneth se tenait paresseusement adossé au mur, les bras croisés sur la poitrine, et l'observait. Sa pose nonchalante ne la trompa pas. Tout en lui indiquait le danger.

L'effroi la saisit à la gorge.

— Que faites-vous ici ? Sortez !

Elle espérait que sa voix ne trahissait pas trop sa peur.

Il lança un regard vers ses malles.

— Vous tentez à nouveau de me fuir, Mary ?

Il contempla sa tenue et elle resserra hâtivement les pans de sa robe de chambre autour d'elle, même s'il ne pouvait rien voir. Il laissa tomber ses bras en faisant claquer ses lèvres.

— Pour quelqu'un qui affirme n'accorder aucune importance à ce qui s'est passé entre nous, vous paraissez très pressée de fuir ma présence.

Il avança de quelques pas. La chambre lui parut soudain très petite et la température augmenta de quelques degrés.

— Je me demande bien pourquoi, ajouta-t-il sur un ton badin.

Il avança encore d'un pas et elle manqua de glapir comme un chiot apeuré. Il esquissa un sourire qui lui fit froid dans le dos.

— Vous savez ce que je pense ? demanda-t-il. Je crois que ce qui vous fait peur, c'est ce que je vous fais ressentir. Si vous étiez aussi indifférente que vous le prétendez, vous seriez assise à table dans la grande salle en ce moment, et non en train de vous cacher dans votre chambre.

Il soutint son regard.

— Vous me voulez, ajouta-t-il.

Elle poussa un cri d'indignation. Quelle effronterie, quelle arrogance !

— Je ne me cache pas, je prépare mes malles, répliqua-t-elle. Je ne pars pas pour vous éviter, mais parce qu'une affaire urgente m'appelle sur mon domaine.

Il se mit à rire.

— Ce doit être très urgent, en effet. Est-ce pour cela que vous paraissez aussi agitée et que votre cœur bat tellement fort que je l'entends d'ici ?

Elle recula, s'éloignant de la chaise dont elle avait agrippé le dossier comme une bouée. Elle aperçut le bonnet de nouveau-né, abandonné sur le siège avec ses lunettes. Il suffisait qu'il baisse les yeux. Elle se mit à prier.

Trop tard.

— Qu'étiez-vous en train de faire ?

Il voulut saisir l'ouvrage, mais elle l'attrapa avant lui.

— Faites attention ! Vous allez casser mes lunettes. Ce n'est rien, juste une petite broderie sur laquelle je travaille.

Elle fourra le bonnet dans son panier avant qu'il ait pu le voir de plus près.

Il plissa les yeux, soupçonneux, et, l'espace d'un instant, elle craignit qu'il ouvre le panier.

— Pour qui ? demanda-t-il.

Elle répondit la première chose qui lui passa par la tête.

— Ce sont des articles que je vends sur le marché à Newcastle.

Face à son air sceptique, elle se sentit aussitôt sur la défensive.

— C'est une manière parfaitement acceptable de gagner de l'argent. Comment aurais-je pu subvenir à mes besoins autrement puisque mon mari a été exécuté et nos terres confisquées ?

— Je ne vous juge pas, répondit-il. Je suis simplement surpris.

Maintenant que le pire avait été évité, elle n'aspirait qu'à le voir partir.

— Que faites-vous ici ? Que cherchez-vous, à la fin ? Vous n'avez pas assez de femmes parmi lesquelles choisir ? Votre petite escapade dans les écuries cet après-midi ne vous suffit pas ?

Il arqua un sourcil ironique. Par sainte Bride, même son sourcil était sensuel ! Y avait-il une partie de lui qui ne le soit pas ?

— Jalouse ?

— Non !

Elle avait protesté avec trop de véhémence et trop vite. Il la rejoignit d'une seule enjambée. Elle tenta de reculer encore et heurta le mur. Il l'avait coincée et elle ne pouvait plus aller nulle part.

— Cela ne vous a vraiment rien fait ? la défia-t-il en la regardant dans les yeux.

Elle sentit une peur panique l'envahir.

— Non.

Il se pencha, approchant son visage à quelques centimètres du sien. Leurs corps ne se touchaient pas, mais elle sentait sa chaleur.

Elle pouvait à peine respirer, consciente de son ventre entre eux. Bien que sa grossesse ne se voie pas encore, elle était convaincue qu'il s'en rendrait compte dès l'instant où il la toucherait. Elle se souvenait de chaque parcelle de son corps. Il remarquerait forcément les changements chez elle.

Il n'en fut rien. Il glissa la main autour de sa taille et l'attira à lui. Même s'il n'avait qu'un bras valide, elle n'aurait jamais pu se libérer d'une telle étreinte.

— Alors prouvez-le-moi. Embrassez-moi, Mary.

Sa bouche frôla la sienne.

— Embrassez-moi, répéta-t-il avant de poser ses lèvres sur les siennes.

Son cœur se mit à battre à toute allure. Elle se sentit fondre dans la chaleur de son baiser, se dissoudre contre le granit dur de son corps et la douceur de ses lèvres.

Elle fut emportée par un tourbillon de plaisir qui l'entraînait toujours plus bas, dans un bain de folie. La puissance de la passion qui explosa entre eux était irrésistible. Elle lui rendit son baiser, s'agrippant à lui, ses doigts s'enfonçant dans les muscles de ses bras tandis qu'elle s'efforçait de le serrer plus fort contre elle.

Elle gémit quand leurs langues se rencontrèrent et s'enroulèrent en une danse endiablée.

Son corps tout entier frémissait d'impatience. Elle sentait son membre dur se presser contre elle avec insistance. Il ondula légèrement des hanches et la douce friction lui arracha un son de plaisir pur. Une onde de chaleur se répandit entre ses cuisses. Elle se sentait mollir, faiblir, s'ouvrir à lui.

Les souvenirs de la passion étaient viscéraux et immédiats. Elle le voulait en elle, maintenant, tout de suite. Elle voulait qu'il la plaque contre le mur et la prenne. Elle désirait le sentir bouger en elle, plonger encore et encore, toujours plus profondément. Chevaucher à nouveau la vague déferlante du plaisir et se désagréger. L'entendre crier, le sentir se raidir, voir ses traits se crisper sous la force de sa passion.

Il la désirait lui aussi. Il caressait ses hanches, ses fesses, glissait ses mains le long de son ventre pour atteindre ses seins.

Son ventre. Elle s'en souvint une fraction de seconde trop tard.

Il se figea.

L'espace d'un instant, il ne se passa rien. Elle attendit. Dans un élan d'espoir fou, elle tenta de se convaincre qu'il n'avait rien remarqué.

Toutefois, ce calme n'était que le signe avant-coureur de la tempête. Quand il leva les yeux vers elle, elle sut qu'il avait compris.

15

Lorsqu'il passa la main sur le ventre légèrement arrondi, Kenneth ne comprit pas tout de suite. Il était tellement aveuglé par le désir qu'il n'était pas en mesure d'analyser tout ce qu'il ressentait.

Elle était si douce, la tenir dans ses bras était si merveilleux ! Ses petits halètements le rendaient fou. Il ne pensait plus qu'à être en elle, à la posséder, à la forcer à reconnaître cet étrange lien entre eux.

Il n'avait jamais rien ressenti de pareil et avait besoin de savoir qu'il en allait de même pour elle.

Puis, lentement, un vague malaise germa dans le fond de sa conscience, jusqu'à ce que la lumière jaillisse et transperce le brouillard de passion telle une lame de feu, ne laissant plus qu'une rage froide.

Il ne voulait pas, ne pouvait pas le croire. Pourtant, la vérité se trouvait sous sa paume.

Soudain, les changements qu'il avait remarqués en elle prenaient un sens nouveau. Tout comme son empressement à le fuir.

Il retira sa main comme s'il s'était brûlé.

— Vous... vous être enceinte.

Cette fois, la peur dans le regard de Mary était justifiée. Les émotions crépitaient dangereusement en lui tandis qu'il luttait pour conserver son calme. La bataille était perdue d'avance. Son sang bouillait.

Elle ne répondit pas, l'effroi semblait l'avoir rendue muette. Elle le fixait de ses grands yeux bleus, paraissant si vulnérable, si innocente. La misérable ! Elle n'était ni l'un ni l'autre.

— Depuis combien de temps ? cria-t-il.

Sa voix cingla comme un fouet. Il lui saisit le bras et la tira brutalement à lui.

— Depuis combien de temps ? répéta-t-il. Et n'essayez pas de me mentir !

— Je... je...

Elle détourna les yeux. Pour une fois, elle ne le défiait pas, mais il était trop furieux pour s'en réjouir.

— C'est le mien, dit-il platement.

Il le savait. Il n'avait pas besoin qu'elle le confirme, mais il voulait l'entendre de sa bouche.

— Avouez-le, bon sang !

Il aurait peut-être réagi différemment si elle l'avait imploré de la comprendre, si elle avait conservé son air contrit et vulnérable. Cependant, elle avait repris du poil de la bête et son attitude de défi exaspérante était de retour.

Il ne se souvenait pas d'avoir été aussi furieux, pourtant elle ne semblait pas le craindre. Il avait vu de féroces guerriers trembler dans leurs bottes quand il laissait exploser sa colère, mais elle lui tenait tête, levant fièrement le menton, totalement inconsciente du danger. Apparemment, elle savait autant que lui qu'elle n'en courait pas. Quoi qu'il advienne, il ne lui ferait jamais aucun mal. Il n'avait pas l'habitude de se battre sans recourir à sa force physique. C'était terriblement déconcertant.

— Il est à moi ! s'écria-t-elle. Vous avez peut-être planté la graine, mais cet enfant m'appartient. Je ne vous demande absolument rien, ce qui devrait vous soulager.

Kenneth le prit comme une gifle. Elle n'aurait pu exprimer plus clairement le mépris qu'il lui inspirait. Elle n'avait voulu qu'une seule chose de lui.

Un doute le saisit. Être rabaissé au statut d'étalon était déjà suffisamment humiliant. Mais si c'était autre chose qu'une simple nuit de plaisir qu'elle avait cherché ?

— Vous ne vouliez quc ma semence, c'est ça, Mary ? Vous aviez tout planifié ?

Elle écarquilla les yeux.

— Bien sûr que non !

Il scruta son regard à la recherche d'un signe de duperie ou de culpabilité. Il n'en trouva pas, mais cela ne voulait pas dire qu'elle était innocente.

Elle perçut son hésitation.

— Ce n'est pas moi qui suis venue vous chercher, lui rappela-t-elle. J'ai été aussi surprise que vous. C'était un accident. En dix ans de mariage, je n'ai eu qu'un fils ; je n'imaginais pas que cela pouvait m'arriver.

Elle posa inconsciemment les mains sur son ventre et une grande douceur apaisa ses traits. Elle était si ravissante, elle paraissait soudain si heureuse, aux antipodes de la nonne terne et famélique qu'il avait connue.

Il aurait voulu la toucher à nouveau, finir ce qu'ils avaient commencé. Sauf qu'elle l'avait trompé.

— Pourtant, vous en êtes satisfaite.

Ce n'était pas une question, mais elle la prit comme telle.

— C'est vrai. On m'a enlevé mon fils quand il avait six mois. Imaginez-vous ce que cela fait ? Je n'avais que quatorze ans. Je n'ai jamais eu la possibilité d'être une mère pour lui. Avec ce bébé... (Elle marqua une pause, l'émotion lui serrant la gorge.) Ce bébé aura une vie différente.

Il connaissait vaguement son passé, mais il ignorait qu'on lui avait enlevé son enfant si tôt. Il se souvenait de sa propre mère, de la manière dont elle s'était occupée de lui et de ses frères et sœurs. Elle avait été une mère tendre et aimante, très différente de la plupart des dames de la noblesse. Mary devait être de la même trempe.

Il ne voulait pas pour autant s'apitoyer sur son sort. Il ne voulait pas penser à ses souffrances. Intentionnellement ou pas, elle lui avait pris quelque chose puis avait tenté de le lui cacher.

Elle gardait une main protectrice sur son ventre, comme s'il risquait de leur faire du mal, à elle et l'enfant. Ce geste l'horripila. Elle le traitait comme un ennemi et il entendait bien savoir pourquoi.

— Vous auriez dû me prévenir.

— Qu'est-ce que cela aurait changé ? Vous étiez en Écosse et moi ici. Nous étions dans des camps ennemis.

Elle baissa les yeux.

— J'ai pensé que cela ne vous intéresserait pas. Compte tenu de vos nombreuses… relations, je suppose que ce n'est pas la première fois que cela arrive. J'ai cru que vous me seriez reconnaissant de ne rien dire.

Décidément, elle le connaissait bien mal.

— Oh si, cela m'intéresse ! Toutes vos suppositions étaient fausses. J'ai peut-être eu beaucoup de partenaires, et je n'ai pas à m'en excuser, mais je n'avais encore jamais eu d'« accident », comme vous dites.

Il avait également toujours pris soin de se retirer avant qu'il ne soit trop tard, ce que, pour une raison obscure, il n'avait pas envie de lui dire.

Elle se mordit la lèvre d'un air contrit. À sa plus grande irritation, il trouva cela adorable.

— Vraiment ? demanda-t-elle en levant les yeux vers lui.

— Navré de vous décevoir, mais je n'ai engendré aucun bâtard. Et je n'ai pas l'intention de permettre que mon premier fils en soit un.

— « Fils » ? Qui vous dit que c'est un garçon ?

Il serra les dents.

— Je le sais parce que si je suis contraint de vous épouser pour que cet enfant ait un nom, vous avez intérêt à me donner un héritier.

Elle pâlit.

— M'épouser ? Vous ne comprenez pas. Je n'ai aucune intention de vous épouser. Ce n'est pas nécessaire. J'ai déjà fait des arrangements, et...

— Je me contrefous de vos arrangements ! explosa-t-il. C'est vous qui ne comprenez pas. Vous n'avez pas le choix : vous allez m'épouser !

— Non ! répondit Mary d'une voix étranglée. Non !

— Je ne vous demande pas votre avis. Vous m'épouserez si vous voulez connaître cet enfant.

Mary le dévisagea, horrifiée. Ses traits tendus irradiaient une fureur froide ; elle ne doutait pas de sa sincérité. Pire encore, il avait les moyens de mettre sa menace à exécution. Il avait tous les pouvoirs. Même si c'était elle qui portait l'enfant, au regard de la loi elle n'avait aucun droit. Elle était une femme dans un monde d'hommes. Cette fameuse indépendance qu'elle croyait avoir gagnée n'était qu'une illusion.

Elle l'avait sous-estimé, mal jugé. Elle l'avait cru aussi superficiel et insensible que son mari.

Elle avait commis une terrible erreur. Elle voyait trop tard ce que sa première impression du beau héros entouré d'une nuée d'adoratrices n'avait pas distingué : un cœur d'acier et une volonté de fer forgés par des années de combat. C'était un homme qui ne supportait pas de perdre. Sa ténacité avait fait de lui un champion. Il n'abandonnerait pas avant d'avoir eu ce qu'il voulait. Le bébé. Elle. Peu importait.

Ses pires craintes se concrétisaient. Pour qu'on ne lui enlève pas son enfant à nouveau, elle devrait se soumettre à un homme qui ne l'aimait pas. Elle perdrait la possibilité de prendre ses propres décisions, de contrôler sa vie. Elle serait son objet.

Il n'y avait pas que son indépendance en jeu, il y avait également son cœur. Même face à sa rage, elle ne pouvait s'empêcher de se demander si, cette fois, ce ne serait pas différent. Il faisait naître en elle des émotions qu'elle ne voulait pas ressentir. Elle s'était efforcée de s'en protéger en le fuyant. Comment y échapperait-elle une fois mariée à lui ?

Était-elle condamnée à une autre union sans amour ? À devoir observer, impuissante, son mari être adulé et choyé par une foule d'admiratrices s'offrant à lui ?

Elle ne le supporterait pas. Après ce qu'elle avait subi, elle ne voulait pas, ne pouvait pas jouer à nouveau le rôle de l'épouse discrète et soumise. Elle ne pourrait pas prétendre ne pas souffrir chaque fois qu'il quitterait son lit pour celui d'une autre. Et à en juger par ce qu'elle ressentait en ce moment même, cela ferait très mal.

Avait-elle le choix ? Son cœur se serra. Son enfant…

Il n'attendit pas sa réponse. Pour la seconde fois, il prétendait qu'elle l'épouse sans lui demander son avis. Elle refoula un sanglot.

— Je parlerai à sir Adam et partirai pour Londres demain à l'aube, annonça-t-il.

— Londres ?

— Édouard sera furieux si nous nous marions sans son consentement. Heureusement, il est plus sentimental que son père et je crois pouvoir le convaincre de la nécessité d'une cérémonie rapide et discrète. Nous n'avons pas de temps à perdre. Le Carême approche.

Elle sentit le désespoir l'envahir. Il agissait déjà sans la consulter et sans la moindre considération pour ses souhaits.

— Pourquoi faites-vous ça ? murmura-t-elle. Pourquoi me forcez-vous à vous épouser en sachant que je ne le veux pas ?

— Je vous l'ai dit : mon fils aura un nom.

— Et ensuite ? Que se passera-t-il une fois que vous aurez votre héritier ? Cela vous suffira-t-il ?

— Que voulez-vous dire ?

Elle leva le menton et le regarda dans les yeux.

— J'aimerais en savoir davantage sur ce que vous attendez de moi.

Il plissa le front, contrarié.

— Ce ne sera pas qu'un mariage de façade, si c'est ce que vous voulez savoir. J'entends avoir plein accès au lit de mon épouse.

— Même si je ne vous y veux pas ?

Il lui adressa un long regard entendu et, l'espace d'un instant, elle craignit qu'il ne lui démontre le contraire.

— En êtes-vous si sûre, Mary ?

Sa voix était grave et rauque. Captivante. Ensorcelante. Elle n'était plus sûre de rien. La manière dont il la regardait lui nouait le ventre et lui picotait la peau. Elle résista.

— Donc, je devrai vous pondre des enfants. Quoi d'autre ?

Son ton froid et sarcastique n'eut pas l'air de lui plaire. Il la prit par les épaules et la força à le regarder.

— Pour l'amour de Dieu ! Pourquoi vous comportez-vous ainsi ?

Parce qu'elle n'était plus une jeune oie blanche. Parce que la seule manière de se protéger était de ne pas se bercer d'illusions ni d'espoirs irréalistes. Elle n'entrerait pas dans ce mariage comme dans le premier, aveugle et pleine de rêveries. Il s'agissait d'une alliance de convenance, d'un contrat d'affaires, et elle le traiterait comme tel.

— J'essaie simplement de comprendre clairement quelles seront mes obligations. C'est la première fois que je me marie sous la contrainte.

Son sarcasme l'irrita.

— Vos devoirs et votre fidélité, bon sang ! Comme dans n'importe quel mariage.

Fidélité. La flèche avait trouvé la cible sans même qu'il ait besoin de viser.

— Et la même chose sera requise de vous ?

Elle avait voulu se moquer mais la lueur dans son regard lui fit craindre qu'il ne lise un peu trop bien dans ses pensées.

— Est-ce ce que vous exigez ?

Elle cacha sa gêne derrière un rire aigu.

— Vous oubliez que je vous ai vu à l'œuvre. En outre, j'ai déjà été mariée. Je sais parfaitement comment fonctionnent les alliances entre gens de notre rang. Je fermerai les yeux sur vos badinages et, une fois que j'aurai accompli mon devoir en portant vos enfants, vous ferez de même pour moi. Ce que je veux savoir, c'est ce que j'obtiens en retour pour vous avoir donné une progéniture.

Ses traits se durcirent.

— Vous aurez mon nom, ma protection et serez châtelaine de toutes les propriétés que le roi voudra bien me restituer. Un jour, l'enfant que vous portez sera le comte de Sutherland.

Il s'approcha d'un peu plus près avant d'ajouter :

— Et chaque fois que je vous aurai dans mon lit, je vous ferai jouir. Voilà ce que vous obtiendrez, ma dame.

Elle sursauta devant sa crudité tout en refoulant l'effet que ses paroles lui faisaient.

— Mais sachez une chose, reprit-il. Je ne fermerai jamais les yeux.

Le message était clair. La fidélité était à sens unique. Il l'exigeait d'elle, mais ne faisait aucune promesse en retour. Ce n'était qu'une alliance, rien de plus. Elle ferait bien de s'en souvenir.

— Je suppose que vous allez réclamer la tutelle de mon fils ? demanda-t-elle.

Il fronça les sourcils, comme s'il n'y avait pas encore pensé.

— En effet.

En tant que son mari, il était naturel qu'il veuille contrôler le jeune comte d'Atholl. Même s'il avait changé de roi, le pouvoir et l'influence qu'il gagnerait en l'épousant ne changeaient pas. C'était l'un des attraits qui avaient également séduit sir John.

Sir John. Elle se mordit la lèvre. Il n'allait pas apprécier. Mais, elle n'y pouvait rien. Elle espérait seulement qu'il comprendrait.

Mary se savait piégée.

— Vous nous protégerez, mes enfants et moi ?

— Oui.

— Et vous ne ferez rien qui puisse nous mettre en danger sans d'abord nous consulter ?

Il fut pris de court. L'espace d'un instant, elle crut voir une étrange lueur dans son regard, puis ses traits se durcirent à nouveau.

— Nous sommes en guerre, Mary. Mais je vous promets de faire tout ce qui est en mon pouvoir pour que vous soyez en sécurité.

— Cela ne me suffit pas. Je veux votre parole que vous ne prendrez pas de décisions qui pourraient nous affecter sans m'en informer au préalable. Je ne revivrai pas ce que j'ai connu avec mon premier mari.

Il pinça les lèvres, n'appréciant pas d'être ainsi acculé au mur. Tant pis pour lui. Elle n'appréciait pas non plus.

— Je ferai de mon mieux, promit-il.

Ils se dévisagèrent un long moment. Il paraissait sincère. Il sembla vouloir ajouter quelque chose, puis se ravisa. Elle n'avait d'autre possibilité que de lui accorder sa confiance et d'espérer qu'il en serait digne. Elle remettait entre ses mains sa vie et celle de ses enfants. Elle hocha la tête.

— Dans ce cas, j'attendrai votre retour de Londres, déclara-t-elle.

Elle se détourna. Il hésita un instant, puis se dirigea vers la porte. Il allait la fermer derrière lui quand elle l'arrêta, presque malgré elle.

— Sir Kenneth ?

— Oui, ma dame ? demanda-t-il par-dessus son épaule.

Leurs regards se rencontrèrent à nouveau. *Prends garde.*

— Que Dieu vous garde ! murmura-t-elle.

Un sourire juvénile illumina le visage de sir Kenneth. Quand il la regardait de cette manière, toutes ses défenses s'effondraient. Elle aurait presque cru à nouveau aux contes de fées, aux beaux et preux chevaliers dont rêvaient les jeunes filles.

Doux Jésus, comment se protégerait-elle de ça ?

Qu'allait-elle faire ?

Ce qu'elle faisait toujours. Elle s'accommoderait de sa situation.

Une fois qu'il eut fermé doucement la porte derrière lui, elle se laissa tomber sur une chaise, prit son visage dans ses mains et fondit en larmes.

16

Prieuré de Coldingham, Berwickshire

Une semaine plus tard, Kenneth se tenait dans le chœur du prieuré de Coldingham, attendant sa future épouse en compagnie de sir Adam et de l'évêque de St. Andrews. Ce dernier venait de rentrer d'Écosse.

Le voyage à Londres s'était déroulé beaucoup plus aisément qu'il ne l'aurait pensé. C'était en grande partie dû à l'un des hommes à ses côtés. Sir Adam lui avait considérablement facilité la tâche, d'abord en convainquant Cornouaille et Percy de le laisser quitter Berwick, puis en proposant de l'accompagner à la cour où il jouissait d'un statut privilégié auprès d'Édouard.

Grâce à leur vieil ami, Mary et lui avaient non seulement la bénédiction du souverain, mais également une histoire pour justifier leur mariage surprise : une rencontre en Écosse, des fiançailles secrètes et un amour si puissant qu'il l'avait contraint à changer d'allégeance. Ironiquement, leur union légitimerait non seulement leur enfant, mais également ses raisons de venir en Angleterre.

Si leur histoire avait été vraie, ils seraient déjà mariés. Des fiançailles plus la consommation de l'hymen créaient d'office un lien marital. Néanmoins, l'Église n'appréciant guère les mariages clandestins, on avait prévu une cérémonie privée. Comme ils n'avaient pas eu le temps de publier les bans, l'évêque de Durham, qui avait autorité sur le prieuré de Coldingham ainsi que sur l'évêque de St. Andrews tant que celui-ci était retenu en Angleterre, leur avait accordé une dispense. Sir Adam avait proposé que Lamberton se charge de l'office. Kenneth soupçonnait le bon évêque d'être toujours dans le camp de Bruce. Il avait intérêt à informer rapidement ce dernier de son mariage avant que d'autres ne s'en chargent, une tâche qui ne l'enchantait guère.

Malheureusement, son voyage à la cour ne lui avait rien appris d'utile pour sa mission. Il était parvenu à se glisser une nuit dans les appartements du roi, sans rien découvrir d'intéressant. Pour le moment, il ne pouvait que corroborer ce qu'ils savaient déjà. Les Anglais se rassemblaient à Berwick et le roi les rejoindrait au printemps. Tout ce qu'il avait pu récolter jusqu'à présent, c'était un bras blessé et, dans quelques minutes, une épouse. Ni l'un ni l'autre n'allaient impressionner Bruce ou ses frères d'armes.

Lorsqu'un moine s'approcha de l'évêque pour lui annoncer que la future mariée était arrivée, sir Adam attira Kenneth à l'écart.

— Tu es sûr que c'est ce que tu veux ? Si tu as le moindre doute…

— Non, pas l'ombre d'un doute, déclara Kenneth sans hésitation.

C'était la vérité. Même s'il était encore en colère contre Mary pour lui avoir caché sa grossesse, et s'il avait toujours l'intention de lui donner une leçon, il avait désormais les idées plus claires. Il regrettait de l'avoir menacée et de lui avoir forcé la main. Il avait perdu son sang-froid. Il ne lui aurait jamais retiré l'enfant ; il n'était pas un monstre. Il n'avait pensé qu'à une chose : qu'elle accepte de l'épouser. Rien d'autre n'avait eu d'importance. Ce n'était pas logique. Il aurait aimé penser que c'était pour le bien de l'enfant mais, au fond de lui, il savait que ce n'était pas tout. Il voulait vraiment qu'elle soit sa femme.

Dieu seul savait pourquoi ! Elle lui causait plus de soucis que n'importe quelle autre femme et ne cessait de le défier. Elle ne correspondait à aucun de ses critères. Enfin… hormis son côté charnel.

Ragaillardi par la perspective de sa nuit de noces, il ajouta :

— Je sais ce que je fais.

Une ombre sur le visage de son ami le surprit. Le chevalier s'était donné beaucoup de mal pour les aider et, si Kenneth lui en était reconnaissant, il commençait à en deviner les raisons. Ce n'était pas son amitié pour lui ou pour Atholl qui le motivait, mais ses sentiments pour Mary.

— La pauvre enfant a déjà beaucoup souffert, déclara sir Adam. La perte de ses parents, de ses frères et sœurs, y compris de sa jumelle… Atholl lui avait brisé le cœur bien avant de la compromettre dans sa rébellion. Elle-même ignore qu'elle a échappé de peu à la prison.

Kenneth se sentit soudain mal à l'aise, sans savoir si c'était d'entendre parler d'un mari qu'elle avait apparemment aimé, ou parce qu'il la compromettrait forcément à son tour. Les deux, probablement. La promesse qu'elle lui avait soutirée le gênait. Il regrettait de devoir la tromper sur la vraie raison de sa présence en Angleterre, mais il valait mieux pour elle qu'elle ne sache rien, au cas où il serait démasqué.

Elle avait fait son choix en s'offrant à lui dans la bibliothèque cette nuit-là. Ils devraient tous deux en assumer les conséquences.

Il ne savait pas trop comment Bruce prendrait ce mariage. Il compliquait indubitablement sa mission et le roi ne voudrait pas qu'elle coure de danger. D'un autre côté, si Mary parvenait à convaincre son fils de changer de camp, il serait aux anges. Suffisamment, espérait-il, pour oublier que Kenneth avait séduit et engrossé sa « chère » belle-sœur.

Ce n'était pas que son orgueil blessé qui le poussait à agir, mais également sa mission. Il avait la ferme intention de s'assurer que, le moment venu, elle le suivrait de son plein gré. Avec enthousiasme, même. Avec tout l'enthousiasme d'une femme amoureuse. Sauf que Mary ne lui facilitait pas la tâche. Généralement, c'étaient les femmes qui venaient à lui. Il n'avait encore jamais eu à faire la cour et manquait d'expérience. Ce ne pouvait pourtant pas être bien compliqué, n'est-ce pas ?

Elle n'était pas aussi indifférente qu'elle voulait le lui faire croire. *Que Dieu vous garde*. Ses paroles l'avaient surpris. Elle s'inquiétait pour lui. Oui, finalement, ce ne serait pas si difficile.

Parler d'Atholl le dérangeait. Une fois de plus, il arrivait second. Néanmoins, c'était une occasion d'en apprendre un peu plus sur elle.

— Que s'est-il passé ? demanda-t-il.

Sir Adam hésita. Sa loyauté envers son ami l'obligeait à prendre des gants.

— Mary n'était qu'une enfant quand ils se sont mariés et Atholl, lui, était... disons... en pleine vigueur. C'était l'un des meilleurs chevaliers de la cour. Beau, charmant. Tout le monde l'adorait, y compris sa jeune épouse. Hélas, il était trop occupé à chercher la gloire et à trousser tous les jupons sur son chemin pour se préoccuper des sentiments d'une jeune fille. Coucher avec une « gamine », comme il l'appelait, lui apparaissait être une corvée. À la cour, il n'avait que l'embarras du choix parmi les dames et ne se donnait pas la peine de le cacher à son épouse. Je n'oublierai jamais son visage lorsqu'elle a appris la vérité...

Sir Adam s'interrompit, le regard perdu dans le vague. Puis il se ressaisit et se tourna à nouveau vers lui, l'air sévère.

— J'espère que tu prendras mieux soin d'elle.

Kenneth détourna les yeux, regrettant presque de l'avoir interrogé. Il comprenait à présent le dédain et la méfiance de Mary.

Il n'avait pas pour autant l'intention de se lier à une seule femme pour l'éternité. Certes, Mary de Mar occupait toutes ses pensées, et tous ses rêves, depuis cinq mois, plus que n'importe quelle autre femme avant elle, mais cela ne durerait pas toujours.

Néanmoins, il n'était pas un goujat. Il veillerait à ne pas faire étalage de ses liaisons.

Sir Adam ne paraissait pas satisfait et attendait encore une confirmation de sa part. Il s'apprêtait à insister quand Mary fit son entrée dans le prieuré. Tous les regards se tournèrent vers elle.

Il en oublia de respirer. Elle était... si belle ! Une fée. Un être d'un autre monde. Les reflets du soleil dans sa chevelure projetaient un halo doré autour d'elle. Sa robe en soie, d'un bleu si pâle et iridescent qu'elle paraissait d'argent, chatoyait à chacun de ses pas.

Il remarqua à peine David marchant à ses côtés. Il ne voyait que de grands yeux bleus qui l'observaient avec méfiance et la pâleur de sa peau diaphane. Elle occupait une telle place dans son esprit qu'il en avait oublié qu'elle était menue. Dans l'énorme église au plafond vertigineux, elle paraissait minuscule et très vulnérable.

Fichtre, la pauvre était transie de peur. Il descendit l'allée centrale en quelques longues enjambées et lui tendit la main.

— Ma dame.

Elle parut surprise par sa galanterie puis, après quelques instants d'hésitation, elle plaça ses petits doigts entre les siens. Ils étaient doux et glacés. Il les glissa dans le creux de son bras puis l'escorta jusqu'à l'endroit où sir Adam et l'évêque les attendaient.

Il était grand temps qu'il fasse une cour digne de ce nom à sa future épouse.

Mary avait été plus impatiente qu'elle n'aurait dû l'être d'avoir des nouvelles de ce mariage dont elle ne voulait pas. Le roi Édouard se fâcherait-il ? Accepterait-il ?

Puis un message lui était arrivé la veille au soir, lui demandant de retrouver sir Kenneth au prieuré.

Quand elle l'avait aperçu à l'autre bout de l'église…

Il paraissait si grand, si beau. Il semblait impossible que, dans quelques minutes, il devienne son époux.

Comment allait-elle barricader son cœur contre l'assaut des émotions chaque fois qu'elle le verrait ?

Elle avait beau regarder la réalité en face, son cœur, hélas, serait toujours aveugle.

Ses égards ne firent qu'aggraver la situation. Quand il s'avança pour lui offrir son bras et la rassurer, elle aurait presque regretté l'indifférence d'Atholl. Elle était beaucoup plus facile à combattre que la bonté.

Elle devait reconnaître que la solidité de son bras sous sa main durant la brève cérémonie était plus que réconfortante. C'était comme un rocher auquel s'accrocher pour résister au tumulte qui menaçait de l'engloutir.

Tout s'était déroulé si vite. Un instant, elle prenait connaissance des termes de l'accord conclu avec le roi (Édouard avait accepté de lui restituer certaines de ses terres dans le Kent, confisquées à la suite de la trahison d'Atholl) ; l'instant suivant, ils se tenaient devant la porte de l'église, récitant leurs vœux en public comme le voulait la loi (même s'il n'y avait que quelques moines pour les entendre). Encore quelques minutes et ils scellaient leur alliance d'un baiser chaste.

Du moins, il était censé être chaste. Dès l'instant où leurs lèvres se rencontrèrent, elle ressentit un puissant élan de désir qui n'avait rien d'innocent. Il avait dû ressentir la même chose. Ses doigts s'attardèrent un moment sur son visage, caressant doucement la courbe de son menton.

Lorsqu'il leva enfin la tête et qu'ils se dévisagèrent dans la lumière douce du matin, ils auraient pu être les seuls êtres humains au monde. Tout autour d'elle semblait avoir disparu.

Encore étourdie par leur baiser, Mary découvrit que la cérémonie était déjà terminée. Parce qu'elle était veuve, il ne pouvait y avoir de bénédiction ni de messe dans l'église après la prononciation des vœux. Compte tenu des circonstances, il n'y aurait pas non plus de banquet de noces.

Ainsi, en deux temps trois mouvements, elle se retrouvait mariée et son enfant n'était plus illégitime, si « prématurée » que serait sa naissance.

Elle accepta les félicitations sobres de sir Adam et celles, plus effusives, de l'évêque, avant de se tourner vers son fils. Si quelqu'un était plus surpris qu'elle par ce mariage précipité, c'était bien David. Elle était trop gênée pour lui dire la vérité. Elle s'était promis de lui expliquer un jour. Plus tard.

— Je sais que tu ne t'y attendais pas, lui dit-elle. J'espère que tu n'es pas déçu.

Elle savait qu'il avait cru, ou espéré, qu'elle épouserait sir John. Toutefois, comme d'habitude, l'expression de son fils était impénétrable.

— C'est votre vie, mère. J'espère que sir Kenneth vous rendra heureuse.

« Heureuse » était sans doute beaucoup demander. Elle se contenterait d'une existence qui ne soit pas trop pénible.

— Je tiens à ce que tu sois heureux, toi aussi.

Son observation laissa David perplexe. Elle lui prit la main et déclara avec sincérité :

— Tu représentes une grande partie de ma vie. Depuis toujours. Même quand nous ne sommes pas ensemble. Il ne se passe pas un jour sans que je pense à toi.

L'enfant la dévisagea et, l'espace d'un instant, son expression grave se fissura. Elle entraperçut un besoin d'affection qui reflétait le sien. Elle fut frappée de constater que son fils lui ressemblait plus qu'elle ne l'avait cru. Ils s'aventuraient tous les deux sur un terrain inconnu et ne savaient pas comment tendre la main à l'autre.

— Moi aussi, je pense à vous, mère.

C'était un cadeau rare qu'il lui faisait et elle sentit des larmes de joie lui monter aux yeux.

Sir Kenneth, son nouvel époux, avait fini de discuter avec sir Adam et l'évêque. Il se tourna vers elle.

— Si vous êtes prête, nous pouvons partir.

Mary déglutit péniblement. Elle venait de se rendre compte qu'elle ignorait où elle allait. Il pouvait l'envoyer où bon lui semblait, elle n'avait plus son mot à dire.

La voyant hésiter, il ajouta :

— Je crains de devoir rentrer au château immédiatement. J'avais pensé que vous voudriez m'accompagner, mais si vous souhaitez que je prenne d'autres dispositions pour vous...

— Non, non, l'interrompit-elle. Retourner au château me convient parfaitement.

Elle avait craint qu'il n'ait décidé de l'éloigner et elle tenait à rester auprès de David le plus longtemps possible.

— Fort bien, déclara-t-il. Je donnerai des instructions pour que vos malles soient transférées dans notre chambre. Sir Adam nous laisse généreusement la sienne.

Mary pâlit. Seigneur, ils dormiraient dans la même chambre ! Comment n'y avait-elle pas pensé plus tôt ?

J'entends avoir plein accès au lit de mon épouse...

Soudain, la nuit lui parut dangereusement proche. Contrairement à son premier mariage, elle savait exactement à quoi s'attendre. Le nœud dans sa poitrine se resserra. *Non, ce n'est pas de l'excitation... Idiote !*

— Ma dame ?

Il lui tendit la main avec un léger sourire en coin, comme s'il avait deviné ses pensées.

Après un dernier regard impuissant à David, elle repoussa l'appréhension qui montait en elle. La chaleur des doigts de sir Kenneth autour des siens fut réconfortante, du moins pour un temps. Pourtant, à mesure que la journée passait, son angoisse revint au grand galop. Elle ne pouvait plus penser à autre chose qu'à sa nuit de noces.

Mary lança un regard vers la cour depuis la fenêtre de sa chambre. Même avec la lueur des torches, on ne voyait pas grand-chose. L'appréhension qui ne l'avait pas quittée de la journée avait fini par s'atténuer après la tombée de la nuit. À présent, il était si tard qu'elle se demandait s'il viendrait.

Plus tôt, elle l'avait vu quitter le château avec un grand groupe de cavaliers. Il n'était pas réapparu depuis. Elle ne l'avait pas guetté, naturellement. Elle passait simplement beaucoup de temps à sa fenêtre.

Quoique rarement au milieu de la nuit.

Elle avait renvoyé ses dames de compagnie des heures plus tôt. Il devait être près de minuit, à présent. Lui était-il arrivé quelque chose ? Avait-il changé d'avis ?

Elle caressa son ventre, sentant le renflement sous sa paume. Elle n'avait pas l'impression d'avoir beaucoup grossi, mais elle avait certainement changé au cours de ces derniers mois. Était-elle devenue trop ronde ?

Peut-être rechignait-il à coucher avec une femme enceinte ?

Elle n'avait pas beaucoup prêté attention à sa silhouette jusqu'ici. Peut-être ne la trouvait-il plus attirante ?

Elle aurait dû s'en réjouir. Si elle n'était plus astreinte à son devoir conjugal, il lui serait plus facile de se protéger des élans de son cœur. Pourtant, ce n'était pas du soulagement qu'elle ressentait. Bien au contraire, ce vide dans sa poitrine ressemblait davantage à de la déception.

Elle se savait incapable de contrôler son désir pour lui et s'était résignée à la passion autant qu'à ce mariage forcé. Qu'avait-il dit au juste ? *Je vous ferai jouir*. Quel fanfaron !

Elle poussa un soupir et retourna vers la chaise où elle avait laissé sa broderie. Le lit se trouvait sur sa gauche et elle s'efforça de l'ignorer. En dépit de la longue et éprouvante journée passée à changer de chambre, à répondre à des questions et à éviter les gens à mesure que la nouvelle de leur mariage se propageait dans tout le château, elle savait qu'elle ne pourrait pas dormir. Autant se montrer productive plutôt que passer la nuit dans le lit à fixer le plafond. En outre, elle avait presque terminé de broder le bonnet pour le bébé. Elle lui avait consacré de nombreuses heures de travail et c'était l'une de ses plus belles pièces à ce jour.

Elle chaussa ses lunettes et se replongea dans son ouvrage. Elle avait perdu la notion du temps quand la porte s'ouvrit soudain.

Elle sursauta. Finalement, son époux avait décidé de l'honorer de sa présence.

Un courant d'air chaud sembla aussitôt se répandre dans la pièce. La nervosité, l'émotion et l'inquiétude se bousculèrent en elle. Même s'il avait tous les droits d'être ici, son arrivée paraissait une invasion.

Il avait pris le temps de se baigner, mais ne s'était pas rasé. Le chaume brun de sa barbe soulignait les contours virils de son visage. Il avait ôté l'armure dans laquelle elle l'avait vu partir et avait drapé son plaid sur une chemise en lin et des culottes.

— Vous ne dormez toujours pas ? constata-t-il. Je craignais que vous ne soyez déjà couchée.

— Je m'apprêtais à le faire, mentit-elle. Où étiez-vous ?

Atholl ne supportait pas qu'elle lui pose ce genre de questions. Cela ne sembla pas déranger Kenneth.

— J'ai accompagné Percy près de l'abbaye de Kelso, expliqua-t-il. On nous avait signalé la présence de rebelles. L'information était vraie, même s'ils avaient déjà filé depuis belle lurette.

— Je m'étonne que vous soyez déjà de retour. Kelso n'est pas la porte à côté.

— La plupart des hommes sont restés sur place, mais j'étais pressé de rentrer.

Il lui adressa un sourire qui envoya un frisson tout le long de sa colonne vertébrale. Elle devint soudain très consciente de deux choses : ils étaient seuls et ils étaient mariés.

Il s'approcha de la table sur laquelle on avait posé une carafe de vin, se servit un gobelet puis s'affala sur la chaise en face d'elle. Elle s'efforça de ne pas regarder les jambes étirées devant elle. Ses culottes en cuir moulaient ses cuisses musclées telle une seconde peau. Il paraissait épuisé. Il avait des cernes sous les yeux et les traits las. Pourtant, il ne paraissait pas pressé de se coucher.

Le long silence qui suivit la mit mal à l'aise. Pour le briser, elle déclara sur un ton détaché :

— Je suis surprise qu'ils vous laissent circuler aussi librement.

Il esquissa un sourire ironique.

— Ah, je vois que vous avez remarqué mes chiens de garde. C'est vrai qu'ils ont relâché leur surveillance.

Notre mariage y est pour quelque chose. Percy est convaincu de ma loyauté.

— Sir Adam m'a appris les embellissements que le roi Édouard a apportés à notre histoire. Ils doivent bien mal vous connaître pour s'imaginer que vous changeriez d'allégeance pour l'amour d'une femme.

— Parce que vous me connaissez si bien, vous ?

Elle rougit. Il avait raison. Elle ne le connaissait pas et ne faisait que des suppositions. C'était plus facile de le repousser, ainsi.

— En réalité, reprit-il, je crois que cela a plutôt trait à la tutelle de David. Pourquoi ferais-je quoi que ce soit qui risquerait de nuire à mes intérêts ? C'est que, voyez-vous, ceux-ci sont en Angleterre désormais.

— C'est donc ce qui compte pour vous ? demanda-t-elle, déçue.

— Nous faisons tous ce que nous avons à faire, Mary. N'est-ce pas ce qui vous retient en Angleterre, vous aussi ? Vos intérêts et ceux de David sont ici. À moins que vous ne soyez à ce point opposée à Bruce ?

— Bien sûr que non, répondit-elle machinalement.

Se rendant compte que sa réaction pouvait être interprétée comme une trahison, elle ajouta :

— Robert a été mon beau-frère par deux fois. Il a épousé ma sœur et mon frère a été marié avec la sienne. J'ai beaucoup d'affection pour lui.

Il la dévisagea un long moment, puis changea de sujet.

— C'est pour le bébé ? demanda-t-il en apercevant le bonnet sur ses genoux.

Elle l'avait laissé tomber quand il était entré. Elle se souvint qu'elle portait encore ses lunettes et les ôta en s'efforçant de paraître la plus naturelle possible.

— Je peux le voir ? demanda-t-il.

Elle le lui tendit, puis attendit qu'il ait terminé de l'examiner, légèrement anxieuse. Il l'étudia longuement, avec une minutie digne de maître Bureford.

— C'est magnifique, conclut-il.

Elle ne savait pas pourquoi elle était aussi soulagée.

— Merci, répondit-elle, gênée de se sentir fière.

— Vous vendiez réellement ces articles ?

Elle se raidit, pensant qu'il désapprouverait, puis hocha la tête. Elle avait l'intention de continuer à en vendre. Ne sachant pas comme il le prendrait, elle jugea préférable de ne rien dire.

— Je suis impressionné. Cela n'a pas dû être facile pour vous.

Elle ne s'était pas attendue à une telle empathie.

— En effet, mais c'était il y a longtemps. C'est une époque que je préfère oublier.

S'il avait remarqué le mur qu'elle avait érigé autour de son passé, il n'en montra rien. Il lui rendit le bonnet.

— Peut-être qu'un jour vous accepterez de me broder une tunique ?

Il n'aurait pu la surprendre davantage. Des souvenirs douloureux remontèrent à la surface. Elle avait passé des semaines à confectionner un surcot pour Atholl. Quand elle le lui avait offert, il lui avait à peine lancé un regard. Elle avait mis tout son amour dans ce vêtement, et il ne représentait rien pour lui.

Voilà que Kenneth lui demandait de lui broder quelque chose… Pour la première fois, elle remarquait non pas les similitudes entre les deux hommes mais leurs différences.

— Peut-être, répondit-elle évasivement.

Il l'examinait par-dessus le bord de son gobelet. Il sentait qu'il avait touché une corde sensible et cherchait à identifier la source de son malaise.

Elle se remit au travail afin de ne pas avoir à le regarder. Cependant, elle se cessait de se piquer le doigt.

À mesure que le silence se prolongeait, son pouls s'accélérait. Elle avait les mains moites et la gorge sèche.

Lui aussi paraissait de plus en plus nerveux. Il se leva pour remplir son gobelet tout en marmonnant dans sa barbe quelque chose à propos de whisky. Du coin de l'œil, elle le vit boire d'un trait, puis reposer lourdement la carafe sur la table.

— Vous allez broder toute la nuit ? demanda-t-il sèchement.

Elle reposa lentement son ouvrage. *Doux Jésus, il est troublé !* Il paraissait inconcevable que ce guerrier effronté puisse être intimidé. C'était charmant… et plutôt attendrissant. Deux adjectifs qu'elle n'aurait jamais cru utiliser pour le décrire.

— Je peux arrêter, si vous voulez.

Son attitude changea aussitôt. Il jura et passa la main dans ses cheveux encore humides.

— Je suis désolé, s'excusa-t-il.

Il esquissa un de ses sourires ravageurs qui lui transperçaient le cœur.

— C'est que je n'ai encore jamais fait ça, dit-il d'un air penaud.

Elle l'interrogea du regard et il précisa :

— C'est ma première nuit de noces.

Ce n'était pas son cas, mais la situation ne ressemblait en rien à ce qu'elle avait vécu autrefois. Elle avait été une jeune fille apeurée, ignorant ce qui allait se passer et très impressionnée par un mari bien plus âgé qu'elle. Elle était tellement effrayée qu'elle avait à peine prononcé un mot.

À présent, elle était une femme. Elle n'avait que quelques années de moins que lui. Elle avait été blessée, certes, mais en était devenue plus forte. Plus audacieuse. Plus sage. Elle n'était plus impressionnée par le beau chevalier, ayant appris que les héros n'étaient que des hommes. Si elle était un peu intimidée, c'était par la force de sa propre attirance pour lui. Il lui avait parlé davantage au cours des dernières minutes qu'Atholl durant toute leur vie conjugale.

Elle s'efforça de cacher son amusement et déclara :

— Je suppose que c'est une nuit comme une autre. Mais, si vous voulez, nous pouvons attendre…

Ce n'était pas la chose à dire. Ou plutôt, si. Il traversa la chambre en trois enjambées et la souleva de sa chaise. Ses bras se refermèrent autour d'elle.

— Pas question, ma chère épouse. Cette fois, vous ne vous défilerez pas aussi aisément.

Il resserra son étreinte et une chaleur délicieuse l'enveloppa, lui ôtant toute velléité de lui échapper.

17

Il avait attendu ce moment toute la journée. Lorsqu'il était entré dans la chambre, il avait été prêt à fondre sur elle, à la jeter sur le lit et à s'abandonner au plaisir des sens.

Il n'avait pas eu de femme depuis…

N'avait-il pas fait l'amour depuis cette fameuse nuit à Dunstaffnage ? Il ne s'en souvenait pas.

Menteur.

Il avait eu des occasions, mais n'en avait pas profité. Même quand elles lui tombaient dans les bras, cela paraissait encore demander trop d'efforts. Pourtant, il ne ménageait pas sa peine pour *elle*.

En dépit de son état de manque, il s'efforça de ne pas se précipiter. Il voulait la charmer, la séduire, la mettre à l'aise.

Il n'avait aucune raison de se sentir aussi nerveux. Il n'avait jamais été intimidé par une femme, jamais. Même quand il était jeune et inexpérimenté.

D'un autre côté, il n'avait encore jamais fait l'amour à son épouse. Il tenait à ce que tout se passe bien, que tout soit parfait. Pour sa mission, naturellement.

Néanmoins, dès l'instant où il la tint dans ses bras, sa nervosité fondit comme neige au soleil. Il était de nouveau dans son élément. Il avait assez pensé, assez parlé. Il était temps de laisser l'instinct prendre le dessus.

— Je n'essayais pas de me défiler, murmura-t-elle.

— Ah non ?

Il laissa courir sa main le long de sa colonne vertébrale. Il aimait la sentir frissonner contre lui.

Elle fit non de la tête.

Elle était tellement adorable qu'il fut obligé de l'embrasser. Il posa ses lèvres sur les siennes. Un désir avide monta en lui avec la force d'un puissant tourbillon. Il s'efforça néanmoins de procéder lentement, goûtant le miel de ses lèvres, laissant sa bouche esquisser une danse lente et sensuelle sur la sienne.

Diantre, elle était tellement douce. Il glissa sa langue en elle, de plus en plus profondément, lui montrant comment il voulait lui faire l'amour. Il la serra plus fort dans ses bras, puis sentit soudain la rondeur de son ventre.

Fichtre, comment avait-il pu oublier l'enfant ?

Il s'écarta légèrement.

— On ne devrait peut-être pas.

L'expression de Mary changea en un instant, passant du ravissement à l'abattement.

Elle baissa les yeux et tenta de se libérer.

— Oui, bien sûr, dit-elle. Comme je me vois tous les jours, je ne me rends pas compte à quel point j'ai changé.

Il fronça les sourcils. De quoi parlait-elle ? Il lui fallut une minute pour comprendre. Il la rattrapa avant qu'elle n'ait pu lui échapper.

— C'est vrai, vous avez changé. Vous êtes encore plus belle qu'avant.

— Ce n'est pas bien difficile, répliqua-t-elle.

Il se mit à rire.

— Vous le faisiez exprès, je suis sûr. Vous étiez bien trop maigre. Croyez-moi, ces nouvelles courbes ne font qu'ajouter à votre beauté et à mon désir pour vous. Vous pouvez le vérifier par vous-même.

Il fut ravi de la voir rougir mais, malheureusement, elle ne le prit pas au mot.

— Je m'inquiète juste pour l'enfant, expliqua-t-il. Je... je ne voudrais pas lui faire du mal.

Elle esquissa un sourire timide.

— Il n'arrivera rien au bébé. Même si l'Église ne le recommande pas, je crois qu'il est très courant qu'un mari partage le lit de sa femme presque jusqu'au terme de sa grossesse.

— Vous en êtes sûre ?

Elle acquiesça et il ne lui en fallut pas plus. Il la souleva de son bras valide et la porta jusqu'au lit.

Il la déposa doucement, puis ôta ses bottes, son plaid et sa chemise. Une fois torse nu, il se tourna vers elle. Elle l'observait d'un air horrifié.

— Que se passe-t-il ?

— Votre bras... Il est tout bleu. Il vous fait très mal ? Je ne vous ai jamais remercié pour ce que vous avez fait pour David. Si vous n'aviez pas été là...

Il s'assit sur le bord du lit, se pencha vers elle et posa un doigt sur ses lèvres pour l'empêcher de finir sa phrase.

— Oubliez ça, dit-il.

Il leva son bras blessé et fit quelques gestes circulaires. Il était raide et encore sensible, mais étonnamment robuste. Grâce à sa sœur.

— La plaie cicatrise bien. Je devrais bientôt pouvoir reprendre mon entraînement au combat.

Mais rien ne pressait non plus.

— J'aimerais pouvoir faire quelque chose.

Son offre ingénue lui réchauffa le sang. Il pouvait penser à un certain nombre de choses qu'elle pouvait faire pour lui. Il les lui énumérerait plus tard.

Étendue sur le lit devant lui, ses cheveux dorés étalés sur l'oreiller autour de son visage, sa robe de chambre en velours nouée autour de sa taille et ses adorables petits pieds pointant dessous, elle faisait déjà beaucoup. Il caressa ses courbes et les contours de ses seins de son index.

Elle poussa un soupir d'aise et, quand il leva les yeux vers elle, elle avait les lèvres entrouvertes et le regard voilé. C'était le spectacle le plus érotique qu'il ait jamais vu.

D'une seule caresse, il pouvait réveiller sa passion et elle semblait aussi dévorante que la sienne.

— Il y a quelque chose que vous pouvez faire, dit-il d'une voix rauque.

La chaleur de son regard ne laissait planer aucun doute sur ce qu'il avait en tête.

Elle prit un air faussement choqué.

— Êtes-vous en train de proposer que je vous dédommage en nature, mon seigneur ?

— Exactement, et j'ai bien l'intention de vous faire payer le prix fort. En commençant dès à présent.

Son index décrivit des cercles autour de son mamelon jusqu'à ce qu'il se dresse sous la robe de chambre. Il se retint d'en écarter les pans et de lui arracher sa chemise pour le prendre dans sa bouche.

Cependant, il ne voulait pas de précipitation. Il séduirait son épouse jusqu'à ce qu'elle le supplie.

Mary ne pouvait plus bouger. Toutes les terminaisons nerveuses de son corps semblaient concentrées sur les mouvements de ce doigt. Doux Jésus, que lui faisait-il ? Cela ne se passait pas du tout comme elle l'avait prévu. Elle s'était attendue à un accouplement rapide et brutal, de préférence dans le noir. Pas à cette intimité. Pas à cette conversation, ces taquineries, ces lents préliminaires.

Telle une araignée, il l'attirait dans sa toile. Elle se sentait dériver, entraînée progressivement vers des émotions déroutantes. Vers un lieu où elle serait impuissante et vulnérable.

Elle devait ouvrir les yeux et fermer son cœur. Elle voulait de la passion, pas de la tendresse. Du sexe, pas de l'intimité.

Pourtant, plus elle le connaissait, plus il était difficile de lui résister. Il était toujours aussi effronté et arrogant mais, derrière sa façade d'agressivité, il était également bon, attentionné et, parfois, étonnamment doux.

Si seulement il cessait de la regarder avec ces yeux-là, de la toucher de cette manière ! Il avait pris le contrôle de son corps d'un seul doigt.

— Cela vous plaît, mon cœur ? demanda-t-il suavement.

Elle aurait voulu lui dire non pour abréger ce qu'il lui faisait. Ses seins étaient lourds, ses tétons l'élançaient, réclamant plus.

Elle s'efforça de résister, jusqu'à ce qu'elle n'en puisse plus. Elle laissa échapper un long gémissement et se cambra sous sa main.

— S'il vous plaît.

Il prit ses seins dans ses mains, les massant doucement tout en caressant ses tétons de ses pouces. Elle gémit à nouveau, et une onde de chaleur se répandit entre ses cuisses.

Il étouffa sa plainte en prenant sa bouche sans cesser de caresser ses seins, cette fois avec toute la fougue qu'elle demandait.

Son torse nu était penché sur elle. D'instinct, elle le toucha et le caressa. Sa peau douce contrastait avec la dureté de ses muscles.

Son baiser se fit de plus en plus vorace, sa langue plongeant en elle avec un abandon sauvage.

Elle sentait son érection contre sa cuisse. Il glissa les doigts sous les pans de sa robe de chambre pour les écarter.

Elle l'encouragea d'un gémissement et fit courir ses mains le long de son dos jusqu'à sa taille, l'attirant plus près d'elle.

Il se contrôlait mieux qu'elle. Au moment où elle croyait qu'il allait dénouer ses culottes, retrousser sa chemise et plonger en elle, il s'écarta avec un grognement.

— Pas si vite, ma belle. Nous avons toute la nuit devant nous et j'ai bien l'intention de profiter de chaque instant.

Kenneth la vit écarquiller les yeux. Elle semblait avoir peur.

— Est-ce... euh... vraiment nécessaire ?

Le voyant froncer les sourcils, elle ajouta précipitamment :

— C'est que j'ai eu une longue journée et il me semble que vous aussi. Je suis assez fatiguée.

Fatiguée ? Quelques instants plus tôt, elle se trémoussait sous lui, son corps tel un baril de poudre sur le point d'exploser !

Il pinça les lèvres en devinant de quoi il retournait. Apparemment, elle ne voulait toujours qu'une seule chose de lui. Tant pis pour elle. Il n'avait aucune intention de la laisser dicter les termes de leurs devoirs conjugaux. Sans le vouloir, elle venait de lancer un défi à un homme qui adorait les relever.

Il masqua son irritation derrière un sourire complaisant.

— Naturellement, je comprends. Nous irons aussi vite ou aussi lentement que vous le désirerez.

— Vraiment ? demanda-t-elle, prise de court.

— Vraiment.

Il s'arrangerait simplement pour qu'elle n'ait jamais envie qu'il s'arrête.

Elle le dévisagea d'un air méfiant. La petite maligne !

Sans préambule, il dénoua le cordon de sa robe de chambre.

— Que... que faites-vous ?

— Si vous voulez en finir plus rapidement, il va falloir vous débarrasser de tous ces vêtements.

Elle serra sa robe de chambre contre sa poitrine.

— Mais... mais j'aime mes vêtements.

— Comme vous voudrez, dit-il avec un haussement d'épaules. Vous pouvez garder votre chemise, mais la robe de chambre doit partir. Nous irons plus vite si elle n'entrave pas nos mouvements.

Elle plissa les yeux, devinant une entourloupe. Pourtant, pour une fois, elle obtempéra. Elle fit tomber la robe de chambre de ses épaules, puis la lança sur la malle au pied du lit.

Il marqua un temps d'arrêt, déconcentré par le corps qu'il distinguait sous la fine chemise taillée dans un lin terriblement transparent. Ses seins ronds et fermes étiraient l'étoffe du vêtement qui, manifestement, était devenu trop étroit. Ses petits tétons pointaient comme deux perles sous le tissu.

Il sentit son membre durcir.

Il détourna les yeux pour ne pas se laisser distraire. Du moins, pas plus qu'il ne l'était déjà. Sa petite épouse avait tracé les lignes de combat et il était résolu à remporter la victoire. Il se leva et dénoua les lacets de ses culottes. Compte tenu de son état d'excitation, ce n'était pas facile.

— Que faites-vous ? répéta-t-elle d'une voix suraiguë.

Il parvint enfin à se libérer et sourit.

— Je dors nu.

— Vous... Ah bon ?

— Oui, toujours.

Avant qu'elle ait pu dire autre chose, il baissa ses culottes. Elle émit un petit hoquet de surprise. Il ôta une jambe puis l'autre, et repoussa le vêtement du pied. Il se tint fièrement, nu comme un ver, devant elle.

Elle avait intérêt à aimer son corps, car elle allait le connaître sous toutes les coutures.

Il lança un regard vers le lit et fut satisfait de constater que son petit numéro avait produit l'effet escompté. Elle le dévorait des yeux.

Toutefois, elle était encore plus têtue qu'il ne l'avait imaginé. Quand leurs regards se croisèrent, elle passa sa langue sur sa lèvre et demanda :

— Cela vous ennuierait de moucher les chandelles ? C'est que je suis très pudique.

La petite garce ! Elle n'avait pas une once de pudeur. Il allait refuser quand elle ajouta :

— À moins que vous ne puissiez opérer dans le noir ?

Il manqua de s'étrangler. Lui, avoir du mal à opérer ? Ne voyait-elle pas la taille de son érection ? Son membre lui remontait jusqu'au nombril ! Sans dire un mot, il s'approcha du chandelier sur la table et souffla les bougies. Puis il fit de même avec le bougeoir de la table de nuit.

La chambre fut plongée dans l'obscurité un instant, jusqu'à ce que ses yeux s'y accoutument. En outre, les braises de la cheminée projetaient une lueur rougeâtre.

C'était largement suffisant pour ce qu'il comptait faire. Il esquissa un sourire prédateur en fixant la femme dans son lit.

— Si vous n'avez pas d'autres requêtes, ma dame, nous pouvons peut-être commencer ?

Mary comprit qu'elle avait commis une erreur. Il avait deviné son petit jeu. Pire encore, il l'avait pris comme un défi et transformé en une sorte de compétition.

Son cœur s'arrêta un instant quand elle l'entendit revenir vers le lit. Malheureusement, il ne faisait pas suffisamment sombre dans la pièce. Elle le distinguait encore trop bien.

Comment pouvait-il être si beau ? On aurait dit une statue parfaitement ciselée.

Le matelas s'affaissa sous son poids quand il se glissa près d'elle. Pendant un moment, il resta simplement allongé dans le noir. Elle était tellement sur les nerfs et si douloureusement consciente de sa proximité que cela ne fit qu'accroître son angoisse.

Il irradiait une chaleur qui se propageait vers elle, lui picotant la peau.

Il est nu.

Essaie de ne pas y penser.

Facile à dire ! Elle ne pensait qu'à la sensation de cette peau brûlante contre la sienne.

Il la torturait, et il le savait.

— Toujours aussi fatiguée, Mary ?

La vermine !

— Un peu, s'entêta-t-elle à dire.

Elle mourait d'envie de le toucher et ne savait plus quelle position prendre pour se calmer.

— Le lit n'est pas assez confortable ? demanda-t-il innocemment.

— Le lit est très bien, rétorqua-t-elle.

— C'est que je vous sens vous tortiller…

— Je ne me tortille pas !

Il roula sur le côté et recommença son supplice, l'effleurant délicatement du bout des doigts, alors qu'elle aspirait douloureusement à sentir toute la pression de ses mains sur son corps. Elle n'avait jamais été aussi excitée.

— D'autres instructions, Mary ? Ou je peux enfin me mettre à l'œuvre ?

Elle leva le menton.

— Je ne vois rien d'autre pour le moment, mais je vous préviendrai s'il me vient quelque chose à l'esprit.

Il marmonna dans sa barbe et elle sourit en elle-même, sachant qu'elle n'était pas la seule à souffrir.

— Vous disiez ? demanda-t-elle.

En guise de réponse, il l'embrassa. Un baiser très lent, expert et profond. Un baiser qui se propagea jusqu'au bout de ses orteils, alourdit ses membres et la fit fondre.

Il la séduisait et, si elle ne réagissait pas, elle allait succomber. Elle était déjà à moitié vaincue. Elle devait reprendre le contrôle de la situation.

Il était sur le flanc, à moitié couché sur elle. Elle sentait sa verge dure et chaude contre son ventre. Elle glissa la main le long de ses pectoraux, puis descendit encore.

Il se figea, interrompant un instant leur baiser. Ses abdominaux se contractèrent. Il gémit lorsque sa paume rencontra son membre enflé.

— Que faites-vous ?

Elle referma ses doigts autour de lui et l'entendit grogner. Instinctivement, il s'enfonça plus profondément dans son poing. Sa peau était brûlante et douce, tel un gant de velours sur une barre d'acier.

— Je pensais que c'était évident, répondit-elle. Je vous caresse.

Elle leva les yeux et soutint son regard. Lentement, elle commença des va-et-vient comme elle l'avait vu faire dans l'écurie. Il grogna à nouveau et ferma les yeux, comme si le plaisir était trop intense.

— J'espère que je m'y prends bien ?

— Oh, mon Dieu ! gémit-il. C'est si bon ! J'en… j'en rêvais.

— Vraiment ?

Il paraissait incapable de parler. Elle observa le plaisir se répandre sur son visage. Ses traits se crispèrent tandis qu'il luttait pour ne pas exploser. Son membre palpitait dans sa main.

Il glissa les doigts sous sa chemise et les plongea entre ses cuisses. La vague de plaisir fut si violente qu'elle en oublia presque de continuer sa caresse.

Ses doigts s'introduisirent en elle. Cette fois, il ne cherchait plus à la titiller. Il s'enfonçait, ressortait, la préparait à le recevoir.

Elle l'entendait haleter. Tous ses muscles étaient bandés. Lorsqu'il retira sa main et vint se placer entre ses cuisses, elle sut qu'elle avait gagné.

Elle sentait la passion crépiter entre eux. Il était fou de désir pour elle, comme elle l'était pour lui.

Échec et mat.

Kenneth savait qu'il devait l'arrêter mais la sensation de sa main autour de lui, de ses caresses, était trop exquise pour qu'il lui résiste.

Il ne pensait plus qu'à être en elle. Il la désirait tant que c'en était douloureux.

Puis, quand il se tint au-dessus d'elle et la regarda dans les yeux, il comprit qu'il devait faire marche arrière.

Si elle se rendait compte à quel point il lui était facile de le contrôler, il ne parviendrait jamais à briser la barrière qu'elle avait érigée entre eux.

Il contra donc son attaque par une autre. Avant qu'elle comprenne ce qu'il comptait faire, il se glissa plus bas entre ses jambes et enfouit son visage entre ses cuisses.

— Mais que faites…

Il embrassa sa fente moite.

— Oh !

Elle voulut s'écarter et il en profita pour caresser la courbe de ses fesses et la tenir fermement. Il l'embrassa à nouveau, frottant son nez dans sa toison pendant que sa langue s'enfonçait en elle avec de longs mouvements langoureux. Elle avait un goût si délicieux qu'il ne pourrait jamais s'en rassasier. Il lui fit l'amour avec sa bouche tandis qu'elle se cambrait et soulevait ses hanches pour accueillir les assauts de sa langue.

Elle haletait et émettait de petits gémissements frénétiques qui résonnaient à ses oreilles. Il aurait pu la faire jouir, mais il fit durer le supplice jusqu'à la faire se tordre de plaisir.

Il leva la tête pour la regarder. La légère courbe de son ventre l'emplit d'une étrange émotion. Il reconnut à peine sa propre voix lorsqu'il demanda :

— Regarde-moi, Mary.

Ses yeux étaient doux et voilés, tellement emplis de désir qu'il sentit son membre se contracter. Tout en soutenant son regard, il reprit les mouvements de sa langue. Elle tremblait. Elle était à lui. Il maintint sa bouche sur elle, lui donnant la pression à laquelle elle aspirait, et la propulsa dans le précipice.

Mary ne s'était jamais sentie aussi proche de quelqu'un de sa vie. Elle l'avait regardé dans les yeux tandis qu'il l'embrassait de cette façon...

Elle n'aurait jamais imaginé partager ce genre d'intimité avec quiconque. Son tutoiement ne faisait que renforcer cette troublante et délicieuse sensation.

Lorsqu'il lui offrit enfin l'extase que tout son corps réclamait, elle était tellement à bout qu'elle en oublia de lutter.

La dernière vague de plaisir commençait tout juste à s'estomper quand il la pénétra, l'emplissant, devenant une partie intégrante d'elle-même.

Il ne lâcha pas son regard tandis qu'il s'enfonçait en elle d'un long coup de reins, la possédant totalement.

Il bougea lentement d'abord, puis accéléra progressivement. Lorsque le combat devint trop intense, il plongea une fois, deux fois. Son corps se contracta et il explosa en elle en une série de spasmes puissants.

Lorsque ce fut terminé, ils étaient tous deux trop vidés pour parler. Il roula sur le côté et l'attira contre lui. Étrangement, elle ne résista pas.

La bataille avait été gagnée, mais par qui ?

18

Mary fut réveillée par la chaleur du soleil sur son visage et par une odeur fleurie. Elle s'étira paresseusement, telle une chatte. Ce devait être un péché de se sentir aussi bien. En ouvrant les yeux, elle découvrit un brin de lavande posé sur l'oreiller à ses côtés. Elle sourit et l'approcha pour inhaler son délicat parfum. Il y en avait tout un bouquet sur la table de nuit.

Se rendant compte que l'auteur de ce présent l'observait depuis l'autre côté de la chambre, debout devant une bassine et un rasoir à la main, elle arqua un sourcil.

— Des fleurs, aujourd'hui ?

Le premier matin, il l'avait surprise avec un bain chaud. Le second, avec un joli ruban (elle n'avait pas eu le cœur de lui dire que c'était l'un de ceux qu'elle avait brodés elle-même). Le troisième, avec une assiette de petits pains sucrés dont elle avait fait l'éloge la veille. Aujourd'hui, des fleurs.

Comme si la passion de leurs ébats nocturnes ne suffisait pas, il lui fallait résister à la cour qu'il lui faisait durant la journée. Tout en sachant qu'il ne s'agissait pour lui que d'un jeu et que ses attentions ne dureraient pas, elle ne pouvait s'empêcher d'être amusée... et émue. Plus qu'elle n'aurait voulu l'admettre.

— Elles te plaisent ? Je sais que tu m'as dit avoir un faible pour les roses roses mais, compte tenu de mon récent changement d'allégeance, cela ne m'a pas paru très prudent.

— En effet.

La rose rose était devenue l'un des symboles des partisans de Bruce depuis qu'Isabella MacDuff, comtesse de Buchan, en avait porté une sur sa cape en entrant dans la cage où on l'emprisonnait. Mary frissonna et chassa cette image de son esprit, se souvenant qu'elle n'était pas passée loin de partager le même sort.

— Elles sont parfaites, déclara-t-elle en humant à nouveau le bouquet. Ne me dis pas que tu les as cueillies toi-même ?

Il écarta la lame de son menton et fit une grimace.

— J'aurais dû. J'ai envoyé mon écuyer les chercher et ce dernier a la langue un peu trop pendue.

Elle réprima un sourire.

— Aïe, voilà qui a dû écorner ta réputation de guerrier endurci.

— C'est le moins qu'on puisse dire.

— Tu n'as pas besoin de te donner tout ce mal, tu sais, reprit-elle sur un ton plus grave.

Ils se dévisagèrent un moment. Croyait-il qu'elle le défiait de cesser ses attentions ? Ce n'était pas ce qu'elle avait voulu dire.

— Si, répondit-il doucement.

Puis il ajouta sur un ton plus léger :

— Ne t'inquiète pas. Je sais supporter leurs railleries. J'ai l'habitude.

— Toi ? Et de quoi pourrait-on se moquer ? De là où je me tiens, tu es tellement parfait que c'en est rageant.

— Tu trouves ? répliqua-t-il avec un sourire espiègle. Je me demandais si tu finirais par le remarquer un jour.

— Je voulais dire « écœurant », corrigea-t-elle en lui lançant un oreiller.

Il l'attrapa au vol et le lui renvoya en riant.

Elle roula sur le dos et fixa le plafond en attendant qu'il finisse de se préparer. Comme tous les matins, elle faisait mine de ne pas l'observer, et il faisait semblant de ne pas remarquer qu'elle le lorgnait en douce.

Combien de temps durerait ce petit jeu ? Car il ne s'agissait que d'un jeu… n'est-ce pas ? Pourtant, cela paraissait si réel.

La nuit, il lui était facile de croire qu'elle maîtrisait ses sentiments. Elle pouvait se perdre dans la passion, s'endormir et ne plus penser. Elle n'avait plus besoin de se convaincre que, chaque fois qu'il la tenait dans ses bras, la caressait avec une tendresse bouleversante, la pénétrait en la regardant dans les yeux, cela ne signifiait rien.

Elle commençait à être à court d'idées pour lui résister. Elle n'était qu'une novice se mesurant à un maître dans l'art de la passion. Qu'allait-elle encore trouver pour le détourner de son but et pour tout ramener au sexe ?

Pendant la journée, c'était encore pire, car ses émotions n'avaient plus nulle part où se cacher.

Il se frotta les joues et le cou, cherchant un endroit qu'il aurait oublié de raser, puis s'essuya le visage avec un linge humide. Lorsqu'il eut fini, il revint près du lit.

— Ton bain refroidit.

Même s'il avait conservé un air neutre, elle savait qu'il se moquait d'elle.

— Ce n'est pas grave, répondit-elle. J'aime bien les bains froids. C'est… revigorant.

— Je pense qu'après m'être donné le mal de te faire monter un bain chaud tous les matins sans te réveiller, j'ai mérité le droit de te regarder dedans. Diable, je n'ai jamais vu quelqu'un dormir aussi profondément !

— C'est que je suis pudique, tu l'as oublié ?

Il savait très bien de quoi il s'agissait. Elle était gênée.

— Je veux te voir, Mary. Tout entière.

Elle fuit son regard.

— C'est qu'il y a beaucoup à voir.

Il se mit à rire, s'assit sur le bord du lit et lui prit le menton pour lui relever la tête.

— Tu es belle.

— Les hommes disent tous ça quand ils veulent quelque chose.

— Tu as sans doute raison, s'esclaffa-t-il. Soit, prends ton bain toute seule. Pour le moment. Mais tu ne te cacheras pas éternellement, Mary. Je veux te voir... bientôt.

Il se leva puis demanda :

— Que fais-tu plus tard dans la journée ?

Elle soupira en songeant aux longues heures jusqu'à ce qu'elle...

Elle s'interrompit. Juste ciel, comment était-ce arrivé si vite ? Comptait-elle déjà les heures jusqu'à ce qu'elle le retrouve ?

Hélas oui. Pendant la journée, il était occupé par ses devoirs. Elle l'apercevait parfois dans la cour, quand elle avait la possibilité d'assister à l'entraînement de David, et durant les repas. Mais ce n'était que la nuit qu'il lui appartenait.

Elle se corrigea aussitôt. Il ne lui appartenait pas. *Garde les yeux ouverts !*

— Comme d'habitude, répondit-elle. Entre les prières et les repas, je broderai avec d'autres femmes et j'écouterai les commérages du château, puis je m'occuperai de ma correspondance avec le clerc et, si David n'est pas de sortie aujourd'hui, j'irai le voir s'entraîner dans la cour.

— Ah, dommage. J'espérais que tu aurais un peu de temps pour moi.

— Du temps ? répéta-t-elle en s'efforçant de contenir son enthousiasme.

— Oui, pour faire une balade à cheval. J'en ai assez d'être enfermé à l'intérieur de ces murailles.

— Ils t'autorisent à sortir seul du château ? s'étonna-t-elle.

— Oui, apparemment, Percy a décidé que je ne représentais pas une menace. Mais si tu es trop occupée…

— Non ! s'exclama-t-elle un peu trop vite.

Elle était ravie. Elle commençait elle aussi à se sentir à l'étroit. Puis elle se souvint de sa grossesse et posa les mains sur son ventre.

— Mais… je ne sais pas si je peux.

— Ne t'inquiète pas. Tu ne risqueras rien, je serai là.

En voyant son regard, elle le soupçonna de préparer un mauvais coup. Le connaissant, ce devait encore être une manœuvre pour lui faire baisser sa garde. Si elle avait appris quelque chose à propos de son fougueux époux, c'était qu'il n'abandonnait jamais.

Kenneth s'interrogeait. Ne s'étant jamais donné autant de mal pour conquérir le cœur d'une femme, il ne possédait pas un répertoire inépuisable d'attentions et de cadeaux. Il fonctionnait à l'instinct, ce qui, jusqu'à présent, semblait lui avoir réussi. Elle avait été ravie par les bains chauds (même si elle refusait toujours de les prendre devant lui), par le ruban et par les petits pains sucrés.

Mais elle était têtue et mettait toujours en doute ses motivations. Ce qui la rendait diablement maligne.

Néanmoins, même si elle remportait quelques batailles, il ne doutait pas de gagner la guerre. Il avait presque hâte de découvrir ce qu'elle inventerait encore pour lui faire perdre le contrôle, la nuit venue.

Il savait que l'attrait de la nouveauté finirait par passer et que son intérêt pour elle diminuerait, comme toujours.

Il fronça les sourcils. Était-ce si certain ? Pour le moment, il ne diminuait en rien. Et si cela durait toujours ?

Absurde. Ce n'était pas parce que Mary ne ressemblait à aucune autre femme qu'il avait connue que cela changerait sa manière de penser.

Il aimait la variété... et la simplicité, même si sa joute constante avec son épouse qui n'avait rien de simple se révélait très intéressante.

Il poussa la porte et fut soulagé de constater qu'elle était seule. Certaines dames manifestaient leur intérêt pour lui d'une manière peu subtile qui le mettait mal à l'aise et l'horripilait. En tant qu'amies de Mary, elles auraient pu faire l'effort de ne pas l'aguicher ouvertement, que diable ! Après avoir découvert les conditions de son premier mariage, il ne voulait pas qu'elle le voie comme un second Atholl.

— Prête ?

Elle avait déjà enfilé une cape, des gants et de solides bottes. Elle devait être prête depuis un certain temps.

Elle acquiesça. Il la prit par la main et l'entraîna vers la cour.

Elle attendit à l'extérieur pendant qu'il allait chercher sa monture. Il ne fut parti que quelques minutes, mais cela suffit à Felton pour la trouver.

Kenneth jura dans sa barbe.

Il avait espéré que leur mariage mettrait un terme aux attentions de Felton envers son épouse. Il s'était trompé. Cet imbécile était fou de rage, mais il le cachait bien, réservant son fiel à Kenneth. Pour Mary, il était l'incarnation même de la chevalerie anglaise, aussi charmant que courtois.

Lorsque Kenneth le vit poser la main sur le bras de sa femme, il fut envahi par une vague de possessivité primaire et féroce. Sa première réaction fut de chercher sa hache de guerre.

Il était jaloux. Profondément et pathétiquement jaloux.

Si Felton choisissait ce moment pour le défier, il ne pourrait probablement pas se retenir.

Mary dut sentir quelque chose et libéra délicatement son bras. Le voile de fureur rouge devant les yeux de Kenneth commença à se dissiper.

— Où croyez-vous aller comme ça ? demanda Felton.

— Si cela vous intéresse tant que ça, je sors me promener avec mon épouse, répliqua Kenneth en insistant lourdement sur les deux derniers mots.

— Vous n'avez pas la permission de...

— Si, je l'ai. Renseignez-vous auprès de Percy.

Il ne put s'empêcher d'ajouter :

— Vous êtes peut-être son champion pour le moment, mais je n'ai pas d'ordres à recevoir de vous.

En tant qu'héritier d'un comté, Kenneth était d'un rang supérieur.

Le visage de Felton vira au rouge vif.

— Pour le moment ? répéta-t-il. N'êtes-vous pas lassé de perdre ? Lorsque vous aurez cessé de vous cacher derrière votre prétendue blessure, je serai ravi de vous écraser à nouveau. On verra si ces barbares vous ont appris quelque chose.

Kenneth bondit, prêt à lui montrer exactement ce que les barbares lui avaient appris. Il aurait défoncé la moue suffisante de Felton d'un seul coup de poing si une main ne l'en avait empêché.

Celle de sa femme sur son bras.

Il était hallucinant qu'une si petite main gantée ait la force de le retenir. Comment y était-elle parvenue ? Lorsqu'il perdait son sang-froid, il n'entendait plus raison et se contentait de réagir. Il était tellement stupéfait qu'il en resta sans voix.

— Je suis sûre que mon mari se ferait un plaisir de vous retrouver sur le terrain d'entraînement, sir John, déclara Mary. Mais tant qu'il n'est pas pleinement rétabli, ce ne serait pour vous qu'une victoire à la Pyrrhus.

Venait-elle de dire « une victoire à la Pyrrhus » ? Apparemment, oui. En outre, elle était parvenue à faire honte à Felton.

— Oui, bien sûr, répondit-il sur un ton raide. Je voulais simplement dire...

— Je sais ce que vous vouliez dire, l'interrompit-elle d'une voix douce.

Felton la dévisagea un long instant, puis s'inclina brièvement et s'éloigna comme s'il avait un pieu planté entre les fesses.

Kenneth s'efforçait encore de se calmer lorsqu'elle se tourna vers lui.

— Tu devrais éviter de te mettre sir John à dos. Il vaut mieux ne pas l'avoir comme ennemi.

— Felton ne me fait pas peur.

— Tu as tort. C'est le meilleur chevalier de Percy. On dit même qu'il est le meilleur d'Angleterre.

— Parce que tu crois qu'il pourrait me vaincre ? dit-il, piqué au vif.

Elle plissa le front, percevant son agacement.

— Je ne pensais pas en ces termes. Savoir qui gagnerait n'a pas d'importance. Je pense simplement qu'il n'est pas prudent de se faire un ennemi d'un homme puissant. Et je ne souhaite pas non plus te voir blessé.

Sa réponse le calma légèrement, même si son manque de foi en lui était vexant.

— Savoir qui gagnerait a toujours de l'importance.

Elle étudia son visage, y lisant sans doute plus de choses qu'il ne le souhaitait.

— Si nous y allions ? proposa-t-elle.

Kenneth fit signe au palefrenier d'approcher son cheval.

Mary regarda autour d'eux.

— Où est ma monture ?

— Devant toi, répondit-il avec un sourire.

— Quoi, tu ne veux tout de même pas que je monte sur ce monstre !

Il tapota fièrement la croupe de son immense destrier noir.

— Oh, il est doux comme un agneau.

Elle le dévisagea comme s'il était devenu fou et il ajouta en riant :

— De toute manière, je monte en selle avec toi.

Elle comprit son manège et plissa les yeux.

— Alors, ce n'est peut-être pas du cheval que je devrais avoir peur.

La petite maligne.

Hélas, son plan échoua. Il avait compté profiter du fait qu'elle serait assise entre ses bras mais, sitôt confortablement calée contre lui, elle s'endormit.

Au lieu de l'émoustiller par le frottement répétitif de ses fesses contre son membre, d'effleurer « accidentellement » ses seins et ses cuisses jusqu'à ce qu'ils soient tous les deux excités comme deux animaux en rut, il dut se contenter de la chaleur de son dos contre son torse et du parfum fleuri de ses cheveux dorés sous son nez.

Étrangement, cela lui suffisait. Il se sentait satisfait. Quand elle dormait, elle oubliait d'être sur ses gardes. Il y avait quelque chose d'émouvant dans la manière dont elle était blottie contre lui, sa joue contre le cuir de son *cotun*, abandonnée en toute confiance au sommeil. Elle était menue et son ventre rond la faisait paraître encore plus vulnérable. Il sentit un puissant sentiment protecteur monter en lui.

Il mourrait mille fois plutôt que de permettre qu'il lui arrive malheur.

Ils chevauchèrent durant une heure, se dirigeant vers le sud-est à travers les doux vallons du Northumberland. Les monts Cheviot, la chaîne montagneuse qui longeait la frontière écossaise, dominaient le paysage. Ils traversèrent plusieurs villages et quelques fermes. Le reste du temps, la route était paisible. Il ne l'aurait pas emmenée avec lui si cela avait été dangereux. Toutefois, si près de la frontière, on n'était jamais trop prudent et il surveillait attentivement les alentours.

Lorsqu'ils approchèrent de leur destination, la campagne devint encore plus déserte. Les Anglais, comme les Écossais, étaient un peuple superstitieux. Ils évitaient de s'approcher des pierres dressées qui parsemaient le paysage, les croyant magiques.

En revanche, pour Kenneth, elles étaient surtout un moyen de communication. C'était là qu'il laisserait son message à la garde. En tant que fils de comte, il avait reçu une éducation formelle, suffisante pour rédiger une lettre sommaire expliquant son mariage et son projet de ramener Mary et le jeune comte d'Atholl avec lui. Il avait également écrit les noms de tous les chevaliers et seigneurs rassemblés au château, ainsi que le nombre de leurs hommes d'armes. Ce n'était pas beaucoup, mais c'était déjà quelque chose.

Le peu d'approvisionnements envoyés vers le nord continuait de le préoccuper, tout comme les nombreuses allées et venues de Clifford. Se souvenant de la mise en garde de MacKay, il n'en parla pas. Il ne mentionna pas non plus qu'il s'était porté récemment volontaire pour accompagner Clifford à Roxburgh, cette mission n'ayant abouti à rien.

Il s'arrêta lorsqu'ils atteignirent le cercle de cinq menhirs appelés localement les pierres Duddo.

Mary ouvrit les yeux et battit des paupières le temps de comprendre où elle était. Lorsqu'elle sourit et leva le visage vers lui, il eut l'impression de baigner dans un rayon de soleil.

— Nous sommes arrivés ?

— Oui, répondit-il avec un sourire. J'ai bien cru que tu allais dormir toute la journée.

Elle prit un air penaud.

— Je ne sais pas pourquoi, mais j'ai tout le temps sommeil ces derniers temps. Ce doit être à cause de ma grossesse.

Elle posa machinalement les mains sur son ventre et sursauta.

— Oh !

— Que se passe-t-il ? demanda-t-il, aussitôt inquiet. C'est le bébé ?

— Il vient de me donner un coup de pied.

Voyant son air ahuri, elle se mit à rire.

— Tu veux le sentir ? demanda-t-elle.

Il n'en était pas très sûr, mais acquiesça néanmoins.

Elle lui prit la main et la plaça sur son ventre. Quelques instants plus tard, il sursauta à son tour en sentant un mouvement sous la peau.

Elle rit à nouveau devant son expression horrifiée.

— Ce n'est rien. C'est parfaitement normal, bien qu'il semble beaucoup plus actif que ne l'était David. Je crois qu'il a hâte de sortir.

Kenneth était sidéré de sa propre ignorance.

— Et ce sera quand ?

— Autour de l'Ascension, je pense.

Il se détendit. À la fin mai. Cela lui laissait donc le temps. Il voulait s'assurer qu'elle serait à l'abri avant la naissance de l'enfant.

— Où m'as-tu amenée ?

— Vois par toi-même.

Il l'aida à descendre de selle. Elle sourit avec ravissement en apercevant les menhirs.

— Des pierres de druides ? s'extasia-t-elle. Elles sont superbes.

Puis elle remarqua les montagnes au loin.

— Ce n'est pas la frontière que l'on aperçoit là-bas ?

— Si.

— Ce n'est pas dangereux de se trouver si près sans escorte ?

— Il ne t'arrivera rien, Mary. Tu n'as rien à craindre.

Elle soutint son regard. Il fut blessé de constater qu'elle ne le croyait pas. Elle esquissa une moue ironique.

— J'ai déjà entendu cette promesse.

Atholl, encore lui ! Il ressentit une pointe de jalousie.

— Mais pas de ma bouche, se défendit-il. Je ne suis pas ton premier mari.

— Non, c'est vrai, admit-elle.

— Qu'a-t-il pu bien te faire pour te rendre aussi cynique ?

— Cynique ? répéta-t-elle, surprise. Oui, je suppose que tu as raison. Atholl avait juré de nous protéger, mais il ne s'est pas posé la question de savoir ce qui nous arriverait quand il s'est rebellé. La gloire et le fait d'être un héros importaient plus à ses yeux que sa femme et son fils. Oh, il nous a protégés, tant que cela n'entravait pas ses ambitions. Quand je lui ai demandé de nous emmener avec lui, il a refusé. Il a dit qu'il reviendrait nous chercher si nous étions en danger. Je lui ai fait confiance. Naturellement, il n'est jamais revenu. Il nous a abandonnés à la merci d'Édouard et m'a laissée payer le prix de ses choix. Des choix qui m'ont coûté tout ce que j'avais, mon fils, ma maison, ma famille, mais pour lesquels je n'ai jamais eu mon mot à dire.

Kenneth ressentit un léger malaise.

— C'est pour ça que tu voulais que je te fasse cette promesse ?

— Oui. Je me suis juré de ne plus jamais laisser un homme me mettre dans cette situation.

Fichtre. Il se répéta qu'avec lui ce ne serait pas pareil. Il la protégerait vraiment. Il n'y avait pas que la gloire qui comptait. Ce n'était pas que pour cela qu'il avait tant voulu entrer dans la garde des Highlands. Il ne prenait pas de décisions à sa place. Le moment venu, elle viendrait avec lui de son plein gré.

Toutefois, il avait beau rationaliser, il ne pouvait effacer ce sentiment de culpabilité qui s'étirait au-dessus de sa journée tel un nuage sombre.

Il décrocha un sac de sa selle et lui dit :

— Viens, j'ai une surprise pour toi.

— Je n'ai pas besoin d'autres surprises, dit-elle, de nouveau sur ses gardes.

— Peut-être, mais elle te plaira quand même.

Il avait vu juste. Quelques minutes plus tard, après qu'ils eurent fait le tour des menhirs, il étala un plaid sur l'herbe et lui tendit un petit paquet en lin. Elle gémit de plaisir quand elle l'ouvrit et qu'un délicieux parfum de cannelle et de caramel s'en échappa.

— Encore des petits pains sucrés ! Je vais finir grosse comme une vache si tu continues à demander au cuisinier de m'en préparer.

— Je te préfère dodue.

Elle ne répondit pas, trop occupée qu'elle était à mordre dans le pain croustillant et nappé de sucre. Ses petits bruits de plaisir et son air extatique étaient un régal pour lui. Elle leva soudain les yeux vers lui.

— Tu n'en manges pas ?

— Non, je préfère te regarder.

Il tendit la main et essuya un peu de sucre collé sur ses lèvres, puis il se lécha le doigt.

— Hmm… délicieux, conclut-il.

Elle se raidit.

— Pourquoi fais-tu ça ? demanda-t-elle sèchement. Pourquoi tous ces efforts ? Que veux-tu de moi ?

— C'est toi que je veux.

Il était lui-même surpris de constater que c'était vrai. Il ne s'agissait pas uniquement de panser sa fierté écorchée et de prouver qu'elle n'était pas immunisée contre lui. Il ne s'agissait pas uniquement de conquérir son cœur pour sa mission. Il la voulait pour lui.

— Nous sommes mariés. Tu m'as déjà.

— Vraiment ? dit-il avec un sourire. J'en doute fort.

Il se pencha vers elle en la regardant dans les yeux.

— Qu'est-ce qui te rebute autant chez moi ? demanda-t-il.

Elle leva les yeux au ciel.

— Ne t'attends pas à ce que je récite la longue liste de tes qualités. Je suis sûre que beaucoup d'autres l'ont fait avant moi.

Peut-être, mais il voulait l'entendre de sa bouche. Il ne voulait pas son admiration, mais son estime.

— Je n'avais encore jamais rencontré de femme comme toi.

— Tu veux dire, une femme qui ne rampe pas à tes pieds ?

Il se mit à rire.

— On croirait entendre ma sœur !

— Celle qui s'est mariée à Dunstaffnage ?

— Je n'en ai qu'une. Elle s'appelle Helen.

— Je regrette de ne pas l'avoir rencontrée, dit-elle sincèrement. Qui a-t-elle épousé ?

— Le fils du chef MacKay.

Elle écarquilla les yeux. Apparemment, elle était au courant de la longue querelle entre les Sutherland et les MacKay.

— Je me souviens de lui. Le banquet de noces a dû être agité !

— Oh ça oui ! s'exclama-t-il en riant. Tu aurais dû voir Will essayer de maintenir la paix ! Tu ne connais pas mon frère non plus. C'est un redoutable guerrier, toujours prêt à se battre, et pas vraiment un conciliateur. Il a passé trois jours à empêcher les hommes d'en venir aux mains, menaçant de les assommer tous s'il y avait la moindre rixe.

— Cela me rappelle quelque chose, dit-elle avec un sourire. Vous avez dû souvent vous bagarrer quand vous étiez jeunes.

— Il me flanquait surtout des rossées.

— J'ai du mal à t'imaginer te prendre une raclée.

— Cela m'a poussé à travailler plus dur, répondit-il avec un haussement d'épaules. Mon frère a fait de moi le guerrier que je suis aujourd'hui.

— Vous êtes très proches ?

Il se rendit soudain compte de son erreur. Bigre, il était en train de se confier en oubliant qu'il était censé être fâché avec sa famille.

— Nous l'étions, rectifia-t-il.

À la manière dont elle le fixait, il craignit qu'elle n'ait compris sa gaffe.

— Pourquoi as-tu changé d'allégeance ? demanda-t-elle soudain.

Zut.

— C'est compliqué, tergiversa-t-il avant de lui retourner sa question. Tu n'as jamais envisagé de rentrer en Écosse ?

Une ombre douloureuse passa sur son visage.

— Si, une fois.

— Que s'est-il passé ?

Elle mit un certain temps avant de répondre. Elle cueillit un brin d'herbe et le tortilla entre ses doigts.

— J'ai perdu ma sœur.

Elle lui raconta brièvement comment, après l'arrestation d'Atholl, sa sœur était apparue un soir à Ponteland pour la ramener chez elle, comment sir Adam avait devancé les hommes du roi pour la prévenir et comment ils avaient chevauché dans la nuit et s'étaient retrouvés au milieu d'une bataille.

— Je n'oublierai jamais ce moment. Un instant, je regardais Janet, l'instant suivant, le pont explosait dans un tourbillon de flammes. C'était probablement la foudre. Il y a eu une grande détonation, un coup de tonnerre comme je n'en avais encore jamais entendu, puis plus rien. Quand je me suis réveillée, ma sœur avait disparu.

Un détail retint l'attention de Kenneth.

— Sir Adam était présent au moment de l'explosion ?

— Oui, j'ai entendu sa voix juste avant ma chute de cheval. C'était un miracle. Sans lui, je suis sûre que David et moi aurions été jetés en prison. Ses hommes ont cherché Janet durant des heures. Ils n'ont rien trouvé.

Les méninges de Kenneth s'étaient mises à travailler à toute allure. Était-ce possible ? Seigneur, si c'était le cas, c'était peut-être exactement ce dont il avait besoin.

— Tu te souviens d'une odeur particulière ?

Elle le regarda d'un air perplexe.

— C'est étrange que tu me demandes ça. Oui, en effet, il y avait comme une odeur d'œufs pourris.

C'était donc vrai. Sir Adam partageait les mêmes connaissances que son neveu. Il savait préparer la poudre noire.

Mary était consciente d'en avoir trop dit. Au lieu de se protéger, elle lui débitait tous ses secrets. Pour un guerrier à l'apparence si dure et imposante, il était étonnamment facile de lui parler. Il écoutait et semblait intéressé par ce qu'elle lui disait, ce qui était plutôt rare pour un homme de sa trempe. Du moins, selon son expérience. D'un autre côté, elle commençait à se rendre compte que son expérience était limitée. Il avait raison ; il n'était pas Atholl.

Cependant, son intérêt finirait par s'estomper, comme son goût pour ce petit jeu. Lorsque ce serait le cas, elle ne le laisserait pas lui briser le cœur.

Elle avançait sur un terrain dangereux. Il serait si facile de se laisser aller, de croire aux contes de fées et aux fins heureuses.

Il l'avait épousée, avait donné un nom à leur enfant et promis de ne rien faire qui puisse les mettre en danger sans l'en avertir. Cela suffisait. Elle saurait se contenter de ce qu'elle avait.

Et puis, il y avait leurs nuits de passion. Elle comptait bien en profiter tant que cela durerait.

Il paraissait étrangement songeur après qu'elle lui eut raconté l'histoire de sa sœur. Elle finit le petit pain, puis but une longue gorgée de vin de la gourde qu'il avait apportée.

Elle s'adossa à la haute pierre au pied de laquelle il avait étalé le plaid. Il faisait beau et le soleil réchauffait son visage. Elle ferma les yeux.

— Tu ne vas pas encore t'endormir, hein ?

Elle cligna des yeux. Il s'était approché d'elle sans qu'elle l'entende.

— Tu veux rentrer au château ? demanda-t-elle.

Il esquissa un sourire très malicieux.

— Pas encore.

Elle envisagea de s'échapper, mais il l'aurait vite rattrapée. Il l'aurait embrassée et réduite à nouveau en une masse informe de désir et de sensations.

Elle s'efforça de rester calme.

— Tu as prévu autre chose ?

Il s'approcha encore. L'odeur de vin dans son haleine était grisante. *Il* était grisant.

— Je suis sûr que nous pouvons trouver de quoi nous occuper, susurra-t-il.

Il posa ses lèvres sur les siennes et l'embrassa, fougueusement. Cela ne dura qu'un instant, mais suffisamment pour lui donner aussitôt envie de plus. Puis il embrassa sa joue, son cou, sa gorge. Il commença à écarter son corsage. Elle l'arrêta.

— Nous ne pouvons pas. Pas ici.

— Pourquoi pas ?

Il était aveugle ou quoi ?

— Nous sommes en plein jour. On pourrait nous voir.

— Il n'y a pas un chat à la ronde, répondit-il avec un sourire. Et puis, je ne te déshabillerai pas.

— Je croyais que tu m'avais invitée à une promenade à cheval, pas à une partie de jambes en l'air.

Une lueur malicieuse brilla dans ses yeux. Il la souleva comme si elle ne pesait guère plus qu'une plume et la déposa face à lui, à califourchon sur ses cuisses. Elle écarquilla les yeux en sentant son érection.

— Tu l'auras, ta chevauchée, Mary.

Il la souleva légèrement et lui montra exactement ce qu'il avait en tête. Elle marmonna une protestation, mais sans conviction. Elle était déjà fébrile d'excitation.

Il dénoua rapidement les lacets de ses culottes et se libéra. L'instant suivant, il s'enfonçait en elle, la pénétrant jusqu'à la garde.

Elle laissa échapper un cri extatique. Il lui montra comme le chevaucher, comment synchroniser leurs mouvements jusqu'à trouver le rythme parfait, comment se laisser envahir par des sensations exquises, vague après vague.

Sous le beau soleil de l'après-midi, elle prit son plaisir, encore et encore. C'était tout ce qu'elle pouvait se permettre de prendre et, pour le moment, c'était déjà beaucoup.

19

Mary garda les yeux fermés jusqu'à ce qu'elle entende la porte se refermer doucement, pour être sûre que Kenneth était bien parti. Elle se répéta qu'elle n'avait aucune raison de se sentir coupable, sans vraiment s'en convaincre.

La façon dont il lui avait fait l'amour la veille avait été si poignante, si tendre, qu'elle avait pris peur et essayé cette technique de catin dont elle avait entendu certaines femmes parler.

Cela avait marché. Elle aurait dû être contente ; elle avait gagné. Pourtant, elle n'y puisait aucun triomphe. Ses tentatives pour garder ses distances, pour ne pas laisser les émotions compliquer leur relation purement charnelle lui paraissaient de plus en plus contestables.

Ces dernières semaines avaient compté parmi les plus heureuses de sa vie. Elle passait du temps avec son fils, savourait chaque instant de sa grossesse et vivait chaque nuit une passion qu'elle n'aurait jamais cru connaître. Mais ce n'était pas tout. Cela tenait également à son mariage ou, plus précisément, à son mari. Il avait soulagé ses épaules d'un poids qu'elle avait ignoré porter. Avec lui, elle se sentait en sécurité pour la première fois depuis bien longtemps. Elle en oubliait la guerre imminente et le fait que, dans un futur proche, il partirait se battre contre ses compatriotes. Avec lui, elle se sentait à l'abri.

Lentement mais sûrement, ses défenses s'effritaient. L'intimité qu'ils partageaient la nuit se propageait à leurs journées. Ce n'était pas uniquement en raison de ses attentions et de ses cadeaux. Il lui était difficile de garder ses distances avec un homme qui connaissait chaque parcelle de son corps, qui pouvait la faire pleurer de plaisir et qui s'endormait tous les soirs à ses côtés. Tous ces petits détails qu'elle n'avait jamais partagés avec un homme les rapprochaient. Elle n'avait jamais dormi dans le même lit qu'Atholl, elle n'avait pas fait sa toilette le matin dans la même bassine, ne l'avait pas aidé à enfiler ses vêtements, n'avait jamais plaisanté avec lui, n'avait même jamais discuté avec lui. Elle ne l'avait pas connu, pas de la manière dont elle apprenait à connaître Kenneth.

Elle aimait le défier, elle appréciait leurs joutes verbales. Il la rendait hardie et plus forte. Avec Atholl, elle avait toujours été timide et soumise. Non seulement Kenneth l'écoutait, mais il semblait s'intéresser à ce qu'elle disait.

Il était drôle et intelligent, espiègle et passionné. La puissante attirance qu'elle ressentait pour lui minait peu à peu sa résistance.

Elle était séduite et cela la terrifiait.

Il ne lui avait donné aucune raison de douter de lui. De fait, il était attentionné au point d'en être presque gâteux. Il essayait clairement de conquérir son cœur, mais pourquoi ? N'était-ce qu'un jeu ou bien autre chose de plus profond ?

Oserait-elle espérer ?

Elle ignorait combien de temps encore elle pourrait résister. Peut-être... peut-être que ce soir, elle baisserait enfin sa garde.

Elle sourit. Revigorée par cette pensée, elle repoussa les couvertures et appela sa servante. Une longue journée l'attendait et elle tenait à se réserver du temps afin de soigner son allure pour la célébration prévue ce soir.

Demain, le mercredi des Cendres marquerait le début du Carême. Il n'y aurait plus de fêtes avant Pâques. Afin de se préparer aux privations des quarante jours à venir, les occupants du château tiendraient à festoyer dignement. Le comte de Cornouaille aimant recevoir en grande pompe, la soirée promettait d'être spectaculaire.

Elle était parvenue à soutirer à Kenneth la promesse de danser avec elle (après de nombreux grognements). C'était idiot, mais elle se sentait comme une jeune fille à son premier bal, invitée par le plus beau chevalier de la fête. Elle avait hâte d'y être.

Elle s'habilla rapidement puis dévala l'escalier pour aller prendre son petit déjeuner. En chemin, elle manqua de percuter son fils qui courait en sens inverse. Il serrait une épée contre lui en grommelant.

— David, où vas-tu comme ça ?

Il baissa les yeux, l'air renfrogné.

— Que se passe-t-il ? demanda-t-elle.

Il essaya de la contourner, fuyant son regard.

— Rien, grogna-t-il.

Il était clair que quelque chose n'allait pas. Elle lui avait trouvé un air préoccupé toute la semaine et l'avait attribué à ses tâches d'écuyer. Elle se demandait à présent s'il n'y avait pas une autre raison.

— Je peux faire quelque chose pour t'aider ? demanda-t-elle. Veux-tu que je parle à sir John ?

Il sursauta, horrifié.

— Surtout pas ! Ce serait encore pire !

— Pire que quoi ?

Les traits du garçon se fermèrent. Elle ne parvenait pas à déchiffrer son émotion, mais il paraissait très troublé. Elle aurait voulu le serrer contre elle et le réconforter, tout en sachant que c'était la dernière chose à faire.

— Il faut que j'y aille, bougonna-t-il comme s'il avait pressenti son impulsion. Je dois m'occuper de cette épée.

Elle crut l'entendre marmonner « encore », mais il filait déjà.

Elle le regarda s'éloigner en ressentant une impuissance familière. Être la mère d'un garçon de treize ans équivalait à déambuler dans une épaisse forêt. La nuit. Sous la neige. Sans un seul repère. Chaque fois qu'elle pensait avoir trouvé un chemin vers son fils, un nouvel obstacle lui barrait la route.

Il lui vint une idée. Ce qu'il lui fallait, c'était un autre regard.

Qui pourrait comprendre un jeune écuyer mieux que quelqu'un qui était déjà passé par là ? Kenneth pourrait peut-être l'aider ?

Cette perspective la ragaillardit. À plus d'un titre, elle avait hâte que le soir arrive.

Kenneth sortit de la tour d'un pas martial et traversa la cour en direction de l'armurerie. Pour un homme qui avait débuté sa journée servi par son épouse d'une manière qui aurait comblé n'importe quel mari, il était de fort méchante humeur. Ces trois semaines d'ébats passionnés avaient certes de quoi satisfaire ses pulsions charnelles, mais tout le reste de sa personne fourmillait de frustration.

Sa mission partait à vau-l'eau. Bruce était furieux qu'il ait épousé Mary sans son autorisation, et Kenneth n'avait pu tempérer sa colère en lui fournissant des renseignements précieux. Ils étaient contrariés qu'il se soit écarté de la tâche qu'on lui avait confiée (apparemment, quelqu'un le surveillait et les avait informés de son petit voyage à Roxburgh avec Clifford). Chaque jour qu'il passait sans pouvoir s'entraîner, il sentait ses forces péricliter. Felton ne manquait pas une occasion de le provoquer et de l'insulter. À côté, MacKay aurait presque paru subtil. Et, pour couronner le tout, son épouse continuait de résister à tous ses efforts de séduction.

Il n'y comprenait rien. Les femmes n'étaient pas censées être aussi difficiles. Chaque fois qu'il semblait sur le point de percer le mur qu'elle avait érigé autour de son cœur, elle le contrait par une manœuvre lubrique et audacieuse qui le désarçonnait.

Comme ce matin. En se réveillant et en voyant sa silhouette endormie baignée par les rayons du soleil, il avait été saisi d'une profonde tendresse. Elle paraissait si jeune et si douce, si paisible. Incapable de résister, il avait commencé à lui faire l'amour, lentement, paresseusement. Il l'avait caressée de ses mains, de ses lèvres, de sa langue. Il avait senti sa résistance faiblir, l'avait vu dans ses yeux. Elle était en train de succomber.

Puis elle avait renversé les rôles.

Comme ce n'était pas la première fois qu'elle l'embrassait sur le torse, il ne s'était pas méfié. Mais lorsque sa bouche était descendue vers son bas-ventre, il avait compris, trop tard.

Une fois ses lèvres à quelques centimètres de son membre gonflé de désir, il avait cessé de penser. Elle aurait pu obtenir de lui n'importe quoi. Il ne croyait pas être le genre d'homme que l'on pouvait mener par le bout de la verge. Elle lui avait démontré le contraire.

La sensation de ses lèvres frôlant son sexe, de sa langue sur toute sa longueur puis, que Dieu lui vienne en aide, de sa bouche se refermant sur lui, le prenant profondément, l'avait projeté dans un état d'excitation inouï, ce qui était sans doute l'effet recherché. Son projet de lui faire l'amour lentement et tendrement avait été réduit à néant.

Il était évident qu'elle était novice en la matière. Néanmoins, elle mettait tellement de cœur à l'ouvrage qu'il ne doutait pas qu'elle deviendrait rapidement une experte.

Il aurait dû être aux anges. Une épouse qui accomplissait son devoir conjugal avec tout l'enthousiasme et l'énergie d'une catin était le rêve de tout homme, non ?

Sauf qu'il ne voulait pas uniquement sa passion ; il voulait aussi son cœur.

Le destin se moquait de lui. La première femme qu'il entreprenait de courtiser n'attendait de lui qu'une seule chose. C'était profondément vexant. *L'étalon*.

Il était tellement agacé qu'il ne remarqua pas tout de suite les soldats réunis dans la cour pour leur entraînement. Puis il aperçut Felton et David près de la porte de l'armurerie. Son irritation grimpa aussitôt de plusieurs crans.

Cette ordure admonestait à nouveau le garçon.

Tout en cachant son jeu devant Mary, Felton défoulait sur son fils son dépit de n'avoir pu l'épouser. Kenneth savait qu'en intervenant il ne ferait qu'aggraver la situation. Tant qu'il n'avait pas obtenu la tutelle de David, ce qui prendrait un certain temps, Percy et Felton étaient les maîtres du jeune comte. Il ne supportait pas de voir les forts abuser des faibles. Il aurait préféré que toute la hargne de Felton soit concentrée sur lui.

Après avoir encore craché quelques observations méprisantes, Felton tourna les talons et s'éloigna. Les épaules affaissées et l'air accablé, David retourna dans l'armurerie.

Kenneth allait le rejoindre quand Percy l'intercepta.

— Ah, Sutherland ! Ravi de te voir de nouveau en armure. Je commençais à craindre que ton bras ne guérisse jamais. Ou peut-être as-tu simplement du mal à t'arracher aux bras de ta jolie épouse ?

Il s'esclaffa et lui donna une grande tape sur l'épaule. Kenneth s'efforça de ne pas réagir, sachant qu'il y avait du vrai dans ses paroles. Il avait besoin de se concentrer sur sa mission dans sa globalité et non plus uniquement sur le changement d'allégeance de son épouse et de son beau-fils.

— Nous avons besoin de toi, reprit Percy. Il est temps de mettre cette campagne en branle.

Kenneth conserva un visage impassible, même si tous ses sens étaient soudain aux aguets.

— Une date a donc été fixée ? demanda-t-il.

Percy hésita. Il commençait à faire confiance à son ancien ami, mais il ne fallait pas pousser le bouchon trop loin.

— Plusieurs, même, répondit-il enfin. Le roi devait arriver après Pâques, mais le bruit court qu'il sera encore retardé. Cornouaille a hâte de montrer au monde ses prouesses militaires. Il vient d'écrire à Édouard pour lui demander de le laisser marcher sur le Nord sans l'attendre. Je l'ai imploré de refuser. Pour rallier les hommes, nous avons besoin d'un roi, pas d'un paon prétentieux.

Apparemment, l'antagonisme entre Cornouaille et les autres barons ne s'était pas arrangé. Percy ne pouvait cacher son mépris pour le favori du roi. Kenneth le nota dans un coin de sa mémoire pour en informer Bruce et la garde dans son prochain message. La division dans les rangs était un bon point. Tant que les Anglais se chamaillaient entre eux, ils seraient incapables d'unifier leurs forces contre les Écossais. Il trouverait peut-être même un moyen d'exploiter leur discorde.

— Je suppose que Clifford est d'accord avec toi ? demanda-t-il nonchalamment. Je ne l'ai pas beaucoup vu dans les parages ces temps-ci.

L'expression de Percy était difficile à déchiffrer. Ce n'était pas de la suspicion, mais la question de Kenneth l'avait troublé.

— Il y a encore eu quelques problèmes avec les rebelles à Douglasdale, mais oui, naturellement, il est du même avis que moi.

C'était une explication logique. Il y avait toujours des problèmes à Douglasdale. Était-ce vraiment tout ?

— Le roi a-t-il dit quand il pourrait enfin nous rejoindre ?

— Dans pas trop longtemps, j'espère, répondit Percy en le gratifiant d'une nouvelle tape sur l'épaule. Mais cela devrait te suffire pour reprendre des forces. Felton a hâte de te retrouver sur le terrain d'entraînement. Je crains que mon champion n'ait pas oublié la fois où tu l'as presque battu.

Kenneth aurait voulu l'interroger davantage, mais Percy en avait terminé avec ce sujet. Il n'aurait su dire s'il évitait intentionnellement de trop lui en dévoiler. Néanmoins, le fait qu'il garde son plan de bataille secret semblait confirmer qu'il mijotait quelque chose. D'ordinaire, les Anglais n'employaient pas de méthodes furtives, ils se reposaient sur leur supériorité en nombre et en armes. Mais peut-être tiraient-ils des leçons de Bruce ?

— Je relèverai son défi avec plaisir, mentit-il, mais il me faudra encore quelques semaines avant d'avoir totalement retrouvé l'usage de mon bras. Le tendon a été presque sectionné.

— Oui, Welford m'a dit qu'il était étonné que ta blessure cicatrise aussi bien.

Il n'y avait rien de si surprenant, puisque ses compétences de médecin n'y étaient pour rien.

— J'ai beaucoup de chance, en effet.

— On se retrouve sur le terrain ? proposa Percy.

Kenneth acquiesça.

— Il faut d'abord que je retrouve mon écuyer. Je l'ai envoyé affûter mon épée. Elle va finir par rouiller à force de ne pas servir.

Il prit congé de Percy et repartit vers l'armurerie.

En entrant, il trouva son écuyer en conversation avec un jeune comte d'Atholl très remonté. Parlant d'une voix haut perchée, David avait trouvé une oreille compatissante dans laquelle déverser tous ses griefs contre Felton. Kenneth fut soulagé de voir enfin une émotion sur le visage du garçon. David affichait généralement une expression parfaitement neutre, étonnante pour son âge. Derrière ce masque, il était difficile de deviner ses pensées.

Le statut de héros et de sauveur de Kenneth en avait pris un coup depuis le mariage. Le garçon se montrait méfiant et réservé à son égard. De toute évidence, il ne savait pas quoi penser des épousailles précipitées de sa mère.

Les deux écuyers se turent immédiatement en l'apercevant.

Willy bondit sur ses pieds.

— Mon seigneur, j'allais justement vous chercher. Votre épée est prête.

Kenneth lui lança un regard lui signifiant qu'il n'était pas dupe. Il s'occuperait de lui plus tard. Il prit son épée et l'inspecta brièvement avant de la glisser dans le fourreau accroché à sa ceinture.

— Attends-moi dehors, ordonna-t-il. J'aimerais m'entretenir seul à seul avec David.

Willy s'exécuta aussitôt en lançant un regard navré à David par-dessus son épaule. Ce n'était pas nécessaire. Kenneth n'avait aucune intention d'ajouter encore aux malheurs du jeune comte.

Une fois seuls, Kenneth s'assit à côté de lui sur le banc. Le garçon avait repris l'affûtage de l'épée de Felton.

— Je peux la voir ? demanda Kenneth.

Méfiant, David lui tendit l'arme. Kenneth la leva à la lumière, inspecta la lame puis passa un doigt protégé de son gantelet sur le tranchant.

— C'est du bon travail, conclut-il. Mais je suppose que sir John n'est pas de cet avis ?

David pinça les lèvres. Il savait qu'il ne devait pas dire de mal de son seigneur.

— Je crains que ce ne soit ma faute, déclara Kenneth.

David le regarda, surpris.

— Comment ça ?

— C'est que, vois-tu, sir John espérait épouser ta mère. Il m'en veut beaucoup de l'avoir devancé et, comme il ne peut pas s'en prendre à moi à cause de mon bras, tu lui sers de bouc émissaire.

— Moi aussi, je croyais qu'il épouserait ma mère.

— Tu es contrarié qu'il ne l'ait pas fait ?

Le gamin le dévisageait avec beaucoup trop de sang-froid et de maturité. On avait peine à croire qu'il n'avait que treize ans. Il haussa les épaules sans se compromettre.

— J'ai été surpris, c'est tout.

Il baissa la tête et reprit son travail. Kenneth hésita. David était visiblement désorienté. Il méritait une explication.

— Si je te confie un secret, tu sauras le garder ?

Le garçon acquiesça, perplexe.

— Nous devions nous marier très rapidement, déclara Kenneth avec un regard entendu.

Comme David ne comprenait pas, il précisa :

— Ta mère porte mon enfant.

La main de David glissa sur la lame. S'il n'avait pas porté de gant, il se serait coupé un doigt. Une fois qu'il se fut ressaisi, il se tourna vers Kenneth :

— Pourquoi ne m'a-t-elle rien dit ?

— Elle était peut-être gênée ou bien elle attendait le bon moment.

Avec un peu de retard, Kenneth se dit qu'elle n'apprécierait peut-être pas qu'il en ait informé son fils.

— C'est pour ça qu'elle paraît si heureuse ces derniers temps, observa David comme s'il se parlait à lui-même.

Il réfléchit un instant, semblant chercher à remettre de l'ordre dans ses émotions, avant de conclure :

— Je suis content pour elle. Ma mère a traversé des moments difficiles.

Une fois de plus, Kenneth fut surpris par sa maturité. Était-ce le fruit de sa longue captivité ?

— Toi aussi, dit-il doucement.

David haussa les épaules.

— Tu n'as plus besoin de t'inquiéter pour elle, David. Je protégerai ta mère ; et toi aussi, si tu le veux bien.

David semblait vouloir le croire, mais sa prudence naturelle l'en empêchait. Compte tenu de ce qu'il avait vécu, c'était compréhensible. Son passé l'avait rendu méfiant. *Comme sa mère*, pensa soudain Kenneth. Pour déverrouiller le cœur de Mary, il lui faudrait mériter sa confiance. Comment diable y parviendrait-il alors qu'il lui cachait sa véritable allégeance et la raison de sa présence en Angleterre ?

Le garçon se leva.

— Je dois apporter son épée à sir John, sinon il va encore me faire passer le restant de la journée à curer les box et à nettoyer des chaises percées.

Kenneth se mit à rire.

— Il n'y a aucune honte à accomplir ces tâches, mon garçon. J'ai moi-même nettoyé bien des box et creusé bien des latrines.

Il aurait pu annoncer qu'il lui était poussé des ailes et qu'il s'était envolé sur la Lune.

— C'est vrai ?

— Je t'assure. Cite-moi une corvée peu ragoûtante, je te parie que je l'ai faite.

David paraissait sceptique.

— Quand vous étiez écuyer ?

— Non, quand j'étais déjà chevalier. À la guerre comme à la guerre, comme on dit. Tu dois faire le nécessaire, si désagréable ou dégradante que te paraisse la besogne. Je vais même te faire un aveu : effectuer ces corvées me détend.

David se mit à rire, ayant décidé qu'il plaisantait.

— La prochaine fois que je serai puni, je saurai à qui m'adresser.

Kenneth sourit et le regarda s'éloigner. Il attendit quelques minutes avant de lui emboîter le pas. À contrecœur. Il ne pouvait plus repousser le moment où il devrait affronter Felton sur le terrain d'entraînement et se laisser battre par ce bâtard.

Il était tard dans la matinée lorsque Mary acheva sa transaction avec le marchand que maître Bureford lui avait recommandé au village. Néanmoins, si elle se dépêchait, il lui restait encore le temps d'accomplir une dernière tâche avant de rentrer au château.

Il existait une petite église et un couvent non loin. Elle ne pouvait passer à proximité sans se renseigner sur sa sœur.

Elle retrouva les deux soldats qui l'avaient accompagnée là où elle leur avait demandé d'attendre pendant qu'elle faisait son marché (elle ne tenait pas à ce qu'ils voient qu'elle n'était pas acheteuse mais vendeuse), puis elle remonta sur le vieux cheval emprunté à sir Adam et les informa de leur prochaine destination. Supposant qu'elle allait prier ou faire un don, ils ne protestèrent pas, même si sir Adam leur avait ordonné de ne pas s'écarter de la route du marché et de raccompagner la dame sans détour. Bien que sa monture soit docile et qu'elle soit toujours en état de tenir en selle, elle devait reconnaître qu'elle aurait bien aimé sentir les bras protecteurs de Kenneth autour d'elle.

Elle se sentait légèrement coupable de ne pas lui avoir dit où elle allait. D'un autre côté, il lui aurait posé des questions et elle ne voulait pas lui mentir. Elle refusait de se retrouver dans une situation d'impuissance et de dépendance. L'argent qu'elle gagnait avec sa broderie était sa protection. Il lui appartenait et personne ne pourrait le lui prendre.

La petite église et le couvent étaient perchés sur une colline dominant le marché de Berwick-upon-Tweed. Il ne leur fallut que quelques minutes pour parvenir au portail. Comme dans beaucoup de villes frontalières, la plupart des églises de Berwick étaient protégées par une enceinte, même si cela n'empêchait pas vraiment les pillards de les attaquer.

Elle confia son cheval aux deux soldats et se dirigea d'abord vers l'église. N'obtenant que des réponses négatives, elle frappa ensuite à la porte du couvent.

— Je suis navrée, répondit l'abbesse. Je me trouvais ici il y a trois ans et je ne me souviens pas qu'une femme correspondant à votre description soit venue nous demander l'asile. Vous dites qu'elle est votre sœur jumelle ?

Mary acquiesça.

— Nous nous ressemblons beaucoup.

Surtout maintenant qu'elle n'avait plus l'air d'un « oisillon à moitié mort de faim ». Elle baissa les yeux vers sa tenue. Pour ne pas attirer l'attention sur le marché, elle avait mis une de ses vieilles robes sombres et un voile.

Elle ajouta avec une moue ironique :

— Mais elle devait porter une robe bien plus colorée que la mienne. Avec de longs cheveux dorés…

La religieuse secoua la tête.

— Je suis désolée, ma dame. Elle n'est pas venue ici.

Mary s'efforça de sourire. Même après tous ces échecs, sa déception restait toujours aussi vive. Elle sortit une pièce de son escarcelle.

— Merci et acceptez ceci, dit-elle. S'il vous plaît, ayez une pensée pour elle dans vos prières ce soir.

L'abbesse acquiesça. Elle paraissait gênée et fuyait son regard. Au moment où Mary atteignait la porte, elle lança :

— J'espère que vous la retrouverez, ma dame. Un jour.

— Moi aussi, répondit doucement Mary.

Perdue dans ses pensées, elle marcha droit devant elle et manqua de percuter un moine qui passait devant le couvent. Il laissa tomber le livre qu'il tenait.

— Je suis désolé, ma sœur, s'excusa-t-il en le ramassant.

Quand il leva la tête vers elle, il sursauta.

— Vous êtes revenue !

Mary ressentit aussitôt un frisson d'excitation.

— Vous me connaissez ?

Il l'examina plus attentivement, puis remarqua ses vêtements.

— Vous n'êtes pas une religieuse, constata-t-il.

— Mais vous m'avez déjà vue ?

— Je... je l'ai cru, mais je me trompais. Vous ressemblez beaucoup à une jeune nonne qui est passée par ici.

Mary s'efforça de contenir sa fébrilité. C'était le signe qu'elle attendait depuis si longtemps !

— Quand ? demanda-t-elle d'une voix étranglée.

Il se caressa le menton.

— Cela doit faire un an, je crois.

— Que pouvez-vous me dire sur elle ? Avec qui était-elle ?

Sans s'en rendre compte, elle lui avait agrippé le bras. Il la regarda comme si elle n'avait pas toute sa raison.

— Avec personne, ma dame. Elle a fait une halte ici une nuit, pour prendre un repas.

— Où allait-elle ?

Commençant sans doute à regretter d'avoir parlé, le jeune moine libéra doucement son bras.

— Je n'en sais rien, ma dame. Vous la connaissez ?

— Je crois qu'il s'agit de ma sœur. Elle a disparu il y a trois ans.

Son regard s'emplit de compassion.

— Je suis désolé, ma dame. Ce ne peut pas être votre sœur. La jeune femme dont je parle était italienne.

Mary sentit son cœur se serrer.

— Vous en êtes sûr ?

— Oui, ma dame. Elle ne parlait pas un mot d'anglais et baragouinait juste quelques mots de français.

Sa déception fut encore plus vive qu'avec l'abbesse. En dépit de l'assurance du moine, elle se demanda s'il ne se trompait pas. Mais pourquoi Janet se serait-elle fait passer pour une Italienne ? Elle n'avait jamais eu le don des langues.

Elle s'excusa auprès du moine pour ses questions un peu brusques et prit congé. Sur le chemin du retour, elle ne put penser à rien d'autre.

Il était plus tard qu'elle ne l'avait pensé quand elle franchit le portail du château. Le temps qu'elle se change et redescende dans la grande salle, le festin avait commencé depuis près d'une heure.

Elle avait espéré que Kenneth l'attendrait. Non seulement elle voulait lui parler de David, mais elle aurait aimé savoir ce qu'il pensait de ce qui s'était passé au couvent. D'ordinaire, elle serait allée droit chez sir Adam. Étrangement, son instinct lui conseillait de s'adresser d'abord à Kenneth.

Elle tenait également à s'excuser pour son comportement du matin. Elle rougit. Il avait pris tellement de plaisir que des excuses ne s'imposaient peut-être pas. Cependant, elle savait que la situation ne pouvait plus durer ainsi. Elle était prête à lui donner, à leur donner, une chance.

La grande salle débordait de bruits et de couleurs. De toute évidence, la bière et le vin coulaient à flots depuis un moment. Il y avait du monde partout. Elle se hissa sur la pointe des pieds pour tenter d'apercevoir Kenneth, mais elle était trop petite pour voir par-dessus les têtes.

Elle joua des coudes dans la foule, puis elle le vit. Son sourire s'effaça. Elle blêmit. Tout en elle se recroquevilla : son cœur, son ventre, ses espoirs.

Il était entouré de femmes et rayonnait dans la lumière de leur adoration, telle la statue d'un dieu grec dans un temple. Certaines se tenaient si près qu'elles étaient pratiquement collées contre lui. Il ne faisait rien pour les encourager. Pas encore, mais ce n'était qu'une question de temps. La scène sous ses yeux était atrocement familière. Il ne lui avait fait aucune promesse.

Oh, mon Dieu, non. Je ne peux pas revivre ça.

— Vous vous sentez bien, ma dame ?

Étourdie, Mary tourna la tête et découvrit sir John à côté d'elle.

— Vous êtes toute pâle.

— Je... En effet, je ne me sens pas très bien. Je crois que je vais retourner dans ma chambre.

Il parut sincèrement inquiet.

— Je vais vous raccompagner, proposa-t-il.

Mary acquiesça, trop consternée pour objecter.

20

Il avait été irrité d'apprendre que sa femme avait quitté le château sans le lui dire et avait demandé assistance à sir Adam plutôt qu'à lui. Irrité et, peut-être, un peu jaloux. Mais ce n'était rien à côté de l'émotion dangereuse qui s'empara de lui quand il sut qui l'avait raccompagnée à sa chambre.

— Felton ? Vous en êtes sûre ?

— Oui, répondit lady Eleanor, surprise. Cela fait environ une heure. Je croyais que vous le saviez.

Il avait tenté de s'amuser et d'oublier son irritation dans l'atmosphère festive autour de lui. Toutefois, à mesure que le temps passait et constatant qu'elle n'arrivait toujours pas, il avait commencé à s'inquiéter et s'était adressé à l'une de ses dames de compagnie.

Il s'efforça tant bien que mal de cacher sa réaction.

— Non, je l'ignorais, répondit-il.

— Elle se tenait juste là, dit-elle en montrant un espace entre deux tables, non loin d'eux. C'est une chance que sir John soit passé par là, mon seigneur. J'ai bien cru qu'elle allait s'évanouir. Elle était toute pâle.

Le cœur de Kenneth fit un bond. Juste ciel, était-ce l'enfant ?

Voyant son air affolé, lady Eleanor ajouta précipitamment :

— Je suis sûre qu'il n'y a pas lieu de s'inquiéter. Sir John nous a dit qu'il s'agissait d'un simple malaise ; rien de grave.

Kenneth ne l'écoutait plus, il se dirigeait déjà vers la tour.

Son esprit passait en revue tous les maux imaginables pouvant arriver à une femme enceinte. Mais pourquoi diable ne lui avait-elle rien dit ? Il ne l'aurait jamais laissée partir seule au village.

Le temps qu'il parvienne sur le seuil de leur chambre, il était rendu presque fou par une émotion qu'il ne reconnaissait pas. De la peur ? De la panique ? Sans doute les deux à en croire les battements précipités de son cœur.

Il ouvrit la porte.

— Comment vas…

Il s'interrompit en la voyant debout devant la fenêtre. Elle se tourna en l'entendant entrer. Elle paraissait parfaitement composée et sereine.

Il n'avait pas besoin d'achever sa phrase. Il s'était inquiété pour rien. Il était clair qu'elle n'avait rien.

— Tu rentres bien tôt, déclara-t-elle sur un ton sarcastique.

— Je ne peux pas en dire autant de toi, répliqua-t-il. Qu'est-ce qui t'a pris de sortir du château sans m'avertir ?

— J'ignorais avoir besoin de ta permission.

Son regard était de nouveau chargé de défi, mais il était trop en colère pour y prendre garde.

— Eh bien, sache que si. Tu n'iras nulle part sans m'en avertir.

Ne supportant plus son air indifférent, il traversa la pièce et lui prit le bras.

— Tu m'as bien entendu, Mary ?

— Il faudrait que je sois sourde pour ne pas t'entendre. Tu me hurles dans l'oreille.

Son calme était exaspérant. Il aurait voulu qu'elle soit aussi furieuse que lui. Il était inconcevable qu'il soit aussi passionné alors qu'elle était si... froide.

— Et garde tes distances avec Felton, ajouta-t-il. Dois-je te rappeler que tu es désormais mariée ?

Une lueur noire brilla dans les yeux de Mary, la première fêlure sur son masque impavide.

— Toi aussi, tu es un homme marié. Cela ne semble pas te gêner.

— De quoi parles-tu ? Je n'ai rien fait...

— Je t'ai vu au banquet, le coupa-t-elle. Je ne sais pas ce que tu racontais, mais ce devait être passionnant. Ton auditoire paraissait captivé.

Il s'était inquiété pour elle, mais il ne le lui aurait dit pour rien au monde ; elle le croyait si... superficiel. Pourtant, elle était parvenue à le faire se sentir coupable. Oui, il avait apprécié la compagnie des dames qui buvaient ses moindres paroles. Il ne les avait pas repoussées. Elles étaient si faciles à contenter.

Pas comme elle.

Il se rendait compte de son erreur. Il savait à quel point tout ce qui lui rappelait Atholl était douloureux. D'un autre côté, elle en demandait trop. Quel homme sensé voudrait se lier à une seule et même femme pour toute sa vie ?

Il songea à MacLeod. À MacSorley, à Campbell, à MacKay, à son frère. Fichtre, même à MacRuairi. Des hommes qu'il respectait et qui étaient on ne peut plus sensés.

Mais il n'était pas comme eux. Il ne confondait pas le devoir avec les émotions. Elle n'était que son épouse, nom d'un chien !

C'était sûrement la colère qui lui comprimait la poitrine à ce point.

Il aurait presque été sur le point de présenter des excuses si elle n'avait pas déclaré ensuite :

— Le petit jeu est terminé, mon seigneur ? Tu t'es lassé de jouer au mari dévoué ? À moins que je ne sois pas assez éperdue d'adoration, que je ne chuchote pas assez de platitudes à ton oreille ?

— Toutes les femmes ne sont pas aussi difficiles à impressionner que toi, ma chère Mary, répliqua-t-il.

— Il me semble que tu confonds flatterie et respect.

De toute évidence, il ne méritait pas le sien.

— Je croyais que tu te fichais de ce que je faisais ? lança-t-il.

Elle se raidit et dégagea son bras.

— C'est vrai.

— Alors pourquoi te comportes-tu comme si tu en voulais plus ?

Elle leva le menton.

— J'ignorais que j'avais le choix.

Il explosa.

— Mais que veux-tu à la fin, Mary ?

Ils se dévisagèrent. Il sentit quelque chose passer entre eux, comme si un aimant les attirait l'un vers l'autre. Il lui sembla qu'elle le sentait aussi, puis elle détourna les yeux.

— Rien de plus que ce que tu m'as promis, répondit-elle. Naturellement, tes « services » ne seront plus requis pendant quelque temps.

— De quoi parles-tu ? Tu n'as pas le droit de m'interdire l'accès à notre lit conjugal.

— Quoi, tu as oublié ? Demain, c'est le mercredi des Cendres. C'est un péché de copuler durant le Carême.

Kenneth vit rouge. Elle se fichait de lui. La piété avait bon dos ! De toute manière, l'Église considérait comme un péché le plaisir charnel sous toutes ses formes, même entre un mari et une femme.

Puisque c'était ce qu'elle voulait, tant pis pour elle ! Il avait été incapable de conquérir son cœur dans leur lit.

Peut-être qu'elle l'apprécierait mieux quand il serait absent.

Mais il se battrait jusqu'au bout, et il lui laisserait un souvenir qui la ferait réfléchir en lui donnant exactement ce qu'elle voulait. Puisqu'il ne valait guère mieux à ses yeux qu'un étalon, madame allait être servie.

— Comme tu voudras, dit-il.

Il la prit dans ses bras et la fit pivoter, la poussant doucement contre le mur.

— Que… que fais-tu ? Je croyais que…

Il enfouit son visage dans sa chevelure et sa nuque, dévorant sa peau douce avec toute la fureur des émotions qui bouillaient en lui.

— Le Carême n'a pas encore commencé.

En voyant la lueur furieuse dans son regard, Mary comprit qu'elle l'avait poussé trop loin. Elle avait eu tort de le provoquer, mais une partie d'elle-même avait espéré qu'il lui donnerait la réponse qu'elle attendait. Qu'il lui ferait la promesse qu'elle n'était pas en droit d'attendre de lui.

Apprendrait-elle jamais ?

Lorsqu'il pressa ses hanches et son torse contre son dos, elle sentit une profonde chaleur se répandre en elle. La douleur et la colère qu'elle avait ressenties remontèrent en surface et fusionnèrent en une autre émotion. Le désir, le besoin et une envie désespérée de se raccrocher à lui.

Il l'embrassa avec une passion vengeresse et une frénésie qu'il n'avait encore jamais montrées et elle lui répondit avec autant d'ardeur. Elle se lova contre lui avec un abandon total, le laissant prendre ce qu'il voulait. Il malaxait ses seins, les pétrissait et les pinçait tandis que sa bouche dévorait la peau sensible de sa nuque et de ses épaules.

Il lui prit les mains et les posa sur le mur devant elle.

— C'est ça que tu veux, n'est-ce pas ?

Elle ne lui avait encore jamais entendu ce ton. Il lui prit les hanches et les inclina de sorte à lui faire sentir son érection. Il se frotta contre elle d'une manière suggestive.

Des images de l'écurie lui revinrent en mémoire.

Elle comprit ce qu'il allait lui faire et, l'espace d'un instant, elle voulut l'arrêter. Toutefois, que ce soit par stupeur ou par désir, elle était incapable d'échapper au filet sensuel dans lequel il les avait emprisonnés tous les deux.

Elle gémit et pressa ses fesses contre lui.

Il jura, caressant ses seins d'une main et dénouant les lacets de ses culottes de l'autre. Elle sentit l'air froid sur ses jambes et sur ses fesses lorsqu'il retroussa ses jupes.

Elle était déjà moite quand ses doigts s'enfoncèrent en elle.

— Tu veux me sentir, Mary ?

La sécheresse de sa voix aurait dû l'alerter, mais elle était trop emportée par la passion pour s'en soucier.

Il poussa l'extrémité brûlante de son membre épais entre ses cuisses, le faisant glisser encore et encore sur sa fente humide, provoquant des sensations à la limite du supplice.

Elle entendait ses propres gémissements frénétiques. Elle l'implorait de tout son corps d'apaiser la tension fébrile qu'il avait fait monter en elle.

Il lui tint fermement les hanches et se plaça à l'entrée de son intimité.

— Tu veux que je te fasse jouir, c'est ça ?

La crudité de ses paroles la fit frissonner, parlant à la partie lubrique en elle et l'excitant d'une manière perverse. Elle ne frissonnait pas de révulsion mais d'envie. Il était trop tard pour reculer, il avait tellement attisé son feu qu'elle se consumait. En outre, son agressivité la rendait intrépide.

Elle sentait la masse dure et brûlante contre elle. Ses jambes tremblaient. Sa chair palpitait de désir. Elle oscilla contre lui, elle le voulait en elle avec une telle force qu'elle en aurait pleuré.

Il remua doucement et elle l'encouragea en ondulant des hanches. Mais le misérable ne lui donnait pas ce qu'elle voulait. Il la torturait, faisant durer le plaisir, la contraignant à assumer la force de son désir pour lui.

— Dis-le-moi, murmura-t-il à son oreille.

— Oui ! s'écria-t-elle. Oui !

Il la tint fermement et plongea en elle d'un grand coup de reins qui l'ébranla tout entière. Il lui souleva les hanches et lui abaissa le dos jusqu'à ce qu'elle se trouve dans l'angle parfait. Puis il plongea à nouveau, s'enfonçant en elle encore plus profondément.

Il la pilonna ainsi jusqu'à ce qu'elle gémisse, jusqu'à ce qu'elle croie que son corps allait se désagréger sous la puissance de ses assauts. Il l'emplissait complètement, profondément. Il la martelait de longs coups de reins puissants aussi frénétiques que les cris d'extase qu'il lui arrachait.

C'était brutal et fébrile. Du sexe sous sa forme la plus primitive. Son corps était encore parcouru de convulsions quand elle l'entendit pousser un râle rauque. L'instant suivant, il se répandit en elle en spasmes brûlants.

Comme tout violent orage, il ne laissa dans son sillage que désolation et destruction une fois passé. Un silence pesant s'abattit sur la chambre. Il se retira d'elle et elle sentit un courant d'air glacé sur sa peau nue. Elle était toujours pliée en deux, appuyée contre le mur. Sans lui, elle serait tombée.

Elle se redressa péniblement et serra contre sa poitrine le corsage de sa robe qui avait été fendu en deux. Ses jupes retombèrent sur ses jambes.

Elle était mortifiée. Comment avait-il pu lui faire ça ? Pire encore, comment avait-elle pu aimer cela à ce point ? Elle aurait voulu se recroqueviller en boule et pleurer.

Elle chancela et il la retint par le bras.

— Mary, je suis déso...

— Merci, l'interrompit-elle en s'efforçant de le regarder en face. C'est exactement ce que je voulais. La femme dans l'écurie avait raison. Tu es à la hauteur de ta réputation.

Elle crut le voir tiquer, mais peut-être n'était-ce que le reflet des flammes de la cheminée. Il la dévisageait avec une expression terrible qui lui brûla la poitrine.

Elle voulut reprendre ses mots, mais il était trop tard. Il tourna les talons et sortit en claquant la porte derrière lui.

Il ne lança pas un regard en arrière.

S'il l'avait fait, il l'aurait vue s'effondrer sur le sol, les traits déformés par l'horreur et le désespoir. Il aurait peut-être alors compris la vérité. Il lui avait donné exactement ce qu'elle demandait : du sexe sans une once de tendresse. Mais ce n'était pas du tout ce qu'elle voulait.

Mon Dieu, qu'ai-je fait ?

Kenneth garda ses distances autant qu'il lui était possible de le faire. Il se portait volontaire pour toutes les expéditions qui l'éloignaient du château, acceptait des missions d'éclaireur, d'escorte... Il participa même à la réparation d'un mur dans un château voisin endommagé par des rebelles de Bruce.

S'il avait cru que s'éloigner d'elle émousserait les émotions dangereuses qui se bousculaient en lui, il se trompait. Aucune mission, aucune besogne, aucun travail physique ne pouvait lui faire oublier ce qui était arrivé. Rien ne pouvait pénétrer la rage noire qui l'enveloppait tel un nuage sombre et menaçant.

Il avait perdu son sang-froid. Il avait voulu la forcer à reconnaître qu'il y avait quelque chose entre eux, et n'était parvenu qu'à lui donner raison.

MacKay n'avait peut-être pas tort. Il n'était pas à la hauteur. Son tempérament lui jouait encore de sales tours. La mission qui devait lui permettre d'établir sa place au sein de la garde était un fiasco. Il n'impressionnait personne. Il avait beau coller au train de Percy, il n'avait pu lui soutirer aucune information utile. Il ne savait toujours pas quels châteaux les Anglais utiliseraient pour leur campagne ; ses espoirs de voir sa femme et son beau-fils rejoindre Bruce de leur plein gré s'éloignaient ; il n'avait pas manié une arme dans un combat depuis des semaines et le sang-froid qu'il avait si chèrement acquis le désertait à nouveau.

Une semaine s'était écoulée avant qu'il se sente capable de rentrer au château. Hélas, sept jours n'avaient pas suffi.

Après s'être récuré dans le Tweed (l'eau glacée de la rivière lui avait paru préférable à un bain chaud dans sa chambre), il entra dans la cour par la poterne et vit une scène qui hérissa ses instincts de guerrier.

Felton entraînait ses hommes.

— Encore ! cria-t-il.

Le champion de Percy faisait une démonstration de techniques de combat à l'épée, et la malheureuse victime de sa leçon n'était autre que David Strathbogie.

Le jeune comte d'Atholl était tombé à genoux après avoir reçu un coup. D'après la poussière qui le couvrait des pieds à la tête et la difficulté qu'il avait à se relever, ce ne devait pas être la première fois.

Lorsqu'il parvint enfin à tenir debout, Felton fondit à nouveau sur lui, l'exhortant à lever son épée et à se défendre comme un homme, puis le renvoyant à terre avec une série de frappes complexes et expertes qu'un jeune écuyer inexpérimenté n'avait aucune chance de pouvoir parer.

Le sang de Kenneth bouillit devant cette prétendue leçon qui n'avait qu'un seul but : humilier le garçon. Felton le ridiculisait délibérément devant les autres.

— Lève-toi et bats-toi, ordonna Felton en le poussant de son épée. Nous n'en avons pas terminé.

Kenneth s'était trouvé trop souvent à la place de David pour ne pas savoir à quel point son jeune orgueil en souffrait. Sans même réfléchir, il dégaina son épée (il eut quand même la présence d'esprit d'utiliser sa main gauche puisqu'il prétendait encore que sa blessure l'empêchait de se battre pleinement). Il se fraya un passage dans le cercle d'hommes. Il ne voyait plus que l'arme de Felton pointée vers le gamin. Il s'approcha et, d'un coup sec de sa lame, fit voler l'épée du chevalier hors de sa main.

Le bruit du métal tombant sur le sol résonna dans le silence stupéfait qui s'était abattu sur le terrain.

— Vous avez perdu la tête ? explosa Felton. Que vous prend-il ?

— Une épée n'est pas un jouet. Je montrais simplement aux garçons que vous commettiez une erreur en la tenant de cette manière.

— Comment osez-vous vous mêler de mon…

— Vos hommes aimeraient peut-être vous voir pratiquer vos techniques sur quelqu'un de votre taille.

Il sentait Felton piaffer de rage sous son heaume. Un de ses hommes ramassa son épée et la lui apporta.

— Je croyais que votre bras n'était pas encore guéri ? cracha-t-il.

— C'est vrai, j'utiliserai mon bras gauche.

Il n'était pas aussi bon de la main gauche, mais cela ferait l'affaire. Il vit une lueur de satisfaction dans le regard de Felton, qui s'imaginait sans doute pouvoir profiter de sa faiblesse. Il allait humilier ce bâtard et lui faire payer au centuple tout ce qu'il avait fait subir à David.

— Attends !

Kenneth se tourna en entendant cette voix familière. Mary courait vers eux. Elle portait une grande cape à capuche dont les pans engloutissaient ses formes, probablement autant pour la protéger du froid que pour dissimuler son ventre.

— Te voilà ! reprit-elle d'une voix essoufflée. Je t'attendais.

Ses paroles auraient sans doute eu un autre effet sur lui s'il n'avait pas perçu l'inquiétude derrière son sourire exagéré.

Il crispa les mâchoires, devinant son intention.

Elle feignit de se rendre compte de la foule autour d'eux.

— Oh, excusez-moi. J'interromps quelque chose ?

Elle savait pertinemment ce qu'elle venait d'interrompre, et elle l'avait fait exprès. Elle ne voulait pas qu'il se batte contre Felton parce qu'elle était convaincue qu'il perdrait.

Elle remarqua soudain David, toujours au sol et couvert de poussière. Kenneth anticipa son geste instinctif et, avant qu'elle ne l'humilie davantage en se précipitant vers lui pleine de compassion maternelle, la retint par le bras. Il lui adressa un regard de mise en garde.

— Rien qui ne puisse être remis à plus tard, répondit-il. Tu voulais quelque chose ?

— Euh... oui.

Elle détourna le regard de son fils à contrecœur et se tourna vers Felton avec un sourire rayonnant.

— J'espère que vous n'y verrez pas d'inconvénient, sir John, mais un problème concernant l'un de mes domaines doit être réglé de toute urgence.

Felton s'inclina galamment.

— Mais bien sûr, ma dame.

Au regard moqueur qu'il lança à Kenneth, il était clair qu'il avait compris, lui aussi, le vrai motif de son intervention. Ils savaient tous les deux qui était le meilleur chevalier à ses yeux.

— Nous finirons ceci dès que sir Kenneth sera de nouveau disponible, déclara-t-il.

Kenneth serra les poings. Il n'avait rien à prouver à personne mais, bon sang, quel plaisir il aurait eu à lui rabattre son caquet !

— Kenneth ? dit Mary en posant la main sur son bras.

Sa voix douce transperça la brume de sa colère. Si tentant que cela puisse être, il ne pouvait pas se le permettre. La satisfaction personnelle qu'il aurait ressentie en battant Felton n'en valait pas la peine. Sa femme avait dit juste, quoique pour les mauvaises raisons : se mettre Felton à dos n'était pas malin. Elle venait de l'empêcher d'empirer la situation. En humiliant Felton, il se serait fait de lui un ennemi mortel et le chevalier n'aurait eu de cesse qu'il ne le discrédite. Il le surveillait déjà trop étroitement.

Après un dernier regard à Felton, lui signifiant que ce n'était que partie remise, il emmena son épouse hors du terrain d'entraînement.

Ils marchèrent en silence jusqu'à la chambre qu'ils partageaient depuis leur mariage. Une fois à l'intérieur, elle se débarrassa de sa cape et la lança sur la malle au pied du lit. Elle était nerveuse. Ses mains tremblaient et elle papillonna dans la pièce pendant plusieurs minutes avant de lui faire face.

Il se tenait immobile près de la porte.

Elle saisit la cruche sur la table et emplit un gobelet de vin.

— Tu en veux ? demanda-t-elle.

— Non.

Elle se tourna sur le côté. Il pouvait voir la courbe douce de son ventre sous sa robe en laine. Elle avait changé en une semaine. Elle ne pourrait plus cacher sa grossesse sous de lourdes robes et des capes amples encore bien longtemps. Il allait devoir la mettre à l'abri…

Il s'éclaircit la gorge.

— Le bébé… Tu vas bien ?

— Oui, répondit-elle, surprise.

Il y eut un autre silence pesant. Les murs de la chambre semblaient se refermer sur lui. Elle se tenait trop près. Il avait envie de la toucher, de la prendre dans ses bras, de lui faire l'amour jusqu'à ce qu'elle admette ce qu'il y avait entre eux.

Il devait sortir d'ici.

— Tu as parlé d'un problème sur l'un de tes domaines ?

Elle se mordit la lèvre.

— J'ai menti. Je me rendais dans la grande salle quand je t'ai aperçu avec sir John. La manière dont il te regardait… (Elle frissonna.) Je ne sais pas ce qu'il y a entre vous, mais tu devrais l'éviter.

— C'est impossible.

C'était elle qui était entre eux, mais elle ne le voyait pas.

— Mais pourquoi ? protesta-t-elle. Doux Jésus, j'ai cru qu'il allait te tuer.

— Tu devrais avoir davantage foi en moi.

— J'ai foi en toi mais… ton bras est toujours blessé.

Ils savaient tous les deux qu'il ne s'agissait pas uniquement de son bras.

— Tu n'as pas à t'inquiéter, répondit-il. Je n'ai aucune intention de croiser le fer avec Felton.

— Ah non ?

Elle ne paraissait guère convaincue.

— Je ne te rendrai pas veuve aussi facilement.

— Ce n'est pas ce que j'ai voulu dire, dit-elle, agacée.

— Vraiment ?

Il haussa les épaules d'un air indifférent. Pourtant, il ne l'était pas du tout. Il était surpris de constater à quel point il voulait qu'elle croie en lui. Il ignorait à quel moment c'était devenu aussi important pour lui.

Fichtre, il croyait avoir fini de faire ses preuves. Il n'aurait pas pensé devoir recommencer pour sa propre épouse.

— Votre dispute avait-elle un rapport avec David ? demanda-t-elle. Je voulais justement t'en parler. Je m'inquiète de...

— Laisse David tranquille, Mary. Il doit régler ce problème par lui-même.

Elle écarquilla les yeux.

— Quel problème ? Je savais que quelque chose n'allait pas. Il est si taciturne depuis quelque temps. Est-ce à cause de sir John ? De l'un des autres garçons ? Si tu sais quelque chose, tu dois me le dire.

Elle défendait son fils avec férocité. Si seulement elle avait ressenti des sentiments aussi intenses pour lui ! Elle serait une bonne mère pour leur enfant. Toutefois, ce n'était pas des attentions d'une mère dont David avait besoin pour le moment.

— Il est trop vieux pour être dorloté, Mary.

Ses yeux s'emplirent de larmes.

— Je le sais.

— Il aura à nouveau besoin de toi un jour. Laisse-lui le temps.

Il se tourna vers la porte.

— Où vas-tu ? Tu repars déjà ?

— Hélas non. Percy attend mon rapport.

Il soutint son regard et demanda :

— Tu voulais autre chose de moi ?

Elle rougit et détourna les yeux.

— Non.

Que s'était-il imaginé ?

— Je rentrerai probablement tard. Ne m'attends pas, déclara-t-il.

— Oh.

Il vit une ombre étrange sur son visage. De la déception ? Il n'aurait su le dire. Il était trop troublé par ses propres émotions pour pouvoir déchiffrer celles des autres.

En fuyant de la chambre qui était devenue pour lui une salle de torture, Kenneth se rendit compte qu'il allait devoir réagir. Il ne tiendrait pas un jour de plus, sans parler des trente-trois jours restants du Carême, s'il ne trouvait pas un moyen de se débarrasser de cette frustration qui le prenait à la gorge.

21

Mary était consciente d'avoir commis une erreur. La conversation raide et empruntée qu'ils avaient eue une semaine après que Kenneth l'avait prise contre le mur dans une explosion de stupre n'avait été que le signe précurseur de ce qui allait suivre.

Depuis qu'elle l'avait chassé de son lit presque quarante jours plus tôt, il n'y avait plus eu de rubans, de fleurs, de petits pains ni de balades à cheval. Plus de longues conversations non plus. Elle se préparait ses propres bains, ne trouvait plus d'excuse pour sortir du château et leurs échanges étaient brefs et impersonnels.

C'était comme être de nouveau mariée à Atholl, à la différence près que Kenneth s'effondrait toutes les nuits à côté d'elle quand il rentrait enfin, empestant le whisky et encore humide de son bain dans la rivière.

Au moins avait-il la décence de dissimuler l'odeur de ses maîtresses avant de se coucher. Il lui était néanmoins difficile d'être reconnaissante pour sa discrétion quand la seule idée de l'imaginer avec une autre femme la plongeait dans une détresse à côté de laquelle ce qu'elle avait subi avec Atholl n'était rien.

Elle s'était efforcée de traiter cette union avec lucidité et un cœur endurci. Elle avait échoué lamentablement. Elle était tombée amoureuse de son mari. Ce n'était pas l'adoration d'une jeune fille rêveuse pour un mythe, mais l'amour d'une femme qui appréciait l'homme imparfait autant qu'elle admirait le héros.

Elle aimait l'enfant qui avait toujours dû se battre pour s'imposer et qui s'était hissé parmi les meilleurs. Elle aimait découvrir que, sous la carapace du féroce guerrier invincible, se trouvait un homme profond et, sir Adam avait raison, sensible. Elle aimait sa fougue et l'enviait. Même quand il perdait son sang-froid. Elle aimait lui tenir tête, le défier. Il la faisait se sentir plus hardie et plus forte. Il ne l'avait jamais traitée comme un meuble mais comme une égale. Il l'écoutait, s'intéressait à ce qu'elle pensait.

Ironiquement, en voulant se protéger d'un mariage qui aurait trop ressemblé au premier, elle avait tout fait pour le rendre identique. Elle l'avait chassé de son lit, pourquoi était-elle surprise qu'il en ait trouvé un autre ?

Elle n'avait plus que des regrets. Elle avait été sotte de croire qu'il ne s'agissait que de désir physique. Le vide qu'elle avait ressenti dans son cœur lorsqu'il était parti cette nuit-là était la preuve du contraire. Elle avait laissé la fierté et la jalousie l'empêcher de lui révéler ses sentiments. En outre, elle n'aurait pas dû intervenir dans sa querelle avec sir John. Même si David refusait de lui expliquer ce qui s'était passé, elle soupçonnait Kenneth d'avoir voulu le protéger.

Tu devrais avoir davantage foi en moi. Il avait raison. Elle l'avait vu combattre. Elle savait ce dont il était capable. Toutefois, il ne parlait pas seulement de sa confiance en ses capacités physiques. Mais comment croire en lui alors qu'il ne lui avait fait aucune promesse ?

D'un autre côté, elle ne lui en avait pas demandé. Elle avait accepté ce qu'elle avait cru être son sort. Elle s'était efforcée de s'adapter à ce que la vie lui donnait, comme à son habitude.

Cela ne suffisait pas. Pas cette fois. Elle ne pouvait plus se satisfaire de ce qu'elle avait. Elle voulait plus. Elle voulait son cœur.

Comment parviendrait-elle à percer cette muraille en apparence impénétrable qui s'était dressée entre eux ?

Chaque fois qu'elle s'enquérait de sa journée ou de ses activités, il répondait à peine. Même sa tentative de soigner sa mâchoire blessée lors d'une rixe dans une taverne avait été repoussée. Depuis qu'il avait repris son entraînement, il rentrait couvert d'écorchures et de contusions. Si elle exprimait son inquiétude, il se hérissait comme si elle mettait ses aptitudes en doute.

Le Carême arrivait à sa fin et elle n'osait espérer qu'il recommencerait à la toucher. Le cas échéant, serait-ce uniquement une répétition de leur dernier rapport ? Et s'il ne la désirait plus jamais ?

Après ce que lui avait appris le moine au couvent, elle avait envisagé de demander de l'aide à Kenneth, mais il ne lui en laissait jamais l'occasion. Quant à sir Adam, il était rentré au château de Huntlywood afin de préparer son voyage en France. Elle avait envoyé un palefrenier porter une donation substantielle à l'église pour Pâques, ainsi qu'une lettre adressée au moine, frère Thomas, lui demandant de la prévenir s'il avait la moindre information supplémentaire sur la nonne italienne qui lui ressemblait tant.

Quelques jours avant Pâques, le prêtre du château vint la trouver après le déjeuner pour lui transmettre un message de frère Thomas. La nonne était revenue.

Pouvant à peine contenir son excitation, elle se précipita dans la grande salle dans l'espoir que Kenneth y serait encore. Il accepterait sûrement de l'accompagner.

Elle ne trouva que Willy, son écuyer. Il lui apprit que Kenneth était remonté dans leur chambre. Surprise, elle traversa la cour en courant et grimpa l'escalier de la tour.

Dès qu'elle ouvrit la porte, son excitation retomba. Il s'était changé ; son *cotun* en cuir noir avait remplacé la belle tunique qu'il avait portée lors du déjeuner. Elle savait ce que signifiait cette tenue.

— Tu pars ? demanda-t-elle.

Il se raidit, comme s'il se préparait à quelque chose de déplaisant.

— Oui, je me rends en ville.

— Dans une autre taverne ?

L'accusation lui arracha un demi-sourire.

— Je croyais que cela ne t'importait pas ?

Elle ravala sa fierté et fit, sinon un bond en avant, du moins un premier pas.

— Et si cela m'importait ? demanda-t-elle doucement.

Ils se dévisagèrent. L'espace d'un instant, il parut vouloir dire quelque chose, puis il se détourna.

— Je rentrerai sans doute tard, déclara-t-il.

Comme tous les soirs. Elle déglutit, le cœur palpitant. Sa seconde tentative fut encore plus difficile que la première.

— Je peux venir avec toi ? J'ai une course à faire en ville. J'ai reçu des nouvelles très prometteuses et je te serais reconnaissante si tu pouvais m'aider.

— Cela devra attendre, je le crains.

— Cela ne peut pas att…

— Pas aujourd'hui, Mary.

Son ton sec la fit sursauter.

— Soit, murmura-t-elle.

Elle s'efforça de ne pas paraître blessée, sans grand succès.

Il jura dans sa barbe et se passa la main dans les cheveux, l'air embarrassé.

— Il se passe beaucoup de choses en ce moment. Je suis très occupé.

— Je comprends. Tu te prépares à la guerre.

Pourtant, ce n'était pas tout. Quelque chose le préoccupait. Que ne lui disait-il pas ?

— Édouard se mettra bientôt en route, déclara-t-il. J'ai parlé à sir Adam. Je crois que le moment est venu.

— Quel moment ?

— Celui de t'éloigner du château.

Mary se figea.

— Tu m'envoies ailleurs ? demanda-t-elle d'une voix étranglée.

Il évita son regard.

— L'enfant... dit-il. Tu ne pourras bientôt plus le cacher. Les gens vont jaser.

Elle ne répondit pas, craignant que les larmes qu'elle refoulait ne débordent dès qu'elle ouvrirait la bouche. Il avait raison, ses dames de compagnie avaient deviné son secret depuis des semaines. Mais elle savait que c'était également un prétexte.

— C'était ce qui était prévu, Mary. J'essaie de te protéger.

— Quand ? parvint-elle à dire.

— Après la fête de Pâques. Ce ne sera pas pour longtemps et tu ne seras qu'à quelques dizaines de kilomètres d'ici. Sir Adam offre de nous accueillir au château de Huntlywood pendant qu'il sera en France. Tu pourras emmener tes dames de compagnie. Tout a été arrangé.

— Comme c'est gentil de ta part de t'occuper de tout. T'es-tu seulement demandé ce que je souhaitais avant de faire tes arrangements ?

Il ne répondit pas et se rapprocha de la porte.

— Tu ne peux pas comprendre pour le moment. Mais c'est pour le mieux.

Pour le mieux ? Mary ne savait plus ce que ça voulait dire, ce qui ne signifiait pas qu'elle ne pouvait pas faire ses choix elle-même.

— C'est très prévenant de ta part de l'avoir décidé à ma place.

Elle ne sut pas comment il avait pris son sarcasme car elle ne le regardait plus. Il lui sembla qu'il avait hésité un instant avant de sortir mais, quoi qu'il ait ressenti, ce n'était pas suffisant pour le retenir.

Peu après son départ, Mary enfila sa cape et se rendit aux écuries. Même si son cœur était en lambeaux, elle ne pouvait laisser passer une chance de retrouver sa sœur.

Elle avait prévu de se faire escorter par plusieurs hommes de Percy quand sir John l'aperçut en chemin vers le portail et insista pour l'accompagner lui-même avec ses gardes. Elle ne tenta pas de l'en dissuader, peut-être parce qu'elle savait que cela énerverait son mari.

Elle le regretta rapidement. Apparemment, sir John ne considérait pas son mariage comme un obstacle suffisant pour arrêter de lui faire la cour. Il laissa entendre à plusieurs reprises (à trop de reprises pour qu'elle puisse se méprendre sur ses intentions) que s'il arrivait malheur à Kenneth ou que si « tout ne se passait pas comme elle l'avait espéré », il serait toujours là pour elle. Et pour son fils. Elle était très mal à l'aise.

Puis, lorsqu'ils arrivèrent à l'église, frère Thomas et la nonne italienne demeurèrent introuvables. L'abbesse lui affirma que le couvent n'avait reçu aucune visite depuis des jours, hormis celle de l'évêque de St. Andrews, et que le moine s'était forcément trompé.

Sa déception fut cruelle.

La nuit était tombée pendant qu'elle était dans l'église. Lorsqu'ils redescendirent la colline en direction de la ville, Mary commença à prêter davantage attention à son environnement. Elle ne s'était jamais trouvée à Berwick à une heure aussi tardive et l'ambiance lui paraissait beaucoup moins recommandable que durant la journée, quand les rues grouillaient de marchands.

Sir John sentit son malaise.

— Vous n'avez rien à craindre, ma chère. Je suis avec vous. Personne n'oserait s'en prendre aux hommes du roi.

À voir les mines patibulaires des hommes qui les regardaient passer, elle n'en était pas si certaine. Elle fut néanmoins soulagée de remarquer qu'il y avait également quelques femmes dans les rues.

La foule devint plus dense à mesure qu'ils approchaient de la rue principale. Un événement semblait se préparer. Un spectacle, peut-être ? Une fête ?

Ses soupçons se confirmèrent lorsqu'une clameur s'éleva plus loin, suivie d'applaudissements.

— Que se passe-t-il ? demanda-t-elle.

Sir John leva la main pour signaler aux hommes de s'arrêter. Il se haussa dans ses étriers pour examiner la rangée de hauts bâtiments et les venelles. Il était difficile de distinguer d'où venait le bruit. Ils apercevaient de la lumière au fond d'une ruelle.

— Je l'ignore, mais nous allons le savoir.

La voyant sceptique, il la rassura :

— Il n'y en a pas pour longtemps.

Intriguée et enhardie par la présence de la demi-douzaine d'hommes de Felton, armés et revêtus de cottes de mailles, Mary se laissa descendre de selle, veillant à protéger son ventre. Comme dans le cas de sa première grossesse, elle avait relativement peu grossi. Dans ses robes épaisses, elle paraissait plus potelée qu'enceinte. Néanmoins, l'enfant devant naître dans deux mois, elle était beaucoup plus gênée dans ses mouvements et se fatiguait facilement.

Une autre clameur s'éleva tandis qu'ils s'enfonçaient dans la ruelle. Il faisait sombre entre les bâtiments et seule la lumière devant eux les guidait. Quand ils approchèrent, elle vit sir John se tendre.

— Que se passe-t-il ? demanda-t-elle.

— C'est bien ce que je craignais, répondit-il.

Il ne lui fallut pas longtemps pour comprendre de quoi il parlait. La ruelle débouchait sur une petite cour carrée. Un bâtiment avait dû s'y dresser autrefois. Il n'en restait plus que les fondations, qui formaient une fosse dans laquelle deux hommes se battaient.

Des flambeaux suspendus tout autour éclairaient les adversaires. La foule s'entassait sur des murets effondrés, des pierres ou des planches de bois. D'autres suivaient le spectacle depuis les toits et les fenêtres des maisons voisines.

— Un tournoi clandestin ? demanda-t-elle.

— Oui, confirma sir John. Le roi sera ravi d'apprendre ce que nous avons découvert. Il a fait interdire ces tournois dans toutes les Marches, si on peut appeler « tournoi » ces rixes sauvages et vulgaires entre gueux.

Elle avait entendu parler de ces combats illégaux mais n'en avait encore jamais vu. Il s'agissait essentiellement d'un affrontement brutal où tous les coups étaient permis. Ils étaient censés prendre fin lorsque l'un des deux adversaires demandait grâce, mais se terminaient souvent par sa mort.

Le public criait quelque chose. Cela ressemblait à « iceberg ». Curieuse, elle s'approcha du bord de la fosse pour mieux voir les combattants.

Elle poussa un cri d'horreur. Les deux hommes avaient la tête protégée par un heaume, mais ne portaient que des braies et des chausses. Ils étaient torse nu. La sueur et le sang ruisselaient sur leurs muscles tandis qu'ils se battaient avec une férocité inouïe. Il n'y avait là rien d'élégant ni de noble. C'était un concours de violence et de force brute. Chaque adversaire utilisait une arme en plus de ses poings. Le plus grand et le plus élancé des deux maniait un marteau. L'autre, plus corpulent, avec un cou aussi épais que son crâne, brandissait un fléau d'armes. Contrairement aux tournois officiels, les armes n'étaient pas émoussées.

Toutefois, ce ne fut pas la brutalité du combat qui lui scia les jambes, mais d'avoir instantanément reconnu le plus grand des deux adversaires. Ces bras et ce torse ne pouvaient appartenir qu'à un seul homme.

Le soulagement qu'elle aurait pu éprouver en constatant que son époux n'était pas dans une taverne avec une femme fut éclipsé par le danger qu'il courait. Sir John se ferait une joie de le dénoncer s'il découvrait qu'il participait à des tournois clandestins.

La question de savoir pourquoi il choisissait de se battre ici plutôt qu'au château avec les soldats pouvait attendre. Pour le moment, le plus urgent était d'éloigner sir John et ses hommes.

Elle tourna les talons en demandant de rentrer au château et heurta accidentellement l'homme qui se tenait à côté d'elle. Au même moment, il se passa quelque chose dans la fosse et tout le monde se pencha en avant. Déséquilibrée, autant par le mouvement que par son ventre, elle tomba en arrière.

Elle aurait basculé dans la fosse, quelques mètres plus bas, si sir John ne l'avait pas retenue.

Elle s'accrocha à son cou et leurs regards se croisèrent.

Il ouvrit de grands yeux ronds.

— Vous êtes enceinte !

Quelque chose ne tournait pas rond ce soir. Depuis près d'un mois, Kenneth se battait deux fois par semaine, voire trois, dans les Fosses de l'enfer, le surnom de ce tournoi secret. Il était risqué de participer à ces combats interdits, mais les provocations de Felton n'avaient cessé d'augmenter au cours des dernières semaines et la situation avec son épouse lui était devenue intolérable. Les combats lui permettaient non seulement de défouler sa colère, mais également de se préparer à la guerre prochaine. Comble de l'ironie, il s'était inspiré de MacKay qui avait caché son identité pour le défier lors des jeux des Highlands.

Jusqu'à présent, il n'avait connu aucune défaite. Il était le champion et le favori de la foule. Généralement, entendre scander « L'Iceberg ! L'Iceberg ! », son pseudonyme, le revigorait.

Mais pas ce soir. Il ne ressentait pas l'excitation ni la soif de sang habituelles. Il écrasait ses adversaires les uns après les autres, plus pressé d'en finir que de savourer ses victoires.

Il n'était pas assez concentré, il repensait sans cesse à sa conversation avec Mary. Elle avait essayé de lui dire quelque chose, mais il ne l'avait pas écoutée, trop absorbé par sa mission. Le temps pressait et il devait la mettre à l'abri. L'éloigner du château serait la première étape. Naturellement, elle ne l'avait pas compris. Comment l'aurait-elle pu quand elle ignorait la vérité ?

Distrait, il se prit un coup dans la mâchoire, puis évita de justesse la boule en acier hérissée de piques qui passa à un cheveu de sa cage thoracique. Il se ressaisit, comprenant qu'il avait tout intérêt à se concentrer sur la brute qui faisait de son mieux pour le tuer.

Il venait d'envoyer son marteau dans les côtes de son adversaire, suivi d'un coup de pied qui l'envoya bouler dans la poussière quand un cri retentit dans le public. Un cri de femme.

Il lança un regard en direction du bruit et aperçut un mouvement. Une femme tomba à la renverse vers la fosse et fut rattrapée au dernier instant par un homme.

Il tenta de se convaincre qu'il hallucinait. Ce ne pouvait pas être elle… ni lui !

Il n'aurait su dire ce qui déclencha sa réaction : la panique différée de l'avoir vue tomber en sachant qu'il ne pouvait rien y faire, ou le fait que l'homme qui avait évité la catastrophe et la tenait serrée contre lui était Felton.

Il paraissait sur le point de l'embrasser.

Il se propulsa hors de la fosse en bondissant sur un fragment de mur effondré et fondit sur le couple.

— Ôte tes mains d'elle !

Felton se tourna vers lui d'un air ahuri.

— Kenneth, non ! s'écria Mary en s'extirpant de l'étreinte de Felton.

Kenneth était trop aveuglé pour l'entendre. Entre sa peur de la perdre et le fait de l'avoir vue dans les bras de celui qui le provoquait depuis des semaines, il n'était plus qu'une force brute possédée par la rage.

Son poing droit percuta le heaume d'acier de Felton tandis que le gauche s'enfonçait dans son ventre.

Avant que les hommes de Felton puissent venir à son secours, quelqu'un dans le public cria « Les soldats ! » et tout le monde s'élança vers la ruelle. Croyant qu'ils étaient attaqués, les hommes sortirent leurs armes et se retrouvèrent rapidement submergés quand la foule réagit à la menace et se referma sur eux.

Felton voulut dégainer son épée. Kenneth anticipa son geste et, d'un coup de pied, la fit voler de sa main.

Felton était entièrement couvert de sa cotte de mailles alors que Kenneth était torse nu et n'avait que son heaume pour se protéger. Peu importait. Il n'y avait rien de chevaleresque dans sa manière de se battre. Il se servait de ses poings, de ses coudes, de ses jambes, de ses pieds… de tout ce qui pouvait lui être utile pour gagner. Felton brandit son bouclier ; Kenneth le lui arracha. Il sortit sa dague ; Kenneth la fit tomber. Il saisit tout ce qui lui tombait entre les mains pour se défendre, mais ses armes ne faisaient pas le poids face à l'adresse et à la force brute de Kenneth. Ce dernier avait reçu tant de coups au cours des dernières semaines qu'il ne ressentait pratiquement plus la douleur. En moins d'une minute, il avait la victoire qu'il désirait depuis des mois. Felton était couché sur le dos et il l'immobilisait d'un pied sur sa gorge.

— Si tu touches encore ma femme, je te tue.

Les yeux de Felton brûlaient de rage sous son heaume. Il tenta de dire quelque chose, mais le pied de Kenneth l'en empêcha.

La foule avait formé un large cercle autour d'eux, mais Kenneth n'était conscient que d'un seul regard sur lui. Mary le contemplait, les yeux écarquillés, comme si elle le voyait pour la première fois.

— S'il te plaît, dit-elle d'une voix douce qui lui fit l'effet d'un baume. C'est fini. Je n'ai rien. Il ne faisait que m'aider.

Kenneth desserra les mâchoires, son instinct luttant avec son sens de l'honneur. La raison commençait à percer le voile de sa fureur. Ce bâtard de Felton l'avait tenue un peu trop longtemps et d'un peu trop près, mais il l'avait sauvée. Kenneth avait de nombreuses raisons de vouloir le tuer, mais celle-ci n'en était pas une.

Il ôta son pied de sa gorge et recula d'un pas.

Mary se précipita vers lui et se jeta dans ses bras, enfouissant son visage contre son torse en dépit de la crasse et du sang. Il referma ses bras autour d'elle. Cela lui parut si juste, si parfait, qu'en l'espace d'un instant il sut la vérité.

Tout en réconfortant son épouse en sanglots, il surveillait Felton qui se relevait péniblement en se massant le cou.

— Je vous ferai emprisonner pour ce que vous venez de faire, cracha-t-il.

— Si vous tenez à conserver votre place de champion de Percy, vous ne direz rien, répondit calmement Kenneth.

— Les tournois clandestins sont interdits.

— Avec la guerre qui approche, vous croyez vraiment qu'Édouard emprisonnera l'un de ses meilleurs chevaliers ? Surtout lorsqu'on saura que j'ai vaincu le champion de Percy ? Peut-être qu'en guise de procès je demanderai un duel judiciaire et vous défierai afin que tout le château me voie vous détrôner.

Felton était livide.

— Fils de catin ! Et votre prétendue blessure au bras ? Pourquoi vous battez-vous ici et non sur le terrain d'entraînement ? Que cachez-vous ?

— Cela fait partie de mon entraînement, répliqua Kenneth. Je voulais m'assurer d'avoir récupéré toutes mes forces avant que nous nous mesurions sur le terrain. Mais il me semble que nous venons de vérifier que j'étais entièrement rétabli. Je peux expérimenter ici d'autres formes de combat que je ne peux pas pratiquer au château avec des chevaliers.

Felton fulminait. Kenneth en avait terminé avec lui ; il savait qu'il ne dirait rien.

— Rassemblez vos hommes et rentrez au château.

Mary avait suivi leur échange en essuyant ses larmes.

Felton tendit la main vers elle.

— Lady Mary.

Kenneth blêmit mais, avant qu'il ait pu répondre, Mary secoua la tête et se serra plus fort contre lui.

— Je raccompagnerai moi-même ma femme, déclara-t-il.

Après un dernier regard assassin, Felton tourna les talons et partit.

Kenneth savait qu'il avait commis une erreur. Il avait donné à Felton une raison de plus de chercher à lui nuire. Mais peu lui importait. C'était lui que Mary avait choisi.

22

Kenneth aurait pu rester là à la serrer dans ses bras durant des heures, mais la foule autour d'eux était trop agitée. Il lui prit le menton et leva son visage vers lui.

— Tu es sûre que tu n'as rien ?

Elle secoua la tête. L'émotion dans ses grands yeux bleu-vert lui chavira le cœur.

Il lui fallut un temps interminable pour récupérer ses affaires, se changer, puis retrouver son cheval qu'il avait confié à un garçon en lui donnant une pièce. Enfin, il put reprendre le chemin du château en silence, sa femme assise en selle devant lui.

En passant sous le portail, ils ne virent aucun garde. Cela n'avait rien de surprenant. Felton tenait trop à sa place de champion pour risquer d'être ridiculisé devant tout le château. Cependant, Kenneth savait qu'il le guetterait et attendrait l'occasion de se venger.

En dépit de sa victoire, il ne se faisait aucune illusion. En perdant son calme, il s'était placé une épée de Damoclès au-dessus de la tête.

Toutefois, c'était surtout le rôle de Mary dans cette affaire qui le rongeait. Le temps qu'ils parviennent dans leur chambre, il était tiraillé entre la jalousie et la suspicion.

Dès qu'il eut fermé la porte derrière eux, il la prit par les épaules.

— Pourquoi, Mary ? Que faisais-tu en ville avec lui ?

Elle écarquilla les yeux.

— De quoi m'accuses-tu, au juste ?

— N'ai-je pas de bonnes raisons d'être suspicieux quand j'aperçois ma femme dans les bras d'un autre au milieu d'une foule ? M'as-tu suivi, ou y a-t-il une autre explication à ta présence en ville avec Felton ?

Des étincelles s'allumèrent dans le regard de Mary.

— Des raisons d'être suspicieux ? répéta-t-elle. Et moi, alors ? Tu m'as laissée croire que tu te rendais en ville pour retrouver d'autres femmes, alors que tu participais à des tournois clandestins où tu aurais pu te faire tuer ou finir en prison.

— Je ne pensais pas que cela t'importait.

— Eh bien, cela m'importe, et beaucoup ! J'ai bien peur que tu doives te faire une raison.

Il était tellement surpris par cet aveu qu'il ne put répondre tout de suite. Que voulait-elle dire exactement ?

— Tu le penses vraiment ?

Elle acquiesça avant de poursuivre :

— Je ne te suivais pas et, si je me trouvais avec sir John, c'est ta faute.

— Ma faute ? Je t'avais pourtant demandé de ne pas sortir du château sans ma permission.

Elle lui adressa un regard qui lui indiquait clairement ce qu'elle pensait de sa permission.

— J'ai présumé que tu n'étais pas sérieux, répliqua-t-elle. Que tu n'avais parlé que sous l'effet de la colère.

Il avait été on ne peut plus sérieux. Si cela n'avait tenu qu'à lui, il l'aurait enfermée au sommet d'une tour ou sur une île perdue des Hébrides jusqu'à la fin de la guerre.

Il l'écouta néanmoins tandis qu'elle lui expliquait le message de frère Thomas concernant la nonne qui lui ressemblait. Elle était venue lui demander de l'accompagner et, quand il avait refusé, avait accepté l'offre de sir John.

Bigre. Il ne s'était rendu compte de rien. Il se sentit coupable. Pour une fois qu'elle lui demandait son aide, il la lui avait refusée.

Elle poursuivit :

— Sur le chemin du retour, nous avons entendu un vacarme. Sir John a voulu voir de quoi il retournait.

— Il n'aurait jamais dû t'emmener avec lui. Par tous les saints, tu aurais pu être tuée !

Elle étudia son visage, semblant chercher les sentiments qui se cachaient derrière ses paroles.

— C'était un accident. En voulant partir précipitamment pour ne pas que sir John te reconnaisse, j'ai trébuché. Je sais que ce n'est pas ce que tu as envie d'entendre, mais sir John m'a rendu un grand service.

Il serra les dents, sachant qu'elle était dans le vrai.

— Ma réaction était peut-être un peu excessive, admit-il.

— « Peut-être » ?

Kenneth continua comme s'il ne l'avait pas entendue :

— Cela dit, reconnais qu'il a profité de la situation. Il t'a serrée contre lui un peu trop longtemps. J'ai cru qu'il allait t'embrasser.

Elle sembla réprimer un sourire, ce qui acheva de l'agacer.

— Je crois surtout qu'il était choqué, répondit-elle. Il s'est rendu compte que j'étais enceinte.

Ce fut au tour de Kenneth de se retenir de sourire.

— Tant mieux ! dit-il. Il a peut-être enfin compris que tu ne changerais pas d'avis.

— Il n'en a jamais été question, répliqua-t-elle en le regardant dans les yeux.

Avant qu'il ait pu réfléchir à ce qu'elle venait de dire, elle reprit :

— Que faisais-tu là-bas, Kenneth ? Pourquoi te battais-tu comme une vulgaire canaille dans cette fosse plutôt que dans la cour avec les autres chevaliers ?

— Je l'ai expliqué à Felton. Je voulais récupérer mes forces avant de lui donner le combat qu'il réclame à cor et à cri.

C'était une piètre excuse et il était clair qu'elle n'était pas entièrement convaincue. Que pouvait-il lui dire d'autre ? Sa mission n'était pas terminée et il ne pouvait pas lui dévoiler la vérité, pas tant qu'elle n'était pas en sécurité en Écosse. C'était trop risqué, surtout qu'il commençait juste à saisir à quel point son comportement lui apparaîtrait comme une trahison.

Il essaya de se convaincre que cela n'avait rien à voir avec ce qu'Atholl lui avait fait subir. Certes, il prenait des décisions pour elle, des décisions qui la mettraient en danger, mais il n'avait pas le choix. Leur sort avait été décidé dès qu'il avait su qu'elle attendait un enfant. Contrairement à Atholl, il la protégerait, même s'il n'était plus sûr qu'elle verrait la différence.

— Je suis désolé de ne pas t'avoir conduite à l'église, Mary. As-tu appris quelque chose au sujet de ta sœur ?

Le regard triste, elle lui répéta ce qu'avait dit l'abbesse.

— Je ne comprends pas comment frère Thomas a pu commettre une erreur pareille, poursuivit-elle. J'espère qu'il reviendra bientôt pour que je puisse l'interroger. Il est parti quelque part avec l'évêque de St. Andrews.

Lamberton ? Kenneth cacha sa réaction. Voilà qui était intéressant.

— Si tu veux, je peux essayer de me renseigner, proposa-t-il.

Le visage de Mary s'illumina. Pour la première fois, il voyait ce que ce serait d'obtenir son admiration. C'était comme s'il venait de cueillir une étoile et de la lui offrir.

Il avait été l'objet de ce genre de regards d'innombrables fois, mais aucun n'avait compté comme celui-ci.

— Tu veux bien ? demanda-t-elle.

Il y avait sans doute peu de choses qu'il n'aurait pas faites pour elle.

— J'ai encore quelques contacts en Écosse qui pourraient être utiles.

C'était peu dire.

Elle s'inquiéta aussitôt.

— Tu ne feras rien qui pourrait te mettre en danger ?

Il esquissa un sourire. Chaque jour de plus dans ce château lui faisait courir un danger.

— Je serai prudent, promit-il.

— Merci.

En voyant ses yeux briller, il fut pris d'une puissante envie de la prendre dans ses bras. Il doutait de pouvoir la toucher sans céder aux pulsions qui le tenaillaient depuis trente-sept maudits jours.

Il s'efforça de rompre l'attraction qui semblait les pousser l'un vers l'autre.

— Tu dois être fatiguée. Je vais te laisser te préparer pour la nuit…

Les traits de Mary s'affaissèrent.

— Tu repars ? Mais je croyais que…

Sa déception lui fendit le cœur. Ne voyait-elle pas à quel point c'était difficile pour lui ? Il serra les poings, luttant contre les pulsions qui s'emparaient de son corps dès qu'il était dans la même pièce qu'elle. Après un combat, c'était encore pire. Tous ses sens étaient éveillés.

— Que croyais-tu, Mary ? Je ne suis pas un moine. J'ai tellement envie de toi que je n'arrive plus à penser correctement.

— Quoi ? demanda-t-elle, ahurie.

— Qu'est-ce que tu imagines ? Que je peux rester couché près de toi toutes les nuits sans avoir envie de te faire l'amour ?

— Tu sais très bien ce que j'imaginais. Que tu étais épuisé tous les soirs après tes ébats avec d'autres femmes.

— Je ne veux pas d'autres femmes.

C'était la vérité. Après l'avoir vue manquer de tomber dans la fosse, il ne pouvait plus nier ce que son orgueil l'avait empêché de reconnaître. Il l'aimait. Elle le haïrait quand elle saurait ce qu'il avait fait, mais il l'aimait d'une manière qu'il n'aurait jamais crue possible. Apparemment, il n'était pas immunisé contre les sentiments. Il avait simplement fallu qu'il rencontre la femme qui lui était destinée.

Dès le début, elle avait été différente. Ce n'était pas uniquement parce qu'elle n'était pas tombée à ses pieds (même si cela avait sans doute joué au départ). Elle le provoquait, l'intriguait, ne semblait pas s'intéresser qu'à ses prouesses mais à lui-même.

Il aimait même leurs disputes. Avec elle, il pouvait perdre son calme sans se sentir comme une brute. Elle lui répondait du tac au tac. C'était étrangement libérateur, revigorant même.

Pour la première fois de sa vie, il ne ressentait pas le besoin d'impressionner quelqu'un, d'être le meilleur. Il voulait qu'elle le croie, qu'elle ait confiance en lui, même s'il ne le méritait pas.

S'il n'avait pas été aussi troublé, il aurait savouré l'expression incrédule sur son visage.

— Tu dis la vérité ?

— Je n'ai été avec aucune autre femme depuis que je t'ai rencontrée.

— Et celle avec laquelle tu étais dans les écuries ?

Aïe ! Comment lui expliquer qu'il s'agissait de sa sœur ?

— Ce n'est pas ce que tu crois.

Incapable de résister plus longtemps, il tendit la main et lui caressa la joue. Il lui suffisait de regarder ses grands yeux, ses traits délicats, ses lèvres douces pour être empli d'une telle émotion qu'il pouvait à peine respirer.

— Je ne veux que toi, Mary.

Le cœur de Mary battait si fort qu'elle entendait à peine. Avait-il vraiment dit ce qu'elle avait cru comprendre ? Une petite voix en elle lui recommanda de ne pas insister, de prendre ce « Je ne veux que toi » et de s'en contenter. Une autre voix, celle de la prudence, lui dit que cela ne suffirait pas à son bonheur.

— Pour combien de temps encore ? demanda-t-elle.

Il se tint parfaitement immobile. Seule l'intensité de son regard trahissait la force des émotions qui bataillaient en lui. Il savait ce qu'elle lui demandait. Elle voulait un engagement. Sa fidélité. Une promesse.

Il n'hésita pas.

— Aussi longtemps que tu voudras de moi.

Elle crut que son cœur s'était arrêté. Elle se tenait au bord d'un précipice, prête à tomber à la moindre poussée.

— Et si c'était pour toujours ?

— Alors tu ferais de moi un homme comblé, répondit-il avec un petit sourire en coin. Au cas où tu ne l'aurais pas encore compris, je t'aime.

Mary en resta un instant sans voix. Si elle se basait sur son expérience, elle avait toutes les raisons de ne pas le croire. Mais Kenneth n'était pas Atholl et ils ne vivaient pas dans le passé. Si elle suivait son cœur et le jugeait pour ce qu'il était réellement, alors elle savait qu'il était sincère. Dès le début, il l'avait traitée différemment. Elle n'avait pas voulu le voir.

Elle glissa les bras autour de son cou, se hissa sur la pointe des pieds et déposa un baiser sur ses lèvres. Leurs regards se rencontrèrent et ce qu'elle vit dans le sien lui donna du courage. Elle prononça les mots que sa peur avait étouffés.

— Moi aussi, je t'aime.

Ce fut comme si un barrage avait cédé. Toutes les émotions, tous les sentiments qu'ils avaient contenus tous les deux déferlèrent en une vague torrentielle.

Il lui enlaça la taille et l'embrassa.

Ce baiser... Il lui fit mollir les genoux et emplit son cœur au point qu'elle en aurait pleuré de joie.

Elle n'avait jamais eu le moindre doute quant aux talents d'amant de son mari. Il savait parfaitement comment rendre une femme folle de plaisir. Les mouvements experts de ses lèvres et de sa langue pouvaient embraser sa passion en un clin d'œil.

Pourtant, cette fois, c'était différent. Il ne s'agissait pas seulement de désir. La caresse de sa bouche sur la sienne, les lentes et tendres explorations de sa langue étaient une promesse. Un pacte. Un serment.

Ce n'était plus de la passion, c'était de l'émotion, un lien plus profond. Ce n'étaient pas que leurs corps qui s'unissaient, mais également leurs âmes. Enfin, elle acceptait toute la tendresse qu'il voulait lui donner et qu'elle avait si longtemps repoussée.

Blottie contre son torse, Mary se sentait la femme la plus précieuse au monde. La plus désirée, la plus protégée. Surtout, elle se sentait aimée.

C'était tellement parfait, tellement poignant, que c'en était presque douloureux. Puis il s'arrêta et leva la tête. Elle laissa échapper une plainte de protestation.

Il sourit et la serra plus fort dans ses bras. La chaleur de son corps lui donnait l'impression que rien au monde ne pouvait lui arriver.

— Tu sais ce que cela signifie, n'est-ce pas ?

La lueur espiègle dans son regard la fit hésiter.

— Euh... non, je ne sais pas.

— Plus de chemise, Mary. Tu as fini de te cacher. Je veux profiter de chaque parcelle merveilleuse de ton corps.

Elle rosit, mais ne contesta pas et acquiesça timidement. Elle aussi voulait que plus rien ne se mette entre eux, pas même la pudeur.

Il sourit et la souleva de terre. Elle glissa les bras autour de son cou et enfouit son visage dans la laine du plaid qu'il portait autour des épaules. Il la déposa sur le lit puis commença à se déshabiller.

Cet homme n'avait pas une once de modestie. Et pour cause. Avec un corps pareil, de quoi aurait-il eu honte ? Il décrocha d'abord tout l'arsenal qu'il portait sur lui. Puis, un à un, il jeta ses vêtements sur le dossier d'une chaise. Le plaid. Le *cotun*. Les chausses. Les bottes. La chemise. Puis, enfin, les braies.

Il se tint devant elle dans toute sa splendeur masculine. Fier et beau comme un dieu. Et, surtout, avec un long membre épais tellement tendu qu'il remontait contre son ventre, preuve tangible de son désir pour elle.

— Tu vois quelque chose qui t'intéresse ? demanda l'effronté.

— Si je te répondais non, tu me croirais ?

Il se mit à rire, s'étendit sur le lit à côté d'elle et croisa les bras sous sa nuque.

— À toi, maintenant.

— J'espère que tu ne t'attends pas à un petit numéro comme tu viens de le faire ?

— Pas ce soir.

Elle tenta de se défiler en posant les mains sur son ventre et en laissant son poignet effleurer son membre.

— Tu es sûr que tu peux attendre ? Tu m'as l'air bien prêt.

Il gémit tandis qu'elle le prenait dans sa main. Il la laissa faire quelques va-et-vient avant de lui retenir le poignet.

— Tu ne t'en sortiras pas aussi facilement, Mary. Cela fait trop longtemps que j'attends. Enlève tout.

Elle se mordit la lèvre.

— On peut peut-être souffler quelques chandelles ?

— Pas question.

— Ce n'est pas très gentil de ta part, rechigna-t-elle.

— J'attends, mon cœur. Si tu tergiverses encore longtemps, le jour va finir par se lever. Vu le ciel dégagé, je parie qu'il fera beau demain. Je pourrai te voir en plein jour.

Avec un soupir, elle se redressa et commença à ôter ses vêtements. Il dut l'aider à dénouer quelques lacets. Elle n'était pas surprise de constater qu'il savait y faire et était plus efficace qu'une femme de chambre.

— On voit que tu as de l'expérience, maugréa-t-elle.

— Un peu.

Enfin, elle se retrouva en chemise. Elle s'y accrocha comme à une bouée. Peut-être devait-elle le préparer ?

— Je suis beaucoup plus ronde que…

— Tu portes mon enfant, Mary. Je ne vois pas comment tu pourrais m'apparaître plus belle.

Que pouvait-elle répondre à ça ?

Elle prit une profonde inspiration et se débarrassa du dernier voile entre eux. Elle jeta la chemise en lin sur le tas d'autres vêtements puis, instinctivement, croisa les bras. Toutefois, elle pouvait difficilement cacher son ventre rond et ses seins pleins.

Elle n'osait pas le regarder, se sentant beaucoup trop vulnérable. Elle ne s'était jamais trouvée nue devant un homme. Elle se sentit rougir. Pourquoi ne disait-il rien ? Était-il horrifié par son corps déformé ? Quand elle n'y tint plus, elle lança un bref regard vers lui.

Tous ses doutes s'envolèrent aussitôt. Il paraissait ému, bouleversé.

— Que tu es belle, murmura-t-il.

Il tendit la main et caressa la courbe de ses seins. Puis il les prit dans ses grandes mains chaudes et calleuses, frottant ses mamelons avec ses pouces jusqu'à les faire durcir.

— Tu ne les trouves pas trop gros ?

Il se mit à rire.
— Mon cœur, il n'existe pas un homme sur terre qui penserait une chose pareille. Ils sont parfaits.
Il se pencha et prit un téton dans sa bouche.
Elle soupira de bonheur en sentant sa langue tracer de petits cercles autour de son mamelon puis ses dents le mordiller. De vives décharges de plaisir se répandirent de ses seins à son entrejambe.
Cela ne faisait que commencer. Il prit son temps pour découvrir chaque centimètre de cette chair nue qu'elle lui avait cachée. Il la caressa, la lécha, la dévora des yeux, jusqu'à ce qu'il n'y ait plus une partie de son corps qui n'ait été explorée et qu'elle soit alanguie de désir.
Puis, quand elle ne fut plus qu'une masse frémissante de volupté, il prit à nouveau sa bouche.
Elle gémit et s'accrocha à lui, le serrant contre elle, ses doigts s'enfonçant dans les muscles de ses épaules.
Il était penché sur elle. La chaleur de sa peau nue contre la sienne était délicieuse. Elle voulait plus. Elle tenta de l'attirer sur elle, voulant sentir son poids, mais il se retint.
Il posa la main sur son ventre.
— Le bébé, expliqua-t-il.
Elle ne pensait pas qu'il y ait un danger, mais décida de ne pas insister, préférant succomber à la puissance de son baiser, laissant sa chaleur se diffuser en elle telle une coulée de lave, dissolvant tout sur son passage.
Toutefois, cela ne suffisait pas, pour l'un comme pour l'autre.
Les tendres préliminaires et la lente exploration avaient atteint leurs limites.
Leur baiser se fit plus fougueux, plus déterminé. Elle sentait son cœur battre contre le sien, tambourinant toujours plus vite.
Son membre chaud pressait contre sa hanche et, d'instinct, elle se tourna vers lui, ayant besoin de le sentir dans toute son épaisseur et sa dureté.

Elle se frotta contre lui telle une chatte, sensuelle et langoureuse. Elle ne s'était jamais sentie aussi libre, aussi offerte. Pour la première fois de sa vie, elle se laissait aller. Avec chaque caresse, chaque baiser, chaque ondulation de son corps contre le sien, elle lui montrait à quel point elle l'aimait.

Kenneth n'avait jamais rien ressenti de pareil. L'attraction violente qui avait surgi entre eux, le désir charnel et les ébats déchaînés qui lui avaient paru comme étant le summum de la passion n'étaient rien comparés à la force des émotions qui l'envahissaient. Tout était plus profond, plus beau, plus vrai. La chaleur ne se répandait pas uniquement dans son sang mais également dans son cœur. Non, cela allait plus loin que ça. Elle brûlait dans son âme.

Il était impressionné par sa beauté. Du haut de ses cheveux soyeux et dorés jusqu'à la pointe de ses petits orteils roses, elle était magnifique, l'incarnation même de la volupté féminine. Ses longs membres légèrement galbés, la courbe de son ventre, ses seins ronds et pleins, sa peau de velours...

En la découvrant, il avait eu la gorge sèche puis, quand il l'avait touchée et goûtée, il avait cru entrapercevoir les sommets de l'Olympe. Elle était une déesse et il était à genoux devant elle.

Il sourit en lui-même. Qui aurait cru que sa petite nonne grise et trop maigre deviendrait la source d'une telle inspiration lyrique ?

Il voulait que cela ne s'arrête jamais. Malheureusement, quand elle commença à se frotter contre lui, son corps lui fit savoir que sa retenue ne durerait pas éternellement.

Il interrompit leur baiser et sortit du lit. Elle cligna des yeux comme si elle venait de retomber sur terre.

— Où vas-tu ?

— Je ne vais nulle part.

Il se pencha et la tira par les chevilles jusqu'au bord du matelas. Elle était juste à la hauteur idéale. Il lui écarta les jambes et vint se placer entre elle, son membre frôlant son sexe moite, la titillant doucement.

— Comme je ne veux pas me coucher sur toi, nous allons devoir faire preuve de créativité jusqu'à ce que le bébé arrive.

Elle émit un petit cri et cambra les reins lorsqu'il s'enfonça légèrement en elle. Il balança les hanches, exerçant de petites pressions pour la préparer.

Il aimait l'entendre gémir, voir sa tête se renverser en arrière et ses lèvres s'entrouvrir tandis qu'elle l'implorait de mettre un terme à son supplice. Mais pour le moment, il ne voulait pas l'émoustiller. Il voulait l'aimer. Il voulait la regarder dans les yeux pendant qu'il la pénétrait et qu'elle le prenait en elle. Qu'elle le prenait dans son cœur.

— Regarde-moi, Mary.

Elle leva les yeux vers lui puis, lentement, très lentement, il s'enfonça en elle. Centimètre par centimètre, il se glissa dans sa chaleur humide.

C'était tellement bon. Il aurait pu grogner de plaisir, mais il était trop concentré sur la femme devant lui. Il n'oublierait jamais ce moment. L'émotion bouleversante qu'il lisait dans ses yeux reflétait parfaitement ce qu'il ressentait. Ils étaient liés l'un à l'autre et, à cet instant précis, il put croire que rien ne pourrait jamais les séparer.

Quand il se fut enfoncé jusqu'à la garde, il s'immobilisa, soutint son regard, puis poussa encore un peu, lui arrachant un râle de plaisir.

— Kenneth... !

— Je t'aime, murmura-t-il. Laisse-moi te le montrer.

Puis il commença à bouger. Lentement, voluptueusement, avec de longs coups de reins sensuels. Pour la première fois de sa vie, il faisait vraiment l'amour à une femme. Il lui disait avec son corps tout ce qu'elle représentait pour lui.

Mary était au paradis. Son mari avait éveillé sa passion et l'avait entraînée vers des sommets de plaisir inouïs, mais elle ne se serait jamais attendue à ça.

Le déchaînement torride du désir avait cédé la place à un feu lent et profond, qui était tout aussi ardent et dévastateur. Il ne restait plus une parcelle de son corps qui n'ait été revendiquée. Il possédait son corps et son âme.

Il ne la quittait pas du regard. Il était impossible d'échapper à l'émotion qu'elle lisait dans ses yeux. Elle la dévorait telle une enfant affamée, l'enfouissant au plus profond de son cœur où elle serait en sécurité. Où personne ne pourrait jamais la lui prendre.

Elle ne voulait pas que cela s'arrête, mais le sentir en elle était trop exquis. Et cela faisait trop longtemps. Son corps réagissait.

Elle souleva les hanches pour accompagner le rythme de ses va-et-vient, augmentant la cadence à mesure que la tension grimpait en elle.

Elle haletait, gémissait, criait tandis qu'il plongeait en elle toujours plus profondément, plus puissamment.

Elle enroula les jambes autour de ses hanches, l'attirant plus près, voulant accroître la pression et la friction. Il plaça les mains sous ses fesses, la maintenant fermement tandis qu'il intensifiait son pilonnage.

La terre semblait trembler sous la force de leurs ébats. C'était si divin que, bientôt, elle n'en put plus. Elle cambra les reins et tous les muscles de son corps semblèrent se nouer.

— Mon Dieu, je vais jouir, haleta-t-il.

La tension en elle explosa au même instant, la plongeant dans un abîme de volupté.

Il s'immobilisa et cria à son tour. Elle sentit un torrent de chaleur se déverser en elle tandis qu'ils se convulsaient l'un contre l'autre, parcourus par les mêmes spasmes de plaisir.

Elle laissa retomber ses jambes. Il était penché sur elle, éreinté comme s'il venait de courir un marathon. Il s'effondra sur le lit, l'attira à lui et la tint dans ses bras. Elle pressa sa joue contre son torse, leur bébé niché entre eux, sa paume posée sur son cœur, et sut qu'elle était arrivée à bon port. Cela lui avait pris vingt-six ans, mais Mary avait enfin trouvé l'amour qu'elle avait cherché toute sa vie.

23

— Quand reviendras-tu ?

Kenneth lança un regard par-dessus son épaule vers sa femme, étendue nue dans un enchevêtrement de draps. Avec ses cheveux ébouriffés et ses lèvres enflées esquissant une moue boudeuse, Mary paraissait totalement défaite. Ce qui était le cas, mais cela ne l'empêchait pas d'avoir envie de retourner dans le lit et de lui faire à nouveau l'amour.

Il semblait incapable de penser à autre chose. Il ressentait un besoin désespéré de la lier à lui, dans l'espoir que cela leur permettrait d'affronter la tempête qui menaçait à l'horizon.

Savoir ce qu'il avait à perdre lui rongeait les sangs. Et si elle ne lui pardonnait jamais ? Il valait mieux attendre qu'elle soit à l'abri pour lui expliquer, mais son instinct lui conseillait de lui dire toute la vérité dès à présent. Chaque jour qui passait rendrait sa trahison plus brutale.

Il revint vers elle, posa un genou sur le lit et embrassa doucement ses lèvres boudeuses.

— Dans deux jours, tout au plus, répondit-il. Tu n'auras même pas le temps de te rendre compte de mon absence.

Il lui sourit et ne put s'empêcher de la taquiner encore un peu.

— D'ici là, tu auras sans doute crénelé le donjon et je ne reconnaîtrai plus l'endroit.

Depuis leur arrivée quelques jours plus tôt au château de Huntlywood, elle s'était furieusement affairée à réaménager les lieux tel un oiseau construisant son nid.

Elle lui donna un coup d'oreiller.

— Vilain ! Sir Adam a dit que j'avais carte blanche pour rendre nos quartiers plus confortables. Cela fait longtemps que personne n'avait habité les derniers étages de cette tour.

— Je vois que tu l'as pris au mot avec beaucoup d'enthousiasme.

— Il faut bien que je m'occupe puisqu'il semble que je vais passer beaucoup de temps seule.

Il fut aussitôt pris de remords.

— Je viendrai aussi souvent que possible, promit-il. Je sais que ce n'est pas comme d'être à Berwick, mais cela ne durera pas longtemps.

Ce serait encore plus rapide qu'elle ne l'imaginait. Il espérait que, d'ici quelques jours, une semaine tout au plus, elle serait à l'abri en Écosse. Elle pourrait s'installer avec Helen et l'épouse de Campbell à Dunstaffnage. Suffisamment proche pour qu'il puisse la rejoindre lorsque l'enfant naîtrait. Plus tard, il l'enverrait plus au nord, à Skelbo, le château dont son frère l'avait nommé gardien.

Elle s'assit, entraînant le drap avec elle, et écarta quelques mèches dorées de son visage.

— Je ne devrais pas me plaindre, ce pourrait être pire. Au moins, tu ne seras pas loin. À Ponteland, je t'aurais vu moins souvent.

— Sir Adam sera encore avec toi pendant quelques jours, la consola-t-il.

Il hésita, connaissant d'avance la réponse à sa question, mais ne pouvant s'empêcher de la poser.

— Tu es sûre que tu ne veux pas partir avec lui ? Ce serait peut-être mieux. En France, tu serais en sécurité.

— Je ne veux pas aller en France ! Je veux rester ici, avec toi et David. Je croyais que tu le voulais aussi.

— Bien sûr, c'est juste que je m'inquiète pour toi quand je ne suis pas là. Lorsque la guerre éclatera...

— Nous avons encore le temps d'y penser, l'interrompit-elle. Le roi n'est même pas encore arrivé. Quand tu partiras pour l'Écosse, j'irai plus au sud, sur mes terres du Kent, si nécessaire. Mais ne m'éloigne pas déjà... C'est trop tôt.

Il comprenait parfaitement ce qu'elle voulait dire. Leur amour était encore trop nouveau, trop fragile. Il avait besoin de temps pour se consolider avant d'être mis à l'épreuve par la distance... ou la tromperie. Hélas, Kenneth ne disposait pas de ce temps.

Il déposa un chaste baiser sur son front pour ne pas se laisser tenter par ses lèvres et repousser encore son départ, mais sa peau de velours et son parfum fleuri exerçaient leur propre magie. Il voulait à nouveau fondre en elle et inhaler sa douce féminité.

Avec un effort surhumain, il se redressa.

— Très bien, tu gagnes. Mais c'est uniquement parce que je suis égoïste et que je veux te garder près de moi le plus longtemps possible.

Un grand sourire illumina le visage de Mary.

— Tu es vraiment obligé de partir ? Personne d'autre ne peut porter cette missive à Édimbourg ?

— Non. Il faut absolument que j'y aille.

Il ne pouvait rater cette opportunité inespérée de lire la correspondance de Percy. En outre, un de ses contacts au village lui avait fait savoir que ses amis voulaient le voir. C'était sa première occasion de se réunir avec les membres de la garde à une bonne distance du château... et de Felton.

Comme il fallait s'y attendre, ce dernier le surveillait plus étroitement que jamais. Kenneth avait pensé qu'il insisterait pour l'accompagner à Édimbourg. Qu'il ne l'ait pas fait l'inquiétait.

Il avait dû froncer les sourcils sans s'en rendre compte, car Mary lui demanda :

— Tu parais distrait depuis quelques jours. Es-tu inquiet ?

Sa tendre épouse commençait à apprendre à déchiffrer ses humeurs.

— Tu veux dire, à part le fait que je vais passer mes nuits sous une pluie glacée avec une demi-douzaine d'hommes plutôt que dans le lit de ma femme ?

Elle ne se laissa pas embobiner aussi facilement.

— Je sais que quelque chose te préoccupe. Cela a-t-il un rapport avec Janet ? Tu as eu des nouvelles ?

Le cœur de Kenneth se serra. Il aurait aimé pouvoir soulager sa tristesse et atténuer la découverte de sa trahison avec de bonnes nouvelles de sa sœur. Malheureusement, pour le moment il se heurtait à un mur. Lorsqu'il avait interrogé Lamberton, celui-ci lui avait répondu sèchement de ne pas déranger les fantômes. Il ignorait s'il s'agissait d'une mise en garde ou de la confirmation de la mort de Janet de Mar.

— Hélas non, répondit-il. Je n'ai rien appris de plus. L'abbesse confirme qu'aucune nonne inconnue n'est passée par là et frère Thomas n'est pas encore revenu.

— Quand il reviendra...

— J'irai lui parler, promit-il.

Elle s'adossa à la tête de lit en bois avec un soupir.

— Merci.

— Je reviendrai dès que je le pourrai.

Il se dirigea vers la porte.

— Kenneth ?

Il se tourna vers elle.

— Je t'aime.

Elle semblait vouloir lui dire autre chose, comme si elle tentait d'apaiser le conflit qu'elle sentait en lui.

— Je sais, répondit-il avec un sourire.

Il ne lui restait plus qu'à espérer que, lorsqu'elle saurait tout, elle l'aimerait encore.

Ils mettaient un terme à sa mission et voulaient qu'il rentre. C'était trop tôt !

— Je ne suis pas prêt, répondit Kenneth. Il me faut encore un peu de temps.

MacKay lui lança un regard noir, bien visible même au clair de lune.

— D'après ce qu'on m'a dit, « l'Iceberg », tu es parfaitement prêt.

Bigre, ils avaient dû entendre parler des Fosses de l'enfer. Kenneth s'arma de courage, devinant l'homélie qui allait suivre.

MacKay ne le déçut pas.

— Qu'est-ce qui t'a pris, bon sang ? Et si quelqu'un du château t'avait découvert ?

Le fait que quelqu'un l'avait effectivement découvert ne rendait la réprimande de MacKay que plus justifiée. Mais Kenneth ne tenait pas à parler de Felton.

— C'est la seule manière que j'ai trouvée pour affûter mes techniques. Je ne serai pas d'une grande utilité à Bruce si je ne suis pas prêt quand il aura besoin de moi.

— Il a besoin que tu colles au train de Percy et que tu découvres les plans d'Édouard. Pas que tu t'amuses dans des tournois clandestins et que tu finisses dans un cachot. Il n'a pas besoin non plus que tu te préoccupes des absences de Clifford ni que tu mènes une enquête sur des nonnes disparues.

Si MacKay était au courant au sujet de Janet, cela signifiait que Lamberton en avait informé Bruce. Il n'avait pas besoin d'être devin pour comprendre d'où venait le mur auquel il s'était heurté. Pire, il soupçonnait la raison pour laquelle il avait été érigé : ils savaient quelque chose. Il ne pouvait pas en parler à Mary.

Il avait voulu amortir le choc de sa tromperie ; au lieu de cela, il accumulait les secrets entre eux.

— Laisse-le tranquille, le Saint, intervint Ewen Lamont.

Ils se trouvaient dans une forêt à l'est des vallons de Pentland, non loin d'Édimbourg. Kenneth était parvenu à s'éloigner du reste du groupe en prétextant partir en reconnaissance quand il avait repéré ses frères d'armes. Ils n'avaient pas beaucoup de temps.

— D'après ce que j'ai entendu, la Recrue a fait honneur à la garde, poursuivit Lamont. Il n'y a pas eu de casse. En outre, il nous a apporté plus que nous ne pouvions espérer.

Kenneth ignorait ce qui le surprenait le plus : que le célèbre pisteur prenne sa défense ou qu'il s'exprime aussi longuement. Au cours de son entraînement, il ne l'avait jamais entendu prononcer plus de deux ou trois mots à la suite. Lamont, surnommé le Chasseur, était aussi taciturne que MacSorley était disert. Dire qu'il était peu loquace était un euphémisme. Il disait ce qu'il pensait, s'il le voulait bien, et le plus sommairement possible.

Avec Eoin MacLean, ils formaient l'équipe la plus discrète de la garde. Le stratège, toujours sombre et intense, était lui aussi connu pour son mutisme. Ce fut pourtant lui qui prit la parole ensuite :

— Cette lettre est la confirmation que nous attendions. Maintenant que nous savons qu'Édouard envoie du ravitaillement et des armes aux châteaux d'Édimbourg et de Stirling, nous pouvons deviner quelle route il prendra pour sa campagne et préparer nos attaques. Il est temps de mettre en œuvre le plan pour te sortir de là, la Recrue. Un proche de Percy pose beaucoup trop de questions sur toi. Le navire d'Édouard quittera Londres d'un jour à l'autre. Pourquoi attendre et risquer d'être démasqué ? Réussir sa mission signifie également savoir quand l'arrêter. Tu as fait du bon travail, meilleur encore que ce que nous pouvions espérer. À présent, nous avons besoin de toi avec nous. Bruce veut nous envoyer avec Douglas dans la forêt pour rassembler des partisans et préparer les hommes.

Kenneth tendit la lettre qu'il était censé remettre au constable d'Édimbourg.

— C'est trop facile, opina-t-il. Quelque chose ne va pas. Pourquoi Percy m'envoie-t-il porter un message annonçant une livraison imminente ?

Dès l'instant où il l'avait lue, il avait su que c'était trop beau pour être vrai.

— Donnez-moi encore un peu de temps. Dès que sir Adam sera parti, je pourrai faire sortir Mary d'Angleterre sans que personne s'en rende compte. Ensuite, nous verrons. De toute manière, nous devons attendre le Faucon.

Compte tenu de la grossesse de Mary, il avait jugé préférable de la faire voyager par bateau.

— Et le jeune comte ? demanda MacKay.

— Une fois que nous l'aurons avec nous, je pense pouvoir le convaincre.

Il l'espérait, mais David était un enfant difficile à cerner. Il comptait sur l'admiration qu'il avait pour lui et sur les talents de persuasion de Mary.

Les trois hommes s'interrogèrent du regard, puis MacKay déclara :

— Ne prends aucun risque inutile. Si tu as le moindre doute, file. Avec trois mille soldats anglais postés dans les parages, il nous faudrait un certain temps pour te sortir du cachot de Berwick. MacRuairi pourra te confirmer que ce n'est pas un endroit où tu souhaites t'éterniser.

Kenneth le croyait sur parole, et il n'y avait passé qu'une seule nuit.

— Et si les choses tournent mal ? demanda-t-il.

MacKay comprit.

— Nous prendrons soin d'elle.

Kenneth acquiesça. Si étrange que cela puisse paraître, son ancien ennemi était l'un des rares hommes auxquels il confierait la vie de sa femme.

Il espérait simplement qu'ils n'en arriveraient pas là.

Mary eut beau tirer sur la poignée en cuir, le maudit coffre ne bougea pas d'un pouce. Elle se laissa choir avec un profond soupir qui souleva les cheveux qui lui tombaient sur le visage. Elle avait espéré pouvoir le déplacer toute seule, mais c'était à croire qu'il était empli de cailloux.

Elle avait réquisitionné plusieurs servantes pour l'aider à nettoyer la chambre avant l'arrivée du bébé. Elles venaient de descendre déjeuner et elle avait décidé de continuer sans elles.

Se plonger dans le travail l'empêchait de s'inventer des raisons de s'inquiéter. Son mari était absorbé par ses devoirs, rien de plus. Percy le surchargeait de tâches. Elle l'avait si peu vu depuis qu'elle avait quitté le château de Berwick. À présent, il était parti à Édimbourg depuis trois jours. Il n'y avait rien à craindre, il reviendrait dès qu'il le pourrait.

Pourtant, elle ne pouvait se débarrasser d'une étrange impression. Lors de son dernier séjour, il lui avait fait l'amour d'une manière frénétique, presque désespérée. Elle ne s'était jamais sentie aussi proche de lui, mais elle avait parfois l'impression qu'il se retranchait dans un recoin de son esprit auquel elle n'avait pas accès.

Elle pensait qu'il lui faisait confiance. Qu'est-ce qui le turlupinait et pourquoi ne se confiait-il pas à elle ?

Elle se leva avec un autre soupir, puis secoua ses jupes en soulevant un nuage de poussière. La petite chambre semblait avoir été abandonnée depuis des lustres. Dieu merci, le gros du ménage avait été fait. Quand elle en aurait terminé, elle serait immaculée.

Elle se concentra à nouveau sur le coffre. Elle s'agenouilla et souleva son couvercle. Un nouveau voile de poussière la fit tousser et une forte odeur de moisi et de renfermé lui emplit les narines. Ce meuble n'avait pas dû être ouvert depuis des années.

Elle lança un regard à l'intérieur et comprit pourquoi il était si lourd. Il n'était pas rempli de cailloux mais de livres. Un véritable trésor de manuscrits reliés de cuir et enveloppés dans des tissus orientaux. Il y avait également plusieurs pots en terre qu'elle n'essaya pas d'ouvrir car ils étaient cachetés à la cire. Intriguée, elle saisit l'un des volumes et le feuilleta.

On aurait dit une sorte de journal. Bien qu'elle sache un peu lire, les textes semblaient avoir été rédigés à la hâte et l'écriture était difficile à déchiffrer. Ils étaient accompagnés de dessins fascinants. Des fleurs. Des plantes. Des paysages. Une femme voilée. Et des animaux comme elle n'en avait jamais vu, notamment un drôle de cheval dégingandé, haut sur pattes, avec un long cou et une bosse sur le dos.

Le livre était magnifique. Elle s'apprêtait à en ouvrir un autre quand un bruit la fit bondir sur ses pieds.

Elle lança un regard par la fenêtre et poussa un petit cri de joie. Il était de retour ! Kenneth et plusieurs de ses gardes venaient d'entrer dans la cour.

Elle reposa le livre et dévala l'escalier pour l'accueillir. Le temps d'arriver dans la grande salle, elle était essoufflée et son teint était rougi par l'effort. Il entra au même moment par l'autre porte avec ses hommes. Elle se précipita vers lui et se jeta à son cou.

Elle sentit l'écho de son rire contre sa joue quand il la souleva et la fit tournoyer dans ses bras. Puis il la reposa et planta un bref baiser sur ses lèvres, sans doute parce qu'il venait de se souvenir qu'ils n'étaient pas seuls. D'une voix chaude, il chuchota à son oreille :

— Je t'ai manqué ?

Elle sentit les larmes lui monter aux yeux. Ces derniers temps, elle se mettait à larmoyer pour un rien.

— Beaucoup. Je suis heureuse que tu sois de retour.

Les traits de Kenneth s'assombrirent légèrement.

— Je ne peux pas rester, hélas. Je dois retourner au château, mais comme Huntlywood était sur mon chemin, je n'ai pas résisté à l'envie de passer voir si tout allait bien.

Elle sourit en s'efforçant de cacher sa déception.

— Comme tu le vois, je vais bien.

Il déposa un autre baiser sur le bout de son nez puis la libéra.

Se rendant compte que les autres hommes attendaient patiemment derrière lui, Mary se souvint soudain de ses devoirs et demanda aussitôt qu'on apporte à manger et à boire.

Ils étaient attablés depuis un certain temps déjà quand Kenneth lança un regard autour de lui et demanda :

— Où est sir Adam ?

— Il a été appelé à Berwick.

— Je croyais qu'il partait demain ?

— Oui, mais son voyage a été retardé de plusieurs jours.

— Pourquoi ?

— Je n'en sais rien.

— Il n'a rien dit ? Il s'est passé quelque chose ?

Elle fronça le nez, surprise par toutes ces questions.

— Il faudra que tu le lui demandes toi-même.

— Si c'est important, je le saurai bien assez tôt.

Il s'efforça de faire comme si de rien n'était, mais elle sentit sa nervosité.

— Il y a un problème ? demanda-t-elle.

Il prit son gobelet et but une longue gorgée avant de répondre :

— Non, pourquoi ?

— Tu sembles préoccupé.

— C'est la fatigue, rien de plus. Et le regret de ne pas pouvoir rester plus longtemps.

Mary soutint son regard. Elle voulait le croire, sans y parvenir.

— Tu dois vraiment repartir si vite ?

Il acquiesça.

— Je reviendrai dès que possible. Qu'as-tu fait de beau, en dehors du ménage ?

Comment savait-il que…

Elle baissa les yeux vers ses jupes. Elle avait oublié la poussière. Elle porta aussitôt les mains à ses cheveux.

— Je dois ressembler à un épouvantail !

— Tu es très belle.

La lueur dans son regard la fit rougir.

— Je suis en train de nettoyer une des chambres dans les combles pour le bébé, expliqua-t-elle sur un ton excité. Elle sera parfaite ! Il y a une jolie fenêtre devant laquelle je pourrai mettre une chaise et une petite antichambre pour la nourrice. J'aurais aimé avoir le temps de confectionner quelque chose moi-même, mais sir Adam m'a dit qu'il avait des tapisseries que je pourrais suspendre aux murs. J'ai hâte de te la montrer.

Kenneth prit soudain un ton grave.

— Mary, tu sais que ce n'est que provisoire.

— Je sais, soupira-t-elle. Je suis tellement heureuse que je me laisse un peu emporter.

Elle avait cru lui faire plaisir, mais il ne paraissait guère enthousiaste. Il avait même l'air un peu chagrin.

— Je pensais que tu comprendrais, ajouta-t-elle.

— Bien sûr. Pardonne-moi, tu as raison. Je dois être plus préoccupé que je ne le pensais. Je serai ravi de voir la chambre dès mon retour.

Il paraissait si contrit qu'elle retrouva son sourire.

— Je te mettrai à contribution. Tu m'aideras à déplacer le coffre. C'est une vraie malle au trésor. Je crois qu'il a appartenu au père de sir Adam.

Kenneth devint soudain très attentif.

— Qu'est-ce qui te fait penser ça ?

— Il est plein de choses merveilleuses venues d'Orient. Le père de sir Adam a fait une croisade il y a de nombreuses années avec le roi Édouard.

— En effet, mon grand-père y participait également.

— C'est vrai, je l'avais oublié. Il faut que tu voies ses carnets de voyage !

Kenneth lâcha sa timbale et la rattrapa de justesse avant qu'elle ne se renverse.

— Ses carnets ? répéta-t-il d'une voix éraillée.

Mary acquiesça, légèrement surprise par sa réaction.

— Oui, le coffre en est rempli.

Kenneth ne pouvait le croire. Se pouvait-il que la formule de la poudre noire soit cachée dans l'un de ces carnets ? Pressé de le vérifier, il avait espéré pouvoir revenir le soir même. Toutefois, il dut patienter jusqu'à la nuit suivante pour grimper discrètement l'escalier du donjon de Huntlywood.

Les préparatifs de guerre s'intensifiaient et Percy ne laissait pas le temps de souffler à ses hommes. En outre, sachant qu'il devrait bientôt partir, Kenneth s'efforçait de glaner le plus d'informations possible. Il ne pouvait se défaire de l'impression que les Anglais préparaient une action secrète dans laquelle Clifford jouerait un rôle central.

Peut-être en raison de la mise en garde du Frappeur, il avait également la sensation d'être surveillé. La lettre qui avait atterri entre ses mains l'inquiétait. À son retour, Percy avait déclaré sur un ton détaché qu'il espérait que la prochaine missive qu'il porterait arriverait intacte. Kenneth avait laissé une légère fissure dans le sceau quand il l'avait refermé. Il avait pensé que personne ne le remarquerait. Apparemment, le constable s'en était rendu compte et en avait informé Percy.

Felton lui avait-il dit quelque chose ? Il n'en aurait pas été surpris.

Tout cela aboutissait à un fait irréfutable : il était temps de conduire Mary en Écosse. Une fois qu'elle serait à l'abri, il pourrait s'éclipser en emmenant le jeune comte avec lui. La présence de sa femme était devenue un danger : elle le rendait vulnérable. Si la situation se retournait contre lui, il la voulait le plus loin possible.

Le report du voyage de sir Adam compliquait ses projets ; toutefois, le chevalier devait partir dans deux jours. Dès qu'il se serait éloigné, Kenneth agirait.

En chemin vers les combles, il passa devant la chambre de Mary. Il devait être plus de minuit. Il avait l'intention de la surprendre, mais seulement après avoir fouillé le coffre.

Sur le dernier palier, il y avait deux portes. Il choisit celle de droite et entra le plus discrètement possible au cas où quelqu'un y dormirait. Heureusement, il n'y avait personne. Les volets étaient fermés. La chandelle qu'il avait apportée n'éclairait pas beaucoup, mais cela suffirait.

La pièce étant pratiquement vide, il repéra tout de suite le coffre. Dieu merci, il n'avait pas encore été déplacé.

Il s'en approcha en baissant la tête pour ne pas se cogner au plafond. En soulevant le couvercle, il constata que Mary avait vu juste. Il reconnut les reliures en cuir, les mêmes que celle du journal que William Gordon et lui avaient laissé brûler dans un incendie des années plus tôt. Un fourmillement d'excitation lui parcourut la peau quand il aperçut les pots en terre cachetés. Soupçonnant ce qu'ils contenaient, il en mit un de côté pour l'examiner plus tard et prit un carnet. Il le parcourut page après page, cherchant quelque chose qui ressemblerait à une recette ou à une formule. Sa déception croissait à chaque minute. Il en était au troisième journal quand il entendit la porte s'ouvrir derrière lui.

— Que fais-tu ?

Mary ! Il ferma rapidement le carnet et le reposa dans le coffre.

— Je ne voulais pas te réveiller.

— Ma chambre se trouve juste en dessous. J'ai entendu un bruit. Mais que fais-tu ici ?

Il sourit.

— J'essayais de déplacer ton coffre.

— Au milieu de la nuit ?

— J'étais curieux.

Le visage de Mary s'illumina.

— De voir la chambre du bébé ? Tu aurais dû me réveiller. Alors, qu'en penses-tu ?

Il se sentit coupable. Sa joie et son excitation le rongeaient. Il n'avait pas pensé à la chambre du bébé car il savait que leur enfant n'y dormirait jamais. Il regarda autour de lui.

— Elle est très bien.

Elle leva les yeux au ciel.

— « Très bien » ? Elle est parfaite ! Regarde, je mettrai un fauteuil là, près de la fenêtre. Le berceau ira contre ce mur et la nourrice pourra dormir dans cette grande alcôve, là.

Le malaise de Kenneth s'accrut encore.

— Je vois que tu as tout prévu.

— Il n'y en a plus pour longtemps. David est arrivé avec quelques semaines d'avance. Celui-ci pourrait faire de même.

Kenneth pâlit.

— Je… je n'avais pas pensé que…

Elle se mit à rire.

— Les bébés ont leur propre notion du temps. Ce sont eux qui décident quand ils arrivent. Je tiens à être prête.

Kenneth, lui, ne l'était pas du tout.

— Quelque chose ne va pas, Kenneth ? Tu fais une drôle de tête.

Rien n'allait. Elle était tellement heureuse. Ce qu'il faisait était mal. Il avait créé un monde d'illusions pour une femme qui avait déjà été brisée par le passé.

Comment lui dire la vérité ?

— Ce n'est rien. Mes devoirs m'accaparent un peu trop, c'est tout. Avec l'arrivée prochaine du roi, tout le monde est sur les nerfs.

— Tu es sûr qu'il n'y a rien d'autre ?

— Que pourrait-il y avoir d'autre ?

— J'ai pensé que ce pouvait être à cause de moi. Ai-je fait quelque chose qui t'a contrarié ?

Il sourit et lui caressa la joue.

— Bien au contraire.

Elle détourna la tête, ne voulant pas se laisser distraire.

— Y a-t-il une raison pour laquelle tu ne peux pas te confier à moi ? J'espérais que tu me ferais assez confiance pour partager tes soucis avec moi.

— Je te fais confiance.

Du moins, il le voulait. Tout cela était tellement nouveau pour lui. Surtout, il avait peur de la perdre.

— Moi aussi, répondit-elle. Je regrette d'avoir douté de toi.

Elle posa sa paume sur son torse et le dévisagea avec un regard qui lui transperça le cœur.

— Tu ne ressembles en rien à Atholl, ajouta-t-elle. Désormais, je le sais.

Kenneth tiqua. Il était bien pire qu'Atholl. Atholl ne l'avait pas aimée. Il ne l'avait pas dupée.

Il devait le lui dire, il aurait dû le faire plus tôt. En lui parlant maintenant, il respecterait une partie de la promesse qu'il lui avait faite. Il devait avoir foi en elle, en eux. Elle serait d'abord furieuse, mais elle finirait par comprendre. Il devait le croire.

— Mary… Si Atholl t'avait laissé le choix, qu'aurais-tu voulu qu'il fasse ? Qu'il se batte pour Bruce ou pour Édouard ?

Elle cligna des yeux, prise de court.
— J'aurais voulu qu'il nous protège, répondit-elle.
— Oui mais, au-delà de cela, si la situation avait été différente, quel camp aurais-tu choisi ?
— Quelle importance à présent ? Cette décision a été prise pour moi il y a des années.
— Et si c'était différent ? Si tu pouvais revenir en arrière, Mary ? Si David et toi pouviez être en Écosse aujourd'hui, avec ton ancien beau-frère, irais-tu ?
Elle s'était tendue et commençait visiblement à être agacée par ses questions.
— Ce ne sont que des hypothèses. Nous sommes ici et nous devons nous accommoder de la situation.
— Tu n'as pas envie de rentrer chez toi, Mary ?
— Bien sûr que si ! s'énerva-t-elle. Ma terre me manque, comme à toi, j'en suis sûre. Mais quel est l'intérêt de vouloir des choses impossibles ?
— Et si elles étaient possibles ?
Elle se figea et se mit à murmurer comme si les murs avaient des oreilles.
— Tu ne devrais pas parler comme ça. C'est dangereux.
— Je ne laisserai jamais rien t'arriver, Mary. Tu le sais, n'est-ce pas ?
Elle étudiait attentivement son visage.
— Pourquoi me tiens-tu ce discours, Kenneth ? Qu'essaies-tu de me dire ?
— Qu'il est temps de rentrer chez nous.

24

Mary le dévisagea sans comprendre. Puis l'ombre d'une prémonition se fraya un chemin dans sa conscience.

— Je ne peux pas rentrer en Écosse. Édouard ne l'autorisera jamais.

— Édouard n'en saura rien. Du moins, il sera trop tard lorsqu'il l'apprendra.

Elle prit peur.

— Non ! La dernière fois que j'ai tenté de m'enfuir, j'ai perdu ma sœur. Pourquoi me dis-tu ça ? Il s'est passé quelque chose ? C'est sir John qui te crée des problèmes ? Cela ne peut pas être grave au point de remettre en question ta loyauté.

Il ne répondit pas. Soudain, la vérité perça enfin la surface. *Sa loyauté*.

Horrifiée, elle eut un mouvement de recul. Elle comprenait pourquoi il lui avait posé toutes ces questions étranges ; pourquoi son brusque changement d'allégeance ne tenait pas debout ; pourquoi il avait parlé avec autant d'affection d'un frère qu'il était censé haïr.

Elle porta la main à sa bouche, soudain nauséeuse.

— Tu n'as jamais changé d'allégeance, n'est-ce pas ? Tu travailles pour Bruce.

Il voulut lui prendre le bras et elle s'écarta.

— Mary, laisse-moi t'expliquer.

— M'expliquer quoi ? Que tu m'as trompée ?

— Je n'avais pas le choix. Je ne devrais même pas te le dire, mais je t'ai fait une promesse.

Sa colère l'empêchait de fondre en larmes.

— C'est un peu tard pour t'en souvenir, non ? Tu avais promis de ne pas nous mettre en danger, moi et mes enfants. Pourtant, c'est ce que tu as fait dès l'instant où tu m'as contrainte à t'épouser.

— Je ne pouvais rien te dire alors. Pas avant d'être certain de tes sentiments pour moi.

Une seconde vague de lucidité l'envahit, encore plus brutale que la première.

— Et maintenant, tu l'es ? rétorqua-t-elle. Je vois. C'est pour cela que tu t'es donné tant de mal pour me séduire ? Pour que je te suive comme l'une de tes admiratrices éblouies le moment venu ?

L'avait-il jamais aimée ?

— Je ne nierai pas que je voulais que tu viennes avec moi et j'ai pensé que ce serait plus facile si tu tenais à moi, mais cela ne change rien à mes sentiments, Mary. Je t'aime. Je n'ai jamais dit ces mots à une autre femme.

Elle sentit la bile lui monter dans la gorge. C'était donc vrai. Il avait fait le nécessaire pour qu'elle tombe amoureuse de lui. Elle avait cru à un jeu, mais c'était une machination. L'enjeu n'était pas que son cœur, mais sa vie et celles de ses enfants.

Comment avait-il pu lui faire l'amour toutes ces fois en sachant ce qu'il préparait ?

— C'est censé me consoler ? dit-elle d'une voix brisée par l'émotion. « Je t'ai trahie, je t'ai menti, je me suis servi de toi, mais je t'aime, alors ce n'est pas grave ? »

Elle le vit se crisper.

— Je mérite ta colère, Mary, mais pas ton mépris. Que pouvais-je faire d'autre ?

— Me dire la vérité.

— Et qu'en aurais-tu fait ? Comment pouvais-je être sûr que tu ne le répéterais pas à sir Adam ou à un autre ? Tu m'as clairement dit ce que tu pensais de moi à de nombreuses reprises. D'autres gens comptent sur moi, je ne pouvais pas courir ce risque.

— Alors tu aurais dû me laisser en paix.

— Je ne le pouvais pas. Je te voulais et tu portais notre enfant.

— Et mon autre enfant ? Quel est le rôle de David dans ton beau projet ? Ce serait un coup d'éclat pour toi de ramener le comte d'Atholl dans le camp écossais, n'est-ce pas ?

Il se raidit.

— Une fois que tu seras à l'abri, nous te suivrons, David et moi.

— Non ! s'écria-t-elle, terrifiée. C'est trop dangereux. Ils le surveillent trop étroitement. Ils ne te laisseront jamais sortir de Berwick avec le comte d'Atholl.

— J'ai un plan. Fais-moi confiance.

Ce n'était pas la chose à dire. Elle lui avait fait confiance et voilà où cela l'avait menée ! Était-elle condamnée à voir sa vie détruite par des hommes avides de gloire ? Il l'avait replongée dans le même cauchemar sans la moindre considération. Elle avait remis son sort entre les mains d'un homme, pour être trahie à nouveau.

— Tu demandes beaucoup trop. David ne viendra pas avec toi, et moi non plus.

Il pinça les lèvres, luttant pour conserver son calme.

— David est un comte écossais, Mary. Sa place est en Écosse. Et pourtant, il paraît plus anglais qu'Édouard !

Elle se hérissa, sans doute parce qu'elle avait souvent pensé la même chose. Peu importait. Elle préférait que David soit en vie en Angleterre plutôt qu'on le jette en prison ou qu'on plante sa tête sur un pieu près de celle de son père.

— C'est à moi de décider ce qui convient le mieux pour mon fils, pas à toi.

— Tu te trompes. Tu m'as donné ce pouvoir en m'épousant. J'ai juré de vous protéger et je le ferai.

— Et que se passera-t-il si je refuse de venir, Kenneth ? Tu m'emmèneras de force ? Tu enlèveras ta propre épouse ?

Il crispa les mâchoires.

— Je ferai le nécessaire pour que tu sois en sécurité, répliqua-t-il. Tu ne vois donc pas qu'il n'y a pas d'autre solution ? Quand on découvrira la vérité, je serai un homme traqué et tu deviendras l'épouse d'un traître.

— C'est un rôle que je connais bien, tu l'as oublié ? Si je l'ai déjà joué une fois, pourquoi pas deux ?

— Tu ne le penses pas.

— Ah non ?

— Tu m'aimes. Quand tu ne seras plus en colère, tu reconnaîtras que c'est pour le mieux.

Il passa la main dans ses cheveux, essayant de se calmer, puis proposa :

— Descendons dans la chambre. Nous pourrons en discuter…

— Tu t'imagines vraiment que je vais partager mon lit avec toi ? Pour le moment, je ne supporte même pas de te regarder. Je veux que tu t'en ailles.

Elle voulait le blesser, qu'il souffre lui aussi.

— Mary…

Il tendit la main vers elle et elle s'écarta. Les larmes menaçaient de l'étrangler et elle s'écria d'une voix rauque :

— Quoi, tu ne peux même pas me donner cela ? Ou tu comptes me jeter par-dessus ton épaule et m'emmener de force dès à présent ?

Si elle n'avait pas été aussi furieuse, elle aurait peut-être été attendrie par le tumulte des émotions sur le visage de Kenneth.

— C'est pour après-demain, annonça-t-il. Dès que sir Adam sera parti.

Elle leva vers lui des yeux atterrés.

— Tu ne me donnes que deux jours pour me décider ?

— Non, je te donne deux jours pour te préparer.

Il remuait le couteau dans la plaie. Son air accablé était légèrement satisfaisant. Elle voulait qu'il soit aussi meurtri qu'elle en ce moment. Si seulement il pouvait ressentir un dixième de la douleur qu'il venait de lui infliger !

— Je t'aime, Mary.

— Tais-toi ! Si tu m'aimais, tu ne m'aurais jamais mise dans cette situation.

Il baissa les yeux.

— Très bien, je m'en vais. Je dois être de retour au château demain matin de toute façon. Je sais que tu es en colère et que tu as peur, Mary. Mais nous avons toute notre vie pour que je me fasse pardonner. Je te demande d'avoir foi en moi.

Elle lui tourna le dos. Il lui demandait plus que ce qu'elle pouvait lui donner.

Il restait encore quelques heures avant l'aube quand Kenneth parvint devant la muraille du château de Berwick. La herse était baissée pour la nuit. Il descendit de cheval, trouva une pierre sur laquelle s'asseoir et attendit.

Cela s'était passé encore plus mal que prévu. Elle avait paru anéantie, désabusée, meurtrie. Elle l'avait regardé comme si elle ne le connaissait pas, comme s'il avait commis l'irréparable.

Ce n'était pas possible. Il ne pouvait envisager la possibilité qu'elle ne lui pardonne jamais. Elle avait été blessée, mais elle finirait par s'en remettre.

N'est-ce pas ?

Un nœud d'angoisse lui serra la poitrine. Et s'il lui avait fait du mal au point de perdre son amour à jamais ?

Non, il ne pouvait pas, ne devait pas l'imaginer. Elle lui pardonnerait. Une fois qu'elle aurait eu le temps de réfléchir, elle comprendrait qu'il n'avait pas eu le choix.

Il espérait qu'elle réfléchirait vite. Que ferait-il s'il venait la chercher et qu'elle refusait de partir ? Il se voyait mal enlever sa propre femme.

Quel bourbier !

Pour le moment, il ne pouvait rien y faire. Il échangea sa pierre contre un tronc d'arbre auquel s'adosser, ferma les yeux et essaya de dormir un peu.

Compte tenu des événements, de la brume froide et de l'inconfort de sa couche, ce fut un sommeil troublé, ce qui était aussi bien car, une heure avant l'aube, alors que le ciel virait au gris, il perçut le léger grincement métallique d'une poulie.

Aussitôt réveillé, il scruta la pénombre. On levait la herse du château. C'était étrange, si tôt le matin. Un groupe d'une demi-douzaine d'hommes franchit le portail. En plissant les yeux, il reconnut le blason azuré de Clifford. D'ordinaire, les chevaliers anglais ne se déplaçaient pas sans une large escorte. Où allait donc Clifford de si bon matin, avec seulement une poignée d'hommes pour le protéger ?

Cela ressemblait fort à une mission secrète.

Son instinct lui dictait de les suivre, mais Percy l'attendait. Comment justifierait-il son absence ?

Il débattit durant dix secondes. Il trouverait une excuse. C'était là l'occasion qu'il avait attendue.

Nous nous occupons de Clifford. Il fit taire la voix de MacKay. Si la mission de Kenneth était d'espionner Percy, son principal talent était d'être polyvalent. Il savait s'adapter. Or, tout lui disait que cette petite expédition matinale était importante.

Il grimpa en selle et les suivit. Il n'était peut-être pas aussi furtif que MacRuairi ou Campbell, ni aussi bon pisteur que Lamont, mais il avait bien retenu leurs leçons.

— Vous êtes sûre que tout va bien, ma chère ? Je vous trouve un peu pâle.

Mary leva le nez de son assiette et s'efforça de sourire.

— Je n'ai pas très bien dormi.

C'était la vérité, même si ce n'était pas pour cette raison qu'elle était d'aussi mauvaise compagnie.

Sir Adam lui sourit tendrement.

— Je me souviens que les derniers mois étaient toujours les plus difficiles pour mon épouse. Elle aussi, elle dormait mal. Êtes-vous très gênée ?

— Non, pour le moment, c'est supportable.

Il la dévisagea attentivement, semblant deviner qu'il y avait autre chose.

— J'aurais dû vous prévenir que je vous amenais David. Je voulais vous faire la surprise, mais ce n'est peut-être pas le moment…

— Oh non ! protesta-t-elle. J'en suis ravie. Il me manque terriblement depuis que j'ai quitté Berwick. C'est une chance que Huntlywood soit si proche. Je ne vous remercierai jamais assez de nous avoir permis de nous installer ici.

Il écarta ses remerciements d'un geste de la main.

— Je suis heureux de savoir que quelqu'un mettra un peu de vie entre ces vieux murs pendant mon absence.

Elle eut un pincement au cœur. Serait-elle encore là à son retour ? Que faire ? En dépit de sa bravade, elle n'était pas sûre de pouvoir subir à nouveau les humiliations d'une vie d'épouse de traître. Elle ressentit une nouvelle pointe de colère contre son mari, non seulement pour l'avoir privée de ses choix, mais également pour la forcer à tromper un homme qui avait toujours été merveilleusement bon pour elle.

— Vous me manquerez, dit-elle doucement.

Son ton triste dut mettre la puce à l'oreille de sir Adam. Il plissa le front et étudia longuement ses traits avant de répondre :

— Ce ne sera pas pour longtemps. En outre, vous serez tellement occupée que vous ne verrez pas le temps passer.

Ils discutèrent encore plusieurs minutes de choses et d'autres, puis sir Adam demanda :

— Où est Sutherland ? Je m'attendais à le voir.

Mary espéra ne pas avoir sourcillé à la mention de son mari.

— Il est retourné à Berwick la nuit dernière, répondit-elle sur un ton neutre.

— C'est étrange. Je ne l'ai pas croisé ce matin. Percy le cherchait. Il devait assister à plusieurs réunions avec Cornouaille.

Le cœur de Mary, qui semblait s'être arrêté de battre la nuit précédente, se ranima soudain. Elle sentit son pouls s'accélérer. *Il n'y a aucune raison de s'inquiéter.*

— Il est parti très tard. Peut-être ne s'est-il pas réveillé à temps ?

Se rendant compte de ce que son vieil ami pourrait penser, elle se hâta de préciser :

— Il m'a aidée à déménager les combles. J'ai trouvé un vieux coffre qui devait appartenir à votre père.

Sir Adam se raidit à peine, mais assez pour qu'elle le remarque.

— J'avais oublié qu'il était là-haut. Cela fait bien longtemps que je ne l'ai pas ouvert.

— Votre père tenait des journaux merveilleux. Je me suis permis de les feuilleter, j'espère que cela ne vous ennuie pas ?

— Non, pas du tout, répondit sir Adam.

Il se replongea dans son assiette, faisant un effort pour paraître indifférent. Un peu trop, même.

— Et votre mari, a-t-il admiré les journaux, lui aussi ?

Elle se souvint de la concentration avec laquelle il les avait inspectés, même si elle n'en avait rien pensé sur le moment.

— Je crois, oui. Nous n'en avons pas parlé.

Elle hésita, puis demanda :

— Me permettez-vous de les montrer à David ? Je crois qu'il sera très intéressé par certains dessins.

— Oui, naturellement. Quand vous en aurez terminé, je vous débarrasserai de ce vieux coffre.

Peu après, Mary se trouvait dans les combles avec son fils. Comme elle s'y était attendue, il avait apprécié les carnets de voyage et leurs paysages exotiques. Toutefois, elle avait une autre raison de l'avoir conduit dans cette chambre. Elle avait reporté le moment de lui annoncer sa grossesse, ne sachant pas comment il réagirait. Compte tenu de la date de son mariage et de l'arrivée imminente d'un petit frère ou d'une petite sœur, elle ne voulait pas qu'il la juge mal.

Elle ferma le couvercle du coffre et lui fit signe de venir s'asseoir à côté d'elle.

— J'ai quelque chose à t'annoncer et j'espère que cela te fera autant plaisir qu'à moi.

Le garçon lui lança un regard étrange.

— C'est au sujet du bébé ?

Elle sursauta.

— Tu es au courant ?

— Oui. Sir Kenneth me l'a dit. Il craignait que je sois perturbé par votre mariage précipité.

Elle était surprise par le discernement de Kenneth.

— Et tu l'étais ?

Il haussa les épaules.

Mary se mordit la lèvre. Comment ne s'en était-elle pas rendu compte ? Il avait dû être désorienté.

— Je suis désolée. J'aurais dû te le dire plus tôt.

Elle scruta son visage, essayant de percer ce masque énigmatique. Surtout, elle aurait aimé y voir une vraie émotion. Même de la colère eût été préférable à cette acceptation neutre. Il semblait réagir à tout avec la même indifférence.

— Je suis content que vous soyez heureuse, mère. Sir Kenneth est un bon chevalier.

— Et toi, David, es-tu heureux ?

Il réfléchit à la question comme s'il ne se l'était jamais posée.

— Je m'adapte.

Sa réponse la surprit. Son fils lui ressemblait plus qu'elle ne l'avait pensé. Pourtant, venant de lui, cela sonnait différemment. « S'adapter » lui suffisait-il ?

Et à elle ? Ne méritaient-ils pas mieux ?

— Je sais que cela a été difficile pour toi depuis la mort de ton père.

Il pinça soudain les lèvres et son regard s'emplit de venin.

— Vous voulez dire depuis que mon père a été exécuté pour trahison. C'était un traître qui a subi le châtiment qu'il méritait. Son déshonneur ne m'affecte pas.

Elle avait voulu de l'émotion, mais pas de ce genre. Elle espérait que son effroi n'était pas trop visible.

— Ton père s'est battu pour ce en quoi il croyait, David. Il n'était pas un traître pour son peuple, qui est aussi le tien.

Il était étrange de défendre Atholl après toutes ces années. Néanmoins, indépendamment de ce qu'il leur avait fait subir, il avait été un grand patriote. Elle tenait à ce que son fils le sache.

Il fronça le nez comme s'il sentait une odeur désagréable. Ce tic tellement anglais la surprit encore plus.

— Mon peuple est sous l'influence d'un usurpateur. Une fois Bruce vaincu, les gens verront la vérité.

Kenneth avait dit vrai. Son fils n'avait plus rien d'écossais. Elle s'était juré de se battre pour son patrimoine et pour son héritage, tout en oubliant le plus important : son identité. L'Écosse était sa patrie. Son père avait été exécuté pour avoir défendu l'indépendance du pays. Pour tous ses compatriotes, son fils était ce « cher cousin David ».

Elle repensa soudain à la question que Kenneth lui avait posée la veille. Qu'aurait-elle fait si on lui avait demandé son avis ? En écoutant son fils, elle avait sa réponse. Elle se serait rangée du côté de Bruce. Elle avait cru en Robert autant qu'Atholl. Son premier mari aurait dû mieux les protéger et lui laisser choisir son avenir, mais elle ne pouvait lui reprocher son choix d'allégeance.

— Ma sœur a été mariée à cet « usurpateur », lui rappela-t-elle. Robert est un grand homme, l'un des meilleurs chevaliers du royaume. J'aimerais que tu le rencontres. Je crois qu'il te plairait.

— Je le rencontrerai. Sur le champ de bataille.

— Il aimerait que tu rentres en Écosse.

Il fronça les sourcils.

— Comment le savez-vous ?

— Il me l'a dit quand j'y suis allée.

— J'irai en Écosse, quand nous aurons remporté la victoire.

Mary savait qu'elle marchait sur des œufs. Toutefois, c'était la vie de David qui était en jeu ; il méritait d'avoir son mot à dire.

— Tu n'es pas anglais, tu le sais, n'est-ce pas ? Tu es un comte écossais. Ta place est en Écosse. Tu n'aimerais pas rentrer chez toi ? Voir la terre de tes ancêtres ?

Il la dévisagea comme si elle venait de commettre une trahison. Ce qui était sans doute le cas.

— Pourquoi me dites-vous ça, mère ?

Elle hésita, puis décida qu'elle en avait dit assez. Pourquoi le pousser à donner une réponse, alors qu'elle n'en avait pas elle-même ?

Elle sourit.

— Ne fais pas attention à moi. Je suis d'une humeur bizarre aujourd'hui.

Il la dévisagea longuement, puis hocha la tête. Percevant un bruit, il s'approcha de la fenêtre.

— Tiens, c'est étrange, dit-il.

— Que se passe-t-il ?

— Sir John approche avec au moins deux douzaines de soldats.

Le cœur de Mary fit un bond. *Ce n'est probablement rien*, se rassura-t-elle. Toutefois, tous ses sens lui disaient le contraire.

25

Kenneth suivit Clifford et ses hommes durant des heures. Il s'était attendu à ce qu'ils prennent la route du sud-ouest le long de la frontière, en direction de Jedburgh, mais ils bifurquèrent vers l'ouest et la ville de Biggar, contournant la dangereuse forêt de Selkirk qui était contrôlée par sir James Douglas, un fervent partisan de Bruce.

Où diable allaient-ils ? La route qu'ils avaient prise longeait la Clyde et menait au château de Bothwell, au sud de Glasgow. Un déclic se fit dans l'esprit de Kenneth. Bothwell… où la garnison anglaise pouvait facilement être ravitaillée par les châteaux de Clifford situés le long de la frontière, Carlisle et Caerlaverock.

Kenneth fut parcouru par un frisson d'excitation. Il tenait quelque chose, il le sentait. Il avait trouvé étrange que les Anglais envoient si peu d'équipement et d'approvisionnement vers le nord et Édimbourg. Et si ce n'était pas la route qu'ils comptaient prendre ? Si Bothwell, Rutherglen et Renfrew étaient les châteaux choisis pour ravitailler et protéger l'armée anglaise durant la campagne d'Écosse ?

Comment le prouver ? Pour le moment, il ne se reposait que sur son instinct.

Malheureusement, Clifford n'eut pas l'obligeance de lui fournir une preuve tangible. Vers le milieu de la journée, le petit groupe fit demi-tour et reprit le chemin de Berwick. Cette promenade apparemment sans but acheva de convaincre Kenneth qu'il s'agissait d'une expédition de reconnaissance. Ils étaient venus repérer le terrain pour l'armée anglaise.

Encore fallait-il qu'il puisse le démontrer. Si seulement une jolie carte bien dessinée pouvait tomber entre ses mains ! Était-ce trop demander ? Hélas, l'espionnage n'était jamais aussi simple.

La lumière commençait à baisser lorsque Clifford et ses hommes s'engouffrèrent sous le portail du château de Berwick. Kenneth attendit un peu avant de les suivre.

Il s'attendait à devoir justifier son absence. Cependant, en approchant du château, il se demanda soudain si des explications suffiraient

Il entendit le cri des sentinelles perchées sur les remparts annonçant son arrivée. Était-ce une impression ou l'air était-il brusquement devenu plus chargé ? Pourquoi les gardes devant le portail paraissaient-ils si nerveux ? Ils fuyaient son regard et plusieurs d'entre eux gardaient la main crispée sur la poignée de leur épée. Kenneth eut un sombre pressentiment.

Mary l'avait-elle trahi ? L'espace d'un instant douloureux, le doute le tenailla. Puis il le repoussa vivement. Non, si furieuse soit-elle, il ne pouvait croire qu'elle le condamnerait au même sort qu'Atholl.

Toutefois, la situation n'était pas à son avantage. Il avait à peine franchi la porte qu'il entendit les gardes se mettre en position derrière lui.

Il aperçut Percy qui sortait de la grande salle et descendait l'escalier de la cour. À la fureur froide qu'il lut sur son visage, il comprit qu'il était dans de sales draps. Il ignorait s'il s'agissait de son absence inexpliquée, si Felton l'avait dénoncé pour ses combats illégaux, ou s'il y avait une autre raison, mais une chose était claire : il ne resterait pas ici pour le savoir.

Il était temps de tirer sa révérence aux Anglais. Il avait plus de chances de s'en sortir maintenant, en affrontant une poignée d'hommes, qu'en tentant de s'évader d'un cachot.

Il se trompait peut-être mais, s'il y avait une leçon à retenir de cette longue guerre, c'était qu'en cas de doute mieux valait se fier à son instinct.

Il n'hésita pas. Il fit faire demi-tour à sa monture et fonça droit sur les soldats qui bloquaient l'accès au portail. Sa réaction soudaine les prit à l'improviste. Seul l'un d'eux eut le réflexe de dégainer son épée et de lui porter un coup. Kenneth avait déjà sorti la sienne du fourreau accroché dans son dos et parvint à le désarmer juste à temps pour sauver sa jambe et, plus important encore, son cheval.

Avec un féroce cri de guerre, il assomma l'homme qui gardait la herse sur sa droite puis, dans le même mouvement, para le coup d'un autre soldat sur sa gauche. Il entendait les cris derrière lui, sommant de ne pas le laisser s'échapper. Trop tard. Se couchant sur l'encolure de sa monture, il bondit sous le portail. Il s'efforça de ne pas penser à la pluie de flèches qui ne tarderait pas à s'abattre sur lui depuis les remparts.

L'une d'elles l'atteignit au dos. Il sentit son impact mais pas de douleur. Elle avait dû se prendre dans les mailles de sa cotte. Une seconde frôla son bras. Il se mit à zigzaguer pour ne pas leur offrir une cible trop facile.

Une flèche percuta le flanc de sa monture et rebondit heureusement contre sa barde. Les destriers anglais étaient protégés d'une armure qui les rendait plus difficiles à manœuvrer et moins rapides que les chevaux montés par les Écossais, mais cela avait aussi ses avantages.

Il se concentra sur son but : la lisière du bois, une centaine de mètres plus loin. Il serait alors hors de portée des archers. Bientôt les flèches se raréfièrent. Il serra les dents et pria pour que la chance l'accompagne encore quelques minutes…

Ce fut le cas. Il se faufila entre les arbres avec un soupir de soulagement. Il était hors d'atteinte, mais pas encore tiré d'affaire. Ils s'élanceraient à ses trousses.

Ce n'était pas la façon dont il avait imaginé faire sa sortie. Sa mission venait de lui exploser au visage. Il avait perdu toute chance de prouver ses soupçons et, pire encore, faire passer Mary en Écosse était désormais beaucoup plus risqué. Son fils devrait attendre.

Il n'avait pas le temps de s'appesantir sur son échec, il ne pensait qu'à Mary. Les Anglais allaient s'en prendre à elle. Il devait la rejoindre avant eux.

Au lieu d'emprunter la route de Huntlywood, il coupa à travers champs. Le terrain était nettement plus accidenté, mais il avait besoin de gagner du temps. Les Anglais devineraient aisément sa destination et il n'avait aucune intention d'être encore dans les parages lorsqu'ils arriveraient.

Mary avait cru vivre le pire moment de sa vie en apprenant que Kenneth l'avait leurrée.

Elle s'était trompée. Le pire moment fut de voir la mine suffisante de sir John lorsqu'il lui annonça qu'un mandat d'arrêt avait été lancé contre son mari.

Elle s'était sentie défaillir et serait tombée si sir Adam ne l'avait pas retenue.

— Vous avez intérêt à avoir une bonne explication, Felton, tonna ce dernier après l'avoir conduite sur un banc.

Mary écouta, horrifiée, la réponse de Felton. Le principal chef d'accusation était sa participation à des tournois clandestins, mais Kenneth était également soupçonné de trahison. Selon sir John, sa loyauté avait été mise à l'épreuve et il avait échoué en livrant une missive avec un sceau brisé. Sa disparition aujourd'hui ne faisait qu'aggraver son cas. Où était-il ?

Mary étouffa un sanglot. La perspective de voir son mari emprisonné, peut-être même exécuté…

L'idée était intolérable. Toutes les fibres de son corps se refusaient à l'envisager.

Cependant, une fois remise du choc, elle se rendit compte que sir John lui avait permis de voir la vérité beaucoup plus rapidement qu'elle n'y serait parvenue seule. Confrontée à l'arrestation éventuelle de Kenneth, elle ne pouvait plus nier ce qu'elle ressentait. Si elle était furieuse contre lui, elle l'aimait toujours.

Sir John se tourna vers ses hommes et ordonna :

— Trouvez-le !

— Je vous ai déjà dit qu'il n'était pas ici, déclara sir Adam qui, une fois n'était pas coutume, semblait perdre son calme. Vous mettez ma parole en doute ?

Sir John lui sourit.

— Je veux juste qu'il n'y ait pas d'équivoque, sir Adam. Vous êtes un ami de Sutherland et de son épouse depuis fort longtemps, n'est-ce pas ?

— Prenez garde, Fetlon, s'emporta sir Adam. Réfléchissez bien avant de mettre en doute ma loyauté. Lorsque les faits vous donneront tort, il vous en cuira. J'y veillerai.

Sir John prit aussitôt un air penaud. Sir Adam était un homme puissant, l'un des Écossais les plus influents dans le camp anglais. S'en faire un ennemi pouvait coûter cher.

— Je ne voulais pas vous offenser. J'ai reçu l'ordre de ramener immédiatement le comte d'Atholl au château et de rechercher Sutherland. Je ne fais que mon devoir.

— Alors faites-le vite, rétorqua sir Adam. Puis fichez le camp d'ici.

Pendant que sir John supervisait les recherches, sir Adam tenta de réconforter Mary.

— Ne vous mettez pas dans cet état, ma chère. Je suis sûr que tout va s'arranger.

Mary acquiesça sans conviction.

— L'accusation de combat illégal est-elle fondée ? demanda-t-il. Selon Felton, vous y étiez.

— Hélas, oui, répondit-elle.

— Le roi sera fâché, mais si Kenneth a une bonne explication, cela ne devrait pas être bien grave. C'est plutôt l'autre accusation qui m'inquiète. Est-il possible que… Y a-t-il une part de vérité dans ce qu'affirme Felton ? Sutherland nous aurait-il dupés ?

Mary était déchirée. Elle voulait protéger Kenneth, mais elle ne supportait pas de mentir à son vieil ami. Elle baissa les yeux.

— Tout est possible.

Elle ignorait comment sir Adam prit cette réponse qui n'en était pas une. Du coin de l'œil, elle remarqua que Felton discutait avec son fils. La manière dont David ne cessait de lancer des regards vers elle la mit soudain très mal à l'aise.

Sir Adam s'en aperçut lui aussi.

— David sait-il quelque chose ?

Mary songea à la conversation qu'ils avaient eue plus tôt. Son fils avait-il déduit de ses paroles qu'elle songeait à partir ?

— Je ne crois pas.

Puis elle vit une ombre de culpabilité passer sur les traits de David lorsque leurs regards se croisèrent brièvement.

Son fils ne la trahirait pas. N'est-ce pas ? Sa dévotion filiale n'avait jamais été mise à l'épreuve. Aurait-il dit quelque chose pouvant compromettre Kenneth ?

Elle n'aurait jamais dû lui parler de son père et de Bruce. La décision de rentrer ou non en Écosse était trop complexe pour un enfant de treize ans.

Durant un moment, il sembla qu'elle s'était inquiétée pour rien. David partit en courant, sans doute pour chercher ses affaires, et sir John reprit son inspection. Toutefois, lorsque les recherches s'achevèrent, elle le vit s'avancer vers elle avec une expression qui n'augurait rien de bon.

Il la dévisagea avec une froideur qu'elle ne lui avait jamais vue.

— Préparez vos affaires, ma dame. Vous rentrez à Berwick.

Mary pâlit.

— De quoi parlez-vous, Felton ? s'indigna sir Adam. Lady Mary loge chez moi.

— Plus maintenant. Il semblerait que lady Mary ait prévu de revenir en Écosse.

Sir Adam ne se tourna pas vers elle pour lui demander de le confirmer et poursuivit :

— Quelles preuves avez-vous ?

— Elle a tenu un discours fort intéressant à son fils.

Le cœur de Mary se serra. *Oh, David, qu'as-tu fait ?*

— Je n'ai jamais dit que je partais pour l'Écosse, se défendit-elle.

Même si c'était la vérité, cela ne sembla guère émouvoir sir John.

— Compte tenu des circonstances, il me semble préférable d'observer la plus grande prudence, n'en convenez-vous pas, sir Adam ? Pour la sécurité de lady Mary, naturellement.

— Vous m'arrêtez ? demanda-t-elle.

— J'espère que ce ne sera pas nécessaire.

Ses hommes s'étaient assemblés autour de lui. Elle savait ceux de sir Adam derrière elle. Ils la défendraient si elle le leur demandait, mais à quoi bon ? Cela ne ferait que mettre sir Adam dans une position encore plus délicate si la vérité était découverte.

Au même moment, David fit irruption dans la salle. Il vit les deux groupes de soldats et comprit rapidement de quoi il retournait. Il se tourna vers sir John d'un air effaré.

— Que faites-vous ?

— Ta mère vient avec nous, n'est-ce pas, lady Mary ?

— Mais je n'ai pas voulu dire... balbutia l'enfant. Ce n'est pas ce que vous...

En voyant les traits pâles et horrifiés de son fils, Mary comprit qu'il n'avait pas mesuré l'effet de ses paroles sur sir John. Il n'avait pas eu l'intention de lui nuire.

Elle posa la main sur son bras pour l'apaiser.

— Je vais aller préparer mes affaires, annonça-t-elle.

Sir Adam commença à protester mais elle l'interrompit.

— Je vous en prie, je ne veux pas faire d'histoires.

Elle indiqua son ventre. Si la violence éclatait, tout pouvait arriver.

— Nous éclaircirons tout cela une fois à Berwick, acheva-t-elle.

Kenneth ferait quelque chose. Elle devait lui faire confiance. Néanmoins, elle avait besoin de toute sa foi en lui pour accepter de retourner dans l'un des châteaux les mieux gardés des Marches.

Sir Adam la dévisagea gravement puis hocha la tête.

— Je laisse quelques hommes ici, au cas où Sutherland se présenterait, déclara sir John.

Le message était clair : même si sir Adam voulait l'avertir, il ne pourrait rien faire.

Où qu'il soit, Mary savait que Kenneth trouverait un moyen de les sortir de là. Il ne la laisserait pas affronter seule le danger. Elle regrettait simplement de ne pas s'en être rendu compte plus tôt.

Kenneth approcha du château par la forêt et, en dépit de son empressement à rejoindre Mary, il prit le temps d'inspecter les lieux. Cette prudence inhabituelle de sa part fut récompensée quand il aperçut les gardes devant le portail. Des hommes de Felton.

Bigre. Kenneth avait perdu son avantage.

Il réfléchit rapidement. Ne sachant pas ce qui l'attendait à l'intérieur, il allait devoir entrer sans se faire voir des soldats. Il emploierait l'une des tactiques favorites de la garde des Highlands : diversion et vitesse.

Après avoir sorti tout ce dont il aurait besoin des sacoches accrochées à sa selle, il caressa affectueusement l'encolure de son fidèle destrier et le remercia pour ses bons et loyaux services. Même si l'étalon était épuisé et ne lui serait plus d'aucune utilité ce soir, ce fut avec regret qu'il lui donna une grande claque sur la croupe et le regarda partir au galop en direction du château.

Il contourna l'enceinte en se faufilant entre les troncs d'arbres et attendit le cri des sentinelles.

Il venait d'atteindre sa position lorsqu'il l'entendit :

— Cavalier en vue !

Il espérait que cela les occuperait assez longtemps pour qu'il escalade la muraille. Il faudrait qu'il remercie MacLeod pour le nombre de fois où il lui avait fait faire des tractions. Néanmoins, sans bonnes prises et alourdi par ses armes et son armure, il ne fut pas aisé de se hisser et de se propulser de l'autre côté en un seul mouvement souple et silencieux. Heureusement pour lui, sir Adam n'avait pas encore mis en œuvre son projet de surélever son mur d'enceinte.

Il avait choisi un endroit situé à l'opposé du portail, un coin discret entre les écuries et l'armurerie. Se glissant dans l'ombre, il dégaina son épée et attendit.

Sa ruse avait marché. Il entendait du bruit du côté du portail où son cheval venait d'arriver. Il contourna l'armurerie et constata que la situation n'était guère brillante. Il y avait au moins une demi-douzaine d'hommes de Felton. Bizarrement, ils ne se mêlaient pas à ceux de sir Adam. Les deux groupes semblaient même s'observer mutuellement avec méfiance.

Craignant de plus en plus pour sa femme, Kenneth attendit le bon moment, puis traversa la cour en courant et grimpa quatre à quatre les marches du donjon.

Il lança un regard dans la grande salle. Elle n'y était pas. Il monta l'escalier jusqu'au deuxième étage, le cœur battant. Avant même d'ouvrir la porte de sa chambre, il pressentit qu'elle n'y serait pas non plus.

Où était-elle ?

Dans la chambre du bébé, peut-être ?

Se raccrochant à cet espoir, il grimpa encore un étage et sentit son sang se glacer en trouvant la pièce déserte.

La panique commençait à monter en lui.

Elle était forcément quelque part. Il la trouverait, même s'il devait démonter tout le château pierre par pierre, que la garde de Felton soit présente ou pas. L'armée anglaise tout entière ne pourrait l'empêcher de trouver sa femme.

Néanmoins, un peu d'aide serait bienvenue. Les pots en terre qu'il avait vus plus tôt auraient fait l'affaire. Sauf que le coffre avait disparu lui aussi. Il n'y avait plus que sir Adam. Il aimait profondément Mary. Restait à savoir jusqu'où il serait prêt à aller pour l'aider.

Il redescendit deux étages. Sans se donner la peine de toquer, il ouvrit la porte de la chambre du maître.

Sir Adam se tenait devant une petite fenêtre, observant la cour en contrebas. Il lança un regard à Kenneth par-dessus son épaule.

— Je me demandais combien de temps il te faudrait pour arriver. Malin, la diversion du cheval.

— Où est-elle ? demanda Kenneth.

— Felton l'a emmenée.

— Felton ? Où ?

— À Berwick. C'est toi qu'il était venu chercher. Il a un mandat d'arrêt contre toi.

Kenneth lâcha un juron.

— Tu ne veux pas connaître les chefs d'accusation ? demanda sir Adam.

— Cela changerait quelque chose ?

— Je suppose que non, répondit sir Adam sur un ton résigné.

Kenneth tenta vainement de se préparer à la déception dans le regard de son vieil ami. La trahison n'était jamais facile et celle-ci encore moins. Il espérait qu'ils se retrouveraient un jour en alliés.

— Ils sont partis depuis combien de temps ? demanda-t-il.

— Pas longtemps. Vingt, trente minutes.

— Alors j'ai encore le temps de les rattraper.

— Qu'est-ce qui te fait penser que je ne vais pas t'arrêter moi-même ?

Kenneth se figea et dévisagea prudemment sir Adam.

— Parce que vous l'aimez et que vous voulez son bonheur.

— Et tu crois pouvoir la rendre heureuse ?

— Je le sais.

Il hésita un instant avant d'ajouter :

— Je crois aussi que vous n'êtes pas aussi opposé à Bruce qu'il y paraît.

— Je suis fidèle au roi Jean, rétorqua sir Adam, piqué.

— Balliol a été déposé et vit en France. Vous savez bien qu'il ne sera plus jamais reconnu comme roi.

Sir Adam ne le démentit pas.

— Je soupçonne que c'est la raison pour laquelle vous n'avez jamais révélé aux Anglais vos connaissances de la poudre des Sarrasins.

Sir Adam sursauta. Avant qu'il ait pu nier, Kenneth reprit :

— Je suis au courant pour l'explosion du pont le soir où Mary a perdu sa sœur. C'était vous, n'est-ce pas ?

Le chevalier pâlit.

— Il semblerait que mon neveu ait partagé notre secret de famille. Je m'en doutais un peu. C'était un accident. Le sait-elle ?

— Pas encore.

— Mais tu le lui diras.

— Oui, mais je vous offre une occasion de vous racheter à ses yeux. J'ai besoin de votre aide.

Sir Adam réfléchit un long moment. Kenneth pouvait voir sur son visage la bataille entre sa fidélité envers son roi déposé et son amour pour Mary. Puis ses épaules s'affaissèrent comme s'il n'avait plus la force de lutter.

— Dis-moi ce dont tu as besoin.

En temps normal, le trajet jusqu'au château de Berwick aurait duré un peu plus d'une heure. Cependant, en raison de l'état de Mary et de l'obscurité, ils avançaient à un pas beaucoup plus lent.

Elle ne faisait pas exprès de les ralentir. Elle se sentait réellement mal. Des douleurs lui lacéraient le bas du dos et des contractions lui tordaient le ventre.

En dépit de sa colère, sir John n'en était pas moins chevalier jusqu'au bout des ongles. Informé de son état, il ralentit considérablement le pas.

Mary sursautait au moindre bruit. Elle scrutait les ténèbres, s'attendant à voir son mari surgir de l'obscurité tel un spectre vengeur. Il était absurde de croire qu'il pourrait venir à bout d'une vingtaine de soldats anglais. Néanmoins, une partie d'elle-même savait qu'il essaierait s'il le pouvait. Une autre partie le redoutait.

Où était-il ?

Elle eut sa réponse un peu plus tard. Ils se trouvaient à quelques kilomètres du château, près du pont qui enjambait la Tweed.

Se trouvant en queue de la procession, elle n'entendit d'abord qu'un cri, suivi immédiatement par une agitation des soldats autour d'elle. Sir John cria des ordres et une douzaine d'hommes formèrent un cercle autour d'elle et de David.

— Que se passe-t-il ? demanda-t-elle.

Personne ne lui répondit. Elle tenta de voir entre les silhouettes bardées de cottes de mailles et distingua une torche solitaire à une vingtaine de mètres devant eux. Elle n'avait pas besoin de distinguer l'écusson jaune orné de trois étoiles rouges pour comprendre qu'il s'agissait de son mari.

Elle émit un petit gémissement tandis que les larmes lui montaient aux yeux. Elle n'aurait su dire si c'était de joie de le voir en vie ou de peur qu'il ne le reste plus longtemps.

— Libérez ma femme ! lança Kenneth.

Sa voix résonna comme un coup de fouet dans la nuit.

Sir John s'avança et s'arrêta à quelques mètres de lui.

— Vous êtes mal placé pour donner des ordres. Vous êtes en état d'arrestation.

— Peut-être, mais lady Mary n'a rien à voir là-dedans. Mes hommes se trouvent de l'autre côté du pont. Laissez-la partir et je déposerai mon arme.

— Et pourquoi la libérerais-je ? s'esclaffa sir John.

— Vous préférez essayer de m'affronter ?

Kenneth marqua une pause. Mary ne doutait pas qu'ils pensaient tous les deux à leur dernier affrontement.

— Je sais que vous ne voulez pas de mal à Mary, reprit-il. Laissez mes hommes l'emmener et vous aurez ce que vous voulez : moi. Nous pouvons en terminer rapidement, à vous de voir. Mais ne tardez pas trop, mes hommes s'impatientent.

Au même moment, toute une ligne de torches s'avancèrent entre les arbres de l'autre côté du pont.

Si sir John avait cru qu'il mentait au sujet des renforts, il s'était trompé.

— D'accord, répondit-il. Jetez vos armes et rendez-vous.

— J'ai votre parole que vous la laisserez partir ?

— Vous l'avez, répondit sèchement sir John.

— Je vais poser mes armes et marcher jusqu'à cet arbre là-bas, annonça Kenneth. Juste au cas où vous changeriez d'avis avant qu'elle ait franchi le pont.

Sir John frémit d'irritation devant ce manque de foi en sa parole de chevalier.

— Très bien, cracha-t-il.

Mary entendit un bruit métallique d'armes jetées sur le sol puis, au bout de quelques minutes, sir John lui fit signe d'avancer.

Elle se tourna vers David. Ils savaient tous les deux que sir John ne le laisserait jamais partir.

— Je suis désolé, mère.

— Moi aussi.

Ne sachant pas quand elle le reverrait, elle se pencha sur sa selle et le serra dans ses bras.

— N'oublie pas ce que je t'ai dit, chuchota-t-elle.

En se redressant, elle le vit acquiescer. Au regard fielleux qu'il lança vers sir John, il était clair que son admiration pour le chevalier anglais avait subi un coup dont elle n'était pas près de se remettre. Finalement, sir John leur avait rendu un service en l'emmenant. Son geste contribuerait peut-être à faire changer son fils de camp le moment venu.

Elle fit avancer son cheval à travers le mur de soldats et passa devant sir John sans lui adresser un regard. Puis elle vit Kenneth. Elle se retint de se précipiter vers lui.

— Pars, lui dit-il quand elle arriva à sa hauteur. Ne t'inquiète pas pour moi. Je sais ce que je fais.

Ils se dévisagèrent. Il semblait l'implorer de lui faire confiance.

C'était le cas. Elle espérait seulement que son plan incluait autre chose qu'une simple reddition pour la sauver.

Après un dernier long regard vers lui, elle s'avança sur le pont. Le claquement des sabots sur le tablier en bois lui rappela de douloureux souvenirs.

S'il vous plaît, faites que l'histoire ne se répète pas, pria-t-elle.

Une fois de l'autre côté, elle fut surprise d'être accueillie non pas par les hommes de Kenneth, mais par ceux de sir Adam.

— Venez, dit ce dernier. Nous n'avons pas beaucoup de temps.

— Attendez, protesta-t-elle. Nous ne pouvons pas le laisser là. Où allons-nous ?

— Sur la côte. Ne vous inquiétez pas. Il nous rattrapera.

Elle dut faire un effort de confiance surhumain pour accepter.

— Merci de nous aider, dit-elle.

— J'espère que cela se passera mieux que la dernière fois.

Elle aussi.

Ils partirent à une cadence nettement plus rapide, Mary oubliant provisoirement son inconfort. Le pont était toujours visible derrière eux quand elle entendit un bruit qui lui glaça les sangs : une forte détonation, accompagnée d'un éclair. Les souvenirs affluèrent. C'était exactement comme lors de sa première tentative de fuite sauf que, cette fois, il n'y avait pas d'orage pour expliquer ces sons affreux.

Elle lança un regard derrière elle et poussa un cri en apercevant la lueur d'un incendie. Le pont brûlait.

— Attendez ! Nous devons y retourner. Il faut l'aider.

Sir Adam attrapa ses rênes avant qu'elle ait pu faire demi-tour.

— Ce ne sera pas nécessaire, déclara une voix désincarnée.

Elle se figea. La voix venait de tout près, quelque part devant eux dans l'obscurité. Sir Adam paraissait aussi surpris qu'elle. La demi-douzaine d'hommes qu'il avait amenée forma aussitôt un cercle autour d'elle.

Elle scruta les ténèbres. Quelques instants plus tard, l'un des guerriers les plus terrifiants qu'elle ait jamais vus s'avança dans un rayon de lune.

Seigneur ! Il paraissait encore plus large et plus puissant que son mari ! Quatre autres silhouettes tout aussi impressionnantes apparurent derrière lui. Les hommes portaient tous des casques à nasal noircis, des manteaux de guerre noirs et d'étranges plaids sombres drapés autour des épaules. Même leur peau paraissait peinte en noir. Ils se fondaient dans la nuit tels des spectres. *Les fantômes de Bruce !* S'agissait-il de ces fameux guerriers qui semaient la terreur parmi les Anglais ?

Elle était tellement apeurée qu'elle ne reconnut pas tout de suite le sourire sous le casque de celui qui avait parlé.

— Ma dame, dit-il en s'inclinant. Ravi de vous revoir.

Incrédule, Mary fixa les yeux du redoutable guerrier que Robert lui avait présenté l'été précédent, Magnus MacKay, le beau-frère de Kenneth.

26

Les torches de sir Adam étaient encore visibles lorsque sir John déclara :

— Elle est partie. À présent, rendez-vous.

— J'ai dit que je viendrai à vous et je le ferai, répondit Kenneth

Il n'avait jamais parlé de se rendre. Si Felton le voulait, il devrait l'attraper.

Mais avant tout, il devait s'assurer que le chevalier ne changerait pas d'avis et ne se lancerait pas à la poursuite de Mary.

Tenant sa torche devant lui afin qu'ils puissent le voir, il se dirigea vers Felton. Il s'arrêta à dix mètres, veillant à se trouver entre les soldats et le pont. Il baissa les yeux et repéra la fine ligne de poudre noire entre ses pieds, indétectable à moins de savoir ce qu'on cherchait.

Il espérait que son plan marcherait car il ne lui resterait pas beaucoup de temps après avoir mis le feu aux poudres. Littéralement.

— Jetez cette torche, ordonna Felton.

Kenneth s'exécuta en veillant à ce qu'elle tombe près de ses pieds pour la pousser vers la poudre quand il serait prêt.

Felton se tourna vers les deux hommes les plus proches de lui.

— Saisissez-le !

Kenneth les laissa s'approcher et lui prendre chacun un bras.

Felton se tourna vers un groupe de soldats sur sa droite.

— Vous cinq, rattrapez la dame !

— Vous avez donné votre parole ! s'écria David derrière lui.

Felton se tourna vers lui.

— Cet homme est en état d'arrestation ; il n'est pas en position de marchander.

Fort heureusement, si le comte d'Atholl n'avait pas prévu le parjure de Felton, Kenneth s'en était douté. Avec un rugissement, il tenta de se libérer des deux hommes qui le tenaient, mais ils étaient costauds et étonnamment résistants. Tout en luttant, il poussa la torche du pied pour la faire rouler sur la ligne noire. La poudre ne prit pas.

Il envoya un coup de talon dans le tibia de l'un de ses adversaires, puis lui fit un croc-en-jambe pour le déséquilibrer. L'homme partit à la renverse, entraînant Kenneth et l'autre soldat dans sa chute. Kenneth en profita pour libérer ses bras et les marteler de coups de poing. Ses gantelets ne pouvaient provoquer de blessures profondes à travers les cottes de mailles, mais quelques coups bien placés les mirent hors d'état de nuire pendant un moment.

Il lui fallait récupérer son épée. D'abord, il ramassa la torche et appuya la flamme contre la poudre. Cette fois, elle s'embrasa.

Une boule de feu jaune orangé fusa sur le sol en direction du pont. Kenneth tenta de la suivre, mais les hommes de Felton s'interposèrent.

Ils étaient assez nombreux pour le ralentir, surtout qu'il n'était pas armé. Il bondissait d'un côté et de l'autre, esquivant les coups d'épée.

Il ne parvint pas à rejoindre le pont à temps. La demi-douzaine de sacs remplis de poudre noire qu'il avait placés sous la charpente explosèrent, embrasant la nuit. Le souffle de la déflagration les projeta tous en arrière.

Son plan avait parfaitement fonctionné, sauf sur un point : il était censé se trouver de l'autre côté du pont. La poudre s'était consumée trop vite.

Quoi, il ne s'attendait tout de même pas à ce que ce soit si facile !

Il allait donc devoir se battre contre... dix-huit hommes. Comble de malchance, son épée était désormais hors de sa portée, engloutie dans la fumée. Il remédia rapidement à ce problème lorsque l'un des hommes de Felton fondit sur lui, son épée brandie au-dessus de sa tête. Kenneth l'attendit en surveillant sa lame et bondit de côté au dernier instant. Emporté par son élan, le soldat abattit son arme dans le vide et Kenneth en profita pour le frapper dans le bas du dos, le faire basculer d'un coup de pied puis écraser son poignet sous son talon, lui faisant lâcher son épée.

Maintenant armé, il prit position devant le pont en flammes et les laissa venir. Ils attaquèrent d'abord les uns après les autres puis, à mesure qu'ils s'entassaient à ses pieds, ils arrivèrent par deux, trois, quatre à la fois. En raison du feu et de la fumée derrière lui, ils ne pouvaient pas l'encercler.

Kenneth se battit tel un possédé. Il ne pensait qu'à une chose : se débarrasser de ces hommes, traverser la rivière et rejoindre sa femme avant qu'elle ne prenne le large sans lui.

Il y était presque. Il ne restait plus que six hommes, sans compter Felton et le jeune David.

Felton fulminait. Kenneth l'entendait vociférer, exhortant ses hommes à l'attaquer, à le capturer, à le tuer.

Il avait gardé le meilleur pour la fin. Les six soldats fondirent sur lui comme un seul homme. Kenneth tenta de les repousser, mais ils le forçaient à reculer en l'acculant à la rivière. Il se rapprochait dangereusement du bord. Il ramassa la pique de l'un des morts à ses pieds et l'utilisa pour les maintenir à distance. Ils n'attaquaient pas, ils le poussaient. Il attendait une ouverture, mais ils ne la lui donnaient pas.

Il jura, sachant qu'il devait trouver une solution rapidement. Ils constituaient un mur d'acier avançant sur lui. Il fallait qu'il brise leur formation. Il choisit le second homme à partir de la gauche et lui lança la pique en pleine tête avec une telle force qu'il tomba en arrière, assommé. Il feinta ensuite sur la droite, leur offrant une ouverture irrésistible. L'un d'eux la saisit. Kenneth réagit aussitôt et, faisant décrire un arc mortel à sa lame, le cueillit au genou et lui trancha la jambe. Il avait enfin son ouverture et parvint à se dégager.

Il entendit soudain des applaudissements derrière lui. Dans la lueur dansante des flammes, il aperçut trois silhouettes familières sur l'autre rive : MacKay, Lamont et MacLean. Le cours d'eau de dix mètres de large aurait constitué un obstacle infranchissable pour la plupart des hommes. Pas pour la garde des Highlands. Kenneth venait d'apercevoir sa porte de sortie : une corde attachée à une flèche fichée dans le sol à quelques pas de lui. L'autre extrémité était fixée dans les hauteurs d'un arbre sur l'autre rive. Ce devait être le travail de Lamont, qui était un excellent archer.

— Bravo ! lança MacKay en riant.

Kenneth jura, ne trouvant pas ça drôle.

— J'aurais bien besoin d'un peu d'aide, cria-t-il par-dessus son épaule tout en essayant de repousser les quatre soldats restants.

— Pourquoi ? Tu te débrouilles très bien tout seul !

Kenneth lui donna raison en abattant un autre homme qui avait eu la sottise de s'approcher de trop près.

Il en restait trois, mais celui qu'il voulait affronter se tenait en retrait.

— Que se passe-t-il, Felton ? Vous vouliez une occasion de vous battre avec moi. La voici !

Felton hésita et lâcha un chapelet d'injures et d'invectives. Il tenait fermement David par le poignet. Il avait perdu Mary, ainsi que Kenneth, mais ne souffrirait pas l'affront extrême de perdre également le comte d'Atholl.

— Viens, David, dit-il en battant en retraite.

L'enfant surprit tout le monde.

— Lâchez-moi ! cria-t-il.

Il libéra son bras d'un geste sec et recula. Son regard allait de Felton à Kenneth ; il semblait se méfier de l'un comme de l'autre.

Felton bondit vers lui et ne parvint qu'à le faire reculer encore en direction de Kenneth. Pendant ce temps, la garde s'était enfin décidée à intervenir et décochait des flèches vers les derniers soldats pour les maintenir à distance. Kenneth lança un regard vers la corde et espéra qu'elle serait assez solide pour deux.

Il tendit la main vers David.

— Maintenant, mon garçon. Il est temps de décider.

— Non, David ! hurla Felton. Je t'ordonne de rester. Tu es un sujet anglais.

David lui lança un regard noir.

— Peut-être, mais je suis aussi un comte écossais.

Il courut vers Kenneth.

Felton s'élança vers eux. Kenneth aurait adoré en finir avec lui une fois pour toutes, mais la décision de David changeait considérablement la donne. La sécurité du garçon primait sur le reste.

Il l'attrapa par la taille et le souleva. Il courut jusqu'à la corde, la libéra de la flèche d'un coup d'épée, l'enroula autour de son poignet, jeta son arme puis, avec une prière, s'accrocha fermement et s'élança au-dessus du cours d'eau. Dès qu'il vit la terre ferme sous ses pieds de l'autre côté, il lâcha prise. Il atterrit le premier et se roula en boule pour absorber le gros de l'impact.

Il leva la tête et demanda à David :

— Tu n'as rien ?

— Je... je ne crois pas.

L'enfant regardait les trois autres guerriers avec un mélange de fascination et d'angoisse.

— Qui sont-ils ?

— Des amis, répondit simplement Kenneth en l'aidant à se lever.

Le jeune comte n'avait pas besoin de connaître le secret de la garde des Highlands.

— Mary ? demanda Kenneth à MacKay.

— En sécurité. Elle nous attend probablement déjà sur le bateau.

— Nous aurions été plus vite si vous vous étiez manifestés plus tôt, observa Kenneth sur un ton acerbe.

— Comment, et rater ce beau spectacle ? Pour rien au monde. J'ai bien cru qu'ils t'avaient coincé, pendant un moment. C'était sacrément culotté de ta part de leur avoir laissé une telle ouverture.

— Ça a marché, rétorqua Kenneth.

— C'est vrai, convint MacKay avec un sourire. Il faudra que je m'en souvienne.

Sans perdre plus de temps, ils montèrent en selle et filèrent ventre à terre vers la côte.

Mary ressentit les premières douleurs peu après le départ de sir Adam. Il s'était séparé d'elle à contrecœur, après que Magnus MacKay l'avait informé que Kenneth les avait chargés de la protéger et de l'escorter jusqu'en Écosse. Sir Adam en avait fait assez, avait-il dit. Il valait mieux que personne n'apprenne le rôle qu'il avait joué dans leur évasion.

Juste ciel ! Les fantômes de Bruce ! Son mari avait dépêché la bande de guerriers la plus célèbre d'Écosse pour la protéger. Elle ignorait comment il s'était débrouillé, mais cela compensait un peu la douleur de sa trahison. Elle était impressionnée de savoir que les meilleurs soldats d'Écosse veillaient sur elle. Mais quel était leur lien avec Kenneth ?

Sir Adam semblait avoir compris lui aussi à qui ils avaient affaire. Toutefois, il attendit que Mary lui confirme qu'elle connaissait l'un d'entre eux avant d'accepter de la laisser partir.

Il s'approcha de Magnus et lui demanda :

— Vous connaissiez mon neveu. Faisait-il partie lui aussi de cette... armée secrète ?

Magnus fut pris de court.

— Oui, répondit-il presque malgré lui.

— A-t-il eu une mort honorable ?

Magnus serra les mâchoires.

— Oui, dit-il sur un ton solennel. Votre neveu était l'un des meilleurs hommes que j'aie jamais connus.

Les deux hommes se dévisagèrent longuement, puis sir Adam hocha la tête, l'air satisfait. Il sortit un objet de sa poche et le glissa dans les mains de Mary.

— Donnez ça à votre époux.

Mary fronça les sourcils en voyant un morceau de parchemin plié.

— Je n'y manquerai pas.

Il paraissait troublé, cherchant les mots justes.

— Lorsqu'il vous dira... hésita-t-il. J'espère que vous me pardonnerez un jour. Je croyais sincèrement bien faire.

Elle le dévisagea, perplexe. De quoi parlait-il ? Il avait tant fait pour elle. Elle n'eut pas le temps de l'interroger car Magnus les pressait de partir. Il lui ordonna de suivre deux hommes qu'il appela la « Vipère » et le « Faucon », et prit les deux autres hommes avec lui, le « Chasseur » et le « Frappeur », pour aller chercher Kenneth.

Ils chevauchaient depuis quelques minutes seulement quand une vive douleur lui traversa le bas-ventre.

Elle tira si brusquement sur ses rênes qu'elle fit ruer son cheval et manqua de tomber de selle.

L'homme qui était légèrement moins effrayant que l'autre, parce qu'il souriait, parvint à calmer sa monture.

— Que se passe-t-il ?

Mary posa la main sur son ventre.

— Je ne sais pas. Je crois… que c'est… le bébé…

Il était trop tôt. Il ne devait pas arriver avant encore un mois.

La Vipère jura.

— Par tous les saints ! Ne me dites pas que vous êtes en train d'accoucher !

Si elle n'avait pas été sciée en deux par une nouvelle contraction, elle aurait ri en voyant les expressions horrifiées des deux hommes grimés comme des croquemitaines.

— Pas encore, répondit-elle prudemment.

— Mais les douleurs ont commencé ? demanda le Faucon sur un ton beaucoup plus doux.

Elle acquiesça.

La Vipère jura encore et lança un regard à son compagnon.

— C'est toi qui t'en occupes. Tu as plus l'habitude que moi. Je ne crois pas que je pourrai supporter ça une fois de plus.

— Je croyais que tu pouvais tout supporter, le railla l'autre. On dirait que tu as peur.

— Et pas toi ?

— Je te le concède, répondit le Faucon avec une grimace. Fichtre, si seulement l'Ange était avec nous !

Mary s'efforçait de ne pas crier, mais elle ne put retenir un gémissement.

Les deux hommes jurèrent à nouveau, la Vipère employant un terme nettement plus cru. Elle se sentit soulevée de sa monture et déposée sur la selle du plus souriant, qui ne souriait plus du tout.

La route jusqu'à la côte lui parut interminable, même si elle ne se trouvait qu'à quelques kilomètres. Chaque fois qu'une nouvelle douleur la parcourait (elles étaient irrégulières), elle sentait monter l'angoisse de l'homme derrière elle.

— Tenez bon, lui dit-il.

Cependant, les deux guerriers étaient clairement dépassés et leur tension augmentait encore la sienne. Elle voulait son mari. Où était-il ?

Elle avait dû parler à voix haute car le Faucon lui répondit :

— Il ne tardera pas.

Il n'ajouta pas « j'espère », mais elle l'entendit quand même.

Une violente contraction plus tard, ils arrivèrent au bateau. Il était caché dans une crique quelque part au nord de Berwick. Une dizaine d'autres hommes attendaient sur le *birlinn*, le navire de prédilection des marins des Hébrides. Elle frissonna en apercevant l'oiseau de proie sculpté dans la proue.

Au moins, elle savait d'où l'un des deux hommes qui l'accompagnaient tirait son nom. Le Faucon était le capitaine du navire. Elle préférait ne pas savoir d'où la Vipère tenait le sien.

Le Faucon l'aida à monter à bord et l'installa le plus confortablement possible. Elle vit les yeux écarquillés de l'équipage à mesure que la nouvelle de son état se propageait, ce qui ne contribua pas à la rassurer. Elle s'efforça de cacher sa peur et sa souffrance, sachant qu'ils étaient impuissants à l'aider.

Elle prit de longues inspirations profondes, pensant que cela la soulagerait. Il n'en fut rien mais, pendant ce temps, elle pensait à autre chose qu'à l'absence prolongée de son mari. Les marins autour d'elle commençaient à s'impatienter. Leur nervosité était compréhensible dans la mesure où seuls quelques kilomètres les séparaient de trois mille soldats anglais.

Elle étouffa un cri, tenant son ventre à deux mains et se recroquevillant en boule tandis qu'une nouvelle contraction la tenaillait.

Un marin à ses côtés la regardait avec compassion. Il avait une épaisse barbe et le visage crevassé d'un homme qui a passé de longues années en mer.

— Comptez, lui conseilla-t-il. Ma femme, qui en a eu dix, dit que ça aide de compter à voix haute. Quand on sait combien de temps elle va durer, la douleur est plus facile à supporter.

Mary n'en était pas convaincue, mais cela lui occupa l'esprit. Elle compta jusqu'à vingt avant que la contraction ne s'estompe.

— Des hommes approchent ! cria enfin la vigie.

Elle sentit une puissante vague de soulagement monter dans les rangs. Les hommes avaient hâte de se débarrasser de leur fardeau : elle.

— Où est-elle ?

Les hommes s'effacèrent pour laisser passer Kenneth. Il était couvert de terre et de sang, son visage était maculé de suie, ses cheveux emmêlés et collés par la sueur. Il ne lui avait jamais paru aussi magnifique. Elle tenta de se redresser, puis grimaça et se laisser retomber contre la coque.

Kenneth jura et lança un regard furieux au Faucon.

— Que lui est-il arrivé ? Elle est blessée ?

— Rien, elle…

Il n'attendit pas la fin de sa réponse et se précipita, sautant de coffre en coffre pour la rejoindre. L'instant d'après, Mary sanglotait de soulagement dans les bras de son mari.

Tout irait bien. Il était avec elle. Elle était en sécurité. Elle n'aurait pas à traverser seule cette épreuve. Elle laissa échapper un peu de la peur qu'elle ressentait.

— Que se passe-t-il ? demanda-t-il en lui caressant doucement les cheveux. Où es-tu blessée ?

— Je ne suis pas…

— Mère ?

Mary sursauta et se redressa pour regarder vers la poupe du navire où David venait d'embarquer avec MacKay.

— David ? murmura-t-elle.

Son cœur s'emplit de joie. Elle se tourna vers Kenneth.

— Comment ?

Il lui sourit tendrement.

— Je t'expliquerai plus tard. D'abord, dis-moi où…

Il s'interrompit en l'entendant pousser un long cri de douleur. Elle se mit à compter en se tenant le ventre. Cette fois, elle arriva jusqu'à trente.

Elle était vaguement consciente de la panique de Kenneth. Il hurlait :

— Mais que lui arrive-t-il, bon sang ? Que compte-t-elle ? Faites quelque chose !

Elle ignorait à qui il s'adressait mais ce fut MacKay qui lui répondit :

— Félicitations, la Recrue.

— De quoi parles-tu ?

— Tu vas bientôt être père.

Kenneth se tourna brusquement vers elle, demandant une confirmation. La douleur s'atténua suffisamment pour lui permettre de hocher la tête.

Il écarquilla les yeux et, l'espace d'un instant, elle lut sur son visage la même peur et la même impuissance qu'elle avait observées chez les autres. Puis son expression changea et il afficha une détermination de fer.

— Non. Cet enfant naîtra à Dunstaffnage, avec l'aide de ma sœur.

Personne n'osa le contredire.

— En combien de temps peux-tu nous conduire chez nous, le Faucon ? demanda-t-il.

Chez eux. En Écosse. Avec son mari et son fils. Elle n'avait jamais osé en rêver.

— Nous y serons demain soir. Peut-être un peu plus tôt si les vents sont avec nous.

— Demain soir ! s'exclama-t-elle.

Elle ne pourrait pas tenir toute une journée. Combien de temps cela avait-il duré pour David ? À peu près autant, se souvint-elle avec effroi.

— Et si le bébé arrive avant ? demanda-t-elle.

— Il n'arrivera pas avant, répondit Kenneth avec une telle conviction qu'elle le crut presque.

Il s'assit près d'elle, l'attira contre lui, la serra dans ses bras et se prépara au long combat à venir. Il la tint ainsi des heures durant. Son époux fougueux et passionné était devenu une ancre dans une mer déchaînée. Il lui lissa les cheveux, essuya son front avec un linge humide, chuchota des mots doux à son oreille et compta avec elle à mesure que les contractions devenaient plus fréquentes, plus intenses et plus longues. Lorsque la douleur devint insoutenable, qu'elle se mit à pleurer et lui dit qu'elle ne pouvait plus tenir, il lui répondit doucement :

— Si, tu le peux. Tu peux y arriver. Tu es forte. Je suis avec toi.

Sa voix calme et assurée l'aidait à refouler la panique. Il lui parla de la vie qu'ils auraient ensemble, de son château dans le Nord, de l'herbe verte, des plages de sable blanc, de l'écume des vagues se brisant sur les roches noires, de l'air marin chargé d'iode. Il lui parla de sa famille. De leurs futurs enfants. Des longues années paisibles qu'ils passeraient ensemble.

Cela paraissait le paradis. Chaque fois qu'elle pensait être à bout, ces histoires l'aidaient à tenir. Elle voulait vivre cette vie avec lui.

Elle avait presque oublié les autres hommes à bord, quand la vigie cria :

— Château en vue, capitaine !

Le soulagement autour d'eux fut presque palpable.

— Tu as réussi, mon amour, lui chuchota Kenneth.

Les contractions n'étaient plus espacées que de quelques minutes. Elle se tordit à nouveau. Il lui serra la main, comme pour absorber sa douleur.

— Tiens encore un tout petit peu…

Mais Mary était trop faible. Elle hurla quand la douleur s'empara à nouveau d'elle et que le besoin de pousser devint irrépressible.

— Il arrive, haleta-t-elle, prise de panique.

Il la regarda dans les yeux. Sa détermination, sa foi absolue, sa certitude inébranlable que tout se passerait bien chassèrent sa peur.

— De la lumière ! cria-t-il.

La nuit avait succédé au jour sans qu'elle s'en rende compte.

Quelqu'un apporta une torche et se plaça à côté de Kenneth. Les autres marins s'étaient écartés. Même si elle ne s'en souciait guère pour le moment, Mary serait soulagée plus tard qu'ils aient épargné sa modestie. L'instant suivant, son mari retroussa ses jupes pour examiner la situation. Elle ne quitta pas son visage des yeux. Si ce qu'il vit l'inquiéta, il n'en montra rien.

— Faucon, tu as intérêt à te dépêcher.

27

Kenneth n'avait jamais eu aussi peur de sa vie qu'en apercevant le sommet du crâne de son enfant. Pour une fois, l'assurance effrontée qui lui avait souvent attiré des ennuis se révéla un masque utile. L'épouse qui l'avait apaisé avait besoin d'être apaisée à son tour.

Il venait de vivre les vingt-quatre heures les plus éprouvantes de sa vie. Il avait l'impression d'avoir été avalé par une énorme bête et recraché en petits morceaux. Toutefois, ce n'était pas terminé. S'il devait accoucher sa femme lui-même sur ce maudit bateau, il le ferait.

Heureusement, ce ne fut pas nécessaire. Défiant les lois de la nature, le Faucon rejoignit le petit port en un temps record. Leur navire avait été repéré et sa sœur était descendue sur la grève pour les accueillir. Elle fut aussitôt mise à contribution. Comme ils n'avaient plus le temps de déplacer Mary, les hommes coururent chercher tout ce dont Helen avait besoin.

Quand Mary aperçut cette dernière, elle écarquilla les yeux.

— Ta sœur ? répéta-t-elle à Kenneth. La femme dans les écuries était ta sœur ?

Il ne put s'empêcher de rire.

— Je t'avais bien dit que ce n'était pas ce que tu croyais.

Elle eut juste le temps de lui lancer un regard torve avant que la douleur ne revienne. Il lui tint la main et elle enfonça ses petits ongles dans sa peau tandis que tout son corps semblait se convulser.

Après le dur travail d'accompagnement qu'il avait effectué tout au long du voyage, il paraissait injuste qu'Helen n'ait qu'à subir trois longues poussées. Quelques minutes plus tard, le futur comte de Sutherland faisait son entrée dans le monde. Petit et tout fripé, il possédait déjà un coffre remarquable et ses premiers vagissements laissaient présager un futur cri de guerre impressionnant.

Kenneth était si heureux que Mary et l'enfant s'en soient sortis indemnes qu'après être parvenu à s'arracher à sa femme, il étreignit vigoureusement sa sœur.

— Merci, dit-il, les larmes aux yeux.

— L'enfant est superbe, répondit-elle. Mais toi, tu as une mine affreuse. Allez, rentrons tous au château.

Il insista pour porter Mary, qui s'était endormie d'épuisement, pendant qu'Helen se chargeait du bébé. Ils remontèrent la grève et gravirent les marches du château royal de Dunstaffnage, le quartier général de Bruce dans l'ouest des Highlands. Son frère d'armes, Arthur Campbell, en avait été nommé gardien. Sa femme Anna avait déjà préparé leurs chambres.

Une fois assuré que Mary et leur fils étaient bien installés, il s'effondra sur un lit dans la chambre contiguë et dormit presque toute une journée. À son réveil, il voulut voir sa femme, mais Helen lui annonça qu'elle et l'enfant dormaient toujours. Il prit un bon bain puis, se rappelant ses devoirs, descendit dans la grande salle pour faire son rapport au roi.

Sa mission n'avait pas été un échec total. Il leur avait amené le comte d'Atholl. Pourtant, il aurait voulu leur donner plus.

Il expliqua à Bruce sa théorie sur la route que prendraient les Anglais.

— J'espérais trouver des preuves, mais Felton s'est servi des combats illégaux pour obtenir un mandat d'arrêt et j'ai dû prendre la fuite.

Bruce esquissa un sourire ironique.

— Oui, nous reparlerons de ces fameux combats, « l'Iceberg ». Quoique, d'après MacKay, tu as bien mérité ce surnom. Il m'a dit que le voyage du retour avait été l'une des expériences les plus éprouvantes qu'il ait jamais vécues et que tu avais fait preuve d'un sang-froid exceptionnel.

— J'ai fait ce que la situation réclamait.

Le roi se mit à rire.

— C'est le moins qu'on puisse dire. Je ne m'attendais pas à une telle polyvalence de ta part. Tu as fait du bon travail, Sutherland. Si tu penses que l'expédition de Clifford était une reconnaissance de leur route de campagne, cela me suffit.

Kenneth lança un regard autour de lui. Ses frères d'armes étaient tous présents et semblaient d'accord avec le roi. Ils se fiaient à son instinct, même sans preuves.

— Lorsque Édouard quittera le château de Berwick pour marcher sur nous, reprit Bruce, je posterai mes hommes tout le long de cette route. Nous frapperons vite et fort, pour nous assurer que son séjour en Écosse soit le plus bref possible.

Ils discutèrent encore de la bataille à venir, puis Kenneth s'excusa pour aller voir Mary.

Quand il entra dans la chambre, elle était assise dans le lit, le bébé dans ses bras. Helen était présente, ainsi que plusieurs autres femmes, mais il ne vit que son épouse et son enfant. La beauté de cette scène lui coupa le souffle.

Puis il pensa à tout ce qu'elle avait traversé, aux dangers auxquels il l'avait exposée. Son cœur se serra.

Comme elle devait lui en vouloir ! Pourrait-elle lui pardonner ?

Il traversa la pièce, soudain hésitant. Dans la précipitation de leur fuite, ils n'avaient pas eu le temps de se poser de questions. L'émotion avait pris le dessus. L'amour, simple, sans entraves. À présent, les blessures et la douleur paraissaient planer au-dessus d'eux.

Le bébé était emmailloté dans une couverture, douillettement niché dans les bras de sa mère.

— Il paraît si petit, murmura Kenneth, bouleversé.

— Il l'est, confirma Helen. Mais c'est un combattant.

Kenneth lui lança un regard interrogateur chargé d'angoisse. Il n'osait pas prononcer les mots.

— Il vivra, comprit Helen. Il est robuste. Il s'est déjà nourri deux fois pendant que tu passais ta journée à dormir.

— Tu aurais dû me réveiller, la gronda-t-il.

Helen se mit à rire.

— Tu avais besoin de repos. D'après ce que m'a dit Magnus, le voyage n'a pas été une sinécure. Il ne s'en est pas encore remis. Je crois qu'il n'est pas près de vouloir revivre ça.

Kenneth n'osait imaginer ce que serait le rapport de force entre MacKay et sa sœur lorsqu'elle tomberait enceinte. Helen aimait son travail dans la garde et il la voyait mal l'abandonner de bon gré.

Mary observait l'échange entre le frère et la sœur avec un air nostalgique. Il savait qu'elle pensait à Janet. Il devrait avoir une bonne conversation avec Bruce rapidement. Si le roi savait quoi que ce soit au sujet de Janet de Mar, Kenneth avait l'intention de l'apprendre. Mary méritait une réponse.

— Comment te sens-tu ? lui demanda-t-il.

— Beaucoup mieux. Tu veux le tenir ?

Kenneth espéra que son effroi ne se voyait pas trop sur son visage ; un espoir qui s'envola en fumée quand toutes les femmes se mirent à rire.

Helen riait encore quand elle vint prendre le bébé elle-même.

— Laisse, je m'en occupe. Vous avez besoin d'un peu d'intimité, tous les deux. En outre, une fois que mon cher frère aura surmonté sa peur irrationnelle, je soupçonne que je n'aurai plus souvent l'occasion de porter mon neveu.

Avant de sortir, elle demanda à Kenneth :

— Vous avez déjà choisi un prénom ?

Il se tourna vers Mary.

— J'ai pensé à William, répondit-elle. En l'honneur de ton frère.

Il fut profondément ému par ce geste envers son frère qui ne pouvait avoir d'enfants. Il acquiesça, se souvenant également d'un autre William.

Satisfaite, Helen quitta la chambre avec les autres femmes en emmenant le petit William.

Seul avec Mary, Kenneth se sentit à nouveau désemparé. Il s'approcha du lit, s'assit à côté d'elle et lui prit la main.

— Je suis désolé. Pardonne-moi de t'avoir entraînée dans cette histoire. Je sais que tu ne voulais pas venir ici...

— Mais si, l'interrompit-elle. Tu avais raison. C'était le moment ou jamais de partir.

— J'aurais dû te laisser le choix.

— C'est vrai, convint-elle. Mais je comprends pourquoi tu ne pouvais rien me dire au début.

— J'avais trop peur de te perdre.

— Je sais. Quand j'ai appris que tu allais être arrêté... J'ai su que tout ce qui comptait pour moi, c'était que tu sois sain et sauf. J'ai eu tellement peur quand tu t'es rendu. Que s'est-il passé ?

Il lui expliqua brièvement.

— Il fallait que je t'intercepte avant qu'ils te conduisent au château. Il n'est pas imprenable, mais il aurait été beaucoup plus difficile et dangereux de te sortir de là.

— Tu as convaincu sir Adam de t'aider ?

— Ce ne fut pas difficile. Il ne demandait pas mieux.

— Il m'a dit une chose étrange avant de partir. Il m'a demandé pardon.

Kenneth vit ses yeux s'écarquiller de surprise, puis s'emplir de larmes quand il lui raconta le rôle de sir Adam lors de sa première tentative de fuite.

— Je ne peux pas le croire, soupira-t-elle. Il m'a trahie ?

— Il ne pensait pas te trahir, mais te protéger. Les Anglais étaient à deux pas. Il a cru qu'ils vous rattraperaient et t'emprisonneraient. Il a conclu un marché avec les soldats, et leur a donné les hommes de lady Christina en échange de la promesse qu'il ne t'arriverait rien. Puis les MacRuairi ont vaincu les Anglais. Il a alors voulu détruire le pont pour éviter que vous soyez piétinées par la débandade des soldats. Sauf que votre serviteur est tombé et que ta sœur s'est trouvée au mauvais endroit au mauvais moment. Il se considère comme responsable de ce qui est arrivé à Janet, même s'il ne pouvait prévoir qu'elle ferait demi-tour.

Mary était abasourdie.

— Je comprends pourquoi il était si troublé chaque fois que je lui demandais de m'aider à la retrouver. Ce bruit sur le pont l'autre soir, la détonation et l'éclair… C'est exactement ce qui est arrivé avec ma sœur. Qu'est-ce que c'était ?

— De la poudre noire. Mon frère adoptif, William Gordon, le neveu de sir Adam, savait s'en servir. Moi aussi, mais je la maîtrise beaucoup moins bien. Je cherchais justement une formule dans ces carnets la nuit où tu m'as surpris dans la chambre du bébé. Je n'ai rien trouvé. Cependant, je soupçonnais sir Adam de savoir l'utiliser et il a accepté de m'en donner pour te libérer.

Il sourit avant d'ajouter :

— Je regrette de ne pas en avoir emporté plus. Elle nous aurait été bien utile au cours des prochains mois.

Mary se souvint soudain de quelque chose.

— Tu veux bien m'apporter mon sac ? demanda-t-elle. J'ai quelque chose pour toi.

Perplexe, il s'exécuta. Elle sortit un parchemin plié et le lui tendit. Il le parcourut rapidement et sursauta de joie en reconnaissant la recette qu'il avait cherchée.

— C'est sir Adam qui te l'a donné ?

— Oui, pour te le remettre.

Il n'en croyait pas ses yeux. Sans s'en rendre compte, sa femme venait de lui donner sa place dans la garde.

Non. Il se l'était forgée lui-même, même sans la poudre. Il avait ramené Mary et Atholl en Écosse. Il avait découvert des informations capitales pour la campagne à venir. Il avait vaincu seul une vingtaine de soldats anglais. Il s'était largement montré à la hauteur. Il avait démontré qu'il était l'un des meilleurs.

Il avait obtenu ce qu'il voulait, et même plus. Alors pourquoi n'était-il pas heureux ?

Parce que, en regardant son épouse, il savait que rien de tout cela n'avait d'importance si elle n'était pas avec lui. Kenneth s'était battu toute sa vie, mais la conquérir était le seul combat qui comptait.

Il prit sa petite main dans la sienne et regarda ses grands yeux bleus.

— Peux-tu me pardonner, Mary ? Je sais que je t'ai blessée. Je t'aime. Accorde-moi une chance de te le prouver.

Mary ne l'avait jamais vu dans cet état. Il paraissait si peu sûr de lui et si inquiet !

Elle secoua la tête.

— Non.

Les traits de Kenneth s'affaissèrent.

— Tu ne veux pas m'accorder une chance ?

Elle sourit malgré elle devant son air accablé.

— Non, tu n'as rien à me prouver. Je te fais confiance, Kenneth. Comment n'aurais-je pas foi en toi après tout ce que nous avons traversé ? Tu es le seul homme que je veux avec moi.

Elle vit ses épaules se détendre considérablement.

— Tu le penses vraiment ?

Elle acquiesça. Elle se savait capable de se débrouiller seule, mais elle n'en avait plus envie. Elle voulait affronter les défis à venir avec lui, partager sa vie avec lui.

— Mais je compte sur ta promesse, lui rappela-t-elle. Si tu es impliqué dans quoi que ce soit de dangereux, je veux le savoir.

Elle plaisantait et ne s'était pas attendue à voir ses traits s'assombrir.

— Ah oui, fit-il. Justement…

Elle se redressa légèrement dans le lit.

— Ne me dis pas qu'il y a autre chose !

Il grimaça.

— J'ai fait un vœu de silence avant de te rencontrer.

Elle fronça le nez.

— Cela a-t-il un rapport avec les fantômes de Bruce ?

— Qu'est-ce qui te fait dire ça ? s'exclama-t-il.

Elle lui adressa un regard de reproche. La prenait-il pour une sotte ?

— Tu veux dire, hormis ta force et ton adresse surhumaines, et le fait que je t'ai vu te battre ? Il y a aussi le fait que vous êtes tous immenses et bâtis comme des machines de guerre. Plus révélateur encore, je t'ai vu avec eux. Même à travers la douleur, cela crevait les yeux que tu étais l'un d'eux.

— Ah, bon ?

Il était stupéfait. Apparemment, il était le seul à ne pas l'avoir vu. Elle ajouta :

— Ce qui m'a le plus surprise, c'est que tu sois si proche de ton beau-frère, compte tenu de l'histoire de vos clans.

— MacKay ? On se déteste.

Elle arqua un sourcil sceptique. Les hommes étaient tellement aveugles, parfois.

— Vous me faites plutôt penser à deux frères.

Il fronça les sourcils. Il n'avait jamais envisagé les choses sous cet angle. Elle se retint de rire et leva les yeux au ciel.

— Pourquoi t'a-t-il appelé la « Recrue » ?

— Parce que c'est ce que je suis. Lorsque nous nous sommes rencontrés l'été dernier à Dunstaffnage, j'essayais de gagner ma place dans la garde.

Il lui raconta pourquoi il avait échoué à sa dernière épreuve, lors des jeux.

— Je me suis laissé emporter par ma colère et MacKay en a profité. Au lieu d'intégrer l'équipe directement, j'ai dû faire mes preuves pour mériter ma place.

Mary ressentit un pincement au cœur, comprenant sans doute plus qu'il ne disait. Toute sa vie, il avait dû se battre, faire ses preuves. C'était pourquoi gagner était si important pour lui.

— Et tu y es enfin parvenu ? demanda-t-elle.

— Oui, je crois.

— J'en suis heureuse pour toi.

Il lui prit le menton et la regarda dans les yeux.

— Je croyais que c'était ce que je voulais depuis toujours. Mais je me trompais. Toi et notre fils êtes ce qu'il y a de plus précieux au monde à mes yeux. Je sais ce que tu as traversé. Je ne te ferai pas revivre les mêmes épreuves si tu ne t'en sens pas la force. Je ne vais pas mentir : appartenir à la garde est extrêmement dangereux, et pas seulement pour moi. Tu pourrais être en danger si mon identité était découverte. Si tu refuses, je comprendrai.

— Qu'es-tu en train de me dire ?

— Je dirai à Bruce que je me retire de la garde. Il existe d'autres manières de le servir.

Mary était sous le choc.

— Tu ferais ça pour moi ?

— Je ferais n'importe quoi pour toi.

Mary sentit les larmes lui piquer les yeux. Il n'imaginait pas ce que son offre représentait pour elle. Elle savait également qu'elle ne pouvait pas lui imposer un tel sacrifice.

— Je ne sais pas, minauda-t-elle en souriant. J'aime assez l'idée d'être mariée à une légende vivante. En outre, tu ne voudrais pas laisser ton beau-frère s'accaparer toute la gloire, si ?

Un large sourire illumina le visage de Kenneth.

— Pour ça, non ! Il est déjà assez imbuvable comme ça !

Il se pencha vers elle et prit son visage entre ses mains.

— Je t'aime.

La tendresse dans ses yeux lui noua la gorge.

— Moi aussi, je t'aime.

Il l'embrassa doucement, révérencieusement. Juste un effleurement des lèvres qui fit battre son cœur un peu plus vite, mais qui s'acheva beaucoup trop tôt. Il releva la tête.

— Je vais te laisser te reposer.

— Ne pars pas, protesta-t-elle. Je ne suis pas fatiguée.

Elle venait juste de le récupérer. Elle ne voulait plus le lâcher. Il comprit.

— Pousse-toi un peu, demanda-t-il.

Il s'installa à côté d'elle et s'adossa à la tête de lit afin qu'elle puisse se lover contre lui. Elle poussa un soupir de satisfaction et posa sa joue sur son torse. Il referma ses bras autour d'elle.

Au chaud et sereine, plus heureuse qu'elle ne l'aurait cru possible, elle s'endormit. Pour la première fois depuis longtemps, elle s'autorisa à rêver car, elle le savait désormais, les rêves devenaient parfois réalité. Elle ne se contenterait plus jamais de peu.

Épilogue

Fin de l'été 1310. Château de Skelbo, comté de Sutherland, Écosse

Mary déposa un baiser sur le crâne duveteux de son fils et le tendit à sa nourrice. Il protesta faiblement avant de se blottir confortablement dans ses bras.

— Dors bien, mon petit cœur, lui dit-elle tandis que la femme l'emmenait faire sa sieste.

Sa belle-sœur se tenait devant la fenêtre donnant sur la cour. Elle lança par-dessus son épaule :

— Je ne sais pas comment il va dormir avec tout ce raffut qu'ils font en bas.

Mary soupira.

— Qui gagne, cette fois ?

Helen mit sa main en visière pour se protéger du soleil.

— Mmm... Il me semble que c'est ton mari.

— Cela fait combien de fois ?

— J'ai perdu le compte. Ils doivent en être à cinq contre cinq ?

— Quand crois-tu qu'ils arrêteront ?

Helen lui lança un regard qui la fit rire.

— Oui, je sais, je sais. Ils n'arrêteront jamais. On croirait pourtant qu'ils se sont suffisamment battus au cours des derniers mois.

— Oui, mais c'était trop facile, répondit Helen avec un sourire narquois. Ils se battaient contre les Anglais. Cette fois, ils se battent pour savoir qui est le meilleur Highlander.

Mary la rejoignit devant la fenêtre.

— Tu ferais bien de préparer ta sacoche, l'Ange. On dirait que tu vas avoir quelques égratignures à soigner.

Helen plissa les lèvres.

— Je ne vois pas pourquoi je me donne autant de mal, puisqu'ils recommenceront demain.

S'ils étaient là le lendemain. Mary savait que le bref répit de son mari pouvait prendre fin d'un instant à l'autre. Édouard s'était lancé en campagne deux mois plus tôt. Bruce et sa garde l'avaient attendu de pied ferme. Les soupçons de Kenneth s'étaient confirmés. Le château d'Édimbourg n'avait été qu'une tentative de diversion des Anglais. Leurs troupes avaient suivi la route que Clifford et ses hommes avaient repérée. Grâce à Kenneth, l'armée de Bruce s'y était préparée. Au cours de leur progression vers le nord, les Anglais avaient subi de nombreuses et cuisantes défaites. Édouard était actuellement retranché dans le château de Renfrew, au sud-ouest de Glasgow. Bruce espérait l'avoir suffisamment démoralisé pour le voir rentrer bientôt à Berwick la queue entre les jambes.

Mary suivit Helen dans la grande salle puis dans la cour. Les deux hommes étaient assis sur des caisses, occupés à se chamailler. Au premier coup d'œil, il était difficile de distinguer lequel avait gagné. Ils étaient couverts de contusions et d'écorchures, et semblaient s'être roulés dans la boue.

Helen se planta devant son mari, les mains sur les hanches, et le toisa sans un mot jusqu'à ce qu'il baisse la tête.

— Oh, ne me regarde pas comme ça, gémit-il. Il l'a cherché.

— Comme toujours, rétorqua-t-elle. Et as-tu réussi à prouver quelque chose ?

— Oui, lança Kenneth. Que c'était moi le meilleur.

Elle lui lança un regard noir.

— Je m'occuperai de toi plus tard.

Après un long soupir résigné, elle déclara à Magnus :

— Viens. Je vais voir ce que je peux faire pour cet œil.

Mary croisa les bras et contempla son mari, qui jubilait.

— Alors, la Glace, qu'as-tu à dire pour ta défense ?

Elle utilisait le nom de guerre que lui avait donné la garde des Highlands quelques mois plus tôt, au cours d'une cérémonie où lui et Helen avaient officiellement intégré le corps d'élite.

— Je croyais que l'épée te suffirait, poursuivit-elle. Mais il semblerait que ce tournoi ne finira jamais.

Kenneth ayant perdu son épée lors de l'évasion de Mary, Robert de Bruce lui en avait offert une nouvelle. Sur la lame était gravé : *Par omnibus operibus, secundum ad neminem*. « À la hauteur de toutes les tâches, il n'a pas son pareil. »

— C'était sa faute, se défendit-il.

— Ça l'est toujours. Quand allez-vous admettre que vous ne vous haïssez pas ?

Il esquissa un de ces sourires malicieux qui la faisaient toujours fondre.

— Pourquoi ferions-nous une telle chose ? C'est mon meilleur partenaire d'entraînement.

Ils étaient également devenus équipiers au sein de la garde. Qui aurait imaginé que cela fût possible ?

Mary capitula. Son obstiné de beau-frère et son soupe au lait de mari finiraient par comprendre. Il n'y avait qu'à espérer qu'ils ne s'entre-tueraient pas d'ici là.

Kenneth la souleva et la fit tournoyer dans les airs.

— Lâche-moi, protesta-t-elle en riant. Tu es tout crasseux.

Il l'embrassa néanmoins, fougueusement et passionnément, jusqu'à ce qu'elle sente ses genoux faiblir.

Ils se dévisagèrent, la même lueur ardente dans les yeux.

— Où est William ?

— Avec sa nourrice, il fait la sieste.

Il esquissa un sourire coquin.

— Cela me semble l'occasion rêvée.

Elle se mit à rire. Depuis qu'Helen l'avait autorisée à rependre son « devoir conjugal », Kenneth semblait vouloir rattraper le temps perdu. Non pas qu'elle s'en plaignît.

Elle le taquina :

— Depuis notre première rencontre, il me semble que tu ne me fais que des propositions malhonnêtes.

— Ce sont les meilleures, dit-il doucement. J'aurais dû te balancer sur mon épaule dès le premier jour et te monter dans ma chambre. Cela nous aurait grandement facilité la vie.

— Mais cela aurait été beaucoup moins gratifiant. Une victoire sans bataille n'est pas une victoire.

Il éclata de rire.

— Tu parles comme une vraie combattante.

— J'ai été à bonne école.

De fait, elle avait appris du meilleur.

Note de l'auteur

Comme dans tous les autres romans de cette série, bon nombre des personnages de *La Recrue* s'inspirent librement de personnages historiques, y compris le héros et l'héroïne. Vers 1307, Kenneth de Moravia, le frère cadet de William, comte de Sutherland, épousa Mary de Mar, la veuve de John Strathbogie, comte d'Atholl (qui fait une brève apparition dans *La Vipère*).

La plupart des historiens considèrent qu'Atholl et Sutherland ont épousé la même Mary, mais il existe la possibilité qu'il s'agisse de deux femmes différentes. Elle est tantôt appelée Mary, Marjory ou Margaret. En outre, les sources généalogiques lui attribuent des dates de naissance très différentes. Certaines sont hautement improbables, lui donnant une bonne quarantaine d'années au moment de son mariage avec Kenneth qui, lui, n'en avait qu'une petite vingtaine. Dans la mesure où ils eurent au moins trois enfants ensemble, cela paraît pousser la procréation médiévale un peu loin. La plupart des sources citent Mary comme étant la fille de Donald, comte de Mar, alors que d'autres en font celle de Gartnait (son fils). J'ai décidé de suivre la version conventionnelle d'une même Mary pour les deux comtes, tout en adaptant son âge pour mon récit.

Néanmoins, la possibilité de deux Mary m'a suggéré l'idée d'une sœur jumelle fictive, Janet.

Mes recherches pour cette série m'ont appris une chose : avec tous ces mariages entre familles nobles, tout le monde finissait par être apparenté. J'exagère, certes, mais pas beaucoup. Les liens familiaux sont nombreux et parfois extrêmement alambiqués.

Prenons Mary de Mar, par exemple. Sa sœur Isabel fut la première épouse de Robert de Bruce et la mère de sa fille et héritière Marjory qui, à l'époque de notre histoire, était emprisonnée en Angleterre avec la seconde épouse du roi, Elizabeth de Burgh, et le neveu de Mary, Donald, comte de Mar. Le frère de Mary, Gartnait, était marié à une autre sœur de Robert de Bruce, Christina (qui épousera plus tard Christopher Seton, le frère aîné d'Alex Seton, dit le Dragon). Un autre frère de Mary (Duncan ?) fut le premier époux de Christina des Îles, la demi-sœur de Lachlan MacRuairi, dit la Vipère.

Vous suivez ? Il ne s'agit là que des liens dont je parle dans le roman. Il y en a d'autres. Je n'ai pas mentionné que la mère de Mary, Helen, était la fille de Llewelyn le Grand, prince de Galles, et de Jeanne, fille illégitime du roi Jean d'Angleterre. Autrement dit, le grand-père maternel de Mary était le roi Jean d'Angleterre, ce qui en fait une cousine d'Édouard Ier et crée plus de liens de parenté que je ne pourrais en citer. Mais ce n'est pas tout. La grand-mère paternelle de Mary était Elizabeth Comyn de Buchan (les Comyn étant les ennemis jurés de Bruce). Par conséquent, le cousin germain de son père était John Buchan, comte de Buchan (premier mari de Bella MacDuff dans *La Vipère*). Imaginez dresser un arbre généalogique avec tous ces nœuds !

Kenneth devint le quatrième comte de Sutherland à la mort de son frère en 1330. William, le fils de Kenneth et de Mary qui naît à la fin de ce roman, fut le cinquième comte. Leur deuxième fils, Nicholas, épousa la fille et héritière de Reginald le Cheyne et fut l'ancêtre des Sutherland de Duffus. Ils eurent également au moins une autre fille, Eustachia.

Il est intéressant de constater que leur fils aîné William épousa Margaret, la fille de Robert de Bruce et de sa seconde femme, Elizabeth de Burgh, si bien que Mary se trouva apparentée à Bruce par alliance pour la troisième fois ! Durant une brève période, le fils de William et de Margaret, John (petit-fils de Kenneth et de Mary), fut nommé héritier de la couronne d'Écosse. Malheureusement, il mourut de la peste noire alors qu'il était encore adolescent.

Quatre des enfants de Robert de Bruce étaient parvenus à l'âge adulte (il n'en restait que trois en vie à l'époque du mariage). Cette alliance royale démontre donc l'influence qu'avaient acquise les Sutherland à la cour d'Écosse (alors qu'ils s'étaient battus aux côtés des Comyn et des Anglais jusqu'en 1308-1309). Dans mon esprit de romancière, cela témoigne également de l'importance que Kenneth revêtait pour Robert de Bruce et/ou de son affection pour Mary.

Comme c'est malheureusement le cas pour la plupart des femmes de cette époque, on ne trouve pratiquement aucune information sur ce qui est arrivé à Mary dans les jours qui suivirent l'exécution d'Atholl. La date et les circonstances de son mariage avec Kenneth sont donc uniquement le fruit de mon imagination.

En revanche, on en sait beaucoup plus sur son fils, David Strathbogie, qui, comme son jeune cousin Donald, comte de Mar, passa une grande partie de son enfance en captivité dans la maison royale du prince de Galles (le futur Édouard II). David et Donald demeurèrent loyaux à Édouard d'Angleterre pratiquement toute leur vie.

Comment deux comtes écossais pouvaient-ils être loyaux à un roi anglais ? En apparence, le principe des guerres d'indépendance écossaises paraît simple : les Écossais contre les Anglais. Naturellement, la réalité était beaucoup plus complexe. J'ai eu le plus grand mal à mesurer à quel point la couronne de Robert de Bruce avait divisé la nation (*Braveheart* ne fait qu'effleurer ce sujet, d'où le comportement apparemment peu héroïque de Bruce dans ce film). La guerre d'indépendance n'opposait pas uniquement les Écossais et les Anglais, mais également les Écossais qui soutenaient Bruce et ceux restés fidèles au roi Jean de Balliol (la faction des Comyn).

Des hommes qui avaient combattu ensemble contre les Anglais au début de la guerre (comme Atholl et sir Adam Gordon) se retrouvèrent dans des camps adverses lorsque Bruce revendiqua le trône. C'est ainsi que certains des premiers « patriotes » qui s'étaient battus aux côtés de Wallace se battirent ensuite aux côtés des Anglais. C'est l'illustration même de l'adage « l'ennemi de mon ennemi est mon ami ». Un nombre important de nobles écossais choisirent le camp anglais plutôt que celui de Bruce, même quand il devint clair que ce dernier allait rester sur le trône (1307-1308).

Comme je le dis dans le livre, Bruce eut la grande intelligence de ne pas déshériter immédiatement ces hommes, faisant au contraire un effort pour convaincre ses détracteurs et unifier son royaume (à l'exception des Comyn et des MacDougall auxquels il ne pardonna jamais). Les Sutherland et le comte de Ross en sont de bons exemples. Le comte de Ross fut responsable de l'emprisonnement de l'épouse de Bruce, de sa sœur et de sa fille. Cependant, Bruce lui pardonna deux ans plus tard et maria même l'une de ses sœurs à l'héritier de Ross. Détail intéressant : une des conditions du pardon de Ross était qu'il paie une messe à St. Duthac's en mémoire d'Atholl.

Certains mirent plus longtemps à se laisser convaincre (comme sir Adam Gordon) ; d'autres ne se rangèrent jamais du côté de Bruce. Après Bannockburn, Bruce perdit patience. Les récalcitrants furent dépossédés de leurs titres et de leurs terres, et devinrent connus comme les « déshérités ».

David Strathbogie, comte d'Atholl (ainsi que son cousin Donald, comte de Mar), en fit partie. Toutefois, ce qui m'arrangeait bien pour mon histoire, David changea de camp à cette époque. Il fit partie de la délégation anglaise dirigée par Lamberton pour renégocier la trêve en 1311-1312, ce qui m'a inspiré le rôle de Mary.

Hélas, l'allégeance de David à Bruce fut de courte durée. Il était de retour du côté anglais avant Bannockburn en 1314 et, cette fois, il y resta définitivement. La raison supposée de sa défection ? Sa sœur Isabel (Mary et Atholl eurent en réalité deux, voire trois enfants) aurait été séduite par Édouard de Bruce (le seul frère du roi encore en vie) et celui-ci aurait refusé de l'épouser.

À l'époque où se déroule le roman, David devait en réalité avoir autour de vingt ans. Autre détail intéressant : il était marié à Joan Comyn, la fille de Comyn le Rouge, que Bruce assassina en 1306. Leur fils David naquit au début de 1309 et fut baptisé à l'église St. Nicholas à Newcastle-upon-Tyne. C'est pourquoi j'ai choisi de placer Mary dans cette région à cette époque, bien que le château de Ponteland ne soit entré dans les possessions du comte d'Atholl que légèrement plus tard.

Comment David Strathbogie, fils d'un grand patriote et allié de Robert de Bruce, a-t-il épousé une Comyn ? Il pourrait s'agir d'une manœuvre d'Édouard II pour lier David à l'ennemi de Bruce, mais il y a une autre explication qui rejoint ce que j'ai dit plus haut sur les anciennes amitiés. Atholl (le père de David) et Comyn le Rouge combattirent ensemble à Dunbar contre les Anglais et furent tous deux emprisonnés à la Tour de Londres. Peut-être les fiançailles furent-elles arrangées alors qu'ils étaient encore dans le même camp ? Autre détail : lorsque David changea provisoirement de bord, il laissa son épouse Comyn en Angleterre. On imagine leurs retrouvailles ensuite !

Essayer de comprendre les motivations de chacun pour s'allier à Bruce ou à Comyn (et aux Anglais) est un véritable casse-tête. Pourtant, ces nombreux mariages entre familles avaient une autre conséquence qui ne m'est pas apparue tout de suite et qui compliquait sérieusement les décisions de nombreux nobles écossais. Un bon nombre d'entre eux avaient d'importants intérêts fonciers des deux côtés de la frontière.

Le premier époux de Mary, John Strathbogie, comte d'Atholl, en est un bon exemple, mais c'était également le cas de nombre de ses compatriotes (y compris Robert de Bruce lui-même). La mère de John était anglaise et, outre ses domaines en Écosse, il possédait des terres dans le Kent, en Angleterre. Par conséquent, choisir de se battre pour Bruce n'était pas une décision patriotique simple. C'était un comte écossais mais également un propriétaire terrien anglais (peut-être même un baron). En se rebellant, il risquait de perdre ses biens en Angleterre.

Comme je le mentionne dans le roman, Atholl fut capturé avec la suite de la reine à Tain (1306), emprisonné et condamné à mort. Il était le premier comte à être exécuté en plus de deux siècles. Il tenta d'amadouer Édouard en faisant valoir leur lien de parenté, mais la réponse du souverain fut de le faire pendre à un gibet plus haut eu égard à son rang « élevé ». Le célèbre sens de l'humour des Plantagenêts ! La tête d'Atholl fut plantée sur une pique à côté de celles de Wallace et de Simon Fraser. Il était certainement un héros ; son libertinage est mon invention.

Sir Adam Gordon est un autre exemple de ces nobles écossais mis dans une position difficile par le couronnement de Bruce. Au début de la guerre, sir Adam était considéré comme un grand patriote. Il se battit aux côtés de Comyn et d'Atholl à Dunbar (où son père fut tué). Contrairement à la plupart des autres nobles, il semble avoir échappé à la capture et à la prison, mais il fut néanmoins contraint de se rendre peu après la bataille. Plus tard, il se battit aux côtés de Wallace à Stirling Bridge (1297) et à Falkirk (1298).

Ses raisons pour s'allier aux Anglais jusqu'à une date relativement tardive (1313-1314) correspondent à toutes celles mentionnées plus haut : sa mère était anglaise, il était loyal au roi déposé Jean de Balliol et ses terres se trouvaient le long de la frontière anglaise. Ce ne fut qu'après la mort du roi Jean (1313) qu'il passa dans le camp de Bruce.

Ironiquement, le roi Robert octroya à Gordon les titres et les terres de Strathbogie dont il avait dépossédé le comte d'Atholl (David, le fils de Mary). Les lecteurs de *Trahi*, le troisième volume de ma trilogie sur les Campbell, se souviendront peut-être de ces châteaux du Nord. En réalité, les véritables châteaux de Strathbogie et de Huntlywood se trouvent dans les Marches écossaises (à la frontière de l'Angleterre).

Sir Adam servit également de garant à la libération de William Lamberton, évêque de St. Andrews. Lamberton fit partie des émissaires de paix envoyés en Écosse en 1309-1310 et fut autorisé à prolonger son séjour de quelques mois. La raison pour laquelle Édouard laissa Lamberton, considéré comme l'instigateur de la révolte de Bruce, se promener librement en Écosse m'échappe un peu. Selon l'une des théories sur le sujet, Édouard lui faisait confiance en raison de ses liens étroits avec Pembroke (Aymer de Valence).

Ce n'est pas la première fois que j'utilise les jeux des Highlands dans cette série. Bien qu'il existe une histoire (apocryphe ?) faisant remonter leur origine à Malcolm III (XIe siècle), je suppose qu'on ne les appelait pas ainsi et qu'ils n'étaient pas organisés comme je l'ai décrit. J'ai décidé de les rendre plus proches des tournois (à la sauce Highlander, naturellement) en mettant l'accent sur le sport et les prouesses militaires. De même, la lutte écossaise, ou back-hold, est considérée comme étant très ancienne, datant peut-être du VIe siècle. Pour mes jeux des Highlands, je l'ai transformée en une épreuve de combat à mains nues plutôt que de lutte proprement dite.

Les « Fosses de l'enfer », le tournoi clandestin auquel Kenneth participe, est mon invention (inspirée par la série télévisée *Spartacus*). Néanmoins, le *Statute of Arms for Tournaments*, promulgué par Édouard Ier en 1292 pour réglementer les tournois, laisse penser que ma version n'est pas si farfelue. Les tournois connurent un regain de popularité sous Édouard Ier et passèrent de mode sous Édouard III. Le dernier eut lieu en Angleterre en 1342.

En réalité, Henry Percy ne fit l'acquisition du château d'Alnwick (aujourd'hui connu comme le château de Harry Potter) que plusieurs mois après la date que j'ai indiquée. Il fut acheté le 19 novembre 1309 à l'évêque de Durham pour une somme relativement modique. Aujourd'hui, Alnwick est le second plus grand château habité d'Angleterre et la demeure des Percy depuis plus de sept siècles. Les admirateurs de Pippa, la sœur de la princesse Kate, se souviennent peut-être de son « amitié » avec George Percy, l'un des descendants du baron Percy. Le château vit également naître Harry Percy, surnommé « Hotspur » en raison de son tempérament impulsif, rendu célèbre par Shakespeare dans sa pièce *Henri IV*.

Le mariage dans l'Écosse et l'Angleterre médiévales est une affaire très complexe que j'ai souvent abordée dans mes romans. Les mariages clandestins (sans publication de bans et/ou sans cérémonie) semblent avoir été fréquents, même si l'Église cherchait à les faire interdire. Outre l'absence de preuves de l'union se posait également le problème de l'éventuelle consanguinité des époux. Ironiquement, j'avais rédigé un mémoire sur ce sujet en faculté de droit (si seulement je pouvais remettre la main dessus !). En gros, le mariage était interdit entre parents jusqu'au troisième degré. Compte tenu des liens familiaux exposés plus haut, on devine que cela devait être très courant tout de même.

Toutefois, bien que considérés comme « illégaux », les mariages clandestins n'étaient pas nécessairement invalides. Des autorisations spéciales apparurent au XIVe siècle mais, pour notre histoire, j'ai préféré recourir à une dispense. Au cours de mes recherches, j'ai également découvert avec surprise qu'une veuve ne pouvait se remarier à l'église et que les vœux étaient échangés devant la porte.

Enfin, j'ai avancé la date de l'invasion d'Édouard II de deux mois. En fait, les Anglais quittèrent Berwick en août/septembre 1310 et rentrèrent au château en novembre. Apparemment, Robert de Bruce fut prévenu à l'avance de l'invasion. La route qu'empruntèrent les Anglais est bien celle que Kenneth « découvre ».

Remerciements

Le fait que vous teniez ce livre entre vos mains environ sept mois après que j'ai eu terminé le premier jet atteste de l'incroyable talent de l'équipe de Ballantine qui tourne les manivelles de l'édition à une vitesse fulgurante. Un grand merci à mon éditrice, Kate Collins, aux secrétaires d'édition, aux correcteurs et à tous les membres de la production pour votre dur labeur, ainsi qu'à Junessa Viloria pour avoir supervisé l'ensemble du processus. Merci à Lynn Andreozzi et au département artistique, qui se sont encore une fois surpassés en produisant une couverture aussi sexy, ma préférée à ce jour.

Merci également à Annelise et à Andrea de gérer tout l'aspect commercial afin que je puisse me concentrer sur l'écriture.

Et enfin, merci à Jami de partager quotidiennement mes hauts et mes bas.

3 mai

Eloisa James

Les débutantes — Le mariage, non jamais !

Inédit

Pour dissuader de potentiels prétendants et préserver son indépendance, Cleopatra Lewis a imaginé de se présenter aux différents bals dans des robes sans élégance. Pour cela, la jeune femme a commandé des tenues au « Costumes Quimby ». Elle y est abordée par un Américain, Jacob Astor, propriétaire de théâtres à Boston et fraîchement débarqué à Londres. Ce dernier convoite les mêmes costumes et demande à la jeune fille de lui céder son lot. Devant son refus, Jacob lui propose un étonnant marché. D'abord interloquée par l'audace de l'étranger, Cleopatra accepte, sans se douter que ce qu'elle prend pour une plaisanterie va devenir une affaire très, très sérieuse…

✦

Kate Bateman

Rivalités — Rendez-vous sous le cerisier

Inédit

Harriet Montgomery est cartographe. Elle réalise pour la marine royale des cartes erronées destinées à égarer les ennemis de la couronne. Depuis longtemps, Harriet est secrètement amoureuse de Morgan Davis, un homme dont elle est sans nouvelles depuis de longs mois. Quand elle apprend le retour du marin à Londres, son cœur s'emballe. Or, le capitaine Davis a découvert que c'est une carte établie par Harriet qui a fait échouer son bateau sur les côtes de la Martinique, où les Français l'ont capturé et emprisonné. Maintenant qu'il est de retour en Angleterre, Morgan a la ferme intention de faire payer à la jeune femme le prix de sa longue captivité.

Gaelen Folley

Les Knight — Au cœur de l'hiver

Inédit

Damien Knight, comte de Winterley, est un homme fier et distant, en proie aux tourments que lui infligent ses souvenirs de guerre. Malgré sa décision de vivre à l'écart du monde, il se voit nommé tuteur de Miranda, pupille d'un compagnon officier assassiné. Mais la frêle orpheline à laquelle il s'attendait se révèle être une forte tête, passionnée et éblouissante, qui l'oblige à quitter sa forteresse de solitude. Luttant pour préserver son honneur et sa santé mentale, Damien doit à présent faire face à une menace encore plus forte : son désir pour la jeune femme.

✦

Renee Ann Miller

Les fripouilles — Jolie Nina

Inédit

Nina, jeune et jolie héritière, voit en le duc de Fernbridge un futur époux idéal. Hélas, assailli qu'il est par les débutantes, il ne la remarquera jamais. Or, Nina doit faire oublier le scandale de ses fiançailles rompues l'année précédente. C'est alors qu'entre en scène Lord Eliott Havenford, séduisant baron dont l'héritage ne tient plus qu'à un fil. Il propose à la jeune femme de l'aider à conquérir le duc tout en espérant secrètement la séduire lui-même – et empocher au passage sa dot confortable. Malgré la culpabilité, c'est le seul moyen de sauver sa famille de la ruine. Mais lorsqu'il comprend qu'il a involontairement mis Nina en danger, Eliott n'a d'autre choix que de réagir.

Joanna Bourne

Services secrets — Le maître du jeu

Robert Grey exulte d'avoir enfin mis la main sur Annique Villiers, redoutable espionne française et comédienne hors pair capable de résister à la torture et d'assommer un homme. Autrement dit, il sait qu'il ne faut pas la sous-estimer. Toutefois, il ne peut pas la laisser croupir dans une cellule, car il doit la ramener en Angleterre depuis la France : la jeune femme détient des secrets d'une importance capitale qu'il doit lui soutirer… Commence alors un périple où tous les coups sont permis.

Regency

3 mai

Mary Balogh

La fulgurante ascension de Miss Downes

Inédit

Cora Downes a tout pour elle : la richesse, l'esprit, la beauté. Bien dotée, il lui manque toutefois le sésame pour un bonheur complet : un titre ! Un jour, elle sauve le neveu du duc de Bridgwater et, pour récompenser sa bravoure, la duchesse décide de l'introduire dans le cercle fermé de l'aristocratie et de lui trouver un mari. Or, Cora n'est pas très à l'aise dans ce monde de bals et de banquets où les snobs paradent comme des paons dans des tenues extravagantes. Mais, lorsque la jeune femme est surprise dans une situation délicate avec lord Kneller, un dandy enrubanné et hautain, les événements se précipitent et la conduisent directement au pied de l'autel !

✦

Amalie Howard

Les quatre amies – La duchesse en chaussons de satin

Inédit

Lysander Blackstone, comte de Montcroix, s'est réfugié dans la solitude et le travail après la trahison de sa fiancée. Il est devenu un homme d'affaires à la réputation impitoyable, ce qui pourrait bien lui jouer des tours. En effet, lord Bolden, le propriétaire des terres qu'il convoite, se méfie de son caractère taciturne et refuse de les lui céder. Ainsi, lorsque Lysander croise Nève, une jeune danseuse sans le sou aussi jolie qu'intelligente, dans les ruelles de Londres, un plan germe dans son esprit : l'engager pour qu'elle joue le rôle de son épouse et ainsi passer pour un homme respectable aux yeux de lord Bolden. Mais l'attirance qui apparaît entre les deux jeunes gens vient compliquer leur arrangement…

10785

Composition
FACOMPO

Achevé d'imprimer en Italie
par GRAFICA VENETA
le 5 mars 2023

Dépôt légal : avril 2023
EAN 9782290383643
OTP L21EPSN002516-551319

ÉDITIONS J'AI LU
82, rue Saint-Lazare, 75009 Paris

Diffusion France et étranger : Flammarion